SCIENCE FICTION

Herausgegeben
von Wolfgang Jeschke

Ein Verzeichnis weiterer Bände dieser Serie
finden Sie am Schluß des Bandes.

A. C. CRISPIN

ZEIT FÜR GESTERN

Ein STAR TREK-Roman

Deutsche Erstausgabe

Science Fiction

WILHELM HEYNE VERLAG
MÜNCHEN

HEYNE SCIENCE FICTION & FANTASY
Band 06/4969

Titel der amerikanischen Originalausgabe
TIME FOR YESTERDAY
Deutsche Übersetzung von Andreas Brandhorst
Das Umschlagbild malte Boris Vallejo

3. Auflage

Redaktion: Rainer Michael Rahn
Copyright © 1988 by Paramount Pictures Corporation
Die Originalausgabe erschien bei POCKET BOOKS,
a division of Simon & Schuster, Inc., New York
Copyright © 1993 der deutschen Ausgabe und der Übersetzung
by Wilhelm Heyne Verlag GmbH & Co. KG, München
Printed in Germany 1994
Umschlaggestaltung: Atelier Ingrid Schütz, München
Technische Betreuung: Manfred Spinola
Satz: Schaber Datentechnik, Wels
Druck und Bindung: Ebner Ulm

ISBN 3-453-06207-8

Dieses Buch widme ich meiner Freundin Deb Marshall. Sie hörte geduldig zu, schwärmte (wie nur sie es vermag) und ermutigte mich, während ich mit Zar schwanger ging. Sie half bei der Entbindung, feierte die gedruckte Geburt mit Sekt, Blumen und Umarmungen.

Danke, Deb.

HISTORISCHE ANMERKUNG:

Die Handlung von ›ZEIT FÜR GESTERN‹ findet nach ›STAR TREK (I): DER FILM‹ und vor Howard Weinsteins ›AKKALLA‹ statt.

PROLOG

Der Zweite Kriegskommandeur Cletas wanderte nervös vor dem bewachten Arbeitszimmer des Sovren auf und ab. Bei jedem Schritt quietschten die nassen Stiefel. Selbst durch die dicken Mauern der Festung hörte er dumpfes Donnergrollen und das wütende Prasseln des Regens. Wasser bildete große dunkle Flecken an seinem grauen Mantel und tropfte zu Boden, doch Cletas achtete gar nicht darauf — er war zu müde, zu erschöpft und zu besorgt.

Fackeln steckten in Wandhalterungen, und ihre Flammen zitterten im Luftzug, als die Tür aufschwang und Voba, Adjutant des Sovren, in den Korridor sah. »Du kannst jetzt zu ihm«, flüsterte er und kam in den Flur. »Ingev und Reydel haben gerade berichtet, welche Reichweite wir von den neuen — wie nennt man sie? — Katapulten erwarten können.«

Voba war klein und zierlich, hatte rötliches Haar und eine fast komisch wirkende dicke Nase. Cletas winkte ihn zu sich. »Wie geht es ihm heute abend?« fragte er so leise, daß ihn nur der Adjutant hörte.

Der drahtige kleine Mann zuckte mit den Schultern. »Die Feuchtigkeit setzt seinem Bein zu«, raunte er. »Wie dem auch sei: Stimmt es, was man sich erzählt? Hat die Hohepriesterin der Danreg prophezeit, daß er ...«

Cletas brachte Voba mit einem durchdringenden Blick zum Schweigen und wußte: Seine Weigerung, Antwort zu geben, wurde bestimmt als Bestätigung interpretiert. Der Adjutant errötete verärgert und bedeutete den Wächtern, die Tür zu öffnen.

Cletas betrat das Arbeitszimmer, eine kleine, gemütliche Kammer im Vergleich mit dem Rest der Festung. Sein leerer Magen knurrte und verkrampfte sich dann voller Sorge. Als sich die drei am langen, mit Einlegearbeiten verzierten Tisch umwandten, verkündete Voba in einem formellen Tonfall: »Der Zweite Kriegskommandeur Cletas bittet um eine Audienz, Herr.«

»Mir scheint, Cletas sollte statt dessen um ein Bad und eine warme Mahlzeit bitten«, erwiderte der Sovren und verzog die Lippen zu einem schiefen Lächeln. »Komm herein und leg den Mantel ab! Sonst wird mein Teppich naß.«

Cletas streifte den feuchten Stoff von den Schultern, nickte Ingev und Reydel zu, dem Ersten und Zweiten Waffenkommandeur, als er über die Dielen schritt und dabei dem blauen Läufer auswich. Vor dem Tisch sank er auf ein Knie und neigte den Kopf. »Euer Gnaden.«

»Laß uns keine Zeit mit Förmlichkeiten vergeuden«, sagte der Sovren sanft und hob eine gewölbte Braue. »Setz dich. Voba soll dir helfen, die Stiefel auszuziehen. Ich habe gehört, wie sie im Korridor quietschten.«

Als der Adjutant an den Füßen des Zweiten Kriegskommandeurs zerrte, sah der Sovren wieder die beiden anderen Offiziere an. »Die neuen Modelle haben also fast die doppelte Reichweite?« vergewisserte er sich. »Und wie groß dürfen die Steine sein?«

»Die geringste Größe der Wurfschüssel entspricht der von zwei Helmen, Herr«, entgegnete Ingev. »Der maximale Durchmesser beträgt einen halben Meter. Nun, je schwerer die Steine, desto geringer die Reichweite. Etwa vierhundertfünfzig Meter, wenn die Geschosse mehr als fünfundzwanzig Kilo wiegen.«

»Gut. Stützt die Böschungen der Transportpfade mit Streben ab. Außerdem muß die Entwässerung überprüft werden.«

»Ja, Herr«, murmelten Ingev und Reydel. Sie rollten ihre Pergamentlisten und Zeichnungen zusammen.

»Voba, bitte besorg dem Zweiten etwas zu essen«, sagte der Sovren zu seinem Adjutanten, als Cletas am Tisch Platz nahm. »Kommandeur Ingev ... Hast du genug Truppen und Vykare, um die sechs Katapulte in Stellung zu bringen?«

Ingev — ein kleiner, untersetzter Mann mit krummen Reiterbeinen — wechselte einen kurzen Blick mit dem hochgewachsenen und blonden Zweiten Waffenkommandeur. »Wir könnten noch einmal hundertzwanzig Soldaten gebrauchen, Euer Gnaden. Zwanzig für jede Schleuder.«

»Na schön. Cletas, stell Kommandeur Ingev hundertzwanzig Kämpfer deiner Hilfstruppen zur Verfügung. Die meisten von ihnen haben sicher Zeit genug, zu ihren Abteilungen zurückzukehren. Die Katapulte nützen uns nur etwas, während der Feind den Rotufer überquert — *bevor* die Schlacht beginnt.«

Cletas widerstand der Versuchung, eine Grimasse zu schneiden, aber die aufmerksamen grauen Augen ihm gegenüber bemerkten sein Zögern — ihnen entging nichts. »Wie du befiehlst, Herr«, sagte er steif.

Ingev und Reydel standen auf. »Ist das alles, Herr?«

»Ja.« Der Sovren nickte und verabschiedete die beiden Männer mit einer freundlichen Geste. »Ruht euch aus.«

Als ihre Schritte draußen im Flur verklangen, drehte sich Cletas zum Sovren um und protestierte. »Hundertzwanzig Infanteristen, Euer Gnaden! Das ist eine ganze Kompanie. Vielleicht verliere ich noch mehr, wenn sie nicht zurückkehren. Und ihre Aufgabe? Sie sollen Karren schieben, die Wagen mit den ...« Er unterbrach sich, als er begriff, daß sein Verhalten an Auflehnung grenzte. »*Warum*, Herr?«

»Weil wir nur mit den Katapulten eine verheerende Niederlage vermeiden können, mein Freund. Möglicherweise sind wir damit imstande, die Angreifer zumindest aufzuhalten. Angesichts der zahlenmäßigen

9

Überlegenheit des Feindes wage ich gar nicht an einen *Sieg* zu denken.« Der Sovren strich sich über den schwarzen Bart, und sein schmales Gesicht wirkte sehr ernst. Graue Augen musterten Cletas mit intensiver Aufmerksamkeit. »Unsere Konstruktionen sind den Asyri, Kerren und Danreg völlig unbekannt. Wenn Felsen auf ihre Horden herabregnen, so werden sie von einem Entsetzen erfaßt, das noch mehr Schaden anrichtet als die Steine.«

»Aber bist du sicher, daß die Apparate während eines Kampfes *funktionieren*? Man hat sie nie zuvor eingesetzt ...«

»Ganz im Gegenteil. Sie wurden häufig verwendet, aber nicht hier und nicht jetzt. Keine Sorge. Sie erfüllen ihren Zweck. Habe ich mich jemals geirrt?«

Müde und resigniert fuhr sich Cletas mit der einen Hand durch sein meliertes Haar, dachte dabei an die vielen Veränderungen, die der Sovren im Verlauf von zwanzig Jahren bewirkt hatte. *Neue Methoden des Zählens und Messens, sogar des Sprechens und Lesens ... Lampen, Entwässerungssysteme, Schulen für die Kinder. Wir spannen Vykare nicht mehr nur vor Karren, sondern reiten auch auf ihnen. Bessere Rüstungen. Eisen anstatt der weicheren, leichter zu bearbeitenden Bronze ...*

»Nein, Euer Gnaden«, räumte er ein. »Du hast dich nie geirrt. Und doch ...« Er lächelte reumütig. »Ich wünschte, wir müßten die Katapulte nicht in einer Schlacht testen, die vielleicht für uns beide das Ende bedeutet. Wenn dir schließlich doch ein Fehler unterlaufen ist, so möchte ich auf keinen Fall die Gelegenheit zu einem ›Ich hab's gewußt!‹ versäumen.«

Diesmal lächelte der Sovren ganz offen, was nur selten geschah. »Ich verspreche dir, an deinen Wunsch zu denken.« Er entrollte eine Karte aus Pergament, und seine langen Finger bewegten sich dabei mit typischem Geschick. »Hast du die Meldungen deiner Spione entgegengenommen, oder sind sie unterwegs alle ertrunken?«

»Ich habe mit ihnen gesprochen, Herr«, sagte Cletas. »Die Situation ist praktisch unverändert. Heldeon von Danreg-Furt hat sein Lager am Nordhang des Großen Weißen aufgeschlagen. Heute nachmittag empfing er dort Kriegskönigin Laol und Rorgan Todeshand. Zwei Stunden lang sprachen sie miteinander, kehrten dann zu ihren Truppen zurück.

Nach den Auskünften meiner Informanten wurden während der Beratungen drei Spione entdeckt, wodurch es zu gegenseitigen Vorwürfen kam. Doch nach kurzer Zeit beruhigten sich die drei Anführer wieder, tranken Wein und brachen Brot, wie gute Freunde. Trotz des Regens starrten sie gierig auf Neu-Araen hinab.«

Das Gesicht des Sovren zeigte die übliche Ausdruckslosigkeit, aber Cletas bemerkte, wie die Schultern ein wenig nach unten sanken. »Wir können also nicht einmal hoffen, daß sich einige von ihnen gegenseitig die Kehle durchschneiden, bevor die anderen über uns herfallen«, brummte er bitter. »Durch den Regen ist die Moortor-Ebene so weich, daß der Gegner nicht einmal Schaufeln braucht, um Gräber für uns auszuheben. Vorausgesetzt, er hat überhaupt den Anstand, uns zu begraben, was ich bezweifle.«

Cletas nickte. Er konnte das Prasseln des Regens nicht mehr hören, aber der Mann vor ihm vernahm es nach wie vor. »Wenn es auch weiterhin so gießt, wird unsere Lage noch schlimmer. Dann können die Soldaten nicht marschieren, die Katapulte nicht rollen. Dann bleibt unsere Kavallerie im Schlamm stecken.«

»Zwei Tage mit Sonnenschein sind nötig, um den Boden zu trocknen.«

»Ja«, bestätigte Cletas und blickte kummervoll auf den Teller mit schmackhaftem Eintopf, den Voba vor ihm abgestellt hatte. Geistesabwesend griff er nach einem rötlichen Stück Brot und knabberte daran. »Vielleicht müssen wir auf Flankensicherung durch die Reiterei verzichten. Nach all dem Exerzieren ...« Er seufzte.

11

»Yarlev, Kommandeur der Vykar-Truppen, bricht bestimmt in Tränen aus.«

Der Sovren ignorierte den gutmütigen Spott und sah den Zweiten an. »Das Treffen mit deinen Spionen und Spähern ...«, sagte er. »Was ergab sich dabei? Etwas belastet dich. Ich habe es sofort gespürt, als du hereingekommen bist.«

Cletas schauderte. Nicht zum erstenmal nahm der Sovren Dinge wahr, die Cletas lieber für sich behalten hätte. Manchmal erschreckte ihn die Erkenntnis, daß sich dieser Mann nicht nur in physischer Hinsicht vom Volk seiner Wahlheimat unterschied, sondern auch *im Innern*. Er *dachte* anders, auf eine Weise, die Cletas nicht erklären konnte. Ihm offenbarten sich Gedanken und Gefühle, und manchmal erahnte er auch nahen Tod.

»Entschuldige, Freund«, fügte der Sovren ruhig hinzu. »Habe ich dich erneut erschüttert? Inzwischen solltest du daran gewöhnt sein. Nun, was ist mit dem Rest deines Berichts? Führt der Rotufer noch immer Hochwasser? Hat die Hohepriesterin der Danreg bereits das Kampforakel verkündet? Wann brechen unsere Feinde auf?«

»Nein«, schnaufte Cletas. »Sie hat das Kampforakel noch nicht bekanntgegeben. Und wir wissen, daß Heldeons Truppen — derzeit gehören auch Rorgan Todeshands Asyri und Laols Clan-Kerren dazu — nicht ohne eine derartige Proklamation in die Schlacht ziehen. Was den Fluß betrifft ... Nach den Angaben meiner Informanten zu urteilen, kann der Feind den Rotufer frühestens in zwei Tagen überqueren. Ich halte drei Tage für wahrscheinlicher.«

Der Sovren beobachtete den Zweiten, als Cletas Bratensaft aufs Brot strich. »Was *ist* heute passiert? Voba weiß ebenfalls etwas, obgleich er versucht, sich nichts anmerken zu lassen. Nun?«

Cletas biß ab und kaute, während er verzweifelt nach taktvollen Worten suchte. Wenn er zunächst den Plan schilderte, den er entwickelt hatte — vielleicht wirkte dann nicht alles so ... endgültig. Der Zweite Kriegskommandeur schluckte und trank einen Schluck Rochab-Wein. »Die Hohepriesterin Wynn dient nicht nur der Göttin, sie ist auch Heldeons Tochter«, begann er.

»Und?«

»Vor zwei Jahren, bei einem Überfall der Asyri, verlor sie Mann und Kind. Man kann sie nicht mehr als junges Mädchen bezeichnen, aber sie ist keineswegs zu alt für eine Schwangerschaft ... Es heißt, der Vater schätzt ihren Rat noch mehr als den der Stammesoberhäupter. Sie soll recht attraktiv sein: groß und ...«

»Ich wiederhole: *und?*« Die Stimme des Sovren klang nun scharf, und in seinen Augen blitzte es. Cletas zuckte unwillkürlich zusammen, als ihm Zorn entgegenflutete. »Erklär mir, was das alles mit dem Kampforakel zu tun hat, verdammt!«

»Herr ...« Cletas erwiderte den Blick der fast farblosen Augen und gab die Zurückhaltung auf. »Fast zwanzig Jahre sind vergangen, seit die Lady Araen — möge die Göttin ihrer Seele gnädig sein — hinter den Letzten Schleier trat. Wenn du möchtest, könnte es eine Staatsangelegenheit sein, keine wahre Ehe! Bitte zieh es in Erwägung, Euer Gnaden. Bitte!«

»Wenn ich deinen Vorschlag richtig verstehe, Cletas, so weise ich ihn mit aller Entschiedenheit zurück.« Die Züge des Sovren verhärteten sich und bekamen dadurch etwas Fratzenhaftes. »Wenn ich deine anscheinend zusammenhanglosen Bemerkungen falsch gedeutet habe, so solltest du sie besser erläutern.«

»Es geht mir um folgendes, Herr: Wenn die Hohepriesterin Wynn entführt wird, *bevor* sie das Kampforakel verkündet — dann entsteht Verwirrung bei den Danreg. Dann weigern sich die Truppen vielleicht, aufs Schlachtfeld zu ziehen.«

Eine erstaunte Braue wölbte sich nach oben. »Hmm ... Das klingt weitaus logischer als alles, was ich

13

vom Rat hörte. Hältst du es für möglich, daß eine kleine Gruppe so etwas bewerkstelligen könnte?«

»Ich bin bereit, sie selbst anzuführen, Euer Gnaden«, sagte Cletas. »Heute nacht.« Er holte tief Luft. »Doch das ist nur der erste Teil meines Plans, Herr. Wenn sich die Frau in dieser Festung befindet, sind wir vielleicht imstande ...« Er zögerte und wählte die nächsten Worte mit großer Sorgfalt. »Dann sind wir vielleicht imstande, vernünftig mit ihr zu reden. Sie davon zu überzeugen, daß ein Bündnis durch Heirat unseren beiden Völkern zum Vorteil gereicht. Brautraub ist bei den Danreg nicht unüblich, und sie finden sich bestimmt damit ab, wenn er einer ehrenwerten Heirat gilt.«

Der Sovren stand ruckartig auf und kehrte dem Zweiten Kriegskommandeur den Rücken zu. Cletas fuhr hartnäckig fort: »Heldeons Volk achtet die Bluts- und Eheverwandtschaft so sehr, daß es niemals gegen Verwandte kämpfen würde. Wenn du jene Frau dazu bringst, durch ein Handbinden-Ritual deine Partnerin zu werden ... Dann wäre es durchaus möglich, daß Heldeon beschließt, auf *unsere* Seite zu wechseln. Zumindest zieht er seine Truppen zurück, um die Sünde zu vermeiden, das Schwert gegen Eheverwandte zu erheben.«

Als Cletas schwieg, schritt der Sovren auf und ab. Selbst sein Hinken — ein Speer hatte sich ihm vor Jahren in den linken Oberschenkel gebohrt — täuschte nicht über den Ärger hinweg, der in allen Bewegungen zum Ausdruck kam. »Hat dich der Rat beauftragt, mir so etwas vorzuschlagen?« stieß er hervor. Das Gesicht glich noch immer einer Maske, doch das Funkeln in den Augen ließ Cletas erschauern. Er wußte, daß er eine alte und noch immer tief schmerzende Wunde aufgerissen hatte.

»Nein, Herr«, erwiderte er und zwang sich dazu, dem Blick des Regenten standzuhalten. »Mein Plan ermöglicht es uns vielleicht, Neu-Araen zu retten. Nur daran denke ich. Und an den Umstand, daß du zu lange allein gewesen bist. Neunzehn Jahre ...« Er zögerte einmal mehr, und seine Gedanken kehrten zu Marya zurück, zu Sohn und Tochter. Er versuchte, sich ein Leben ohne sie vorzustellen. »Niemand sollte so lange allein sein.«

»Einmal habe ich sieben Jahre in völliger Einsamkeit verbracht«, entgegnete der Sovren knapp. »Auch damit bin ich fertig geworden.« Er legte die Hände auf den Rücken und stand vor einem Bild an der Wand, das er selbst gemalt hatte, vor zwei Jahrzehnten, beim Bau der Festung. Cletas fand die seltsame Darstellung rätselhaft: Sterne, eine ausgestreckte Hand unter einem seltsamen, scheibenförmigen Etwas. Einmal hatte er den Regenten nach der Bedeutung des Gemäldes gefragt, und die Antwort lautete: »Es ist eine Botschaft für jemanden, der erst noch geboren werden muß.«

Es fiel dem Zweiten Kriegskommandeur schwer, sich wieder auf das Hier und Heute zu konzentrieren — den Sternen haftete etwas Hypnotisches an. Es waren nicht nur weiße Punkte und Flecken, so wie am Nachthimmel; vielmehr sahen sie wie kleine bunte Kugeln aus, die verstreuten Edelsteinen gleich auf schwarzem Samt ruhten. Solche Sterne hatte Cletas nie gesehen.

»Bitte erwäge meinen Plan wenigstens, Herr. Er könnte den Tod vom Lakreo-Tal fernhalten. Wäre die Ehe ein zu hoher Preis für unser Überleben? Heldeon hat fast achttausend Soldaten, und wenn er sich mit uns verbündet ...«

Der Sovren seufzte und drehte sich um. Eine tiefe Erschöpfung, die nicht nur den Körper betraf, umhüllte ihn, warf einen Schatten auf das wie gemeißelte Gesicht unter dem dichten schwarzen Haar. »Nun gut, Cletas. Ich denke über den zweiten Teil deines Plans nach — wobei ich von der Annahme ausgehe, daß es dir heute nacht gelingt, die Frau zu entführen.«

»Danke, Euer Gnaden.«

»Aber bist du *sicher*, daß sie noch nicht das Kampforakel proklamiert hat? Der Dritte Kriegskommandeur Trebor Damas erwähnte eine Zeremonie, die am Hang stattfand, und angeblich sprach dabei die Hohepriesterin.«

Cletas seufzte. *Jetzt ist es soweit. Ich hätte wissen sollen, daß ich es nicht vor ihm verbergen kann.* »In Hinsicht auf das Orakel besteht kein Zweifel, Herr. Aber die Hohepriesterin hielt tatsächlich eine Ansprache und erzählte von einer Vision, die *dich* betrifft.«

Der Sovren hob amüsiert die Brauen. »Mich? Und welchen Ruf genießt die Lady Wynn in diesem Zusammenhang?«

»Ihre Prophezeiungen haben sich immer erfüllt, Herr«, murmelte Cletas und senkte den Kopf.

»Du siehst aus, als sei deine beste Jagdkatze gestorben. Was ist los? Was hat die Frau gesagt?«

Der Zweite Kriegskommandeur sammelte seine ganze Kraft und begegnete dem Blick der müden grauen Augen. »Sie sagte: ›*Nur wenn der Hinkende als Geheilter schreitet, nur wenn jener, der beim Kampf tödlich verletzt wird, aufsteht und lebt — nur dann kann uns der Sieg genommen werden. Nur dann wendet die Göttin ihr Antlitz von uns ab.*‹«

Wieder neigte sich eine Braue nach oben, verschwand fast im schwarzen Haar. »Bemerkenswert«, kommentierte der Sovren langsam. »Nun, von der Hohenpriesterin der Danreg heißt es, daß sich alle ihre Prophezeiungen erfüllen, und heute hat sie meinen Tod in der bevorstehenden Schlacht angekündigt.«

»Herr ...« Cletas vollführte eine hilflose Geste. »Vielleicht irrt sie sich diesmal.«

»Wie mein geschätzter Vater sagen würde ...« Der Sovren legte eine kurze Pause ein und erinnerte sich. »›Faszinierend.‹«

»Mehr fällt dir dazu nicht ein?« Cletas schnaufte empört. »Eben scheinst du bereit gewesen zu sein, mich in Stücke zu reißen, nur weil ich dir vorschlug, deine Einsamkeit mit einer neuen Gemahlin zu beenden. Aber die Prophezeiung des nahen Todes interessiert dich kaum.« Er schlug mit der Faust auf den Tisch. »Sie veranlaßt dich nur dazu, deinen *Vater* zu zitieren. War er ebenso kaltblütig wie du?«

»Nein, eigentlich nicht«, erwiderte der Sovren und nahm das Temperament des Zweiten amüsiert zur Kenntnis. »Im Vergleich zu dem Blut deines Volkes ist unseres sogar wärmer. Der Unterschied beträgt etwa drei Grad.«

Cletas maß ihn mit einem nachdenklichen Blick. »Offenbar ist dies ein ganz besonderer Abend. Du hast nie von deinem Vater gesprochen. Lebt er noch? Wo hält er sich auf?«

Die grauen Augen starrten melancholisch ins Nichts. »Mein Vater ... Seit zwanzig Jahren habe ich ihn nicht mehr gesehen.« Tief in Gedanken versunken berührte der Sovren einen Armschutz aus schwerem Silber. »Ich vermisse ihn noch immer, fast so sehr wie Araen. Mit beiden war ich nur kurze Zeit zusammen ...«

»Ist er tot?« fragte Cletas, obwohl ihn der Tonfall des Regenten etwas anderes vermuten ließ.

»Tot?« Der Sovren gab ein Geräusch von sich, das wie leises Lachen klang. »Nein.«

»Ähnelt er dir?« erkundigte sich der Zweite Kriegskommandeur behutsam.

»Körperlich, meinst du?« Der seltsame Mann zupfte am Haar über einem Ohr: Er hatte es extra lang wachsen lassen, um das offensichtlichste Merkmal seiner Andersartigkeit zu tarnen. Schon seit langer Zeit wußte er, daß sich weniger Probleme ergaben, wenn er seine Unterschiede nicht so deutlich zeigte. »Ja, ich komme ganz nach ihm.«

»Ist er ... ebenfalls ein Herrscher, Euer Gnaden?«

»Nein, nicht in dem Sinne. Als ich ihn zum letztenmal sah, war er ein stellvertretender Befehlshaber, so wie du, mein Freund. Und er diente seinem Regenten

17

ebenso treu und gut wie du mir. Zusammen haben sie viele Abenteuer erlebt und sich dabei einen legendären Ruf erworben.«

»Sie sind große Krieger, nicht wahr?«

»Falls es notwendig ist. Aber meistens beschreiten sie den Pfad des Friedens.«

»Ich wünschte, das wäre auch uns möglich, Herr«, sagte Cletas und versuchte, sich ein Land vorzustellen, das nicht unter der Geißel des Krieges litt. »Hast du die Möglichkeit, dich mit ihnen in Verbindung zu setzen? Wir könnten zwei so gute Kämpfer gebrauchen.«

Der Sovren schüttelte langsam den Kopf. Er blickte erneut ins Leere, schien etwas Wundervolles zu betrachten, das er für immer verloren hatte. »Nein, Cletas. Uns trennt mehr von ihnen als nur Entfernung. Wenn du für den Rest deines Lebens Tag und Nacht reitest, und wenn auch deine Kinder nach dir jeden Tag und jede Nacht reiten — sie kämen nicht einmal in ihre Nähe. Sie zu finden ... Genausogut könnte man versuchen, eine Handvoll Sterne vom Himmel zu holen ...«

Seine Stimme verklang, und nach einigen Sekunden straffte er die Gestalt, sprach lauter und fester. »Genug davon. Prüfen wir Trebor Damas' Listen mit den Aufstellungen des Waffenbedarfs. Uns bleibt nicht mehr viel Zeit.«

KAPITEL 1

Der Nebel hatte greifbare Substanz, dämpfte das Donnern der Brandung tief unten am Fuß der steilen Klippe und legte eine grauweiße Decke auf zerklüftete Felsen. Selbst das Rauschen des mächtigen Pazifiks wurde hier zu einem leisen, gespenstisch widerhallenden Gurgeln. Der Mann stand an einem Ort, den man Lands End nannte, am Rand der Klippe. Im einen Augenblick herrschte völlige Stille, und im nächsten hörte er das klagende Bellen der Seelöwen auf den Felsen und Navigationsbojen.

Wind kam auf, zerrte an seinem dunklen, welligen Haar. Aus langer Erfahrung wußte er, daß er bald wieder aufs Meer blicken konnte. Der Nebel von San Francisco war sehr hartnäckig, doch letztendlich setzte sich immer der Wind durch, trieb ihn über den Ozean, zerfaserte die Schwaden an den Berghängen, zerriß sie in Tälern.

Einige Sekunden lang spürte der Mann fast so etwas wie Mitleid einem Nebel gegenüber, der sich nicht gegen die Brise wehren konnte. *Du wirst trübsinnig,* dachte er. *Hör sofort damit auf, wenn du nicht für den Rest des Tages deprimiert sein willst. Außerdem ...* Das Chronometer am Handgelenk vermittelte ihm eine mahnende Botschaft. *Die Mittagspause ist seit zehn Minuten zu Ende. Du bist bereits spät dran.*

Doch er blieb auch weiterhin stehen, kehrte nicht zu den Türmen von Starfleet Command zurück. Was nützte ein hoher Rang, wenn man die Pausen nicht ab und zu um eine halbe Stunde verlängern konnte? Seine Adjutantin, Lieutenant Thasten, richtete bestimmt keinen vorwurfsvollen blauen Zeigefinger auf ihn. Ganz im Gegenteil: Sicher freute sich die Andorianerin, wenn sie in aller Ruhe arbeiten konnte. Er hielt sie sehr beschäftigt ... *Ich sollte sie für eine Beförderung empfehlen*, überlegte der Mann. *Es ist bestimmt keine leichte Aufgabe, mein Büro zu organisieren, und zwar über Jahre hinweg. Thasten hat einen Orden dafür verdient.*

Langsam schritt er durch die fortkriechende Nebelbank und gab sich Erinnerungen hin, die immer dann in den Mittelpunkt seiner Aufmerksamkeit rückten, wenn ihn nichts anderes beschäftigte. Die dumpfen Echos in den grauen Schwaden klangen wie eine Stimme, und seine Vorstellungskraft gab ihr Worte, die er während der letzten drei Monate häufig gehört hatte.

Jim ... Wann kann ich endlich nach Hause, mein Sohn? Ich hasse diesen Ort. Vertrauter Schmerz regte sich, war nach sechs Monaten noch immer nicht ganz aus ihm gewichen. Er glaubte plötzlich, wieder in der schlichten kleinen Kapelle von Riverside, Iowa, zu stehen. Gleich mußte er die Urne zu den Wandgräbern tragen und sie ins leere Fach stellen, unter dem ein Bronzeschild darauf hinwies, daß hier die sterblichen Überreste seiner Mutter Winona Kirk ruhten.

Er vernahm das Zischen eines Kuriergleiters, und von einer Sekunde zur anderen befand er sich wieder in San Francisco, in der Gegenwart. Der Schweber näherte sich rasch, verharrte einen halben Meter über der Klippe. Eine junge Pilotin — sie trug die Uniform eines Lieutenants — beugte sich durch die Luke. Ihr Gebaren zeigte sowohl Respekt als auch eine gewisse Nervosität. »Admiral Kirk, Admiral Morrow möchte Sie sprechen, Sir.«

James T. Kirk stieg rasch ein, und die junge Frau beschleunigte, noch bevor er den energetischen Sicherheitsharnisch aktiviert hatte. Er sah nach unten und beobachtete, wie Lands End schrumpfte. Kurz darauf neigte sich der Gleiter zur Seite und sauste nach Osten; die bernstein- und orangefarbenen Pfeiler der Golden Gate Bridge ragten aus dem Nebel, wie die Türme eines Märchenlandes.

»Was ist los, Lieutenant? Wohin fliegen wir?«

»Ich bin angewiesen, Sie zum zentralen Hauptquartier zu bringen, Sir«, antwortete die junge Frau mit einem bewußt neutral gehaltenen Gesichtsausdruck. »Den Grund dafür nannte mir Admiral Morrow nicht. Er meinte nur, es sei dringend.«

Einige Minuten später landete der Schweber im Shuttlehangar von Starfleet Command, und Kirk machte sich sofort auf den Weg zu Morrows Büro. Er fragte sich noch immer, warum ihn der Admiral persönlich sprechen wollte, dachte in diesem Zusammenhang an seine gegenwärtigen Aufgaben. Alles in bester Ordnung: Bei den meisten war er dem Zeitplan voraus, und wenn es keine unerwarteten bürokratischen Hürden zu überwinden galt — diese Möglichkeit bestand immer —, wurde er sicher rechtzeitig fertig.

Seine Stiefel klackten ungeduldig, als er zu den Aufzügen im Nordturm schritt. Doch dann runzelte Kirk unwillig die Stirn, als er feststellte, daß alle Lifts besetzt waren. Er zwang sich dazu, ruhig zu warten, nicht vom einen Bein aufs andere zu treten. Der Blick seiner nußbraunen Augen wanderte zum langen, gewölbten Panoramafenster, das polarisiertes Sonnenlicht in die Eingangshalle strömen ließ. Jenseits davon erstreckten sich San Francisco und die Bucht. Inzwischen hatte sich der Nebel vollständig aufgelöst, und Sol verwandelte den weißen, bronze- und goldfarbenen Saal in ein funkelndes Wunder, hier und dort von den Flecken grüner, zinnoberroter und kobaltblauer Pflanzen durchsetzt.

Komm schon, komm schon, dachte Kirk und widerstand der Versuchung, sich umzudrehen und noch einmal die Ruftaste eines Lifts zu betätigen. *Morrow meinte, es sei dringend ...*

Hinter ihm erklang ein melodisches, entschuldigendes Zirpen, als sich die Transportkapsel öffnete. Der Admiral trat sofort hinein. »Dreiundvierzigster Stock, Sektion siebzehn«, sagte er.

Kurze Zeit später erreichte er den Korridor vor Morrows Büro. Die Tür glitt mit einem leisen Zischen beiseite, und der überraschte Kirk sah sich seiner Adjutantin Lieutenant Thasten gegenüber. »Was liegt an?« fragte er sie.

»Ich habe Ihre Sachen hierhergebracht, Admiral«, antwortete die Andorianerin und deutete auf einen Koffer im Vorzimmer. »Wissen Sie, wann Sie zurückkehren, Sir?«

Kirk schnitt eine Grimasse. »Bis eben hatte ich keine Ahnung, daß mir eine Reise bevorsteht. Ich gebe Ihnen Bescheid, Thasten. Solange ich fort bin ... Bitten Sie Commander Arex, an den Gottesdiensten für Captain Ikeya und die Besatzung der *Constellation* teilzunehmen.«

»Ja, Sir.«

Kirk drehte sich um und beobachtete, wie Morrows Adjutant seinen Voder justierte. »Admiral Kirk ist hier, Sir.«

»Bitte gehen Sie gleich zu ihm, Admiral«, fügte er fast sofort hinzu, griff mit den obersten Klauen nach dem Koffer und geleitete Kirk in Morrows Büro.

Harry Morrow stand auf und kam hinter dem Schreibtisch hervor. Sein dunkles, attraktives Gesicht wirkte hohlwangig und sehr ernst. »Sparen Sie sich Ihre Fragen, Jim«, sagte er. »Eins unserer Schiffe ist in Schwierigkeiten. Wir haben nicht viel Zeit. Die *Cochise* wartet auf uns. Ich erkläre Ihnen alles, sobald wir unterwegs sind.«

Kirk nickte und nahm den Koffer entgegen. Morrow drückte eine Taste, und ein breiter Vidschirm schob sich beiseite. Dahinter kam ein kleiner Transporter mit zwei Transferfeldern zum Vorschein. Als sie auf die Plattform

22

traten, sprach der Adjutant in einen Kommunikator. Dann spürte Kirk das Prickeln der Entmaterialisierung. Die Konturen der Umgebung verschwanden, wichen denen eines anderen Ortes.

Er stand nun im Transporterraum der *Cochise* und bemerkte die vertraute Gestalt seines früheren Ersten Offiziers. »Spock!« platzte es aus ihm heraus. Er schritt zu dem Vulkanier. »Lieber Himmel, was führt *Sie* an Bord dieses Schiffes?«

»Admiral Morrow hat mich hierhergebeten«, erwiderte Spock. »Ich bin gerade eingetroffen.«

»Sie sehen gut aus«, sagte Kirk. »Wie lange ist es her?«

»Einen Monat, sechs Tage, siebzehn Stunden, neunzehn Minu ...«

»Es war eine rhetorische Frage, Spock — und das wissen Sie genau.« Kirk lächelte. »Ich freue mich, daß wir wieder zusammen sind.«

»Unsere Begegnung erfüllt auch mich mit Zufriedenheit, Jim.«

»Meine Herren ...«, erklang Morrows Stimme hinter Kirk. »Ich störe Sie nur ungern, aber die Zeit ist knapp.«

Kirk wandte sich um und folgte dem Admiral. »Na schön, Harry. Hören wir uns einige der Antworten an, die Sie mir versprochen haben. Wohin bringt uns dieses Schiff? Und warum die Geheimnistuerei?«

Morrow nickte. »Was die ›Geheimnistuerei‹ betrifft ... Sie sind noch immer der Medienliebling James T. Kirk, und ich wollte nicht, daß Journalisten von der Sache Wind bekommen. Wir müssen unbedingt eine Panik vermeiden.«

»Eine *Panik?*« Kirks Lächeln verblaßte.

Morrow nickte erneut. »Zum Konferenzzimmer geht es dort entlang, meine Herren.«

Sie verließen den Transporterraum, und die kaum spürbaren Vibrationen des Decks veränderten sich: Kirk begriff, daß die *Cochise* aus der Umlaufbahn schwenkte und mit Impulskraft beschleunigte. *Offenbar hat es Morrow wirklich sehr eilig,* dachte er. *Wir rasen bereits durchs Sonnensystem. Wohin fliegen wir? Und welches Schiff ist in Schwierigkeiten?*

Die *Cochise* war ein Scout der Hermesklasse I, und normalerweise bestand die Crew aus etwa zweihundert Personen. Doch als Kirk Morrows breitem Rücken durch fast leere Korridore folgte, wurde ihm schon bald klar, daß sich jetzt nur eine Minimalbesatzung an Bord befand.

Der Admiral führte sie in das kleine Konferenzzimmer, aktivierte die Sicherheitsschirme und forderte seine beiden Begleiter mit einer knappe Geste auf, am Tisch Platz zu nehmen. »Wir haben ein großes Problem, meine Herren. Etwas bedroht die Föderation, und es hat ein praktisch unbegrenztes Zerstörungspotential. Es ist schlimmer als Vejur, viel schlimmer. Der unmittelbare Aspekt des Problems heißt Alpha Centauri B. Die *Kismet*, ein Kurierschiff der Föderation, sitzt dort fest, etwa hundert Millionen Kilometer von der Sonne entfernt.«

»Sie sitzt fest?« Kirk beugte sich verwundert vor.

»Ja. Seit fast sechzehn Stunden. Sie ist manövrierunfähig; alle Computer sind ausgefallen.«

Spocks Brauen kletterten bis zum Haaransatz empor. »*Alle* Computer? Sehr ... ungewöhnlich. Die Reservesysteme funktionieren nicht?«

»Nein«, bestätigte Morrow. »Es handelt sich um eine direkte Folge der Veränderungen, die Alpha Centauri B erfaßt haben. Eine Zeitverschiebung wirkt sich auf den Stern aus, und dadurch altert er wesentlich schneller: Er verbrennt seinen Wasserstoff so schnell in Helium, als vergingen Jahrmillionen innerhalb von wenigen Minuten. Wir evakuieren die Bevölkerung von Kent nach Centaurus und hoffen dabei, daß uns Zeit genug bleibt, bevor die Sonne zu einem roten Riesen wird und ihre

24

Planeten verschlingt. Nach einigen Schätzungen könnte das in etwa zwanzig Stunden geschehen.«

Kirk starrte den Admiral verblüfft an. Das System von Alpha Centauri bestand aus drei Sternen. Alpha Centauri A — eine gelbe Sonne, etwas größer und heller als Sol — hatte insgesamt fünfzehn Planeten, darunter einen bewohnten: Centaurus. Die Entfernung zwischen A und B, einem kleineren, orangefarbenen Stern, schwankte zwischen dreißig und vierzig Astronomischen Einheiten. Ein roter Zwerg namens Proxima Centauri umkreiste die beiden anderen Sonnen. Schon als kleines Kind hatte Kirk gewußt, daß Proxima Centauri von der Erde aus gesehen der nächste Stern war.

Schon seit mehreren hundert Jahren zeigte Alpha A Anzeichen von Instabilität, doch wenn man stellare Maßstäbe anlegte, spielten die geringfügigen Fluktuationen kaum eine Rolle. In bezug auf Alpha B gab es keine Probleme — unter normalen Umständen sollten beide Sonnen während der nächsten Jahrmilliarden unverändert bleiben. Alpha B wurde von sechs Planeten begleitet, und auf dem erdähnlichsten von ihnen — Kent — lebten seit hundert Jahren terranische Siedler. Kirk hatte die Kolonie häufig besucht.

Er besaß Land auf Centaurus, nur ein Sonnensystem entfernt, ein Tal, das er im Verlauf vieler Jahre erworben und Garrovick genannt hatte, zu Ehren seines ersten Captains. Vor dem inneren Auge sah er die kleine Blockhütte, erinnerte sich an Ruhe und Frieden, an das Angeln im Fluß Farragut.

Es dauerte einige Sekunden, bis er die Stimme wiederfand. »Und die *Kismet*? Geriet sie ebenfalls in die Zone beschleunigter Zeit?«

»Nein«, sagte Spock sofort. »Die Logik spricht dagegen. In einem solchen Fall wären alle Personen an Bord sofort gestorben und zu Staub zerfallen, ohne zu verstehen, was mit ihnen geschieht.«

Harry Morrow nickte einmal mehr. »Ja, das stimmt.

Sehen Sie mich nicht so an, Jim. Auch mir mußte man das alles in ganz einfachen Worten erläutern.«

Kirk fühlte sich wie ein Narr. »Eigentlich hätte ich mich längst daran gewöhnen sollen — immerhin habe ich jahrelang mit Vulkaniern zusammengearbeitet. Also gut: *Warum* sind die Computer der *Kismet* ausgefallen?«

»Es liegt am sogenannten EMIP-Effekt«, sagte der Oberbefehlshaber von Starfleet. »Eine starke thermonukleare Reaktion — ganz gleich, ob sie von einer Bombe oder einer Sonne verursacht wird — bewirkt einen elektromagnetischen Impuls, der zu Defekten in Computern und Kommunikationsgeräten führt. Wie dem auch sei: Das Schiff treibt im All, und wenn es keine Hilfe bekommt...« Er hob kurz die Schultern und schnippte mit den Fingern.

»Können wir uns der *Kismet* weit genug nähern, um die Besatzung zu retten — und ohne uns dem EMIP-Effekt auszusetzen?« fragte Kirk.

»Ich weiß es nicht«, antwortete Morrow. »Wir sind nicht imstande, eine Kom-Verbindung herzustellen. Die Deflektoren schützen uns — auf diese Weise evakuiert man Kent —, aber ob wir in der Lage sind, ein Rendezvousmanöver durchzuführen, um die Crew zu retten...« Er runzelte die Stirn und schüttelte den Kopf. »Die *Kismet* geriet in den EMIP, bevor sie Gelegenheit bekam, ihre Schilde zu aktivieren. Wir können nur so schnell wie möglich zu ihr gelangen und anschließend einen Eindruck von der Situation gewinnen. In der wissenschaftlichen Sektion versucht man derzeit, eine Möglichkeit zu finden, um den Transporter trotz aktiver Deflektoren einzusetzen. Allerdings: Sie wissen ja, daß dieses Problem bisher als unlösbar galt.«

»Ich werde die Bemühungen Ihrer Wissenschaftler mit eigenen Beiträgen unterstützen«, sagte Spock. »Wann erreichen wir unser Ziel?«

Morrow sah auf ein Chronometer. »Mit Warp acht in etwa fünfzehn Stunden.«

»Sie holen alles aus den Triebwerken heraus«, murmelte Kirk.

»Man hat uns erst vor einer Stunde verständigt. Die *Kismet* stand in Kom-Kontakt mit Kent, als es sie erwischte, doch es dauerte eine Weile, bis uns die Meldung erreichte. Nachrichten aus dem Evakuierungsbereich sind nur sporadischer Natur und manchmal widersprüchlich.«

»Wie viele Bewohner von Kent hat man inzwischen in Sicherheit gebracht?« erkundigte sich Spock.

»Der letzte Bericht sprach von fünfundsiebzig Prozent.«

»Dann sind noch immer ziemlich viele Leute auf dem Planeten«, sagte Kirk. Er versuchte, seine Besorgnis nicht zu zeigen, als er hinzufügte: »Ich nehme an, für Centaurus besteht keine Gefahr, oder?«

»Vielleicht verbrennt Alpha B die Gasriesen am Rand des centaurianischen Systems«, erwiderte Spock und warf seinem Freund einen kurzen Blick zu: Er kannte den Grund für Kirks Frage. »Aber Centaurus dürfte weit genug entfernt sein, um von der Hitze verschont zu bleiben. Was die kosmische Strahlung angeht ...« Er sah Morrow an und wölbte eine Braue.

»Wir haben spezielle planetare Schilde vorbereitet, um die Emissionen zu reflektieren«, meinte der Admiral. »Keine Sorge, Jim. Ihr Tal ist nicht bedroht. Ich erinnere mich gut ans Angeln im Fluß.«

Kirk seufzte. »Danke, Harry.«

Spock preßte die Fingerspitzen aneinander, für Jim eine sehr vertraute Geste. Sie bedeutete, daß der Vulkanier konzentriert nachdachte. »Sie sprachen eben von einem ›unmittelbaren Aspekt‹, Admiral Morrow, woraus ich schließe: Das Problem weist noch bedeutendere Faktoren auf. Stehen sie vielleicht mit dem Verlust der *Constellation* vor zehn Tagen in Zusammenhang?«

Kirk versteifte sich unwillkürlich, musterte erst den Vulkanier und dann Morrow.

Der Admiral nickte widerstrebend. »Ja. Es geht um folgendes ...«

Das Summen des Türmelders unterbrach ihn. Morrow schaltete die elektronische Verriegelung aus, und das Schott glitt beiseite. Eine junge Tellaritin kam herein, und Unruhe glänzte in ihren kleinen Augen. »Wir haben gerade diese Mitteilung für Sie aufgezeichnet, Sir. Priorität Eins.«

Morrow griff rasch nach der Kassette. »Danke, Fähnrich.«

Der Admiral schob das Datenmodul in einen Scanner, und während er auf den Schirm starrte, entsann sich Kirk an die Auskünfte über das Schicksal der *Constellation*. Er hatte ihren Captain Carmen Ikeya vor zehn Jahren kennengelernt: die erste Kommandantin eines Starfleet-Schiffes. Inzwischen gab es viele Frauen, die eine so große Verantwortung wahrnahmen. Reminiszenzen zeigten ihm mandelförmige Augen, zerzaustes Haar und ein fast tollkühnes Zum-Teufel-auch-Lächeln. Was auch immer geschehen sein mochte (und in dieser Hinsicht gab die offizielle Starfleet-Bezeichnung »vermißt, wahrscheinlich zerstört« kaum Aufschluß) — bestimmt war sie voller Stolz in den Tod gegangen.

Morrows leises Fluchen brachte Kirk in die Gegenwart zurück, und er sah, wie der Admiral die Schultern hängen ließ. »Was ist los, Harry?«

Spock beugte sich andeutungsweise vor, doch sein Gesicht verharrte in Ausdruckslosigkeit.

Morrow schüttelte den Kopf. »Man hat mir bestätigt, daß sich ein Passagier an Bord der *Kismet* befindet. Bisher habe ich gehofft, daß er durch irgend etwas aufgehalten wurde ...« Er seufzte. »Leider ist das nicht der Fall.«

»Ein Passagier? Wer?« Leises Unbehagen regte sich in Kirk.

»Ich wollte mit Ihnen dreien reden«, sagte Morrow wie zu sich selbst. »Weil Sie ein Team bilden. Deshalb

wies ich ihn an, das nächste Schiff zur Erde zu nehmen.«

»Mit uns dreien ...« Kirk blickte zu Spock, der langsam und ernst nickte. »Heißt der Passagier an Bord der
Kismet etwa ... Leonard McCoy?«

»Ja.«

KAPITEL 2

Verdammter Mist«, brummte Kirk. »Eine wirklich üble Angelegenheit.«

»In der Tat«, pflichtete ihm Spock bei.

Morrow nickte grimmig.

Bedrückendes Schweigen folgte, bis der Vulkanier sagte: »Admiral, vielleicht sollten Sie uns nun das ganze Problem schildern und auch erklären, warum Sie ausgerechnet von ›uns dreien‹ nützlichen Rat erwarten.«

Morrow holte tief Luft. »Zunächst einmal: Bitte denken Sie daran, daß wir es mit einem Geheimnis der Priorität Eins zu tun haben. Selbst *ich* habe die Einzelheiten erst vorgestern erfahren. Nur die Generalsekretärin des Föderationsrates und vier andere Personen — zwei von ihnen Spezialisten für theoretische Physik — wissen von dem, was ich Ihnen nun erzählen werde.«

Kirk musterte den Admiral und fragte sich, warum er eine so theatralische Einleitung wählte. Er kannte Harry Morrow seit Jahren, und Dramatik widersprach seinem Stil. *Er scheint seinen ganzen Mut zu sammeln, um das ›Problem‹ in Worte zu kleiden.*

»Nicht nur Alpha Centauri B stirbt«, begann der Admiral. »Auch bei anderen Sternen kündigt sich ein vorzeitiger Tod an. Vielleicht hat Mr. Spock entsprechende Artikel in Fachzeitschriften gelesen.«

Der Vulkanier nickte. »Ja. Während der vergangenen beiden Solarmonate sind zehnmal mehr Sterne ›gestorben‹, als dies dem statistischen Durchschnitt entspricht. Astronomen und Physiker haben vergeblich nach einem Grund für dieses Phänomen gesucht. Nun, wenn man den Trend auf Sterne von zehn oder mehr Sonnenmassen erweitert, so führen die Berechnungen zu sehr beunruhigenden Resultaten.«

»Zu *erschreckenden* Resultaten«, betonte Morrow. »Wie dem auch sei: In den Artikeln fehlen Hinweise auf die Ursache des beschleunigten Sternentods.«

Er zögerte, und Kirk vermutete: »Weitere Zeitverschiebungen?«

»Ja. Glücklicherweise sind bis gestern nur Sonnen ohne bewohnte Planeten betroffen gewesen. Doch jetzt stirbt Alpha Centauri B. Stellen Sie sich vor, was eine derartige Zeitwelle bei Sol oder 40 Eridani anrichten würde. Auf Kent leben fünfzig Millionen Siedler. Wie groß ist die Bevölkerung von Vulkan?«

»Nach der letzten Volkszählung sieben Milliarden siebenhundertzweiundfünfzigtausend.«

»Und auf der Erde gibt es fast doppelt so viele Bewohner.« Morrow rieb sich die Stirn und schien auf diese Weise zu versuchen, Kopfschmerzen zu lindern. »Ich habe alle in der Nähe befindlichen Frachter, Privatjachten und Starfleet-Schiffe angewiesen, bei Kents Evakuierung zu helfen. *Vielleicht* gelingt es uns, alle Kolonisten in Sicherheit zu bringen.«

»Und die *Constellation?*« fragte Kirk. »Was ist mir ihr geschehen?«

»Sie beendete den Warptransfer zu früh«, sagte Morrow. »Sie ...« Ein leises Pfeifen erklang, und der Admiral aktivierte den kleinen Vidschirm auf dem Tisch. »Hier Morrow.«

Das Gesicht des Kommunikationsoffiziers — eines Mannes in mittleren Jahren — erschien auf dem Schirm. »Ich empfange eine codierte Nachricht. Sie stammt von der Generalsekretärin des Föderationsrates.«

»Dechiffrieren und zu diesem Terminal übertragen.«

Einige Sekunden später las Morrow die Übersetzung und erbleichte. »Neutrino-Detektoren haben Anzeichen für wachsende Instabilität bei Kanopus festgestellt. Die

Generalsekretärin möchte wissen, wie viele Föderationsschiffe im betreffenden Sektor für eine Evakuierung eingesetzt werden können.«

Morrow schaltete den Tischkommunikator ein. »Lieutenant Buck, bitte antworten Sie, daß Nachforschungen notwendig sind«, sagte er langsam. »Ich weiß nicht, wie viele Privatjachten wir requirieren können. Teilen Sie der Generalsekretärin mit, daß ich ihr so bald wie möglich Bescheid gebe.«

Der Admiral desaktivierte das Gerät, und sein Gesicht war noch immer aschfahl. »Es gibt zwei besiedelte Planeten im Kanopus-System. Mit acht Milliarden Bewohnern. Ich fürchte, wir müssen unser Gespräch jetzt beenden, damit ich alle erforderlichen Informationen für T'Kyra zusammenstellen kann. Jim, ich brauche Ihre Hilfe bei der Berechnung des Transportpotentials. Spock, bitte arbeiten Sie mit unseren Wissenschaftlern an Bord zusammen.«

Während der nächsten Stunden verbannte Kirk die Sorgen in bezug auf McCoy aus dem Zentrum seines Bewußtseins. Er konzentrierte sich auf die schwierige Aufgabe, die Routen und Flugpläne aller Frachter im Kanopus-Sektor zu ermitteln. Einmal sah er auf, als er ein zaghaftes »Sir?« vernahm, ließ sich von der jungen Tellaritin Kaffee und einen Teller mit Sandwiches reichen. Er aß sie mit mechanischen Bewegungen, nahm kaum zur Kenntnis, daß sie leckeres Hühnerfrikassee enthielten. Erst als seine Finger über einen leeren Teller tasteten, wurde ihm klar, wie hungrig er gewesen war.

Den Kaffee trank er schwarz, dankbar für seine belebende Wirkung. Als er sich erhob, um zur Toilette zu gehen, fiel sein Blick aufs Chronometer. Erstaunt stellte er fest, daß er fast fünf Stunden lang am Schreibtisch gesessen hatte.

Nach zwei Kannen Kaffee, einer Ultraschalldusche und einem zwanzig Minuten langen Nickerchen (die bleischweren Lider sanken einfach nach unten) war die von Morrow verlangte Analyse fertig. Kirk speicherte die Daten und kopierte sie ins Terminal des Admirals. Er rieb sich die brennenden Augen und spürte ein dumpfes, schmerzhaftes Pochen hinter der Stirn. *Sollte mir mal wieder die Augen untersuchen lassen,* dachte er, stand auf und streckte sich. Es knackte im Rücken.

Himmel, ich bin nur seit sechsunddreißig Stunden wach, fuhr es ihm durch den Sinn. *Offenbar werde ich langsam alt. Früher konnte ich sechsunddreißig Stunden ohne Pause arbeiten und war trotzdem für einen Kampf bereit.* Seine Gedanken kehrten zu McCoy zurück, und er fragte sich, wie es seinem Freund erging. *Es muß entsetzlich sein. An Bord eines Schiffes, dessen Bordsysteme nicht mehr funktionieren. Blind und taub darauf zu warten, von der anschwellenden Sonne verschlungen zu werden ...*

Das Schott öffnete sich, und Spock trat ein. Kirk beneidete den Vulkanier, der ausgeruht und völlig wach wirkte. Spock wölbte eine Braue, als er Jims Gesichtsausdruck bemerkte. »Alles in Ordnung?«

Kirk nickte müde. »Wann erreichen wir die *Kismet?«*

»Wir sind jetzt fast in Sensorreichweite ihrer letzten Position. Admiral Morrow meinte, angesichts der wenigen Besatzungsmitglieder an Bord könnte er unsere Hilfe auf der Brücke gebrauchen.«

»Gut. Immer noch besser, als herumzusitzen und sich Sorgen zu machen.«

Die beiden Offiziere schritten zum Kontrollraum. Das Scoutschiff war natürlich viel kleiner als schwere Kreuzer wie die *Enterprise,* aber es entsprach dem gleichen Konstruktionsmuster. Auf der Brücke blieb Kirk kurz stehen, sah zum Befehlsstand, zum Wandschirm, ließ den Blick über die einzelnen Stationen schweifen. Er seufzte, zufrieden darüber, wieder im All zu sein, in einem Raumschiff. Unter den gegenwärtigen Umständen konnte er sich unmöglich freuen — immerhin befand sich Pille irgendwo dort draußen, und ihm drohte große

33

Gefahr. Andererseits: Es war Monate her, seit er zum letztenmal die irdische Umlaufbahn verlassen hatte.

Erst hier draußen begreife ich, wie sehr ich den Weltraum vermisse, überlegte er. *Ich lasse etwas im All, wenn ich auf einem Planeten bin — einen Teil meiner Seele.*

»Können Sie die Navigation übernehmen, Jim?« fragte Morrow und drehte den Kommandosessel. »Ich habe Steuermann und Navigator gerade zum Shuttlehangar geschickt — sie sollen vorbereitet sein, wenn wir die *Kismet* finden.«

»Aye, Sir«, erwiderte Kirk, salutierte wie ein diensteifriger Fähnrich und nahm vor der Navigationskonsole Platz.

»Mr. Spock, bitte kümmern Sie sich um die Sensoren. Ich halte eine kontinuierliche Sondierung für angebracht.«

»Ja, Admiral«, entgegnete der Vulkanier und leistete dem wissenschaftlichen Offizier der *Cochise* Gesellschaft.

»Alles klar, Mr. Spock?«

»Ja, Sir. Für die Suche eignet sich eine Orbitalhöhe von hundertzwanzig Millionen Kilometern, Admiral. Angesichts der ständigen EMIP-Emissionen können wir die Schilde nicht senken.«

»In Ordnung. Navigation, fünfundzwanzig Prozent Impulskraft. Kurs drei vier zwei Komma vier.«

Kirk starrte auf die Konsole und trachtete danach, die richtigen Schaltkomponenten zu identifizieren. *Ich wünschte, Sulu wäre hier.* Er programmierte den Kurs, betätigte dann einen Schieberegler. Sofort beschleunigte die *Cochise.*

Alpha Centauri B leuchtete auf den bugwärtigen Schirmen: eine gelbe und orangefarbene Scheibe, etwas kleiner als die Sonne von der Erde aus gesehen.

»Ich messe erhebliche Neutrino-Aktivität, Admiral«, sagte Spock. »Alpha B könnte sich jederzeit zu einem orangeroten Riesen ausdehnen.«

»Wandschirm auf Vergrößerung. Filter aktivieren.«

Alpha B schwoll ruckartig an, und Kirk betrachtete den Stern. *So viele Sonnenflecken ...*, dachte er. *Und die langen Protuberanzen!*

»Irgendeine Spur von der *Kismet*, Mr. Spock?«

»Negativ, Admiral.«

»Erhöhen Sie die Geschwindigkeit auf halbe Impulskraft, Jim. Gleicher Kurs.«

»Aye, Sir.« Kirk schlüpfte nun wieder in die Rolle des Fähnrichs und Steuermanns an Bord der *Farragut*. Seine Hände bewegten sich von ganz allein, tanzten über die Kontrollen.

Die *Cochise* schwenkte in eine solare Umlaufbahn. *In dieser Höhe brauchen wir Tage, um die Sonne einmal zu umkreisen*, dachte Kirk besorgt. Aber er wußte auch, daß sie es sich nicht leisten konnten, die *Kismet* mit den Sensoren zu ›übersehen‹ — wenn überhaupt, bekamen sie nur eine Chance, das kleine Schiff zu finden.

Die elektromagnetischen Wellen verzerrten Kom-Signale; sie hatten also nicht einmal die Möglichkeit, sich über den aktuellen Stand der Evakuierung von Kent zu informieren. Kirk steuerte die *Cochise* und behielt dabei die Anzeigen des Energieverbrauchs im Auge. »Admiral ...«, sagte er nach fast einer Stunde. »Durch die auf volle Kapazität justierten Deflektoren gehen unsere Energiereserven schneller zur Neige, als wir zunächst annahmen.«

»Wie lange können wir die Suche fortsetzen?« fragte Morrow.

»Maximal zwei Stunden«, antwortete Kirk. »Hat die *Kismet* beim letzten Kom-Kontakt ihre Koordinaten übermittelt?«

»Ja«, sagte Morrow. »Wir haben den Orbit an ihrer gemeldeten Position erreicht.«

»Aber inzwischen hatte sie zweiunddreißig Stunden Zeit, um durch den Raum zu treiben«, gab Kirk zu bedenken.

»Das Trägheitsmoment«, kommentierte Spock, wechselte einen Blick mit seinem früheren Captain und lächelte anerkennend. »Die Logik gebietet, daß wir folgende Tatsache berücksichtigen müssen: Ein Objekt, das sich mit einer gewissen Geschwindigkeit bewegt, neigt dazu, sie beizubehalten, solange keine äußere Kraft darauf einwirkt.«

Morrow rieb sich die Stirn. »Ich verstehe, was Sie meinen. Aber können wir es uns leisten, das Suchmuster zu verändern und dadurch zu riskieren, an dem Kurierschiff vorbeizufliegen?«

Kirk atmete tief durch. »Können wir es uns leisten, *kein* Risiko einzugehen?«

»Wie schnell war die *Kismet*, als sie von der EMIP-Welle getroffen wurde?« fragte Spock.

»Sie unterbrach ihren Warptransfer für eine kurze Kom-Verbindung mit Kent«, erläuterte Morrow. »Wenn sich Captain Perez an die übliche Routine gehalten hat, flog er mit fünfundsiebzig Prozent Impulskraft.«

»Damit läßt sich etwas anfangen.« Kirk gab Daten in den Navigationscomputer, überprüfte sie mehrmals, zog dabei auch den starken Sonnenwind in Erwägung, der von Alpha B ausging und eine nicht unerhebliche Abdrift verursachen konnte. Mit diesen Informationen programmierte er den Computer und verlangte anschließend eine dreidimensionale Kursanalyse. Wenige Sekunden später lag das Ergebnis vor.

»Es ist lange her, seit ich zum letztenmal solche Berechnungen durchgeführt habe, Spock. Bitte kontrollieren Sie die Werte.«

Er hatte ganz vergessen, daß er nicht das Kommando hatte. Spock sah zu Morrow, und als der Admiral nickte, transferierte Kirk die Daten zum Terminal der wissenschaftlichen Station. Dann wartete er voller Anspannung und versuchte, nicht daran zu denken, daß McCoys Leben vielleicht davon abhing, was sie in den nächsten Minuten unternahmen.

36

Der Vulkanier drehte sich um. »Die Analyse ist exakt«, verkündete er und nickte Kirk zu. »Sie gibt den Ort an, wo sich die *Kismet* befinden müßte.«

»Na schön, Jim«, brummte Morrow, nachdem er sich die Projektion angesehen hatte. »Ändern Sie den Kurs. Warpfaktor eins.«

Kirk betätigte Tasten, und die *Cochise* sprang durchs All. Zwanzig Minuten später sagte Jim: »Unsere Position stimmt jetzt mit den vor mir errechneten Koordinaten überein, Admiral. Ich gehe auf Sublicht.«

»Zeigen die Sensoren etwas an, Mr. Spock.«

»Nein, Sir.«

Kirk manövrierte die *Cochise* durchs Suchgitter, und Besorgnis bildete einen dicken Kloß in seinem Hals. Er fürchtete plötzlich, sich geirrt zu haben. *Vielleicht sind wir bereits an der* Kismet *vorbei. Pille könnte Zehntausende von Kilometern hinter uns auf Hilfe warten, in einem Schiff, dessen Lebenserhaltungssysteme nicht mehr funktionieren. Vielleicht stirbt er in diesem Augenblick. Vielleicht sind bereits alle Personen an Bord des Kurierschiffes tot.*

Zehn Minuten... Fünfzehn... Dreißig... Eine Stunde.

Eine Stunde und zwanzig Minuten.

»Energiestatus, Jim?«

»Wir haben nur noch für eine Viertelstunde volle Deflektorenkapazität«, sagte Kirk leise und fühlte, wie sich Verzweiflung einer Wolke gleich auf ihn herabsenkte. »Wenn wir länger suchen, werden die Schilde destabil, und dann laufen wir Gefahr, ebenfalls einer EMIP-Welle zum Opfer zu fallen.«

In Morrows dunklen Zügen zeigte sich Mitgefühl. »Wir setzen die Suche fort. Sie haben sich alle Mühe gegeben, Jim. Verzagen Sie nicht.«

Kirk schüttelte den Kopf und rang sich zu der Erkenntnis durch, daß sie nicht mit einem Wunder rechnen durften. Diesmal...

»Ich orte etwas.« Spocks Stimme klang ruhig und gelassen, aber Jim glaubte trotzdem, so etwas wie Aufregung darin zu hören.

»Die *Kismet?*« Morrow beugte sich vor.

»Ja, Admiral. Sie ist direkt vor uns, Kurs drei Komma vier zwei.«

Kirk spürte profunde Erleichterung, doch sie wich sofort neuer Anspannung. *Kommen wir zu spät? Lebt die Crew noch?*

Die *Cochise* näherte sich dem treibenden Kurierschiff. Nur einige Notlichter glühten an dem kleinen Raumer; abgesehen davon wirkte er tot.

»Nun, wir haben die *Kismet* gefunden«, sagte Morrow. »Aber wie stellen wir einen Kontakt zu ihr her? Ihre Kommunikationssysteme sind ausgefallen. Die Besatzung kann uns weder hören noch sehen.«

Der wissenschaftliche Offizier — eine Frau namens Lisa Washington — drehte sich um und betrachtete die Darstellungen des Wandschirms. »Vielleicht sollte jemand an die Luftschleuse klopfen«, regte sie mit trockenem Humor an.

In Kirks Mundwinkeln zuckte es kurz, als er diesen Vorschlag hörte. »Das ist leider nicht möglich, Lieutenant.« Dann hob er jäh den Kopf. »He, einen Augenblick! *Natürlich!* Wir klopfen an die Außenhülle!«

»Wie bitte?« Washington runzelte etwas verwirrt die Stirn.

»Wir feuern mit den Phasern vor den Bug der *Kismet* und rütteln sie ein wenig. Wenn wir das in regelmäßigen Abständen wiederholen, wissen die Leute an Bord, daß wir hier sind!«

Spock nickte bereits. »Es könnte klappen, Admiral Morrow.«

»Versuchen wir's. Jim, feuern Sie, wenn Sie soweit sind.«

»Aye, Sir. Phaser eins.« Kirk betätigte den Auslöser, und ein Energieblitz raste durchs All.

Er schuf ein Muster, indem er kürzere und längere

Phaserstrahlen zum Kurierschiff schickte, übermittelte auf diese Weise den SOS-Code des Morsealphabets.

Dann wartete er, hin und her gerissen zwischen Furcht und Hoffnung, wünschte sich irgendein Lebenszeichen von der *Kismet*. Kirk bedauerte zutiefst, daß es nicht möglich war, die Schilde zu senken, um eventuelle Überlebende an Bord zu beamen. *Jetzt sind die Leute dort drüben am Zug.*

Fünf Minuten verstrichen. Zehn.

»Soll ich noch einmal signalisieren, Admiral?« fragte Kirk und bemühte sich, möglichst ruhig zu sprechen.

»Ja. Nein!« Morrow sprang auf und blickte auch weiterhin zum Wandschirm. »Die Luftschleuse öffnet sich!«

Kirk erhöhte sofort die Vergrößerungsstufe, und daraufhin erkannte er eine Gestalt, die einen unförmigen, mit Schubdüsen ausgestatteten Schutzanzug trug und neben dem Außenschott der Schleuse schwebte. Sie löste ihre Sicherheitsleine, und das Schott klappte zu. Kurz darauf schwang es erneut auf, und drei weitere Gestalten in normalen Raumanzügen kamen zum Vorschein. Es dauerte nicht lange, bis die Sicherheitsleine alle vier Personen miteinander verband. Der Vorgang wiederholte sich mehrmals, und nach zehn Minuten schwebten insgesamt zwölf Besatzungsmitglieder der *Kismet* im All. Zwei von ihnen trugen Anzüge mit Düsenmodulen. Die weiße Schutzkleidung reflektierte das Licht von Alpha B, und Kirk verglich die Leute mit deformen Perlen, die an einer Kette hingen, vor dem Hintergrund unendlicher Schwärze.

Sie müssen die manuellen Kontrollen der Schubdüsen benutzen, dachte er. *Die Computer funktionieren nicht. Ihnen bleibt keine andere Wahl, als Flugbahn und Schubdauer in Gedanken zu berechnen.*

»Wie holen wir sie denn an Bord?« fragte Lieutenant Buck.

»Wenn sie nahe genug herankommen, setzen wir das Shuttle ein«, antwortete Morrow. »Wir drehen die *Co-*

39

chise, bis der Hangar von Alpha Centauri B fortzeigt —
dann schirmt ihn die Masse des Schiffes von den EMIP-
Emissionen ab. Anschließend senken wir den vorderen
Schild lange genug, um die Raumfähre starten und später zurückkehren zu lassen.«

Der Admiral aktivierte das Interkom. »Hangardeck.
Bereiten Sie das Shuttle *Onizuka* vor, um die Crew der
Kismet zu bergen.«

»Aye, Sir.«

»Die Schubphase hat begonnen«, sagte Kirk.

Er starrte auf den Wandschirm und beobachtete mit
trockenem Mund, wie Düsen glühten. Die Sicherheitsleine spannte sich, und jede damit verbundene Gestalt
erzitterte kurz, als sich ihr Bewegungsmoment veränderte und die Personen in Richtung *Cochise* gezogen
wurden. Kirk stellte sich die Auswirkungen der plötzlichen Beschleunigungen und Kurswechsel vor. *Morgen
werden einige Leute über einen steifen Hals und Rücken-
schmerzen klagen.*

Nach einer Weile, als die Entfernung noch einige Kilometer betrug, erlosch das Feuer der Düsen, und die
Perlenkette aus Raumanzügen glitt dem Scout entgegen. *Haben sie die Flugbahn richtig eingeschätzt?* überlegte
Kirk. *Kommen sie nahe genug heran, um vom Shuttle aufge-
nommen zu werden?*

»Hier Hangardeck«, klang es nach einigen Minuten
aus dem Interkom-Lautsprecher. »Sie sind jetzt in
Reichweite. Navigator Ferguson schlägt vor, in sechzig
Sekunden zu starten. Bitte senken Sie dann Bugschild
Nummer vier.«

Aufregung erfaßte die Brückenoffiziere. Kirk saß über
die Konsole gebeugt, beide Hände an den Kontrollen,
um den genannten Deflektor auszuschalten.

Eine halbe Ewigkeit schien zu vergehen — in Wirk-
lichkeit bestand sie nur aus einer Viertelstunde —, bis
Ferguson endlich meldete: »Wir haben sie, Admiral
Morrow. Und es ist alles in Ordnung mit ihnen. Das Au-

ßenschott des Hangars schließt sich gerade hinter uns. Sie können Schild vier jetzt reaktivieren.«

Kirk beherrschte sich lange genug, um die entsprechende Taste zu drücken. Dann sprang er auf und griff nach Morrows Hand. Die Augen des Admirals leuchteten. »Wir haben es geschafft!«

»Dem Himmel sei Dank dafür«, sagte Kirk leise. Erleichterung durchströmte ihn, und eine schwere Last schien von seinen Schultern zu weichen. Er lächelte, als ihm Morrow auf den Rücken klopfte.

»Merken Sie sich für eine Medaille vor, Admiral Kirk«, gluckste Morrow. »Ohne Sie hätten wir das Kurierschiff sicher nicht gefunden.«

»Nur ein wenig Logik zum richtigen Zeitpunkt.« Jims Schmunzeln wuchs in die Breite, wurde zu einem jungenhaften Grinsen. »Nach all den Jahren hat etwas davon auf mich abgefärbt, nicht wahr, Spock?«

Der Vulkanier musterte die beiden Männer mit steinerner Miene. »Mit Ihrer Erlaubnis, Admiral ... Ich möchte das Medo-Team zum Hangardeck begleiten.«

Morrow nickte. »Sie können ebenfalls gehen, Jim. Sobald sich Dr. McCoy erholt hat, treffen wir uns im Konferenzzimmer. Es gibt viel zu besprechen.«

Kirk und Spock erreichten den Hangar, als die letzte in einen Raumanzug gehüllte Gestalt aus dem Frachtabteil der *Onizuka* kletterte. »Wo ist Pille?«

»Dort drüben.« Der Vulkanier streckte den Arm aus. Beide Offiziere gingen zu jemandem, der auf der Rampe hockte und offenbar Mühe hatte, den Raumhelm abzunehmen. Sie näherten sich ihm von hinten, und Spock betätigte den für Notfälle gedachten Entriegelungsmechanimus an der Rückseite des Helms, wodurch er sich endlich aus den Haltescharnieren löste. McCoys verärgerte Stimme ertönte. »Verdammter und dreimal verfluchter Schutzanzug — *autsch!*«

Kirk nahm den Helm und trat vor den früheren Bordarzt der *Enterprise.* »Immer mit der Ruhe, Pille. Spock und ich hatten zuviel Mühe bei deiner Rettung, um jetzt dabei zuzusehen, wie du dich mit deinem Raumhelm erschlägst.«

Leonard McCoys Kinnlade klappte mit einem fast hörbaren Knacken nach unten. »Jim? *Spock?* Was, zum Teufel...«

Plötzlich stand der Arzt, und Kirk handelte impulsiv, umarmte seinen alten Freund und klopfte ihm auf den Rücken, während sein eigenes Kreuz McCoys Hand zu spüren bekam. Sie lachten, bis ihnen die Luft wegblieb, und als ihre Freude peinlich zu werden begann, trat Spock vor und räusperte sich demonstrativ. »Wenn Sie sich auch weiterhin Ihren Emotionen hingeben wollen... Ich warte im Konferenzzimmer auf Sie.«

McCoy warf dem Vulkanier einen gespielt bösen Blick zu. »He, Sie arroganter, kaltblütiger...«

»Pille...«, mahnte Kirk und unterdrückte ein neuerliches Grinsen.

McCoy starrte Spock einige Sekunden lang an, bevor ein zögerndes Lächeln sein ausgezehrtes Gesicht erhellte. »Meine Güte, derzeit könnte ich nicht einmal auf Luzifer höchstpersönlich sauer sein — zumal er mir gerade das Leben gerettet hat. Wie geht's Ihnen, Spock?«

»Gut, Doktor«, erwiderte der Vulkanier. Nur die dunklen Augen verrieten Zufriedenheit darüber, seinen verbalen Sparringpartner wiederzusehen. »Ich stelle voller Genugtuung fest, daß Sie gesund und munter sind. Allem Anschein nach hat auch Ihr Temperament nicht gelitten.«

»Zieh jetzt den Raumanzug aus«, sagte Kirk. »Du hast sicher eine Menge hinter dir, und ich dränge dich nicht gern, aber wir haben es mit einem Notfall zu tun. In diesem Zusammenhang braucht Admiral Morrow unseren Rat — aus welchen Gründen auch immer.«

»Hat er mich deshalb zur Erde gerufen?«

»Das nehmen wir an«, entgegnete Spock. Zusammen

mit Jim half er McCoy aus dem Schutzanzug. Kirk rümpfte die Nase.

Der Doktor schnaufte, als er den Gesichtsausdruck des ehemaligen Captains bemerkte. »Vierzehn Stunden lang mußte ich dieses verdammte Ding tragen. Nach dem tholianischen Zwischenfall hast du auch nicht wie Rosen geduftet, erinnerst du dich? Außerdem habe ich seit mehr als einem Tag nichts gegessen — obwohl ich kaum mehr Appetit hatte, nachdem die künstliche Schwerkraft ausfiel. Zum Glück gab es in der Kranken-station genug Medikamente gegen Übelkeit. Ich mußte so viele Patienten behandeln, daß mir kaum Zeit blieb, an irgend etwas anderes zu denken. Ihr hättet das Durcheinander sehen sollen ...«

»Du kannst duschen und etwas essen, bevor wir mit Morrow reden«, sagte Kirk, als sie durch den Hangar gingen.

»Ich weiß nicht, ob ich meinem Magen schon wieder vertrauen darf. An den letzten Raumanzug-Übungen habe ich vor ewigen Zeiten teilgenommen. Mitten im Nichts zu schweben, das Gefühl zu haben, ständig zu fallen, und zwar in verschiedene Richtungen ...« McCoy schluckte und schüttelte sich. »Selbst der ver-dammte Transporter ist besser, als am Ende einer Si-cherheitsleine durchs All gezogen zu werden. Ich hoffe, daß ich so etwas nie wieder erleben muß.«

»Bestimmt nicht«, versicherte ihm Kirk. »Wir haben inzwischen den Warptransfer eingeleitet und fliegen nach Kent, um so viele Flüchtlinge wie möglich aufzu-nehmen. Anschließend kehren wir zur Erde zurück.«

Nach McCoys Dusche begaben sich die drei Offiziere zur Messe, aßen dort und tranken Kaffee. Dann teilten sie Admiral Morrow mit, daß sie ihn im Konferenzzim-mer erwarteten.

Kirk lehnte sich dort im Sessel zurück, musterte McCoy und Spock, die auf der anderen Seite des Tisches saßen, und fragte sich, wie oft sie gemeinsam versucht hatten, ein schwieriges Problem zu lösen. *Es ist lange her, seit wir zum letztenmal zusammengearbeitet haben. Hoffentlich sind wir noch immer das alte, gut aufeinander eingespielte Team.*

Ein Jahr war seit Kirks letzter Begegnung mit McCoy vergangen. Bis gestern hatte der Arzt Xeno-Anatomie in einem medizinischen Institut auf Prima gelehrt, viele Parsec entfernt.

Auch den Vulkanier sah Kirk nur selten, obwohl sie beide auf der Erde tätig waren. Spock bildete Kadetten an der Starfleet-Akademie aus, und manchmal begleitete er sie bei ihren ersten Einsätzen im All.

»Du siehst gut aus, Jim, trotz allem.« McCoy wirkte sehr müde. Erschöpfung grub ihm noch mehr Falten ins Gesicht, und dadurch schienen seine Augen tief in den Höhlen zu liegen. Doch sie glänzten so blau wie früher.

»Danke, Pille. Ich versuche, mich in Form zu halten.«

»Wie geht es Peter?«

»Gut«, sagte Kirk. »Winonas Tod war zuerst ein schwerer Schlag für ihn, aber die Unverwüstlichkeit der Jugend ...« Er zuckte mit den Achseln und sah den Vulkanier an. »Übrigens, Spock: Was machen die Kadetten? Gelingt es Ihnen, sie richtig zu schleifen?«

»Es ist ein unaufhörlicher Kampf, Admiral«, entgegnete Spock, ohne die Miene zu verziehen. »Viele von ihnen sind Menschen, und sie neigen dazu, einen schädlichen Einfluß auf die anderen zu entfalten.«

McCoy schnitt eine Grimasse. »Vulkanier haben keine Ehre, Jim. Er weiß genau, daß ich zu müde bin, um ihm Paroli zu bieten, und das nutzt er aus.«

»Ich schätze, du wirst eine Zeitlang bei uns bleiben. Du hast also Gelegenheit genug, zu deiner alten Schlagfertigkeit zurückzufinden.«

»Ja«, murmelte der Arzt nachdenklich. »Wer weiß, wann ich nach Prima zurückkehre. Meine Schüler bringen Hippokrates vermutlich Dankesopfer dar — für heute war eine Prüfung vorgesehen. Nun, aufgeschoben ist nicht aufgehoben. Früher oder später fühle ich ihnen auf den Zahn.«

Das Schott öffnete sich, und Harry Morrow kam herein. »Es freut mich, daß Sie wohlauf sind, Dr. McCoy.« Er schüttelte ihm die Hand. »Haben Ihnen Jim und Spock die Situation erklärt?«

»Nein. Aber ich befürchte, es geschieht etwas mit Alpha Centauri B — die Sonne explodiert oder so.«

Spock schüttelte den Kopf. »Nein, Doktor, eine Explosion steht nicht bevor. Aber die Veränderungen des Sterns bringen Kent in große Gefahr. Bald wird sich Alpha B zu einem orangefarbenen Riesen aufblähen, um dann ein wenig abzukühlen und zu einem roten Riesen zu werden.«

»Und Kent?«

»Die Sonne dehnte sich über die Umlaufbahnen ihrer Planeten aus, bis hin zu den Gasriesen von Alpha A.«

»Was ist mit Centaurus?« fragte McCoy sofort. Dort hatte er einige Jahre lang gelebt und noch immer seinen offiziellen Wohnsitz.

»Keine Sorge«, sagte Kirk. »Man setzt planetare Schilde ein.«

»Wenn wir alle Bewohner von Kent evakuieren ...«, begann McCoy.

Spock schüttelte erneut den Kopf. »Das Problem betrifft nicht nur Alpha B, Doktor. Wie Admiral Morrow berichtete, unterliegen auch andere Sterne einem stark beschleunigten Alterungsprozeß, der auf Zeitverschiebungen zurückgeht: Dadurch wird der Wasserstoff schneller zu Helium verbrannt.«

»Wie wär's, wenn Sie das alles mit einfachen Worten erklärten, die nicht mehr als ein oder zwei Silben haben?« McCoy warf dem Vulkanier einen giftigen Blick zu. »Ich bin Arzt, kein ...«

»Kein kosmologischer Physiker«, sagte Spock, als Leonard nach einem passenden Begriff suchte. »Nun

45

gut.« Er preßte die Fingerspitzen aneinander und überlegte kurz. »Ich sollte vielleicht daran erinnern, daß Sterne eine begrenzte Lebenserwartung haben, so wie wir. Wenn Sonnen eine genügend große Menge ihres inneren Treibstoffs Wasserstoff in Helium verwandelt haben, so sterben sie.«

»*Soviel* weiß ich«, knurrte McCoy.

»Gut«, entgegnete der Vulkanier ungerührt. »Kleine oder mittelgroße Sterne wie Sol — oder Alpha Centauri A und B — werden erst zu roten Riesen und schrumpfen dann zu weißen Zwergen. Die Lebensdauer solcher Sonnen beträgt etwa zehn Milliarden Jahre, plus minus ein oder zwei Milliarden.«

»Ich dachte bisher, wir hätten es mit einem *unmittelbaren* Problem zu tun«, warf McCoy sarkastisch ein. »Ihre Ausführungen klingen nicht so, als müßte ich schlaflose Nächte damit verbringen, mir Sorgen zu machen.«

Spock gab ein leises, ungeduldiges Geräusch von sich, fast ein tadelndes *Ähem.* »Dr. McCoy, weder Sie noch sonst jemand ist imstande, die Konsequenzen des natürlichen oder unnatürlichen Alterns einer Sonne zu verhindern.« Er wölbte eine Braue. »Daher wäre es völlig unlogisch, Ruheperioden zu nutzen, um voller Sorge über die Folgen eines Sternentods nachzudenken.«

»Nein, Pille«, sagte Kirk hastig, als er sah, wie es in McCoys Augen blitzte. »Wir hören Ihnen zu, Spock. Bitte fahren Sie fort.«

»Nun, je größer die Masse des fraglichen Sterns, desto kürzer ist seine Lebensdauer. Massive, sehr schwere Sonnen verbrauchen ihren Wasserstoffvorrat in nur zehn *Millionen* Jahren. Dann dehnt sich der Stern aus, wird er zu einem roten Überriesen und explodiert als Supernova.«

»Und so etwas geschieht in letzter Zeit häufiger?« Kirk erinnerte sich an die erste Besprechung mit Morrow und Spock.

»Ja, Admiral. Um ganz genau zu sein: Es kam zu einer deutlichen Zunahme des Sternensterbens *aller* Arten.«

»Was passiert mit den Supernovas?« fragte McCoy und schien jetzt interessiert zu sein. »Zerplatzen sie einfach und verstreuen ihre Atome im All?«

»Der korrekte Plural lautet Supernovä, Doktor. Ja, bei einigen ist das der Fall. Sie werden zu Wolken aus ionisiertem Wasserstoff, die wir als ›Nebel‹ bezeichnen. Doch andere kollabieren, stürzen in sich selbst zusammen. Jene mit geringerer Masse werden zu Neutronensternen. Doch die schwersten verdichten sich so sehr, daß nicht einmal Licht ihrer Schwerkraft entkommt.«

»Schwarze Löcher«, meinte Kirk.

»So lautete die allgemein gebräuchliche Bezeichnung für dieses Phänomen.«

»Aber wir bekommen es doch nicht zum erstenmal mit ihnen zu tun«, wandte McCoy ein. »Sie verschlingen alles, das in ihren Gravitationsbereich gerät, meistens nur interstellaren Staub oder irgendwelche Asteroiden. Sie haben noch nie einen Planeten bedroht!«

»*Noch* nicht, Doktor«, sagte Morrow. »Der Grund dafür: Das erforschte Universum ist ziemlich groß, und es gibt nur wenige schwarze Löcher. Aber wenn mehr entstehen, möglicherweise sogar *viel* mehr ...« Er hob kurz die Schultern, und sein Gesicht zeigte unübersehbare Besorgnis. »Vor einigen Stunden bekam ich die Nachricht, daß auch Kanopus betroffen ist.«

»Kanopus?« wiederholte McCoy bestürzt. »Ein alter Freund von mir wohnt auf Serenity.«

»Starfleet hat bereits mit der Evakuierung des Sonnensystems begonnen«, berichtete Morrow. »Wir hoffen inständig, daß es uns gelingt, acht Milliarden Bewohner in Sicherheit zu bringen, bevor der Stern zu einer Supernova wird. Glücklicherweise deuten die Analysen darauf hin, daß uns noch einige Monate bleiben, und diese Zeit müßte eigentlich genügen. Kanopus ist ein jüngerer Stern als Alpha B.«

Der Oberbefehlshaber von Starfleet seufzte. »Aber für Carmen Ikeya und die Besatzung der *Constellation* kommt jede Hilfe zu spät.«

»Was ist geschehen, Harry?« fragte Kirk. »Ich kannte Carmen.«

»Ich auch.« Morrow rieb sich müde die Augen. »Wir wissen, *was* passiert ist, doch das *Wie* bleibt Mutmaßungen überlassen. Die *Constellation* beendete den Warptransfer zu früh, und als sie in den Normalraum zurückkehrte, befand sie sich im Innern des Ereignishorizonts eines neuen schwarzen Lochs, das kürzlich im Sektor 87 entdeckt wurde. Dort gab es einen Stern namens Achernar, und er gehörte zur Cepheiden-Klasse, wie Kanopus. Nun, es *gab* ihn. Jetzt nimmt ein schwarzes Loch seine Stelle ein — und die *Constellation* ist darin gefangen.«

»Kann sie auch wieder heraus?« erkundigte sich Mc Coy.

»Nein, Doktor.« Spock sprach in einem ruhigen, sachlichen Tonfall. »Die Natur eines schwarzen Lochs besteht darin, daß *nichts* seiner Schwerkraft entkommen kann, nicht einmal Licht. Daher der Name ›schwarzes‹ Loch.«

»Und es hat das Raumschiff verschluckt?«

Der Vulkanier zögerte. »Bei Singularitäten lassen sich Begriffe wie Zeit, Raum und Gravitation nicht voneinander trennen, Doktor. Was die Besatzung der *Constellation* angeht ... Sie fiel der enormen Schwerkraft im Innern des schwarzen Loches zum Opfer, ungefähr sechs Komma sieben Nanosekunden nach der Überquerung des Ereignishorizonts, des ›Punkts ohne Wiederkehr‹, wenn Sie mir diesen umgangssprachlichen Ausdruck gestatten.«

Spock bemerkte den Schock in McCoys Zügen, sah darin ein Anzeichen für Verwirrung und hielt eine zusätzliche Erklärung für notwendig. »Mit einer Nanosekunde ist eine milliardstel Sekunde gemeint, Doktor.

Wenn die Triebwerke noch funktionierten, hatte die Crew vielleicht eine weitere Nanosekunde, bevor ...«

»Verdammt, Spock!« entfuhr es dem Arzt. »Ich kann es nicht ausstehen, wenn Sie in aller Seelenruhe Zahlen und Fakten nennen, obgleich es um den Tod von *Personen* geht, um das Sterben von intelligenten Wesen!«

»Diese Angelegenheit belastet mich ebenfalls, Doktor«, erwiderte der Vulkanier. »Aber ich kann der *Constellation* nicht helfen, indem ich die Stimme hebe oder mich aufrege. Zwar orten wir das Schiff auch weiterhin mit unseren Gravitationssensoren — und das wird bis in alle Ewigkeit der Fall sein —, aber es existiert nicht mehr, ebensowenig wie seine Crew.«

»Die *Constellation* ist noch immer *da*?« brachte Kirk verwundert hervor. »Wie kann sie von unseren Sensoren erfaßt werden, obgleich es sie überhaupt nicht mehr gibt?«

Spock seufzte leise. »So etwas läßt sich kaum erklären, ohne dabei komplexe Gleichungen zu benutzen. Nun, für Beobachter, die weit genug entfernt sind — für uns —, hat es den Anschein, als sei das Schiff für immer im Ereignishorizont gefangen, wie ein Insekt in Bernstein.«

»Ach?« McCoy runzelte die Stirn. »Und warum?«

»Weil die *beobachtete* Zeit hinter dem Ereignishorizont praktisch zum Stillstand kommt. Für unsere Sensoren existiert die *Constellation* nach wie vor. Doch aus der Perspektive eines Besatzungsmitglieds gesehen wurde das Schiff sofort vernichtet.«

McCoy wechselte einen ungläubigen Blick mit Kirk. »Moment mal, Spock. Soll das heißen, die *Constellation* befindet sich an zwei Orten gleichzeitig? Das ist doch verrückt! Und völlig unmöglich!«

»Nein, Doktor.« Der Vulkanier seufzte erneut. »Allerdings: Detailliertere Erläuterungen erfordern zuviel Zeit. Ich fürchte, Sie müssen sich einfach damit abfinden, daß meine Ausführungen den Tatsachen entsprechen.«

Der Arzt schnaufte, gab jedoch nach, als ihm Kirk einen warnenden Blick zuwarf. »Na schön, ich glaube Ihnen. Aber warum geschieht das alles? Wieso unterbrach die *Constellation* ihren Warptransfer zu früh?«

»Wir wissen es nicht genau«, antwortete Morrow. »Einige Forscher beobachteten das schwarze Loch. Ohne sie wäre das Schiff nur als vermißt gemeldet worden.«

»Sie wissen es nicht *genau*«, murmelte Kirk. »Aber Sie haben eine Theorie, oder?«

»Ich nicht.« Morrow lächelte humorlos. »Glauben Sie etwa, ich könnte derartige Mathematik verstehen? R't'lk von Hamal hat die Daten korreliert. Sie vermutet, daß die Chronometer der *Constellation* zu schnell liefen. Deshalb kehrte sie zu früh in den Normalraum zurück.«

Kirk suchte vergeblich nach Plausibilität in dieser Theorie. »Die Chronometer liefen zu schnell ... Himmel, das ist völlig ausgeschlossen! Es gibt Reservesysteme, Kontrollkomponenten, Computerverbindungen ...« Er schüttelte den Kopf. »In Raumschiffen wird die Sternzeit als Maßeinheit verwendet, und es gibt keine genauere Konstante ...«

Kirk schwieg abrupt und lauschte dem Echo seiner eigenen Worte. Eine Erkenntnis reifte in ihm heran.

Spock nickte bereits. »Ich verstehe«, sagte er langsam. »Die Hamalki-Physikerin ging keineswegs von der Annahme aus, daß die Chronometer der *Constellation* einen Defekt aufwiesen. Professor R't'lk vermutet vielmehr, daß die Zeit selbst eine Beschleunigung erfuhr.«

»Wie sollte denn so etwas möglich sein?« brummte McCoy.

»Zunächst einmal: Wenn das stimmt, waren Captain Ikeya und ihre Crew bereits tot, als ihr Schiff den Ereignishorizont überquerte. Rapide gealtert und gestorben, zwischen einem Atemzug und dem nächsten.«

»Nun ...« Kirk schluckte. »Wenigstens haben sie nicht gelitten.«

»Sie wußten gar nicht, was ihnen widerfuhr«, pflichtete ihm Morrow bei.

»Admiral ...« Spocks Stimme klang nun drängend. »Wenn man die logischen Schlüsse aus dieser Theorie zieht ... Wahrscheinlich glaubt R't'lk auch, daß die temporale Beschleunigung für den vorzeitigen Sternentod verantwortlich ist.« Der Vulkanier hob fragend die Brauen.

Morrow nickte. »Kompliment, Spock. Ich habe fast zehn Minuten gebraucht, um eine Vorstellung von den Konsequenzen zu gewinnen, und Sie kommen einfach so dahinter.« Er schnippte mit den Fingern.

»O nein!« ächzte McCoy. »Mußten Sie ihm das unbedingt sagen? Der Kerl ist bereits eingebildet genug ...«

Spock ignorierte den Arzt. Seine Züge verhärteten sich, und Kirk beobachtete, wie das grünliche Gesicht des Vulkaniers erblaßte. »Ein sehr ... beunruhigender Vorgang.« Er flüsterte fast. »Wenn er andauert, so bedeutet er das Ende ...«

»Von was?« fragte McCoy.

»Von allem.«

»Sie meinen ...« Leonards Hände schlossen sich um die Kante des Tisches, als wollten sie sich vergewissern, daß er noch immer feste Substanz hatte. »Spock, reden Sie etwa vom Ende des *Universums*? Meine Güte, das erste schwarze Loch wurde vor mehr als zweihundert Jahren entdeckt, und wir sind noch immer hier.«

»Ja, wir sind hier«, bestätigte der Vulkanier, und in seiner Stimme ließ sich nun ein hohler Klang vernehmen. »Aber wenn die Zeit schneller verstreicht, oder wenn es in ihr zu Unregelmäßigkeiten kommt, zu temporaler Instabilität — so etwas bliebe nicht ohne Folgen für das Raum-Zeit-Gefüge, Doktor. Wir leben in einem sich ausdehnenden Universum, doch seine Bewegungen machen sich nur bemerkbar, wenn man die Rotverschiebung im Spektrum ferner Sterne und Galaxien untersucht.«

McCoy nickte langsam. »Ja, ich weiß. Obwohl mir derartige Vorstellungen ziemlich schwer fallen.«

»Vergleichen Sie die Galaxien mit Punkten auf einem Luftballon. Wenn der Ballon aufgeblasen wird, entfernen sich die Punkte voneinander. Ähnlich verhält es sich mit unserem Universum.«

»Was hat das alles mit vorzeitig sterbenden Sternen und schwarzen Löchern zu tun?« fragte Kirk.

»Nun, wir wissen nicht, auf welche Weise unser Kosmos enden wird. Wir können nur spekulieren, und eine der wichtigsten Theorien entwirft folgendes Bild: In vielen Milliarden Jahren sind die Sterne entweder zu nuklearer Asche verbrannt oder sind zu schwarzen Löchern kollabiert, die den größten Teil der vorhandenen Masse bilden und schließlich selbst sterben. Um T. S. Eliot zu zitieren: Das Universum endet nicht mit ›einem Knall, sondern mit einem Wimmern‹.«

Kirk dachte an unendliche Leere ohne Materie, selbst ohne Atome, eine Leere, die nur noch wenige Protonen oder Elektronen enthielt. »Glauben Sie, daß dieser... Zerfall beschleunigt werden kann, wodurch das Ende des Universums näher rückt?«

»Das wäre möglich, Admiral. Wir wissen auch nicht, welche Auswirkungen viele neue Singularitäten auf die Struktur der Raum-Zeit hätten. Wenn zu viele Löcher in einem sich ausdehnenden Universum entstehen... Vielleicht bilden sich dann lange Risse. Stellen Sie sich vor, Löcher in ein Gittergewebe zu schneiden, an dem von allen Seiten gezogen wird. Früher oder später reißt es. Natürlich hat der Kosmos mindestens vier Dimensionen und nicht nur zwei«, fügte der Vulkanier nachdenklich hinzu.

»Mir ist schnuppe, wie viele Dimensionen der Kosmos hat.« McCoy ruderte mit den Armen. »Wollen Sie andeuten, daß wir morgen alle tot sein könnten?«

»Nein, Doktor«, entgegnete Spock, und sein Tonfall wies auf erzwungene Geduld hin. »Das Universum ist etwa fünfzehn Milliarden Jahre alt. Wenn sich der Alterungsprozeß auf eine normale Weise fortsetzt, steht ihm noch mehr als eine Billion Jahre bevor. Die unmittelbare Gefahr ergibt sich aus dem Sternensterben und der Frage, wann die ersten Strukturrisse entstehen.«

»R't'lk hat ausgerechnet, wieviel Zeit wir haben, um eine Katastrophe abzuwenden.« Morrow blickte auf einen Ausdruck. »Das Phänomen hat seinen Ursprung in unserer eigenen Galaxis, und uns bleiben etwa neunzig Tage, bevor der Schaden irreparabel ist.«

»*Neunzig Tage!*« Kirk hatte das Gefühl, als wollte sein Herz die Brust sprengen. Es schien hin und her zu zukken, pochte dann rasend schnell. Ein jäher Adrenalinschub ließ ihn erzittern. »Harry, wenn Sie uns hierherbestellt haben, damit wir Gelegenheit bekommen, unser Testament auf den neuesten Stand zu bringen ... Ich hätte es vorgezogen, in glücklicher Unwissenheit zu sterben.« Er holte tief Luft und bemühte sich, die in ihm emporquellende Furcht zu unterdrücken. »Aber bestimmt gibt es eine Möglichkeit, etwas dagegen zu unternehmen. Sonst säßen wir nicht in diesem Konferenzzimmer. Warum glauben Sie, daß wir drei — und keine anderen Starfleet-Offiziere — helfen können?«

Kirk hörte ein leises »Logisch« von Spock, bevor Morrow ihn anerkennend musterte. »Sie haben recht, Jim. Ich brauche Sie aus einem ganz bestimmten Grund. Wir wissen inzwischen, von welchem Ort die Zeitverschiebungswellen ausgehen — von einem Planeten im Sektor 90,4.«

»Meinen Sie Gateway? Der *Wächter* ist für alles verantwortlich?«

Der Sektor 90,4 befand sich in einem älteren Bereich der erforschten Galaxis, in einem vergleichsweise öden Raumquadranten, der nur einige ausgebrannte schwarze Zwergsterne und felsige Planetoiden enthielt. Die

53

einzige bewohnbare Welt — sie wies eine Sauerstoff-Stickstoff-Atmosphäre auf, jedoch kein Leben — hatte von der Föderation den Codenamen ›Gateway‹ erhalten.

Auf Gateway gab es die Ruinen einer so alten Zivilisation, daß selbst nach jahrelangen archäologischen Forschungen kaum etwas über sie bekannt war. Das einzige noch intakte Bauwerk — wenn es diese Bezeichnung verdiente — ragte als gewaltiges Steinrad auf, das sich ›Wächter der Ewigkeit‹ nannte.

Der Wächter war ein intelligentes Wesen, obwohl sich Kirk nicht dazu durchringen konnte, ihn für eine ›Lebensform‹ zu halten. Darüber hinaus stellte er ein mit geheimnisvoller Macht ausgestattetes Zeit-Tor dar, dazu imstande, den historischen Hintergrund einer ganzen Welt in wenigen Sekunden zu projizieren. Wenn jemand tollkühn genug war, durch die zentrale Öffnung zu springen, so riskierte der Betreffende, die Geschichte zu verändern: Das Zeit-Tor transferierte Reisende zu jeder gewünschten Welt und Epoche.

Die *Enterprise* hatte den Wächter der Ewigkeit vor einigen Jahren entdeckt, als sie den ›Wellenmustern‹ geringfügiger Zeitverschiebungen folgte, die von jener Entität ausgingen. Kirk, Spock und McCoy benutzten damals die temporale Pforte, und mit der Zeitreise verbanden sich Alpträume, die Kirk noch heute quälen.

Morrows Stimme riß ihn aus seinen Erinnerungen. »Ich fürchte ja, Jim. Da Sie drei den Wächter entdeckt haben, dachte ich, daß Sie uns vielleicht helfen können.«

»Welche Aktivitäten entfaltet er?« erkundigte sich Spock.

»Niemand weiß etwas Genaues. Nur eins steht fest: Der Wächter beantwortet keine Fragen mehr, und die von ihm ausgehenden Zeitverschiebungswellen haben sich verändert. Sie werden nun in unregelmäßigen Intervallen emittiert.«

»Und jene Wellen beschleunigen die Zeit?« vergewisserte sich McCoy. »Deshalb altern die Sterne und sterben einen verfrühten Tod?«

»Die neuen Emissionen sind für uns ebenso rätselhaft wie die alten, Doktor«, sagte Morrow. »Es ist auch möglich, daß der Wächter bisher die Alterung der Sterne *verlangsamt* hat, um ihnen eine längere Lebensdauer zu geben. Wir wissen es einfach nicht.«

»Er existierte ›noch bevor eure Sonne heiß im All brannte‹«, murmelte Kirk. »Schon damals erahnten wir seine ebenso enorme wie mysteriöse Macht, aber daß er zu so etwas imstande ist ... Konnten die Archäologen auf Gateway irgend etwas in Erfahrung bringen?«

»Nein«, antwortete Morrow. »Der Wächter reagiert nicht mehr auf Fragen. Seit ...« Er sah auf einen Bericht hinab. »Seit hundertvierundsiebzig solaren Tagen ignoriert er alle Kommunikationsversuche. Vor zwei Monaten verloren wir den Kontakt zum gegenwärtigen Archäologenteam und dem Patrouillenschiff. Wir befürchten das Schlimmste.«

»Haben Sie es mit einem Telepathen versucht?« fragte Spock.

»Mit einem *Telepathen?*« Morrow hob die Brauen. »Nein, daran hat noch niemand gedacht. Wie kommen Sie darauf, daß ein Telepath in der Lage sein könnte, sich mit dem Wächter zu verständigen? Er ist doch ein unglaublich leistungsfähiger Computer, oder? Außerdem: Es stehen nicht viele Telepathen zur Verfügung.«

»Als der Wächter entdeckt wurde, gehörte Spock zu den Wissenschaftlern, die man mit seiner Untersuchung beauftragte«, sagte Kirk. Und mit einem kurzen Blick zu dem Vulkanier: »Er weiß mehr darüber als sonst jemand.«

»Ja.« Morrow musterte Spock. »Ich habe seinen Bericht mehrmals gelesen. Darin wird nicht darauf hingewiesen, daß er versuchte, eine Mentalverschmelzung mit dem Zeit-Tor herbeizuführen.«

55

Kirk hörte, wie McCoy zischend Luft holte. Auch Leonard erinnerte sich an die Person, der es gelungen war, einen geistigen Kontakt zum Wächter herzustellen. »Harry ...«, sagte er hastig. »Spocks Vermutung, daß eine Mentalverschmelzung mit dem Wächter möglich ist ...«

Der Vulkanier sah ihn nicht an, als er die Hand hob. Kirk schwieg voller Unbehagen. »Nein, Admiral Morrow, ich habe nicht versucht, mein Ich mit dem Bewußtsein des Wächters zu verbinden. Aber ich bekam Gelegenheit, einen solchen Vorgang zu beobachten.«

»Das Zeit-Tor ist eins der am besten gehüteten Geheimnisse der Föderation«, ließ sich Morrow vernehmen. »Daher darf ich mir wohl erlauben, Sie darum zu bitten, die betreffende Person zu identifizieren.«

»Ein junger Vulkanier und Verwandter von Spock ...«, begann McCoy. Der ehemalige Erste Offizier der *Enterprise* wandte sich dem Arzt zu, und in seinen Augen schimmerte so etwas wie amüsierte Zuneigung. »Ich danke Ihnen für den Versuch, mich zu schützen, Doktor. Aber in einer so ernsten Situation ist die volle Wahrheit erforderlich.« Und zu Morrow: »Admiral, mein Sohn Zar hat telepathisch mit dem Wächter kommuniziert.«

»Ihr ...« Morrow war wie vom Donner gerührt. Vielleicht wäre er nicht annähernd so verblüfft gewesen, wenn sich der Tisch vor ihm plötzlich in Bewegung gesetzt hätte, um durchs Zimmer zu tanzten. Es dauerte dreißig Sekunden, bis er die Stimme wiederfand. »Bitte entschuldigen Sie, Mr. Spock, wenn ich private Dinge ansprechen muß, aber Ihre Personalakte enthält keine ...«

Er räusperte sich. »Nun, wie Sie schon sagten: Wir haben es tatsächlich mit einer sehr ernsten Situation zu tun. Himmel, ich hatte keine Ahnung ...« Morrow räusperte sich erneut. »Wie dem auch sei: Wichtig ist vor allem, daß ein mentaler Kontakt stattfand. Wenn Ihr Sohn damals dazu imstande war, so gelingt es ihm vielleicht noch einmal. Wo befindet er sich?«

»Ich fürchte, wir müssen auf seine Hilfe verzichten, Admiral«, erwiderte Spock ruhig, obgleich ein Schatten über sein Gesicht huschte. »Mein Sohn ist seit fünftausend Jahren tot.«

KAPITEL 3

Spock beobachtete, wie Morrow versuchte, sich von dieser zweiten und noch größeren Überraschung zu erholen. Der Vulkanier verbarg seine Erheiterung. *Jetzt hat er zum zweiten Mal den Mund geöffnet und wieder geschlossen, ohne einen Ton von sich zu geben.*

»Vielleicht ist eine Erklärung notwendig«, sagte Spock.

Der Admiral nickte wortlos.

»Vor ungefähr vierzehn Komma fünf Jahren erhielt die *Enterprise* den Auftrag, den Stern Beta Niobe zu beobachten, dem eine Verwandlung zur Nova bevorstand. Darüber hinaus sollte sie die Bevölkerung des Planeten Sarpeidon warnen. Doch als wir uns auf die Welt beamten, stellten wir fest, daß alle Bewohner in die Vergangenheit ihrer Heimat geflohen waren. Durch einen unglücklichen Zufall wurden auch Dr. McCoy und ich zur letzten Eiszeit Sarpeidons transferiert. Die temporale Distanz betrug etwa fünftausend Jahre.«

Spock sah zu McCoy. *Es erstaunt ihn, daß ich so gelassen darüber sprechen kann. Vor dem* Kolinahr *wäre mir das nicht möglich gewesen.*

Der Vulkanier richtete seine Aufmerksamkeit wieder auf Morrow. »In der Vergangenheit des Planeten lernten wir Zarabeth kennen, eine Frau, die zu Unrecht allein in jene Epoche verbannt worden war. Die Eiszeit hätte für Dr. McCoy und mich den Tod bedeutet. Für Zarabeth hingegen wäre es fatal gewesen, durchs Zeit-Tor zurückzukehren. Wir mußten sie ihrem Schicksal überlassen.«

»Und sie wurde ...« Morrow beendete den Satz nicht, schwieg taktvoll.

»Zars Mutter.« Spock nickte. »Ich wußte nichts von seiner Geburt — bis wir prähistorische Aufzeichnungen analysierten, die aus Sarpeidons Hauptarchiv stammten. Zar hatte sich selbst an die Wände von Zarabeths Höhle gemalt.« Der Vulkanier preßte die Fingerspitzen aneinander. »Es gab ... ausgeprägte Ähnlichkeiten.«

»Ich verstehe«, sagte der Admiral. »Aber wie konnten Sie Ihrem Sohn noch einmal begegnen, obwohl der Planet überhaupt nicht mehr existierte?«

»T'Pau bat den Föderationsrat, mir zu erlauben, mit Hilfe des Wächters noch einmal Sarpeidons Vergangenheit aufzusuchen«, erwiderte Spock. »Zar begleitete mich damals in die Gegenwart.«

»Und Starfleet Command erfuhr nie etwas davon?«

»Admiral Komack wußte Bescheid«, sagte Kirk. »Wir erzählten ihm die ganze Geschichte, nach der Sache mit den Romulanern und Zars Rückkehr in seine Zeit.«

»Romulaner?« Morrow blinzelte mehrmals.

»Sie versuchten, Gateway zu übernehmen. Wir haben es in erster Linie Spock und Zar zu verdanken, daß sie keinen Erfolg erzielten.«

»Und das Massaker im Lager der Archäologen? Geht es auf die Romulaner zurück?«

»Ja«, bestätigte Spock. »Nach dem Zwischenfall ergriff man noch strengere Sicherheitsmaßnahmen und ließ keine Einzelheiten bekannt werden.«

»Und Zar? Was wurde aus ihm? Ich nehme an, er war erwachsen, nicht wahr?«

»Ja, ein junger Mann von achtundzwanzig Jahren.« Erinnerungsbilder zogen an Spocks innerem Auge vorbei. »Nach dem Kampf auf Gateway beschloß er, in die Vergangenheit Sarpeidons zurückzukehren. Die historischen Aufzeichnungen zeigten, daß er dort sein Leben verbrachte, und er wollte kein Paradoxon riskieren. Immerhin hatten wir uns große Mühe gegeben, die Integrität des Zeitstroms zu gewährleisten.«

»Ich verstehe«, murmelte Morrow nach einer Weile. »Und ich schätze Ihre Offenheit, Mr. Spock. Seien Sie gewiß, daß ich Ihr Vertrauen nicht mißbrauchen werde. Was unser derzeitiges Problem betrifft ... Wie oft hat Ihr Sohn telepathisch mit dem Wächter kommuniziert?«

»Einmal«, antwortete Spock.

»Nein, zweimal«, warf Kirk ein. Der Vulkanier wandte sich ihm zu und wölbte überrascht die Brauen. »Ich habe ihn dabei beobachtet, unmittelbar nach seinem ersten Transfer«, fuhr Jim fort. »Er meinte, der Wächter sei lebendig, allerdings auf eine andere Weise als gewöhnliches Leben. Und er erwähnte eine mentale Kommunikation.«

»Faszinierend«, kommentierte Spock. »Davon haben Sie mir nie etwas gesagt.«

»Um ganz ehrlich zu sein: Ich hatte es vergessen. Eben fiel es mir wieder ein.«

»Und Sie haben ebenfalls gesehen, wie Ihr Sohn einen geistigen Kontakt herstellte?« fragte Morrow den Vulkanier.

Spock zögerte. Er konzentrierte sich auf die Erinnerungen, rief die exakte Ereignissequenz aus seinem Gedächtnis. Für einige Sekunden hatte er den Eindruck, wieder auf Gateway zu sein: Er spürte kühlen Wind, hörte sein allgegenwärtiges Stöhnen; er sah Zar, umweht von einem Mantel, der aus zusammengenähten Fellen bestand; er beobachtete, wie sein Sohn die Hand ausstreckte, den uralten Stein des Wächters berührte. Einmal mehr spürte er den Schmerz des Abschieds. *Ich wollte nicht, daß du gehst*, flüsterte er den Reminiszenzen zu. *Fast wäre ich dir gefolgt. Es ist kaum ein Tag verstrichen, an dem ich nicht an dich dachte, dir über die Kluft der Zeit hinweg meine Grüße übermittelte.*

Spock begriff plötzlich, daß Morrow auf eine Antwort

wartete. »Der zweite Kontakt erfolgte kurz vor seiner Rückkehr in die Vergangenheit. Er berührte das Zeit-Tor, und es zeigte ihm ein Tal auf Sarpeidon — nur jenes Tal und nichts anderes, was in einem krassen Gegensatz zur üblichen Funktionsweise des Wächters stand. Ich glaube, es fand eine telepathische Kommunikation statt. Zar gab der temporalen Entität eine Anweisung, und sie gehorchte ihm.«

»Hm.« Morrow schüttelte den Kopf. »Schade, daß er uns diesmal nicht helfen kann. Aber es gibt andere Telepathen ...«

»Admiral Morrow ...« Der Vidschirm erhellte sich. »Wir befinden uns jetzt in Kom-Reichweite von Kent.«

»Sind direkte Gespräche möglich?«

»Nur mit der Evakuierungsgruppe auf der Nachtseite des Planeten. Die EMIP-Emissionen werden von der anderen Hemisphäre abgeschirmt.«

»Verbinden Sie mich mit dem Koordinator.«

Wenige Sekunden später erschien das Gesicht einer älteren Frau auf dem Schirm. Sie schien sehr erschöpft zu sein; die Augen waren blutunterlaufen, hatten jedoch nicht ihren Glanz verloren. »Martha Hardesty, Koordinatorin des planetaren Zivilschutzes«, stellte sich die Frau mit bemerkenswert klarer und fester Stimme vor. »Admiral Morrow?«

»Wie viele Leute müssen noch in Sicherheit gebracht werden?«

»Nur der Rest des Evakuierungsteams. Etwa zweihundertfünfzig Personen.«

»Dann wird es an Bord ganz schön eng.« Morrow sah zu Spock. »Wie steht's mit Alpha B?«

Der Vulkanier schüttelte den Kopf. »Ich habe Lieutenant Washington nach dem gegenwärtigen Status gefragt, bevor wir mit dieser Besprechung begannen, Admiral. Sie teilte mir mit, daß die Expansionsphase der Sonne bereits begonnen hat.«

»Verdammt! Wieviel Zeit bleibt uns noch?«

61

»Darauf kann ich Ihnen leider keine Antwort geben. Unzureichende Daten.«

Morrow öffnete einen Kom-Kanal zur Brücke. »Wie ist die Lage, Lieutenant Washington?«

»Admiral ...« Es klang nervös. »Wir sollten den Abstand zu Alpha B so schnell wie möglich um mindestens eine weitere Astronomische Einheit erhöhen. Ich kann *sehen*, wie die Sonne anschwillt, Sir.«

»Die Zeit wird knapp«, wandte sich Morrow an Hardesty. »Setzen Sie die zur Verfügung stehenden Shuttles ein, während wir unser volles Transporterpotential nutzen. Sind alle Zivilisten evakuiert?«

»Nein.« Hardestys Gesichtsausdruck wirkte noch grimmiger. »Hundertvierundachtzig Idioten haben es abgelehnt, den Planeten zu verlassen.«

»*Was?*«

»Wir konnten sie nicht zwingen. Einige von ihnen sind sehr alt und meinten, sie hätten ohnehin mit dem Leben abgeschlossen. Andere wollten uns nicht glauben, ganz gleich, was wir ihnen sagten. Hinzu kommen mehrere Personen, die ...« Hardesty unterdrückte ein hysterisches Lachen. »Die Narren möchten alles *beobachten*.«

»Unfaßbar.« Morrow ächzte leise. »Na schön. Sie haben alles getan, was in ihrer Macht stand. Schicken Sie Ihre Leute jetzt zu uns.«

»Wir sind unterwegs.«

Eine Stunde später stand Spock zusammen mit Kirk, Martha Hardesty, Dr. McCoy und Admiral Morrow auf der Brücke. Die *Cochise* verließ den Orbit, und Kummer erfaßte den Vulkanier, als das Kurierschiff aus dem »Schatten« des Planeten glitt.

Alpha B wuchs immer mehr und war schon doppelt so groß wie noch vor wenigen Tagen. Spock beobachtete die Sonne auf dem Wandschirm und verglich sie mit einer Wucherung, mit einem außer Kontrolle geratenen kosmischen Krebsgeschwür.

62

Der Stern dehnte sich noch weiter aus, glühte nach wie vor orangefarben. Doch Spock wußte, daß es jetzt nicht mehr lange dauerte, bis er eine andere Farbe gewann. Bestimmt kühlte er bald ab, während er sich aufblähte und seinen nuklearen Brennstoff verbrauchte. Der Vulkanier stellte sich vor, wie Alpha B zu einem gewaltigen roten Riesen metamorphierte: In vier Jahren und vier Monaten, wenn sein Licht die Erde erreichte, würde er den Himmel der südlichen Breiten dominieren und selbst am Tag sichtbar sein.

Die *Cochise* beschleunigte mit Impulskraft. »Olson existiert nicht mehr«, sagte Lisa Washington leise und meinte damit den innersten Planeten, etwa so groß wie Merkur im Sol-System.

Die Auslöschung jenes Himmelskörpers bewirkte nicht einmal ein Flackern auf den Bildschirmen. Als die *Cochise* von dem wachsenden Stern zurückwich und alles aufzeichnete, nannte Washington die Namen der sterbenden Welten. »Jetzt hat es Perry erwischt ...« Und kurze Zeit später: »Das war Lang.«

Und schließlich: »Kent ...« Ihre Stimme zitterte, und Spock wußte, daß sie ebenso wie er an hundertvierundachtzig Personen dachte, die nun verbrannt waren — ganz zu schweigen von den Tieren und Pflanzen.

Martha Hardesty schluchzte leise. »Meine Heimat ... Ich werde sie nie wiedersehen. Meine Heimat, meine Heimat ...«

Kirk klopfte ihr auf die Schulter, und Tränen strömten über die Wangen der älteren Frau. Der Admiral umarmte sie behutsam, flüsterte ihr tröstende Worte zu. Spock beobachtete den Gesichtsausdruck seines früheren Captains, und eine plötzliche Empathie verhalf ihm zu der Erkenntnis, daß Hardestys Worte Erinnerungen an die letzten Tage Winonas wachgerufen hatten, an ihre flehentlichen Bitten, nach Hause gebracht zu werden.

Jims Mutter vergaß dabei, daß ihr Zuhause gar nicht mehr existierte: Ein Blitz war in das dreihundertfünfzig

Jahre alte Gebäude eingeschlagen, und daraufhin brannte es bis auf die Grundmauern ab. Der junge Peter Kirk — er studierte an der Starfleet-Akademie und verbrachte den Urlaub daheim — bewahrte seine Großmutter vor dem Tod in den Flammen, trug die Bewußtlose durch den Qualm nach draußen. Doch sie erlitt einen Schock, von dem sie sich nie wieder erholte, weder geistig noch körperlich: Sechs Monate später starb Winona Kirk an den Folgen einer Lungenentzündung.

»Nun, ich sollte besser den Leuten in der Krankenstation helfen«, sagte McCoy und unterbrach Spocks Überlegungen. »Einige Evakuierte brauchen sicher Beruhigungsmittel. Angesichts des sehr beschränkten Platzes an Bord können wir uns keine Massenhysterie leisten.«

»Im Gegensatz zu den anderen Bordabteilungen zeichnet sich die medizinische Sektion durch volle Personalstärke aus, Doktor«, erwiderte Spock. »Admiral Morrow hat mit einer solchen Situation gerechnet. Sie und Jim sollten die Gelegenheit nutzen, sich auszuschlafen. Wir müssen voll einsatzfähig sein, wenn wir das Hauptquartier von Starfleet erreichen.«

McCoy zögerte und dachte nach. »Ich verabscheue es, Ihnen recht zu geben, aber leider bleibt mir keine andere Wahl. Allerdings bestehe ich darauf, daß auch Sie sich ausruhen. Und kommen Sie mir jetzt bloß nicht mit dem Blödsinn über Vulkanier, die lange Zeit auf Schlaf verzichten können. Abgemacht?«

Spock hatte eine Runde gewonnen und durfte es sich daher leisten, großzügig zu sein. Er neigte den Kopf. »Einverstanden.«

Das Quartier der drei Offiziere bestand aus einem Zimmer mit drei Betten — die sie mit drei anderen Offizieren teilen mußten. Ihre Unterbringung kam sogar einem Privileg gleich. An Bord der kleinen *Cochise* wimmelte es nun von Leuten. Flüchtlinge drängten sich in den Korridoren und auf dem Freizeitdeck zusammen. Lange Schlangen bildeten sich vor den Toiletten.

Schluchzen wurde Teil des allgemeinen Hintergrundgeräuschs, vermischte sich mit dem Summen des Warptriebwerks.

Spock entschied, lange genug liegenzubleiben, bis Kirk und McCoy einschliefen; anschließend wollte er aufstehen und den Ärzten seine Dienste anbieten. Doch die Ereignisse der beiden vergangenen Tage hatten ihn mehr erschöpft, als ihm bewußt geworden war. Schon nach wenigen Minuten spürte er, wie Schlaf an seinen Gedanken zerrte, und mit einem leisen Seufzen gab er ihm nach.

Er träumte, in gestaltloser Leere zu stehen, die sich überall bis in die Unendlichkeit erstreckte. Aber irgendwie gelang es ihm, die Unendlichkeit zu *sehen*, und er wußte, daß nirgends etwas existierte. Weder Sterne noch Planeten, weder Staub noch Atome. Nichts. Nichts, nichts, *nichts*. Er schauderte, als ihm klar wurde: Dies hatten sie befürchtet — das Ende des Universums.

Er fühlte sich einsamer als jemals zuvor.

Es muß etwas geben, dachte er und hielt Ausschau. *Etwas ... jemanden ...* Er drehte sich langsam um die eigene Achse. *Es muß jemanden geben ...*

Er behielt recht. Ein oder zwei Sekunden lang glaubte er, in einen Spiegel zu blicken, und dann entpuppte sich die Gestalt als Zar. Sein Sohn war erheblich älter als bei ihrer letzten Begegnung. Sie musterten sich gegenseitig, und Zars Lippen bewegten sich. Doch alles blieb still. *Natürlich,* dachte Spock. *Wir sind hier in einem Vakuum, das keine Geräusche überträgt.*

Er versuchte zu sprechen. »Zar, Sohn ...«

Stille.

Ohne Raumanzüge können wir nicht im Vakuum überleben, fuhr es Spock durch den Sinn. *Woraus folgt: Ich träume.*

Der Vulkanier erwachte.

Irgendwo erklang der schmerzerfüllte und verzweifelte Schrei eines Flüchtlings. Die kaum spürbaren Vibrationen des Triebwerks hatten sich auf subtile Weise verändert. *Impulskraft,* dachte Spock. *Wir nähern uns der Erde.*

»Ich war völlig baff, Jim«, sagte Leonard McCoy verärgert und griff nach dem Glas. Sein Blick glitt über einige alte Waffen an der Wand von Kirks Apartment in San Francisco. »Verdammt, immer wenn ich glaube, endlich aus Spitzohr schlau zu werden, läßt sich der Kerl was Neues einfallen, so wie gestern. Bestimmt steckt reine Bosheit dahinter.«

»Gestatte mir bitte, daran zu zweifeln«, erwiderte Kirk sanft. »Ich glaube, Spock hat die Karten offen auf den Tisch gelegt, weil sich eine Katastrophe anbahnt.«

McCoy starrte ihn vorwurfsvoll an, seufzte und zuckte mit den Schultern. »Nun, du verstehst sicher, warum ich sauer bin. Meine Güte, ich wollte für ihn lügen, daß sich die Balken biegen, aber der Bursche stellt mich als Narren dar, indem er einfach so die Wahrheit präsentiert.« Er schüttelte den Kopf, und ein dünnes Lächeln umspielte seine Lippen. »Morrows Reaktion ... Ich wünsche mir ein Holo-Bild von seinem Gesicht. Es hätte ihn sicher weniger überrascht, wenn der romulanische Prätor und der klingonische Imperator hereingekommen wären, gekleidet in rosarote Ballettröckchen.«

Kirk schmunzelte. »Es hat ihn regelrecht umgehauen.«

»Ich nehme an, er hat nie den Bericht gelesen, den du Admiral Komack übermittelt hast.«

»Warum auch? Der Oberbefehlshaber von Starfleet muß sich um viele wichtige Dinge kümmern und kann seine Zeit nicht mit irgendwelchen alten Berichten verschwenden.« Kirk nippte an seinem Brandy. »Außerdem: Ich weiß nicht mehr, ob ich Zars Beziehungen zu Spock *genau* beschrieben habe. Vielleicht ist dieser Punkt ein wenig ... vage geblieben.«

»Ich verstehe.«

»Du brauchst mich gar nicht so anzusehen, Pille. *Du* hast nie darauf hingewiesen, daß Spock und Zarabeth in der Eiszeit von Sarpeidon Gefallen aneinander fanden. Dein Bericht ließ vermuten, daß sich ihre, äh, physischen Kontakte auf ein Händeschütteln beschränkten.«

McCoy lächelte süffisant. »Berichte sollen *Fakten* nennen, Admiral. Bis wir von Zars Existenz erfuhren, konnte ich nur spekulieren.« Er trank einen raschen, nervösen Schluck. »Immerhin war ich nicht direkt *dabei.* Ich meine ...« Er unterbrach sich und sah in den Bourbon hinab.

Die Verlegenheit seines alten Freunds weckte Mitgefühl in Kirk, und er wechselte das Thema. »Die Sache mit dem Wächter wundert mich sehr. Wenn stimmt, was er uns gegenüber behauptete, ist er schon seit vielen Jahrtausenden aktiv und hat immer einwandfrei funktioniert. Was könnte jetzt mit ihm los sein?«

»Vielleicht hat sich eine Schraube gelockert.« McCoy grinste.

Kirk stand auf und ging in die Küche. »Habe ich dir jemals gesagt, daß du einen abartigen Sinn für Humor hast, Pille?«

»Seit neunzehn Jahren erinnerst du mich immer wieder daran.«

»Wie wär's mit etwas zu essen?« Der Admiral sah auf den Bildschirm des Synthetisierers und las die angezeigte Speisekarte. »Was möchtest du?«

»Ein halbes Hähnchen mit Kartoffelbrei.«

Kirks Finger huschten über die Tastatur. »Kommt sofort.«

McCoy nahm am Frühstückstresen Platz und beobachtete, wie Kirk mit routiniertem Geschick Salat mischte. Kurz darauf summte der Synthetisierer, und der Admiral zog zwei dampfende Teller aus dem Ausgabefach. »Bitte sehr.«

»Danke. Wenigstens bleibt den zum Tode Verurteilten

noch Zeit für einige herzhafte Mahlzeiten.« McCoy stopfte sich Kartoffelbrei in den Mund.

»Für mich ist das alles einfach ... unfaßbar.« Kirk stocherte mit der Gabel im Salat. »Ich meine, wie viele Lichtjahre habe ich während meiner beruflichen Laufbahn bei Starfleet zurückgelegt? Entspricht die Strecke vielleicht einem halben Prozent des sichtbaren Universums? Oder ist es noch viel weniger? Ein hundertstel Prozent? Ein millionstel Prozent? Was ist ein millionstel Prozent der Unendlichkeit, Pille? Wenn ich mir so etwas nicht vorstellen kann — wie soll mir dann das Ende der Ewigkeit als reale Gefahr erscheinen?«

»Ja, ich weiß, was du meinst. Der *innere* Kosmos — das Innenleben der Menschen — war mir immer vertrauter als der Weltraum.« McCoy seufzte. »Aber nachdem ich Alpha B gesehen habe ... Meine Phantasie zeigt mir, wie sich Sol aufbläht und die Bucht von San Francisco verdampfen läßt, zusammen mit dem Rest der Meere und Ozeane.«

»In der vergangenen Nacht habe ich davon geträumt«, stöhnte Kirk.

»Wenn wir doch nur mehr Zeit hätten!« McCoy spießte eine Tomatenscheibe auf.

Neunzig Tage, wiederholte eine gnadenlose Stimme hinter Kirks Stirn. Sie verstummte nie. *Neunzig Tage. Wenn wir den Wächter nicht wieder zur Vernunft bringen können ... Nun wenigstens genügt die Zeit, um zur Forschungsstation zu fliegen, Carol und David zu besuchen. Vielleicht sollte ich mit David sprechen, ihm alles sagen.*

Spocks offene Worte in Hinsicht auf Zar hatten Kirk veranlaßt, noch häufiger an seinen eigenen Sohn zu denken, an David Marcus. Der Vulkanier war wenigstens in der Lage gewesen, Zar kennenzulernen, mit ihm zusammenzusein, wenn auch nur für einige Wochen. Angesichts der jetzt drohenden Gefahr spürte Jim das Gewicht seiner Sterblichkeit. Es lastete schwer auf ihm ...

Ich bin immer davon ausgegangen, daß ich noch viele Jahre habe, Jahrzehnte, aber jetzt ... Neunzig Tage. Kirk schüttelte den Kopf und runzelte die Stirn, rang sich zu einer Entscheidung durch. *Ganz gleich, was auch geschieht: Ich vereinbare ein Treffen und spreche mit David. Was Carol und ich damals vereinbart haben, spielt jetzt keine Rolle mehr. Vielleicht kann ich ebenfalls mit meinem Sohn zusammensein, so wie Spock mit Zar, ihn kennenlernen ...*

Der Kommunikator summte, und Jim trat an das Gerät heran. »Hier Kirk.«

Morrows dunkles Gesicht erschien auf dem Schirm. »Wir haben einen gefunden, Jim«, sagte er ohne Einleitung.

»Einen was?«

»Einen Telepathen. Beziehungsweise eine Telepathin. Sie hat einen sehr hohen PSI-Quotienten. Eigentlich kein Wunder: Immerhin ist sie eine Marischal. Spock hat mir bei der Auswahl von Kandidaten geholfen.«

»Wo ist er jetzt?«

»Unterwegs zu Ihnen. Können Sie morgen aufbrechen?«

Kirk beugte sich zum Synthetisierer vor und programmierte eine vegetarische Mahlzeit. »Sie meinen nach Gateway?«

Morrow nickte. »Ich möchte, daß Sie die Telepathin so schnell wie möglich zu ihrem Einsatzort bringen. Können Sie morgen losfliegen?«

»Natürlich«, sagte Kirk. Er lächelte plötzlich. »Harry?«

»Ja?«

»Bekomme ich die *Enterprise?*«

Morrow schüttelte amüsiert den Kopf. »Ich hätte es eigentlich wissen sollen. Halten Sie es für möglich, sie rechtzeitig vorzubereiten?«

»Ja. Scotty hat mich noch nie im Stich gelassen.«

Morrow seufzte. »Sie wollen auch Chefingenieur Scott?«

»Außerdem Commander Uhura und Commander Sulu — ist er schon zum Captain befördert worden?«

»Nein. Aber es dauert sicher nicht mehr lange.«

»Teilen Sie ihm mit, daß ich ihn brauche. Dann
kommt er bestimmt.« Kirk drehte sich zu McCoy um.
»Und ... Wo ist Dr. Chapel?«

»Auf Vulkan. Sie untersucht dort den Erreger des He-
phästus-Fiebers.«

»Es dauert zu lange, sie hierherzubringen. Und die
Reliant ist mit einer langfristigen Mission beauftragt —
auf Chekov müssen wir also verzichten. Aber ich möchte zumindest Scotty, Uhura und Sulu. Und alle Leute,
die sie für ihre Abteilungen anfordern.«

»Dadurch bringen Sie halb Starfleet durcheinander!«
protestierte Morrow.

Kirk schmunzelte nur.

Der Admiral schnitt eine finstere Miene. »Aber Sie
haben mich in der Zange, und das wissen Sie auch. Na
schön, ich bin einverstanden.« Morrow grinste nun.
»Sonst noch etwas, o glorreicher Held der Föderation?«

»Nein, ich glaube, das ist alles«, erwiderte Kirk
schlicht.

»Und Sie machen sich morgen auf den Weg?«

»Versprochen.«

»In Ordnung«, brummte Morrow. »Ich weise meinen
Adjutanten an, die von Ihnen genannten Personen sofort zu benachrichtigen.«

»Sagen Sie ihnen, sie sollen mich an Bord des Schiffes erwarten. Wir beamen uns sofort an Bord, sobald
Spock eintrifft.«

»Gut.« Morrow unterbrach die Verbindung.

McCoy musterte seinen früheren Captain überrascht,
als Kirk den restlichen Salat verspeiste. »Harry Morrow
hat nicht gescherzt, als er meinte, dadurch geriete halb
Starfleet durcheinander! Ganz zu schweigen davon, daß
die Akademie Kojen für Hunderte von Kadetten finden

muß. Ich finde es erstaunlich, daß Morrow dich nicht zum Teufel wünschte, Jim.«

»Er braucht uns«, erwiderte Kirk und kaute genüßlich ein Auberginenstück mit Parmesankäse. »Diese Mission ist zu wichtig, um nicht die besten Leute einzusetzen.«

Der Türmelder summte. »Spock«, sagte Kirk, entriegelte das elektronische Schloß mit einem Tastendruck und wischte sich den Mund ab. »Sag ihm, daß sein Essen fertig ist. Ich ziehe meine Uniform an.«

Kirks Schlafzimmertür schloß sich, als der Vulkanier hereinkam. »Hallo, Spock. Hier, Ihr Essen.« McCoy nahm den Teller aus dem Ausgabefach des Synthetisierers. »Jim zieht sich um. Wir beamen uns gleich ins Schiff — trödeln Sie nicht.«

Spock setzte sich und griff nach der Gabel. »Die *Enterprise*, nehme ich an?«

McCoy lächelte. »Wie haben Sie das erraten?«

»Vulkanier raten nicht. Ich kenne den Admiral, und daher kommt nur ein Schiff für den Flug nach Gateway in Frage.«

Enterprise! Die Rückkehr genügte, um Kirk neuen Mut zu verleihen, seine Stimmung aufzuhellen. Er stand im Turbolift und verspürte den intensiven Wunsch, das Schiff zu berühren. *Du verhältst dich wie ein Fähnrich bei seinem ersten Flug ins All*, dachte er mit einer gehörigen Portion Selbstkritik.

Aber warum nicht? Er war allein — niemand beobachtete ihn. Kirk streckte die Hand aus, strich mit den Fingerkuppen über die olivgrüne und goldene Polsterung an den Wänden. »Es freut mich, zurück zu sein«, hauchte er. »Ich habe dich vermißt.«

Er lächelte, kam sich wie ein Narr vor und war trotzdem glücklich. Die Transportkapsel wurde langsamer und hielt.

Der Hinweis ›Brücke‹ leuchtete auf dem Anzeigefeld.

71

Die *Enterprise* war schon vor der Begegnung mit Vejur umgebaut worden, aber auch diesmal fühlte sich Kirk von ihrem neuen Design verwirrt. Er bedauerte das Fehlen der roten Türen, und seine Füße kannten nicht mehr die Anzahl der Schritte zum Kommandosessel. Hinzu kam: Einige der Konsolen standen an den falschen Plätzen. Banale Dinge — doch es dauerte immer einige Minuten, sich daran zu gewöhnen.

Inzwischen befanden sich die meisten Besatzungsmitglieder an Bord. Commander Uhura drehte sich um, als Kirk hereinkam, und ein Lächeln erhellte ihr dunkles, müdes Gesicht. Sie hatte pausenlos gearbeitet, um die Kommunikationssysteme zu überprüfen, und Jim dankte ihr stumm dafür.

Spock stand vor den Scannern, neben dem Horta und wissenschaftlichen Offizier Lieutenant-Commander Naraht.

»Sulu?« fragte Kirk und sah sich um.

»Er und seine Mitarbeiter haben sich gerade an Bord gebeamt«, sagte Spock.

Jim ließ sich in den Sessel des Befehlsstands sinken und öffnete einen Kom-Kanal zum Maschinenraum. »Hier spricht Admiral Kirk. Sind Sie da, Mr. Scott?«

»Aye, Sir«, klang die Stimme des Schotten aus dem Lautsprecher.

»Wann können wir starten, Scotty?«

»Ich habe gerade alle Systeme kontrolliert. Wir warten nur auf Ihren Befehl, den Transfer einzuleiten.«

»Ich wußte, daß ich mich auf Sie verlassen kann. Wir brechen auf, sobald der Passagier an Bord ist.«

»In Ordnung, Sir.«

»Admiral . . .«, sagte Uhura. »Der Transporterchef meldet das Eintreffen der Marischal. Dr. McCoy begleitet sie zu ihrem Quartier.«

Hinter Kirk öffnete sich die Tür des Turbolifts, und kurz darauf ging Commander Hikaru Sulu am Kommandosessel vorbei. Er blieb kurz stehen und salutierte.

Kirk deutete zur Konsole des Steuermanns, und der Junior-Offizier davor stand rasch auf.

Sulu nahm Platz. »Wir haben Starterlaubnis, Admiral«, sagte er, als ein kleines Display vor ihm glühte.

»Bereitschaft für Initialmanöver, Mr. Sulu«, sagte Kirk. »Uhura, verbinden Sie mich mit Admiral Morrow.«

»Kontakt hergestellt, Sir.«

»Wir sind unterwegs, Harry. Halten Sie hier die Stellung.«

»Ich wünsche Ihnen und Ihrer Crew viel Glück, Jim«, erwiderte Morrow, und es kam von Herzen. »Wir drücken Ihnen die Daumen.«

»Auch das eine oder andere Gebet könnte nicht schaden«, murmelte Kirk, als Uhura den Kom-Kanal schloß. Er nickte Sulu zu.

Langsam und mit anmutiger Eleganz glitt die *Enterprise* durchs riesige Raumdock. Das Außenschott öffnete sich vor ihr, und kurze Zeit später befanden sie sich im Orbit. ›Unten‹ drehte sich die Erde; weiße Wolken zogen über den glitzernden blauen Pazifik hinweg. Auf der einen Seite war die braungrüne Landmasse von Nordamerika zu sehen.

»Lieutenant s'Bysh«, sagte Kirk zu der grünhäutigen Navigatorin, »berechnen Sie den Kurs zum Sektor 90,4.«

»Aye, Sir.«

Jims Blick wanderte durch die Brücke, und in Gedanken formulierte er eine knappe Ansprache, mit der er sich an die ganze Besatzung wenden wollte, sobald die Reise begonnen hatte. Er war erst bei »wichtig für die Sicherheit der Föderation«, als sich die Orionerin am Navigationspult umdrehte. »Kurs berechnet und programmiert, Sir.«

»Bereitschaft für die Beschleunigungsphase, Mr. Sulu.«

»Aye, Sir.« Die Finger des Steuermanns tanzten virtuos über Tasten. Kirk beobachtete ihn dabei, und in seinen Mundwinkeln zuckte es.

»Ich bin froh, daß sie gekommen sind, Mr. Sulu. Vor einigen Tagen hätte ich Ihre Fähigkeiten gut gebrauchen können, als ich einige schwierige Navigationsprobleme lösen mußte.«

Das Gesicht des Steuermanns blieb ausdruckslos, doch in seinen Augen funkelte es humorvoll. »Darf ich mich respektvoll danach erkundigen, ob das Schiff des Admirals schließlich sein Ziel erreichte?«

Kirk lachte leise. »Ja. Nach einigen Umwegen. Alles klar?«

»Es kann losgehen, Sir.«

»Also gut, Commander. Impulskraft.«

»Aye, Sir!« Sulus Stimme verriet Aufregung, und Kirk wußte, wie er sich fühlte.

Der Steuermann erhöhte die Geschwindigkeit auf volle Impulskraft, und die Sterne vor der *Enterprise* gerieten in Bewegung. Hinter ihr verblaßte Sol. Innerhalb weniger Minuten näherte sich das Raumschiff den Gasriesen.

Kirk blickte auf den Wandschirm und beobachtete, wie Saturn in der Schwärze des Alls verschwand. Nach einer Weile aktivierte er die interne Kommunikation. »Hier spricht ...« *Der Captain*, hätte er fast gesagt und brachte seine Zunge gerade noch rechtzeitig unter Kontrolle. »... Admiral Kirk. Zunächst einmal möchte ich Ihnen allen meine Anerkennung dafür aussprechen, daß Sie die *Enterprise* so schnell auf diese Mission vorbereitet haben. Leider bin ich nicht imstande, Ihnen die Einzelheiten unseres Einsatzes zu nennen, aber er ist wichtig für die Sicherheit der Föderation. Sicher kann ich auch weiterhin mit Ihrer vollen Unterstützung rechnen.« Er zögerte und begriff, daß es nichts mehr zu sagen gab — abgesehen von einem *Danke*.

»Ich danke Ihnen. Kirk Ende.«

Er lehnte sich zurück und sah erneut zum Wandschirm. Zahllose Sterne leuchteten dort in allen Farben des Spektrums. *Der Weltraum ist wunderschön,* dachte er. *Dies ist mein wahres Zuhause.*

Zum hundertsten Mal fragte er sich, warum er eine Beförderung akzeptiert hatte, durch die er zum Schreibtischarbeiter wurde, zu einem planetengebundenen Bürokraten. Ein Teil der Antwort lautete: weil er wußte, daß Starfleet kompetente Leute in der Kommando-Hierarchie brauchte. Damals hielt er es für seine Pflicht, Verwaltungsaufgaben wahrzunehmen, doch jetzt zweifelte er erneut daran, die richtige Entscheidung getroffen zu haben. Vielleicht bestand seine wahre Pflicht darin, ein Raumschiff zu kommandieren, zu erforschen, Probleme zu lösen, Gefahren abzuwenden. Vertrautes Terrain für ihn.

Ich hoffe nur, daß wir auch mit dieser Krise fertig werden, dachte er und spürte einmal mehr, wie Besorgnis in ihm prickelte. Die *Enterprise* war schnell, aber sie konnte ihn nicht *schnell genug* nach Gateway bringen. *Nur neunzig Tage ...*

Ganz gleich, wie diese Mission endete: Kirk wünschte sich eine Möglichkeit, an Bord des Schiffes zu bleiben. Wenn tatsächlich das Ende des Universums bevorstand, wollte er seine letzten Monate oder Jahre im All verbringen. Wie konnte er eine derartige Freiheit erringen? Wie konnte er Morrow dazu überreden, ihn wieder für den außerplanetaren Dienst einzuteilen?

Nun, ich brauche mich nur degradieren zu lassen, überlegte er. *Indem ich einen Befehl mißachte oder dergleichen.* Kirk lächelte schief, als er sich vorstellte, welche Aufregung er dadurch in Starfleet hervorrufen würde.

»Wir nähern uns der Umlaufbahn von Pluto, Admiral«, sagte Sulu.

Jim öffnete erneut einen Kom-Kanal zum Maschinenraum. »Können wir den Warptransfer einleiten, Scotty?«

»Jederzeit, Admiral.«

»Danke, Mr. Scott. Warpfaktor sieben, Mr. Sulu.«

Die *Enterprise* erzitterte kurz und warf sich in die Unendlichkeit. Kirk fühlte die Veränderung sofort und beobachtete, wie sich die Sterne in lange bunte Streifen verwandelten. Jetzt raste das Schiff mit vielfacher Überlichtgeschwindigkeit durchs All.

Er stand auf. »Sie haben das Kommando, Mr. Sulu. Ich bin in der VIP-Kabine. Mr. Spock, begrüßen wir unseren Gast.«

Kirk schritt zum rechten Turbolift und erinnerte sich an die Zeit, als nur ein Lift den Kontrollraum mit den übrigen Sektionen des Schiffes verband — was sich mehrmals als erheblicher Nachteil herausgestellt hatte. Die neue Ausstattung war weitaus besser.

Trotzdem vermißte er die roten Türen.

Spock trat zu ihm, und Jim nannte dem Computer der Transportkapsel ihr Ziel. Die Tür schloß sich. »Zehn Tage, um Gateway zu erreichen«, sagte der Vulkanier.

Kirk nickte. »Und Scott wird sich zweihundertvierzig Stunden lang die Haare raufen. Ein längerer Hochgeschwindigkeitstransfer bedeutet starke Belastungen für seine geliebten Triebwerke.«

Die Lippen des früheren Ersten Offiziers deuteten fast so etwas wie ein Lächeln an. »Ich erinnere mich.«

»Ich ebenfalls«, sagte Kirk in einem wehmütigen Tonfall. »Und ich vermisse dies alles, Spock. Sie auch?«

Ruhig und gelassen erwiderte der Vulkanier den fragenden Blick des Admirals. »Manchmal, Jim. Doch meine gegenwärtige Aufgabe erfüllt mich mit Zufriedenheit: Es hat gewisse Vorzüge, junge Kadetten zu unterrichten.«

»Ja. Ich würde gern Ihrem Beispiel folgen.« Kirk runzelte die Stirn. »Harry verspricht mir immer wieder, daß ich bald wenigstens halbtags als Ausbilder tätig werden kann, aber wenn ich entsprechende Pläne schmiede, brennt's irgendwo.« Er seufzte. »Meine aktuellen Projekte stehen dicht vor dem Abschluß, und wenn nachher jemand auf die Idee kommt, mir irgendeinen neuen Job anzuhängen ... Dann schmeiße ich die Sachen hin und schließe mich dem nächsten Expeditionskorps an.«

Spock wölbte die Brauen. »Sie wissen, wie sehr wir Ihre Erfahrungen schätzen, Jim. Kein anderer Raumschiffkommandant hat mehr Erfolge erzielt als Sie. Die Kadetten lernen viel von Ihnen.«

Kirk lächelte. »Und wenn ich unterrichte, sehen wir uns häufiger.«

Die Transportkapsel des Turbolifts wurde langsamer und hielt an. Jim und der Vulkanier traten in den Korridor. »Bevor wir unserem Gast begegnen, Spock ... Bitte informieren Sie mich in groben Zügen über die Marischal. Ich habe von Marisch gelesen, doch die Bewohner jenes Planeten sind mir praktisch unbekannt.«

»Die Marischal«, begann Spock, »sind Bipeden und leben auf einer Welt in der Nähe des Prokyon-Sektors. Sie haben keine Technik entwickelt und gelten als sehr sanfte und fruchtbare Herbivoren. Aggressivität ist ihnen völlig fremd. Die Föderation entdeckte sie vor etwa zwei Jahrzehnten, was sich als wahrer Glücksfall für die Marischal erwies: In ihrer Heimat gab es ein akutes Überbevölkerungsproblem. Nur eine sehr strenge Fortpflanzungskontrolle verhinderte Hungersnöte. Vulkanische Spezialisten lehrten sie Biofeedback-Prozeduren, die es ihnen ermöglichten, die eigene Fruchtbarkeit unter Kontrolle zu halten.«

»Sind Sie jemals einem Marischal begegnet?«

»Nein. Sie verlassen ihren Planeten nur selten. Es interessiert mich sehr, warum D'berahan beschloß, nach Außenwelt zu reisen.«

»Was wissen Sie sonst noch?«

»Es handelt sich um nachtaktive Geschöpfe, die weder Ohren noch andere Organe zur akustischen Wahrnehmung besitzen. Als Ausgleich dafür haben sie die Telepathie als ein Mittel entwickelt, um vor den vielen

Raubtieren auf ihrer Welt geschützt zu sein. Offenbar kam die telepathische Kommunikation vor der Intelligenz, was ungewöhnlich ist: Bei den meisten bekannten telepathischen Spezies reiften zunächst Vernunft und Ratio heran.«

»Und die Marischal sind sehr leistungsfähige Telepathen«, vermutete Kirk.

»In der Tat. Ihre entsprechenden Fähigkeiten haben eine so starke Ausprägung gewonnen, daß Sprachen in verbaler oder schriftlicher Form nicht nötig wurden. Was ihr physisches Erscheinungsbild betrifft: Sie sind klein und haben ein dichtes Fell. Bei den Marischal gibt es drei Geschlechter: Frauen, die Ova produzieren, Männer, die Sperma zur Verfügung stellen, und sogenannte *Träger*: Sie empfangen befruchtete Eizellen, tragen sie bis zur Geburt und säugen die Neugeborenen während ihrer ersten Lebensmonate. Anschließend werden die Jungen Teil der Gruppe, und alle sind für sie verantwortlich. Marischal wachsen recht schnell heran, und ihre Lebensdauer ist vergleichsweise kurz, beträgt nur etwa fünfzehn Standardjahre.«

»Nicht viel«, erwiderte Kirk nachdenklich. »Nun, was stellt D'berahan dar: Mann, Frau oder Träger?«

»Ich weiß es nicht, Jim. Die Geschlechtsorgane der Marischal befinden sich in einem Beutel am Unterleib. Bei den bisherigen Kontakten bekam es die Föderation ausschließlich mit Marischal zu tun, die sich als Frauen identifizierten — nachdem sie sich an das Konzept von nur zwei Geschlechtern gewöhnten; die erste Reaktion darauf hat angeblich aus Heiterkeit bestanden. Daher können wir annehmen, daß D'berahan weiblichen Geschlechts ist. Admiral Morrow sprach von einer *Sie*, nicht wahr?«

»Ja, das stimmt. Gehen wir also davon aus, eine Marischal-Frau an Bord zu haben.«

Kirk blieb vor der VIP-Suite stehen und hob die Hand, um den Türmelder zu betätigen. Doch er kam nicht dazu, die Taste zu berühren. Eine »Stimme« erklang hinter seiner Stirn.

[Treten Sie ein und seien Sie willkommen.]

Es fiel Jim ganz und gar nicht schwer, die mentale Botschaft zu verstehen. Sie füllte sein Bewußtsein mit weicher, irgendwie *pelziger* Wärme.

Das Schott glitt beiseite. Kirk trat ein und blinzelte überrascht. In der Kabine war es nicht annähernd so hell wie in den übrigen Bereichen der *Enterprise*. Dr. McCoy saß auf der Couch, und neben ihm hockte ein Geschöpf. Als die beiden Offiziere hereinkamen, kletterte das Wesen — *sie*, erinnerte sich der Admiral — vom Sofa und richtete sich zu seiner *(ihrer)* vollen Größe auf. Der Kopf reichte gerade bis zu Kirks Gürtel.

In gewisser Weise ähnelte die Marischal einem kleinen Känguruh: Sie stützte sich auf einen breiten Schwanz, stand auf zwei kräftigen Beinen. Die beiden Arme gingen von rudimentären Schultern aus. Sie trug keine Kleidung. Ein kurzer, dichter Pelz bedeckte ihren Leib, wies braune und grüne Flecken auf, gewann am Bauch und im Gesicht eine bernsteinfarbene Tönung. Schnurrhaare vibrierten unter der Nase. Der Kopf war schmal und wies eine fast kuppelförmig gewölbte Stirn auf. Direkt über den großen, goldgelben Augen begann ein Schopf aus braunem, flaumartigem Haar.

»Ma'am ...« McCoy betonte seinen Georgia-Akzent, zeigte den Charme des Südstaaten-Gentleman. »Ich möchte Ihnen James T. Kirk und Mr. Spock vorstellen. Das ist D'berahan von Marisch.«

»Wie geht es Ihnen?« Kirk deutete eine Verbeugung an. Spock hob die Hand, spreizte Mittel- und Zeigefinger, murmelte dann einige Worte auf Vulkanisch. *Natürlich*, dachte Jim. *Verschiedene Sprachen spielen keine Rolle, wenn man mit einem so begabten Telepathen kommuniziert.*

Unbeholfen versuchte er, einen mentalen Gruß zu übermitteln, ohne ihn in Worte zu fassen. Sofort spürte er wieder die pelzige Wärme.

[Sprechen Sie ruhig, Admiral. Diese ...] Es folgte ein gedankliches Bild der Marischal, das von Individualität kündete. [... versteht Ihre guten Wünsche auch dann, wenn sie auf die bei Ihnen gebräuchliche Weise zum Ausdruck gebracht werden. Wer sich um das Wohl des Ganzen bemüht, sollte zusätzliche Erschwernisse vermeiden.]

Kirk nickte und bemerkte, daß Spock diese Geste wiederholte. *Welche Mitteilung hat sie ihm geschickt?* überlegte er. *Die gleiche? Oder eine andere?*

Die Marischal winkte mit einer mentalen Hand in Richtung der Sessel, und Kirk versuchte vergeblich, ihre Finger zu zählen. [Nehmen Sie Platz/Finden Sie Bequemlichkeit. Erzählen Sie mir mehr von der Gefahr, die uns droht.]

Kirk wandte sich an Spock. »Das überlasse ich Ihnen. Immerhin sind Sie der wissenschaftliche Experte.«

Der Vulkanier bestätigte, blickte einige Sekunden lang in die großen Augen der Marischal und berührte sie vorsichtig an der Stirn. Wenige Sekunden später unterbrach er den geistigen Kontakt, und D'berahan sah Kirk an.

[Diese versteht und bedankt sich bei ...] Ein Bild von Spocks ernsten Zügen strich durch Jims Bewußtsein. [Ich versichere Ihnen, daß ich alles versuchen werde, um einen Kontakt mit ...] — sie projizierte den Steinkreis des Wächters — [... herzustellen, auf daß die Harmonie/Kontinuität des heiligen Ganzen gewährleistet sei. Aber um ganz ehrlich zu sein: Die Gliedmaßen Dieser zittern in Fluchtdrang, wenn sie daran denkt, daß ihr Versagen eine Katastrophe von solchem Ausmaß bedeuten könnte.]

»Niemand kann von Ihnen verlangen, mehr als ›alles‹ zu versuchen«, erwiderte Kirk und wußte die Offenheit der Marischal zu schätzen. »Und was den ›Fluchtdrang‹ angeht ... In mir regen sich ähnliche Empfindungen.«

»In uns allen«, fügte Spock hinzu.

Während des Flugs zum Sektor 90,4 gab es kaum freie Zeit für Spock. Normalerweise hätte er sie genutzt, um in seinem Quartier zu meditieren, doch statt dessen beschloß er, sie bei D'berahan zu verbringen. Er mochte die Marischal: Sie war ein sanftes, freundliches Wesen mit einem ausgeprägten Sinn für Humor, und ihr religiöser Glaube ans ›Ganze‹ erinnerte ihn an die vulkanische Philosophie des NOME. Hinzu kam: Im Gegensatz zu Menschen erwartete sie keine Emotionen von ihm und akzeptierte ihn einfach.

Für D'berahan ergaben sich noch mehr Vorteile aus ihrer Freundschaft. Abgesehen von ihr war der Vulkanier die einzige telepathische Person an Bord; nur mit ihm konnte sie alle Details ihrer Mission erörtern.

Spock begriff schon nach kurzer Zeit die Bedeutung von mentalen Kontakten für das geistige Wohlbefinden seiner Kommunikationspartnerin. Er erfuhr von ihr, daß die Marischal sehr gesellige Wesen waren, die einen großen Teil der wachen Stunden (und auch ihrer Traumzeit) zu telepathischer Interaktion nutzten. D'berahan beschrieb die geistige Einsamkeit als fast ebenso schlimm wie die Präsenz einer Besatzung, die aus Nichttelepathen bestand und ihre Gedanken nicht abschirmen konnte.

Darüber hinaus lernte Spock ihren persönlichen Hintergrund kennen. D'berahan war acht Jahre alt, und im Vergleich mit ihren Artgenossen auf Marisch zeichnete sie sich durch eine unkonventionelle, geradezu abenteuerlustige Einstellung aus — was ihre Reise zur Erde erklärte. Sie hatte dort Universitäten besucht, Literatur, Drama und Kunst studiert. Zwar kannte ihr Volk keine Schriftsprache, aber D'berahan wollte einige der mental erzählten Legenden aufzeichnen, um es Nichttelepathen zu ermöglichen, die Mythen der Marischal kennenzulernen.

[Diese hat gelernt, Gedanken in Worte zu transformieren], berichtete sie. [Sie weiß auch, wie man solche

Worte festhält, indem man sie elektronischen Denkma-
schinen eingibt.] Spock ›sah‹ ein Computerterminal.
[Diese wird Worte und Bilder verwenden, um ...] D'berahan zögerte, suchte nach den richtigen Konzepten.
[... um Äquivalente unserer ›Gedanken-Kunst‹, ›Ge-
danken-Tänze‹ und ›Gedanken-Gemälde‹ wiederzuge-
ben.]

Das freut mich, entgegnete Spock. *Jene Werke, die Sie
mir gezeigt haben, sind sehr schön und verdienen es, bewahrt
zu werden.*

[Hoffentlich strebt Diese nicht zuviel an. In den Augen ihres Volkes hat Diese kein nennenswertes künstle-
risches Talent], gestand D'berahan ein.

Ich bin anderer Ansicht, erwiderte Spock. *Vielleicht geht
es Ihnen wie vielen anderen Pionieren der Kunst: Vielleicht
brauchen Sie Zeit, um in Ihrer Heimat Anerkennung zu finden. Was ich bisher gesehen habe, läßt folgenden Schluß zu: In
der Föderation wird man Ihr Werk sicher rühmen.*

[Ich danke Ihnen für das Kompliment.] D'berahan
projizierte mentale Wärme und ein telepathisches Lächeln. [Diese hofft, Ihrer Zuversicht gerecht zu werden.]

Während seiner Gespräche mit der Marischal stellte
Spock fest, daß D'berahan keine Frau war, sondern ein
Träger. *Aber Sie bezeichnen sich selbst als ›sie‹*, teilte er ihr
mit. *Bitte nennen Sie mir die richtige Bezeichnung in Ihrer
Sprache.*

[Der/das von Ihnen erfaßte Gedanke/Konzept/Wort
ist korrekt], lautete die amüsierte Antwort. [Mein Volk
benutzt nur einen Ausdruck für alle Geschlechter: ›Le-
bensspender‹. Ihre Translatoren übersetzen den Begriff
mit ›sie‹, und das gilt für uns alle, ob Frauen, Männer
oder Träger. Spenden wir nicht alle Leben?]

Interessant, entgegnete Spock. *Aus dieser Perspektive
habe ich es noch nicht betrachtet.*

[Und Sie, mein Freund? Sind Sie auch ein Lebens-
spender?]

Spock erinnerte sich plötzlich an Zar, sah ihn so wie

im Traum, und er wußte, daß auch die Marischal dieses Bild empfing. *Ja, das bin ich,* bestätigte er. *Allerdings habe ich meinen Sohn seit vielen Jahren nicht gesehen. Uns trennt ...* Der Tod, wollte er hinzufügen, doch aus irgendeinem Grund zögerte er und ›sagte‹ statt dessen: *Uns trennt nicht nur Raum, sondern auch Zeit.*

[Wie dem auch sei: In der Unermeßlichkeit des Ganzen sind Sie für immer sein Vater.]

Eine derartige Vorstellung vermittelt Trost, meinte Spock ernst. *Sie sind sehr klug, D'berahan.*

[Aber ich bin nicht logisch, wie Sie schon mehrmals betonten], erwiderte die Marischal mit gutmütigem Spott. [Gibt es Weisheit jenseits der Logik?]

So etwas kann tatsächlich der Fall sein, wie ich schon mehrmals festgestellt habe, räumte der Vulkanier ein. *Aber bitte erzählen Sie Dr. McCoy nichts davon. Sonst bekomme ich es immer wieder von ihm zu hören.*

»Wir erreichen jetzt den Sektor 90,4, Admiral«, meldete Sulu.

Es geht los, dachte Kirk und holte tief Luft. Er hatte gestern abend mit dem Kosmos Frieden geschlossen, als ihm Spock und McCoy bei saurianischem Brandy in seiner Kabine Gesellschaft leisteten. Ganz deutlich erinnerte er sich daran: Sie sprachen nur wenig, schwiegen die meiste Zeit über; ihre Freundschaft war alt genug, um manchmal auf Worte verzichten zu können.

Kirk drehte den Kopf und begegnete dem Blick des Vulkaniers. »Bereitschaft für volle Sensor-Sondierung, Mr. Spock.«

»Bereitschaft wird bestätigt, Admiral«, sagte der frühere Erste Offizier und blickte auf die Anzeigen der wissenschaftlichen Station. Commander Uhura saß rechts neben ihm, ein Ryjhahx-Lieutenant auf der linken Seite. Ihre Aufgabe bestand darin, die vor kurzer Zeit installierten zusätzlichen Sensoren zu kontrollieren — sie dehnten den Ortungshorizont der *Enterprise* aus.

»Warptransfer beenden, Steuermann.«

Die bunten Streifenmuster auf dem Wandschirm schrumpften, wurden wieder zu Sternen in der Schwärze des Normalraums. Alle Besatzungsmitglieder spürten den Übergang vom Warptransit zu Sublicht in Form eines kurzen Prickelns.

Vor dem Schiff erstreckte sich der Sektor 90,4, eine kosmische Wüste aus verbrannten und explodierten Sonnen. Die stellaren Reste emittierten nun ein mattes Glühen — sie bildeten nur dann einen dunklen Fleck vor dem galaktischen Hintergrund, wenn man den Sektor aus großer Entfernung beobachtete.

»Zeitwelle!« rief Uhura. »Aus Richtung vier drei sechs Komma zwei acht!«

»Ausweichmanöver, Mr. Sulu!«

Die *Enterprise* drehte so schnell ab, daß die Andruckabsorber nicht rechtzeitig reagierten: Alles an Bord erzitterte. Kirk aktivierte den Sicherheitsharnisch des Befehlsstandes. Ein Energiefeld hielt ihn fest, und Stahlspangen schlossen sich an seinen Oberschenkeln. *Ich schätze, wir haben's geschafft*, dachte er benommen. *Immerhin leben wir noch.*

»Mr. Spock, können Sie uns eine schematische Darstellung der Zeitwellen geben, damit s'Bysh und Mr. Sulu in der Lage sind, einen Kurs zu programmieren?«

»Das ist nicht leicht, Admiral.« Spock klang geistesabwesend, und Kirk hörte eine gewisse Anspannung in der ruhigen Stimme. »Unmittelbar nach der Emission dehnen sich die Wellen aus, und an einigen Stellen kommt es sogar zu Überlappungen.«

Großartig. »Nun, versuchen Sie's trotzdem. Wenn wir allein dem Faktor Glück vertrauen, erwischt es uns früher oder später.«

Spock gab keine Antwort, konzentrierte sich ganz darauf, Daten zu sammeln. Kirk wartete, bis der Vulkanier alle notwendigen Informationen dem Navigationscomputer übermittelt hatte. »Nun?« drängte er. »Ist ein sicherer Anflug möglich?«

»Ja, ich glaube schon — besondere Präzision bei der Steuerung des Schiffes vorausgesetzt.«

»Lieutenant s'Bysh? Mr. Sulu?«

»Wir arbeiten daran, Admiral«, erwiderte der Asiate.

Kirk beugte sich vor und sah zur Grafik auf dem Navigationsschirm. Sie zeigte die Zone der temporalen Verzerrung in leuchtendem Violett. Striemen, Streifen und Linien gingen von einer kleinen roten Scheibe aus, die Gateway symbolisierte, wirkten wie ein Schlangennest. Die vielen Überlappungsbereiche schimmerten gelb. Kirk befeuchtete sich die Lippen. »S'Bysh, Sulu: Wenn es Ihnen gelingt, uns durch das Labyrinth zu bringen ...« Er unterbrach sich, als ihm kein angemessener Lohn einfiel. »Dann bin ich sehr froh«, fügte er kleinlaut hinzu.

»Wir versuchen es, Sir«, murmelte s'Bysh, und es klang wie ein kehliges Schnurren. Sulu nickte dem Admiral kurz zu, ohne den Blick von der Konsole abzuwenden. Sekunden verstrichen quälend langsam, während die *Enterprise* im Raum trieb.

Schließlich hob der Steuermann den Kopf. »Kurs berechnet und programmiert, Sir.«

»Ausgezeichnet. Mr. Sulu, Lieutenant s'Bysh — ich danke Ihnen. Halten Sie sich in Bereitschaft.« Kirk schaltete das Interkom ein. »Mr. Scott, ich fürchte, uns steht kein Sonntagsspaziergang bevor.«

»Aye, Sir. Meine Maschinen lassen Sie nicht im Stich.«

»Also los, Sulu.«

Die *Enterprise* beschleunigte allmählich und erreichte halbe Impulsgeschwindigkeit. Der schwere Kreuzer neigte sich von einer Seite zur anderen, wandte sich nach ›oben‹ und ›unten‹, schien regelrecht zu schlingern, während er unsichtbaren Gefahren auswich. Kirk wagte kaum zu atmen, als Sulus Finger über Tasten huschten und geringfügige Kurskorrekturen vornahmen.

»Zeitwelle direkt voraus, sieben sechs neun Komma null vier«, schrillte der Ryjhahx-Voder.

Sulu berührte einige Schaltkomponenten, und in der schematischen Darstellung glitt ein grüner Punkt — die *Enterprise* — an den wogenden Linien der Zeitverschiebungszone vorbei.

Kirk ließ den angehaltenen Atem erst entweichen, als noch einmal zehn Sekunden vergangen waren, ohne daß irgend etwas geschah. Das Schiff glitt auch weiterhin Gateway entgegen. Der Admiral saß wie erstarrt im Kommandosessel, rang mit dem Gefühl der eigenen Hilflosigkeit und wünschte sich, irgend etwas *unternehmen* zu können, während die Minuten verstrichen. Als die Uniform schweißnaß zu sein schien, als die Nervosität zu einem unerträglichen inneren Druck wuchs, als Kirk glaubte, das Warten einfach nicht mehr auszuhalten ... Aus der winzigen roten Scheibe wurde eine Kugel, die sich in einen kleinen Planeten verwandelte.

»Wir haben es geschafft«, murmelte Sulu erstaunt. »He, wir haben es tatsächlich geschafft!«

»Ja«, sagte Kirk. »Ich gratuliere Ihnen. Erstklassige Arbeit, Sulu. Und das gilt auch für Sie, Lieutenant.«

S'Bysh lächelte und strich sich schweißfeuchte schwarze Locken aus der Stirn. »Danke, Admiral.«

Kirk sah den Steuermann an. »Worte genügen nicht, Sulu. Außer Ihnen gibt es niemanden in der ganzen Galaxis, der imstande gewesen wäre, eine so schwierige Aufgabe zu meistern.«

Sulu bemühte sich ohne großen Erfolg, bescheiden zu wirken.

Kirk wandte sich an den Vulkanier. »Sind wir sicher, Mr. Spock?«

»Der Wächter befindet sich auf der anderen Seite des Planeten. Solange uns Gateways Masse abschirmt, können wir *unter* den Zeitwellen bleiben, Admiral. Es sei denn, die temporalen Verzerrungsimpulse verändern ihren Emissionswinkel.«

»Ist es von hier aus möglich, das Ziel zu erreichen?«

»Wir sollten in der Lage sein, mit einem Shuttle zu landen, ohne uns großen Gefahren auszusetzen. Auf Gateway nehme ich Sondierungen mit meinem Tricorder vor, der mit dem Bordcomputer des Schiffes verbunden ist.«

»Commander Uhura, bitte versuchen Sie, einen Kom-Kontakt mit der archäologischen Expedition oder der *El Nath* herzustellen.«

Die dunkelhäutige Frau kam der Aufforderung nach, doch kurz darauf schüttelte sie den Kopf. »Es herrschte Stille auf allen Frequenzen, Sir.«

»Was ist mit den Lebensindikatoren, Spock?«

»Keine Biosignale, Admiral.«

Kirk seufzte. »Nun, eigentlich überrascht mich das nicht. Noch mehr Opfer ...« Er gab sich einen inneren Ruck und aktivierte das Interkom. »Mr. Scott, Sie haben das Kommando. Wenn Sie nach einer Stunde nichts von uns gehört haben ... Gehen Sie vom Schlimmsten aus und bringen Sie die *Enterprise* in Sicherheit. Verstanden?«

»Aye, Admiral«, antwortete der Chefingenieur. »Viel Glück.«

KAPITEL 4

Spock steuerte das Shuttle durch die Böen von Gateway, und in einer Höhe von nur hundert Metern glitt es über das Durcheinander aus grauweißen Ruinen hinweg.

Niemand an Bord der kleinen Raumfähre sprach ein Wort, doch der Vulkanier vernahm ein unterschwelliges ›Summen‹ von D'berahan — das telepathische Äquivalent einer nervösen Wanderung.

Der Wind heulte und fauchte noch immer, als Spock auf einer vergleichsweise freien Fläche landete, die früher ein Platz oder eine Straße gewesen sein mochte. Er schaltete das Triebwerk aus und behielt noch immer die Anzeigen der Sensoren im Auge.

Die Entfernung zum Wächter betrug nur hundertsiebenunddreißig Meter. Zwar machten sich an diesem Ort keine Zeitwellen bemerkbar, aber wenn sie sich dem Steinkreis näherten, gerieten sie in den Emissionspfad der temporalen Verzerrungen. Falls sie unterwegs von einer Zeitwelle überrascht wurden ... Dann hatten sie keine Möglichkeit, ihr zu entkommen.

Spock runzelte die Stirn, als er den Tricorder justierte. Er versuchte sich vorzustellen, innerhalb eines Sekundenbruchteils zu altern, zu sterben und sich in Staub zu verwandeln ...

»Wir müssen uns beeilen«, wandte sich der Vulkanier an seine Gefährten, als sie ausstiegen. Er sah zur Marischal, die sich mit einer seltsamen Mischung aus Hüpfen und Schlurfen bewegte. »Wenn Sie gestatten, D'berahan ...« Er übermittelte ihr ein mentales Bild.

[Gern. Diese ist nicht daran gewöhnt, über Steine und Felsen zu klettern.]

Spock bückte sich, hob die Marischal hoch und hielt sie wie ein kleines Kind in den Armen, als er durch die Ruinen stapfte. Er blickte dorthin, wo die Archäologen ihr Lager aufgeschlagen hatten, entdeckte jedoch keine Spur davon. *Logisch*, fuhr es ihm durch den Sinn. *Es verschwand einfach, während einer der ersten Phasen beschleunigter Zeit.* Er spürte so etwas wie Kummer, als er sich an das Konzert im Camp der Archäologen erinnerte. *Warum scheint Gateway gegen die Zeitwellen immun zu sein? In dieser Welt und ihren Ruinen verbirgt sich ein einzigartiger Aspekt. Vielleicht bekomme ich Gelegenheit, den Wächter danach zu fragen.*

Kirk und McCoy folgten ihm und D'berahan, achteten darauf, nicht das Gleichgewicht zu verlieren, wenn Steine unter ihren Stiefeln nachgaben. Als sie sich dem gewaltigen Monolithen näherten, ragten die Ruinen höher auf. Die drei Offiziere wichen Mauern aus, duckten sich an geborstenen Säulen vorbei. Der Himmel über ihnen blieb schwarz, seit Jahrtausenden unverändert, und der Wind kam einer klagenden Stimme gleich.

Spock fühlte, wie sich an seiner Brust etwas bewegte. Als er den Blick senkte, bemerkte er eine Wölbung am Unterleib der Marischal. Mehrere Sekunden später bildete sich eine zweite. *D'berahan!* dachte der Vulkanier und stöhnte in Gedanken. *Sie tragen?*

[Natürlich], erwiderte das pelzige Wesen. [Immerhin ist Diese Träger. Seien Sie unbesorgt], fügte die Marischal in einem beruhigenden ›Tonfall‹ hinzu. [Denken Sie daran, mein Freund: Die Gefahr ist zu groß, um auf persönliche Dinge Rücksicht zu nehmen.]

Sie hätten uns darauf hinweisen sollen, wandte der Vulkanier ein.

[Warum? Doktor McCoy hat seltsame Vorstellungen in bezug auf das Lebenspenden. Er sieht darin fast so etwas wie eine Krankheit. Er hätte Dieser bestimmt verboten, einen Kontaktversuch zu unternehmen. Außerdem: Wenn Diese trägt, hat sie eine besonders hohe mentale Sensibilität — um die Ungeborenen zu schützen. Daraus ergeben sich für Diese größere Erfolgschancen.]

Aber...

[Jetzt ist es ohnehin zu spät für die Rückkehr.]

Widerstrebend akzeptierte Spock die Logik der letzten Bemerkung. Er ging weiter, die Lippen zusammengepreßt, das Gesicht ernst.

Als sie den Wächter erreichten, ließ er die Marischal auf den Boden hinab. Sie stand direkt neben ihm, und im Vergleich zur riesigen Masse des Steinkreises wirkte sie noch kleiner und zarter. [Hat die Entität einen Namen?]

»Sie nennt sich Wächter der Ewigkeit«, antwortete McCoy.

D'berahan bedeutete ihren Begleitern, einige Schritte zurückzuweichen. [Nun gut. Bitte stören Sie Diese nicht bei ihrer Konzentration.]

Die Präsenz der Marischal verschwand abrupt aus Spocks Bewußtsein, als sie noch etwas näher an den Monolithen herantrat und die Augen schloß. Er blickte zu Kirk und McCoy, sah die Anspannung in ihren Zügen. Der Vulkanier trachtete danach, zu seiner inneren Ruhe zurückzufinden, aber es gelang ihm nicht ganz.

Bald spürte Spock einen intensiven telepathischen Ruf. Er galt nicht ihm, und die laute ›Stimme‹ streifte ihn nur. Erneut musterte er Kirk und McCoy, stellte fest, daß sie überhaupt nichts wahrnahmen. Die enorme mentale *Kraft* der Marischal erfüllte ihn mit Ehrfurcht, als er hörte, wie sie in den geistigen Äther rief...

D'berahan konzentrierte das ganze Potential ihres Selbst auf die Suche nach den psychischen Emanationen des Wächters. Sie folgte ihm durch eine gewaltige, unendliche Leere — und fand etwas! Spock fühlte ihren Triumph, als sie ein anderes Ich berührte...

Plötzlich versteifte sich D'berahan und gab einen Schrei von sich — der erste Laut, den Spock von ihr hörte. Sie riß die Augen auf, starrte blind ins Nichts. Der Vulkanier sprang auf sie zu, als er ihren heftigen Schmerz wahrnahm, sowohl körperliche als auch geistige Agonie.

»Doktor!« rief er.

McCoy lief sofort los.

Die Marischal brach zusammen. Spock und der Arzt erreichten sie gerade noch rechtzeitig, um zu verhindern, daß ihr Kopf an einen Stein schlug.

»Was ist *passiert?*« fragte Kirk, als Spock und McCoy das kleine Wesen vorsichtig auf den Boden legten.

Der Arzt untersuchte D'berahan mit seinem medizinischen Tricorder. »Herz-Arrhythmie! Verdammt!« Rasch öffnete er die Medo-Tasche.

Spock preßte die Fingerspitzen an die Schläfen der Marischal. *D'berahan?*

Ihr Bewußtsein war nur noch ein kleines, verblassendes Licht in wehender Schwärze — wie eine brennende Kerze, die versuchte, einem Sturm standzuhalten. Spock verlor den Kontakt zu seiner Umgebung, auch zum eigenen Körper, als er dem zerfasernden Ich der Marischal ins geistige Universum folgte. Er glaubte sich ins All versetzt, raste durch eine Dunkelheit, in der keine Sterne leuchteten, sondern vage, völlig fremdartige Bilder. Einige Sekunden lang erinnerte sich der Vulkanier an seine Reise durch Vejur.

Aber Vejur war eine Maschine gewesen, steril und ohne innere Regungen, nur bestrebt, Daten zu sammeln, Informationen aufzunehmen. D'berahan hingegen stellte eine *Person* dar, ein lebendiges, vitales, humorvolles Individuum. Die Marischal starb nun, und diese Erkenntnis weckte neuerlichen Kummer in Spock — und auch den festen Willen, sie zu retten. Seine Selbstsphäre raste durch die mentale Schwärze.

Zwar reagierte er jetzt nicht mehr auf externe Stimuli,

aber er hörte trotzdem die Geräusche in der physischen Welt. Besorgte Stimmen erklangen dort.

»Kann ich helfen, Pille?«

»Halt ihre Arme fest. Sie versucht dauernd, sich zusammenzukrümmen. Ich muß ihr eine Dosis Cordrazin verabreichen.«

»Ist das nicht gefährlich? Ihr Metabolismus ...«

»Das Mittel müßte eigentlich den Kreislauf stabilisieren.« Ein Injektor zischte. »Ich habe mich über alle Einzelheiten der Marischal-Physiologie informiert, als ich erfuhr, wer versuchen sollte, einen Kontakt mit dem Wächter herzustellen. Hab ein wenig Vertrauen, Jim.«

»Entschuldige, Pille.«

Spock schloß langsam zu dem matten, flackernden mentalen Licht auf. Er erhöhte seine Geschwindigkeit und ignorierte die fremden Bilder, die um ihn herum schimmerten. Sie zeigten Marischal-Gesichter, eine Welt, die er nicht kannte. Und sie blieben stumm, völlig lautlos. Telepathische ›Stimmen‹ ertönten, flüsterten und raunten, verschmolzen zu einem breiten geistigen Strom.

»Ihr Zustand stabilisiert sich, Jim.«

»Spock versucht eine Bewußtseinsverschmelzung.«

»Wir müssen ihn ebenfalls überwachen. Wenn D'berahan stirbt ... Dann droht vielleicht auch ihm der Tod.«

»Sollten wir versuchen, sie voneinander zu trennen, Pille?«

»Keine Ahnung, Jim. Möglicherweise ist er imstande, sie zu retten.«

Spock holte das kleine Licht ein und warf ihm sein Ich entgegen. Die Zeit genügte nicht, um behutsam vorzugehen.

D'berahan! Ich bin's, Spock. Benutzen Sie meine Kraft, um zu sich selbst zurückzufinden. Verbinden Sie sich mit mir!

Keine Antwort.

Erst jetzt begriff Spock, warum die Marischal einen so profunden mentalen Schock erlitten hatte. D'berahans Ich erschien ihm seltsam genug, aber es wirkte vertraut im psychischen Chaos, das um ihn herum waberte. Das Selbst des Vulkaniers erbebte so heftig, als sei es von einer starken elektrischen Entladung getroffen worden.

Der Wächter. Die Zeit-Entität umhüllte ihn mit ihrem gewaltigen Bewußtsein: ein uraltes, mächtiges Ich, das den telepathischen Kosmos ganz zu füllen schien.

Spock war nun mit einer denkenden Aura verbunden, neben der Vejurs Wissen und Logik banal und infantil anmuteten. Zwar war auch dieses Selbst künstlichen Ursprungs, aber es fehlte ihm nicht an Anteilnahme und Leidenschaft. Der Wächter *liebte* und *sehnte* sich nach etwas. Das Gefühl der *Einsamkeit* vibrierte in ihm. Im Vergleich mit ihm führte der Vulkanier seit vielen Jahren ein ausschließlich von Glück geprägtes Leben.

Worte/Konzepte wehten ihm entgegen:

AUFTRAG ... SUCHE ... SEHNSUCHT. DER PRIMÄREN PROGRAMMIERUNG GENÜGEN. ABER WO? SO VIELE UNIVERSEN ... UNENDLICHKEIT. ENDLOSSCHLEIFE? NEIN, SICHER NICHT. ABER ... EINSAMKEIT. AUFTRAG. SUCHE ...

Die Intensität dieser Kommunikation hätte Spock fast veranlaßt, das eigene Bewußtsein abzukapseln und in sich selbst zu fliehen. Jetzt verstand er den geistigen Kollaps der Marischal. D'berahan hatte die volle Kraft des suchenden, leidenden Superbewußtseins zu spüren bekommen, was aufgrund ihrer größeren telepathischen Sensibilität zu einem umfassenden Trauma führte.

Der Vulkanier wandte seine Aufmerksamkeit vom Wächter ab und hielt nach der Marischal Ausschau. Sie *mußte* hier irgendwo sein — oder war das flackernde Licht inzwischen erloschen, für immer?

»Es sieht nicht gut aus, Jim. Spocks Herz schlägt unregelmäßig.«

»Er bringt sich um, Pille! Wir müssen seinen Kontakt mit D'berahan irgendwie unterbrechen!«

»Dann stirbt die Marischal.«

»Es gibt ohnehin keine Hoffnung mehr für sie. Ich ...
Wir dürfen auf keinen Fall Spock verlieren.«

»Seine Muskeln haben sich verkrampft, Jim. Ich kann
sie nicht ... voneinander lösen.«

»Laß es mich versuchen, Pille. Mist. Vielleicht haben
wir keine andere Wahl, als ihm die Finger zu brechen.«

D'berahan? fragte Spock, tastete umher und fühlte
zum zweiten Mal in seinem Leben Verzweiflung. *D'berahan?*

ICH DARF DIE SEKUNDÄRE PROGRAMMIERUNG
NICHT VERNACHLÄSSIGEN. VIELE SOLCHE REI-
SEN SIND MÖGLICH; LASST MICH EUER TOR SEIN.
AKTIVIERE SEKUNDÄRE PERIPHERINTELLIGENZ,
UM DIE TEMPORALEN PROGRAMMFUNKTIONEN
WIEDERAUFZUNEHMEN.

D'berahan? Spock zog sich zurück, plötzlich davon
überzeugt, daß die Selbstsphäre der Marischal nicht
mehr existierte und ihm akute Gefahr drohte.

Doch als der Vulkanier fortglitt, bemerkte er eine
schwache Präsenz.

[?]

D'berahan!

Wieder blieb eine Antwort aus, doch Spock wußte,
daß ihn nun die Reste von D'berahans Bewußtsein begleiteten. Er ›zerrte‹ die Marischal mit sich.

»Einen Augenblick, Jim! Sein Herzschlag wird stärker
und gleichmäßiger.«

»Und die Telepathin?«

»Sie ist nicht tot — aber ich bin mir auch nicht sicher,
ober sie noch lebt.«

»Katatonie?«

»Etwas in der Art. Es wird sich bei einer Untersuchung der Hirnwellen herausstellen.«

Spock kehrte in seinen Körper zurück, wie ein Tau-
cher, dem schon vor Minuten die Luft ausgegangen war.
Er keuchte und schnaufte, spannte alle Muskeln im

Leib. Dann erschlaffte er, und Finsternis wogte heran. Nur Kirks Arme hinderten ihn daran, zu Boden zu sinken. »Spock! Ist alles in Ordnung mit Ihnen?«

Der Vulkanier schloß die Augen und konzentrierte sich darauf, langsamer zu atmen, die Muskeln unter Kontrolle zu bringen. »Ja«, brachte er hervor. Er straffte die Gestalt, und Kirk ließ ihn los. »Die Marischal ...«

»Lebt noch«, sagte McCoy. »Zumindest in physischer Hinsicht. Was ihr Bewußtsein betrifft ... Keine Ahnung.«

Spock schwankte, sah auf die reglose D'berahan hinab. Ihre Augen waren geschlossen; die Brust hob und senkte sich langsam. Der Vulkanier berührte sie vorsichtig, nahm jedoch nur ein fernes Echo ihrer mentalen Präsenz wahr. »Sie ist in einen entlegenen Winkel ihres eigenen Ichs geflohen«, sagte er. »Die mentalen Emanationen des Wächters waren zu intensiv für sie, um bei klarem Verstand zu bleiben. Leider habe ich nicht genug Kraft, um sie zu erreichen.«

»Erholt sie sich wieder?« Kirks Frage galt sowohl Spock als auch McCoy.

»Ich weiß es nicht«, erwiderte der Vulkanier.

Leonard zuckte mit den Schultern. »Ich kann nur ihr körperliches Überleben gewährleisten. Vielleicht erwacht D'berahan schließlich. Nun, ich schlage vor, wir bringen sie zum Shuttle zurück.« Er bückte sich, um die Marischal hochzuheben, doch sie erzitterte, als er sie berührte.

»Ein weiterer Anfall?« Kirk ging neben McCoy in die Hocke.

»Nein.« Der Arzt hielt den Medo-Scanner über die kleine Gestalt und beobachtete das Anzeigefeld. »Nein, ich glaube eher ...« Er unterbrach sich, strich mit dem Gerät über den Bauch der Marischal. In seinen Augen blitzte es, als er den Vulkanier ansah. »Wußten Sie darüber Bescheid?«

Spock legte D'berahan sanft die Hand auf den Unter-

95

leib. »Ich erfuhr erst nach der Landung davon. Sie wollte nicht, daß ich Sie darauf hinweise. Haben die Wehen
eingesetzt?«

»Sieht ganz danach aus.« McCoy verzog das Gesicht.
»Verdammt, Spock! Ich hätte nicht zugelassen, daß
sie ...« Behutsam betastete er den Bauch der Marischal.

»Genau das befürchtete D'berahan«, entgegnete der
Vulkanier ruhig. »Sie hielt diese Mission für wichtig genug, um sowohl ihr eigenes Leben zu riskieren als auch
das des Ungeborenen.«

»O nein!« Entsetzen zeigte sich in Kirks Miene. »Soll
das heißen, sie bekommt ein *Baby*?«

»Drei«, sagte McCoy. »Vielleicht liegt es am Schock,
vielleicht auch an dem Cordrazin, aber eins steht fest:
Die Wehen haben tatsächlich eingesetzt. Ich hoffe nur,
daß es keine Frühgeburten werden. Ich möchte hier
nicht gezwungen sein, einen Inkubator zu improvisie-
ren.«

»Und wenn wir D'berahan zum Shuttle bringen?«

»Das habe ich bereits vorgeschlagen, Jim. Geh du
voraus und stell eine Liege in der Frachtkammer auf.
Schalte das Sterilisierungsfeld ein.«

»In Ordnung. Anschließend muß ich mich mit dem
Schiff in Verbindung setzen.« Kirk ging los. »Wenn
Scotty nicht bald von mir hört, sitzen wir hier auf Gate-
way fest.«

McCoy nahm das pelzige Wesen vorsichtig in die Arme. »Zum Teufel auch! Das ganze verdammte Universum gerät aus den Fugen, und *ich* schlüpfe in die Rolle
der Hebamme!«

»Sie haben schon mehrmals bei Geburten geholfen,
und immer mit Erfolg«, erinnerte ihn Spock, als sie erneut an den Ruinen vorbeiwanderten.

»Ja, aber unter anderen Umständen — und damit ist
kein Wortspiel beabsichtigt«, knurrte der Arzt. »Wie ich
Jim schon sagte: Ich habe mich über die Physiologie der
Marischal informiert. Doch ich bezweifle, ob ich auf so

etwas vorbereitet bin. Sie müssen mir assistieren, Spock. Bei neugeborenen Marischal ist unmittelbarer telepathischer Kontakt sehr wichtig. Und falls Sie es wagen, in Ohnmacht zu fallen ... Dann werde ich dafür sorgen, daß Sie es für den Rest Ihres Lebens bereuen. Ich schwöre es bei allem, was mir heilig ist.«

»Ich verspreche Ihnen, auf eine Ohnmacht zu verzichten«, erwiderte Spock würdevoll. Er war viel zu besorgt, um an McCoys Drohung Anstoß zu nehmen.

Als sie das Shuttle erreichten, half Kirk dem Arzt und seinem Patienten in den Frachtbereich, wo er aus mehreren Sitzen eine Liege geformt hatte. »Können wir hierbleiben, Spock?« fragte er. »Oder sollten wir besser starten und versuchen, vor der nächsten Zeitwelle zur *Enterprise* zurückzukehren?«

»Nach meinen Berechnungen hätte die nächste temporale Verzerrungsphase stattfinden müssen, während ich geistig mit D'berahan verbunden war«, entgegnete der Vulkanier. »Ganz offensichtlich geschah nichts dergleichen, denn wir leben noch. Nun, ich habe diesen Landeplatz gewählt, weil er bisher noch nicht von den Zeitwellen erfaßt worden ist, woraus ich schließe, daß wir hier einigermaßen sicher sind.«

Die Marischal schnappte plötzlich nach Luft. »Wir sollten sie so wenig wie möglich bewegen, Jim«, meinte McCoy. »Die Sache ist schon schwierig genug. Wenn wir beim Flug zum Schiff ebenso durchgeschüttelt werden wie auf dem Weg hierher ...«

»Ich verstehe.« Kirk nickte. »Gut, wir bleiben hier. Ich benachrichtige Scotty.«

Der erste Säugling wurde fünfundvierzig Minuten nach ihrer Rückkehr zum Shuttle geboren. McCoy ergriff das kleine Geschöpf vorsichtig, um ihm Mund und Nase zu reinigen, trocknete es anschließend ab. Es quiekte leise und öffnete die Augen.

»Hier drin ist es zu hell«, wandte sich Leonard an Spock, und der Vulkanier löschte einige Lichter.

Mit trockenem Pelz präsentierte sich das Baby als eine exakte Kopie von D'berahan und war so winzig, daß McCoy es in der gewölbten Hand halten konnte. Er überprüfte Herzschlag und Atmung, bevor er das Neugeborene Spock reichte.

Der Vulkanier konzentrierte sich, und im Halbdunkel schien sein Gesicht nur aus Kanten zu bestehen. Schließlich nickte er und überließ das Baby der Obhut des Arztes. »Der von mir herbeigeführte mentale Kontakt ist natürlich nicht mit dem zu vergleichen, was D'berahan geben könnte, aber das Kind ist jetzt telepathisch ›wach‹. Dem Beginn einer relativ normalen Entwicklung steht nun nichts mehr entgegen.«

»Gut«, murmelte McCoy und legte das Kind auf den Bauch der erwachsenen Marischal.

Als es D'berahans Körperwärme spürte, kroch es sofort zum geöffneten Unterleibsbeutel. »Wohin will es?« fragte Kirk.

»Der Marischal-Bauchbeutel enthält nicht nur die Geschlechtsorgane, sondern auch Milchdrüsen«, erklärte Spock, als das Neugeborene im gedehnten Schlitz verschwand. »Die Säuglinge verbringen ihre ersten Lebensmonate fast ausschließlich im Brutsack.«

»Wie Känguruhs?« erkundigte sich Kirk.

»Nein«, widersprach McCoy. »Die Marischal sind kaum mit Beuteltieren zu vergleichen. Immerhin werden ihre Jungen bereits mit einem Pelz geboren und sind durchaus imstande, gewisse Zeit außerhalb des Träger-Beutels zu verbringen. Die Anzeigen meines Scanners deuten auf folgendes hin: Sobald das erste Neugeborene die Sicherheit des ›Brutsacks‹ erreicht hat, kommt das nächste zur Welt. Also gebt acht.«

Zehn Minuten später weitete sich die Geburtsöffnung am unteren Ende des Bauchbeutels erneut, und ein zweites Baby kam zum Vorschein. Das dritte folgte noch einmal vierzig Minuten später.

Als Spock einen mentalen Kontakt mit dem zuletzt

geborenen Marischal-Kind herstellte, streckte Kirk die Hand aus und strich dem winzigen Wesen über das flaumige Kopfhaar. Er lächelte entzückt, als es die Lider hob und ihn ansah. »Keine Sorge, es wird alles gut, Junge ... Mädchen ... oder Träger. Wir kümmern uns um dich, bis es deiner Mutter besser geht.« Das Baby öffnete den Mund und saugte am Finger des Admirals.

»Nein, da gibt's nichts für dich.« McCoy setzte das kleine Geschöpf neben den Bauchbeutel. »Kriech hinein. Da drin wird Milch serviert.«

Das Neugeborene schob sich langsam in den warmen Brutsack.

»So, jetzt können wir starten«, sagte McCoy. »Ich möchte D'berahan so schnell wie möglich auf einer Diagnoseliege untersuchen.«

Kirk sah aus dem Fenster, beobachtete eine unveränderliche Ruinenlandschaft. »Wir sind jetzt seit ...« — er warf einen Blick aufs Chronometer — »... drei Stunden hier.«

Spock nickte, als er im Pilotensitz Platz nahm und das Triebwerk aktivierte. Kurz darauf hob die Raumfähre ab.

Geistesabwesend schaltete Kirk den Sicherheitsharnisch seines Sessels ein. »Und bisher keine Zeitwellen.«

»Bedeutet das, D'berahan hat einen Erfolg erzielt?« rief McCoy. Er befand sich noch immer im Heckbereich des Shuttles, bei seinem Patienten.

»Vielleicht hat der von ihr herbeigeführte Kontakt dafür gesorgt, daß sich die Zeit-Entität wieder an einige ihrer Pflichten in unserem Universum erinnert«, antwortete Spock, als die Raumfähre über den Monolithen hinwegglitt. »Leider habe ich nicht genügend Daten, um darüber zu spekulieren, ob wir mit weiteren temporalen Verschiebungen rechnen müssen.«

»Ich befehle Ihnen hiermit, Spekulationen anzustellen, Spock«, sagte Kirk. »Gaben D'berahans Erinnerungen an die mentale Verbindung mit dem Wächter ir-

99

gendwelche Hinweise darauf, was die Zeitwellen ausge-
löst hat?«

Spock zögerte. »Keine konkreten. Ich hatte den Eindruck, daß die Entität ... besorgt ist, daß ihre Aufmerksamkeit einem anderen Ort gilt, einem anderen Universum oder Kontinuum. Sie sucht.«

»Wonach?«

»Ich weiß es nicht. Nach etwas Wichtigem. Worum
auch immer es sich handeln mag: Der Wächter sehnt
sich danach und vermißt es seit Äonen.«

»Und seine Suche nach dem Etwas löst die Zeitwellen
aus?«

»Ich halte einen Zusammenhang für wahrscheinlich.«

Kirk seufzte. »Und nun? Wir stehen wieder ganz am
Anfang. Vielleicht sind wir sogar noch schlechter dran.«

»Ich könnte versuchen ...«

»*Nein*«, sagte Kirk sofort. »Ich möchte unbedingt vermeiden, daß es Ihnen ebenso ergeht wie D'berahan. Außerdem: Es werden keine Zeitwellen mehr emittiert.«

»Zumindest jetzt nicht. Aber es ist möglich, daß sich
jenes Phänomen bald wiederholt. Als ich mich mit
D'berahans verblassendem Bewußtsein verband, sah
ich ... Bilder, die von Absichten und Determination
kündeten: Der Wächter wird seine ganze mentale und
physische Kapazität nutzen, um die Suche erfolgreich
zu beenden. Wenn er sich wieder ganz auf dieses Be-
streben ›konzentriert‹, kommt es zu neuen Zeitwellen.«

»Was veranlaßt Sie zu einer solchen Annahme?«

»Ich glaube inzwischen, daß die vom Wächter verursachten Zeitwellen mit dem Atmen von organischen
Wesen vergleichbar sind. Wenn er ›wach‹ und bei ›Bewußtsein‹ ist, kontrolliert er sie, so daß dadurch keine
Gefahren für unsere Raum-Zeit entstehen.«

»Hm ...« Kirk überlegte kurz. »Es steckt also nichts
Boshaftes oder Feindseliges dahinter.«

»Nein. Nur ... Nachlässigkeit.«

McCoy hatte dem Gespräch zugehört, und nun

100

schnaubte er voller Abscheu. »Mir wird ganz mulmig, wenn ich mir vorstelle, was der Wächter mit *beabsichtigter* Böswilligkeit anstellen könnte ...«

Commander Nyota Uhura schlief tief und fest, als das Interkom in ihrem Quartier summte. Benommen hob sie den Kopf und sah aufs Chronometer. *Noch sechs Stunden, bis ich den Dienst antreten muß. Ist irgend etwas passiert?* Der Kommunikator summte erneut, noch beharrlicher als vorher. Uhura strich sich das Haar aus der Stirn und schwang die Beine über den Rand der Koje. *Wenn sich jemand einen Scherz erlaubt ...*

Sie aktivierte nur die akustische Komponente des Interkoms. »Hier Uhura.«

»Commander Uhura, hier ist Spock. Bitte entschuldigen Sie die Störung, aber es geht um eine dringende Angelegenheit.«

Die dunkelhäutige Frau blinzelte. »Mr. *Spock? Stimmt was nicht?* Werde ich auf der Brücke gebraucht?«

»Nein, nein, Commander. Mit dem Schiff ist alles in Ordnung.«

Uhura öffnete einen Mono-Kanal für die visuelle Übertragung: Sie wollte Spock sehen, ohne daß ihr Abbild auf seinem Kom-Schirm erschien. Der Monitor vor ihr erhellte sich, zeigte ihr das vertraute Gesicht des Vulkaniers. Er räusperte sich und schluckte. *Das macht er nur, wenn er besorgt oder nervös ist,* fuhr es ihr durch den Sinn. »Ja?« fragte sie sanft.

»Ich möchte eine ... persönliche Bitte an Sie richten.«

»Wenn ich Ihnen irgendwie helfen kann, so bin ich gern dazu bereit«, antwortete Uhura verwirrt. *Eine persönliche Bitte? Von Spock?*

»Ich erkläre es Ihnen am besten in der Krankenstation. Können wir uns dort in zehn Minuten treffen?«

»Geben Sie mir zwölf. Ich habe geschlafen.«

Zwar blieben die vulkanischen Züge ausdruckslos, aber Uhura glaubte trotzdem, Anzeichen von Betroffenheit zu erkennen. »Oh. Natürlich. Ich entschuldige mich nochmals für die Störung.«

»Schon gut. Ich bin gleich da.«

Sie wandte sich vom Interkom ab, runzelte die Stirn und streifte einen Kaftan über. Nachdem sie ihr Gesicht gewaschen hatte, kämmte sie das Haar, betrachtete ihr Spiegelbild und schnitt eine Grimasse. *Zum Glück sieht mich nur Spock. Er würde nicht einmal reagieren, wenn ich ihm mit kahlgeschorenem und grünem Kopf gegenüberträte.*

Sie lachte leise und verließ ihr Quartier.

Der Vulkanier wartete im Laboratorium neben McCoys Büro, hatte die Hände auf den Rücken gelegt und wanderte unruhig umher.

»Commander...« Er deutete eine Verbeugung an. »Bitte begleiten Sie mich.«

Der Vulkanier führte Uhura in einen nur schwach erhellten Behandlungsraum. Uhura zögerte in der Tür, überrascht vom Halbdunkel, doch Spock ging sofort zu einem der Betten, das von einer hüfthohen Abschirmung umgeben war.

Ein coridianischer Krankenpfleger sah auf, als sie sich näherten, und der Vulkanier bat ihn leise darum, die Marischal besuchen zu dürfen. Der große Coridianer nickte. »Doktor McCoy hat extra darauf hingewiesen, daß Ihnen derartige Besuche zu gestatten sind. Ich bin im Nebenzimmer, falls Sie mich brauchen.« Er schritt fort.

Uhura blickte auf die Liege. »Das ist D'berahan«, sagte sie und erkannte die kleine, pelzige Gestalt. »Als Sie von Gateway zurückkehrten, war ich im Dienst und gab Doktor McCoys Anweisung weiter, eine Bahre zum Shuttlehangar zu bringen. Was ist passiert?«

»Die Marischal hat versucht, einen mentalen Kontakt mit dem Wächter der Ewigkeit herzustellen«, erklärte Spock, und seine Stimme klang nicht so ruhig wie sonst. »Doch die geistige Energie der Zeit-Entität hat sie regelrecht überwältigt. D'berahan zog sich aus dem

Hier und Heute zurück, floh in sich selbst. Ich weiß nicht, ob sie sich jemals von dem Schock erholen kann.«

»Armes Ding«, murmelte Uhura. »Ich wünschte, ich könnte ihr irgendwie helfen.«

»Dazu sind Sie durchaus imstande. Aus diesem Grund habe ich Sie hierhergebeten.«

»Ach?« Uhura musterte den Vulkanier verwundert.

»Während D'berahan bewußtlos war, hat sie drei Kinder geboren. Sie befinden sich derzeit in ihrem Bauchbeutel, doch mehrmals am Tag kriechen sie daraus hervor. Es ist sehr wichtig, daß sie geistig nicht isoliert bleiben. Darüber hinaus braucht D'berahan psychische Wärme; jemand sollte ihr ein Gefühl von Geborgenheit vermitteln.«

»Ich bin keine Telepathin ...«, begann Uhura.

»Ich weiß. Aber Sie haben eine besondere empathische Veranlagung. Ihre Sensibilität anderen Personen gegenüber — auch Nonhumanoiden — ist allgemein bekannt. Ich erinnere nur an die Taygetianer, Eeiauoaner ...« In Spocks Mundwinkeln zuckte es kurz. *Oder bilde ich mir das nur ein?* dachte Uhura; in diesem Zwielicht war sie nicht ganz sicher. »Auch an die Tribbles«, fügte der Vulkanier hinzu.

Zum erstenmal seit Jahren errötete Uhura. »Oh ... Danke, Mr. Spock. Wie kann ich D'berahan helfen?«

»Verbringen Sie ein paar Minuten bei ihr und ihren Kindern, so oft wie möglich. Sitzen Sie bei Ihnen und versuchen Sie, mentale Bilder von Kraft und Gesundheit zu projizieren. Konzentrieren Sie sich auf sehr angenehme Reminiszenzen. Oder lesen Sie Gedichte beziehungsweise Geschichten, die Ihnen gefallen. Es geht darum, daß die Neugeborenen positive Gedanken empfangen, die ihnen emotionale Wärme geben.«

»Schade, daß sie taub sind«, murmelte Uhura. »Sonst könnte ich Ihnen etwas vorsingen.«

»Vielleicht sollten Sie diese Möglichkeit trotzdem nutzen. Die Kinder hören zwar keine Geräusche, aber zweifellos spüren sie Vibrationen. Und die Bedeutung der gesungenen Worte können sie Ihren damit verbundenen Vorstellungen entnehmen. Ich bin sicher, D'berahans Kinder ...«

»*Oh!* Was geschieht da?« Uhura beobachtete fasziniert, wie ein Neugeborenes aus dem Bauchbeutel der bewußtlosen Marischal schlüpfte. »Eins der Kinder ... Und es ist entzückend!«

Das winzige Wesen sah zu ihr auf. Bald kamen auch seine beiden Geschwister zum Vorschein, und alle drei blickten stumm zu Spock und Uhura. »Geistige Gesellschaft ist für die Marischal sehr wichtig«, erläuterte der Vulkanier. »Sie brauchen sie ebenso dringend wie den Bauchbeutel des Trägers, um dort Nahrung aufzunehmen und zu schlafen. Da D'berahan sie nicht zur Verfügung stellen kann, müssen wir dafür sorgen.«

Uhura nickte. »Ich verstehe, Mr. Spock. Und ich verspreche Ihnen, immer dann hierherzukommen, wenn sich mir Gelegenheit dazu bietet.«

»Danke, Commander. Ich unterrichte Dr. McCoy.«

Sie verließen die Behandlungskammer, und als sie das Wartezimmer erreichten, blieb Uhura plötzlich stehen. »Mr. Spock ...«, sagte sie langsam und maß den Vulkanier mit einem nachdenklichen Blick. »Warum ausgerechnet *ich*?«

Er wölbte erstaunt eine Braue. »Ich habe Ihnen bereits erklärt, daß die Marischal mentale Kontakte benötigen ...«

»Nein, das meine ich nicht.« Uhura schüttelte den Kopf. »Warum *ich* und nicht *Sie*?« Ihre Lippen formten ein dünnes, ironisches Lächeln. »Sie sind Telepath und daher die *logische* Wahl für eine solche Aufgabe. Was hindert Sie daran, psychische Verbindungen mit D'berahan und ihren Kindern herzustellen?«

Der Vulkanier schien sich nicht ganz wohl in seiner Haut zu fühlen, und einige Sekunden lang rechnete Uhura mit einer kühlen Antwort, die sie aufforderte,

104

sich um ihre eigenen Angelegenheiten zu kümmern. *Obwohl er es nie so direkt ausdrücken würde. Er fände irgendeine überaus höfliche Umschreibung, um mir mitzuteilen: Das geht Sie nichts an.*

Nach kurzem Schweigen entspannten sich Spocks Züge. »Eine logische Schlußfolgerung, Commander. Ich hätte sie von Ihnen erwarten sollen. Nun, es wäre ... denkbar, daß ich bald nicht mehr in der Lage bin, die Marischal zu besuchen. Daher bitte ich Sie darum — für den Fall meines ... Unvermögens, den Neugeborenen die erforderliche mentale Gesellschaft zu leisten.«

»Ihres Unvermögens?« wiederholte Uhura verwirrt. »Aufgrund von Abwesenheit?«

»Das habe ich nicht gesagt«, erwiderte Spock.

Aber Sie meinen es, dachte Uhura. *Was ist los? Wohin wollen Sie?* Eine Erkenntnis formte sich in ihr, und sie schnappte nach Luft. *Er hat vor, nach Gateway zurückzukehren, um eine Mentalverschmelzung mit dem Wächter zu versuchen.*

Das kurze Aufblitzen in den Augen des Vulkaniers wies Uhura darauf hin, daß er ihre Reaktion beobachtet und richtig gedeutet hatte. »Mr. Spock ...« Sie suchte nach den richtigen Worten. »Wir kennen uns seit vielen Jahren, Sie sind einer der besten Kommando-Offiziere in Starfleet, zusammen mit Admiral Kirk ... Mich entsetzt die Vorstellung, Sie zu verlieren.«

Spock seufzte leise, als Uhura darauf verzichtete, die Wahrheit laut auszusprechen. »Wir alle müssen unsere Pflicht erfüllen, und manchmal zwingen uns die Umstände, die Art und Weise der Pflicht zu ... interpretieren, sie mit unserem Gewissen zu vereinbaren. Mit einer solchen Situation haben wir es jetzt zu tun.«

»Ich verstehe«, sagte Uhura und hörte das Zittern in ihrer Stimme. *Und worin besteht* meine *Pflicht? Daß er mich aus dem Schlaf gerissen hat, um eine »persönliche Bitte« an mich zu richten, kann nur eins bedeuten: Admiral Kirk weiß nichts von seinen Plänen. Andererseits: Kann ich wirk-*

105

lich sicher sein, daß Spock beabsichtigt, Befehle zu ignorieren?

»Mr. Spock ...« Uhura biß sich auf die Lippe, fuhr dann fort: »Ich weiß nicht viel über die Marischal, aber angeblich sind es sehr begabte Telepathen. Ihr PSI-Potential soll noch größer sein als das von Vulkaniern. Wenn D'berahan versagte ...« Sie zögerte und schreckte davor zurück, den Rest in Worte zu kleiden.

»Vielleicht hat D'berahan versagt, *weil* sie eine so starke Telepathin ist. Möglicherweise könnte jemand mit geringerer mentaler Kraft und Sensibilität einen Erfolg erzielen.«

»Alles ist möglich. Aber damit sind große Gefahren verbunden. Bisher gelang es noch niemandem, eine geistige Verbindung zum Wächter zu schaffen.«

»Es wäre unlogisch, die Existenz der Gefahr zu leugnen«, räumte Spock ein. »Wie dem auch sei: Sie irren sich — ein derartiger Kontakt fände nicht zum erstenmal statt. Die einzige Person, der eine telepathische Kommunikation mit dem Wächter der Ewigkeit gelang, kannte die vulkanischen Mentaldisziplinen. Sie, er ...« Spock holte tief Luft, und seine Miene wurde zu einer steinernen Maske. »Er hatte einen höheren PSI-Quotienten als ich, aber ...« Erneut eine kurze Pause. »Leider steht er nicht mehr zur Verfügung.«

»Wen meinen Sie?« fragte Uhura neugierig.

»Zar«, antwortete Spock. »Vermutlich erinnern Sie sich an ihn.«

»Natürlich.« Ein Kloß entstand in ihrem Hals, als sie an den jungen Mann dachte, der sich für kurze Zeit an Bord der *Enterprise* aufgehalten hatte. »Wie könnte ich ihn vergessen? Ich habe damals die Landegruppe auf Gateway geleitet und ihn mit einem Ablenkungsmanöver beauftragt, um Captain Kirk zu retten ...« Die Erinnerungen brachten Trauer und Niedergeschlagenheit. »Er kam bei der Explosion ums Leben. Ich ... Ich bin für seinen Tod verantwortlich.«

Spock musterte sie eine Zeitlang und schien mit sich selbst zu ringen. »Commander ...«, sagte er nach einer Weile. »Ihnen fehlen bestimmte Informationen. Zar starb *nicht* durch die Explosion. Er beschloß, das Zeit-Tor zu benutzen, um in seine Heimat zurückzukehren, die nur in der Vergangenheit existiert. Admiral Komack ordnete strenge Geheimhaltung in Hinsicht auf den Gateway-Zwischenfall an, und deshalb konnten der damalige Captain Kirk und ich Ihnen nicht die Wahrheit sagen. Aber wenn ich gewußt hätte, daß Sie ...« Er schluckte. »Wenn ich gewußt hätte, daß Sie sich verantwortlich fühlen, wäre ich bereit gewesen, den Befehl zu mißachten und Ihnen alles zu erklären.«

Uhura blinzelte verblüfft. »Zar starb nicht?« Erleichterung durchströmte sie, fast sofort gefolgt von Zorn. »Und während all der Jahre dachte ich ...« Sie unterbrach sich einmal mehr. *Wie konnten sie darüber schweigen? Ihnen muß doch klargewesen sein, wie sehr ich litt!*

Offenbar ahnte Spock ihre Gedanken, denn in seinen dunklen Augen zeigte sich offenes Bedauern. »Bitte entschuldigen Sie, Commander. Es tut mir leid, daß Sie eine so schwere Bürde tragen mußten.«

»Schon gut«, entgegnete Uhura in einem förmlichen Tonfall. »Als Starfleet-Offizier kenne ich die Bedeutung von Sicherheitsdirektiven.«

»Ich weiß, Commander. Trotzdem: Ich hätte begreifen müssen, daß es besser gewesen wäre, Ihnen die Wahrheit anzuvertrauen — um Ihnen Kummer zu ersparen. Doch nach Zars Transfer in die Vergangenheit war ich ... abgelenkt. Es gibt natürlich keine Entschuldigung dafür, aber ...« Der Vulkanier brachte den Satz nicht zu Ende und schüttelte andeutungsweise den Kopf.

Abgelenkt? Ich habe noch nie gehört, daß Spock so etwas zugibt. Offenbar lag ihm mehr an Zar, als es den Anschein hatte. Nun, der junge Mann gehörte zu seiner Familie. Allerdings fanden wir nie die Art der Verwandtschaftsbeziehung heraus. Sie ähnelten sich so sehr ...

Nyota musterte das kantige Gesicht und dachte dabei an Zar. Eine jähe Erkenntnis formte sich in ihr. *Lieber Himmel, natürlich war er abgelenkt. Jene Frau ... Wie hieß sie? Woher kam sie? Wann geschah es? Meine Güte, das kann unmöglich wahr sein ...*

Tief in ihrem Innern wußte sie, daß es keine andere Erklärung gab.

»Zar war Ihr Sohn, nicht wahr?« fragte Uhura sanft, und ihr Blick fokussierte die Züge des Vulkaniers.

Spock wölbte überrascht eine Braue, und dann seufzte er fast lautlos. »Ja.« Seine Stimme klang nun tiefer und rauher. »Er wollte die Integrität des Zeitstroms bewahren und hielt es deshalb für notwendig, in seine eigene Welt zurückzukehren. Oft frage ich mich, wie es ihm in der Vergangenheit erging.«

»Ich danke Ihnen dafür, daß Sie mir jetzt alles gesagt haben, Mr. Spock. Ich bin sehr erleichtert darüber, daß Zar noch viele Jahre lebte, anstatt auf dem Schlachtfeld zu sterben. Er war sehr nett. Wir alle mochten ihn.«

In der Stimme des Vulkaniers schien so etwas wie Erheiterung zu erklingen, als er erwiderte: »Sie haben recht, Nyota. Wie immer.«

Uhura brauchte mehrere Sekunden, um diese Antwort zu verstehen, und daraufhin lächelte sie. »Schade, daß Sie nicht den Wächter verwenden können, um sich mit Ihrem Sohn in Verbindung zu setzen. Sie haben mir eben erzählt, daß es Zar damals gelang, eine Mentalverschmelzung mit ihm herbeizuführen. Vielleicht wäre er imstande herauszufinden, warum die Entität heute fatale Zeitwellen emittiert.«

Spock bedachte sie mit einem durchdringenden Blick. »Ja, es ist sehr bedauerlich, daß wir nicht auf Zars Hilfe zurückgreifen können.« Er starrte in die Ferne. »Andererseits ... Ich bin sein Lehrer gewesen. Vielleicht *gibt* es eine Chance ...«

»Eine Chance wofür, Mr. Spock?«

Zwar verharrte das Gesicht des Vulkaniers in neutra-

ler Ausdruckslosigkeit, doch für einen Sekundenbruchteil leuchtete Hoffnung in den Augen. »Eine Chance für
uns alle«, murmelte er. Und etwas lauter: »Danke, Nyota.«

Er ging, bevor Uhura Gelegenheit bekam, weitere
Fragen an ihn zu richten.

Fünfzehn Minuten später saß sie neben D'berahans Bett
und sang leise für drei Marischal-Kinder, die sie mit
großen Augen beobachteten. Sie hörte, wie die Stimme
des diensthabenden Kommunikationsoffiziers aus den
Interkom-Lautsprechern drang und mehrmals Spocks
Namen nannte.

Kurz darauf herrschte wieder Stille, und Uhura wußte, daß Spock gar nicht reagieren konnte. Sie hielt die
Tränen zurück, betete stumm und hoffte, daß dem Vulkanier nichts zustieß.

109

KAPITEL 5

Für Spock, Sohn von Sarek, Sohn von Skon, Bürger des Planeten Vulkan, gab es nur zwei Dinge, die er fürchtete. Der Tod gehörte nicht dazu. Er zog es vor, auch weiterhin zu leben, doch wenn Logik oder Pflicht es verlangten, war er bereit, sein Leben zu riskieren oder es ganz bewußt zu opfern.

Als er nun vor dem Wächter der Ewigkeit auf Gateway stand, wurde ihm klar, daß eine Konfrontation mit seinem schlimmsten Alptraum drohte. Dieser Gedanke weckte dumpfe Furcht in dem Vulkanier.

Sie galt eingeschränkter geistiger Leistungsfähigkeit oder regelrechtem Schwachsinn, hervorgerufen durch Wahn oder eine Hirnverletzung. Spock konnte sich nichts Entsetzlicheres vorstellen als ein von andauernder Irrationalität geprägtes Leben.

Er räusperte sich und schaltete den Aufzeichnungsmodus des Tricorders ein. »Hier spricht Spock«, sagte er ohne Einleitung. Ihm blieb nicht viel Zeit. »Im Fall eines physischen oder psychischen Todes möchte ich darauf hinweisen, daß ich zum Zeitpunkt dieser Aufzeichnung im Vollbesitz meiner geistigen Kräfte gewesen bin. Admiral Kirk ist in keiner Weise für meine Entscheidung verantwortlich, diesen Versuch zu unternehmen. Ganz im Gegenteil: Er hat ihn ausdrücklich untersagt.«

Der Vulkanier zögerte kurz und fuhr dann fort: »Die Vorstellung eines Lebens ohne volles Bewußtsein ist mir zuwider. Falls der Kontaktversuch mein Ich zerstört, so möchte ich ausdrücklich betonen: Es sollen keine Lebenserhaltungsmaßnahmen ergriffen werden — damit meine ich auch die Verabreichung von flüssigen oder festen Nährsubstanzen —, um meine physische Existenz zu bewahren.«

Ich bin allein, fügte er in Gedanken hinzu. *Es gibt niemand, dem ich mein Katra anvertrauen könnte, meine Seele. Das Ende der physischen Existenz wäre also wahrer, endgültiger Tod. Nun, es läßt sich nicht ändern.*

Er atmete tief durch. »Meinen Kameraden und *Freunden* an Bord möchte ich einen letzten Gruß übermitteln: Leben Sie wohl. Ich habe immer ein Privileg darin gesehen, mit Ihnen zusammenzuarbeiten. Ihnen allen wünsche ich Glück und langes Leben.«

Er betätigte die Pausentaste und überlegte, ob er eine persönliche Botschaft für Kirk hinterlassen sollte. Eine solche Mitteilung hatte er bereits seinem Testament hinzugefügt, und es wäre unlogisch, sie jetzt noch einmal zu wiederholen. Jim verstand ihn sicher. Er drückte noch einmal auf die Taste. »Ende der Aufzeichnung.«

Spock programmierte den Tricorder so, daß er nach zwanzig Minuten ein Peilsignal sendete, legte ihn dann neben eine umgestürzte Säule. Wind strich über ihn hinweg, und er fröstelte, bereute es nun, keine dicke Jacke übergestreift zu haben. Aber dadurch wäre seine Absicht deutlich geworden, sich nach Gateway zu beamen. Er trat in den Windschatten des großen Monolithen.

Dort hob er die Hände, holte noch einmal tief Luft und berührte den Wächter.

Er fühlte harten Fels, doch keine Kälte. Eine sonderbare Wärme sickerte ihm entgegen, wie von einem lebenden Wesen. Im Innern der Steine glühte es, und dadurch schien der Granit transparent zu werden. Spock konzentrierte sich, dehnte das Bewußtsein aus und versuchte, sein Selbst mit dem der uralten Zeit-Entität zu verbinden.

Er gewann den Eindruck, am Rand eines unauslotbar

tiefen schwarzen Abgrunds zu balancieren. Das ›Ich‹ des Wächters war weit, weit von Gateway entfernt, obwohl er physisch auf dem Planetoiden präsent blieb. Spock verstärkte seine Konzentration, wagte sich in die Finsternis vor.

Die diffusen Echos eines Kontakts lockten ihn, aber er konnte sie nicht erreichen. Die Mentalverschmelzung ließ sich nur mit einem größeren psychischen Potential bewerkstelligen. Spock versuchte es noch einmal, aber ebensogut hätte er sich bemühen können, nach einer Handvoll Gas zu greifen — die andere Ichsphäre entglitt ihm. Erschöpft lehnte er sich an den Monolithen.

Die Entität ist ... beschäftigt. Er dachte an die Impressionen, die sich ihm offenbart hatten, als er D'berahan in den mentalen Kosmos folgte. *Womit? Warum?*

Er ging vor dem Zeit-Tor auf und ab, legte die Hände auf den Rücken und überlegte. Vor vierzehn Jahren war es Zar gelungen, telepathisch mit dem Wächter zu kommunizieren, und deshalb hatte Spock gehofft, ebenfalls einen Kontakt herzustellen. Aber allem Anschein nach genügten seine Fähigkeiten als Telepath nicht.

D'berahan zeichnete sich durch eine bemerkenswert hohe PSI-Kapazität aus, doch ihre geistigen Schilde waren nicht stabil genug — die Präsenz des Wächters hatte ihr Ich erstickt, ihre Identität zermalmt. Spock seufzte. *Es gibt immer Möglichkeiten. Irgendwie läßt sich ein Kontakt herstellen.*

Er rief sich ins Gedächtnis zurück, was die Zeit-Entität ›gesagt‹ hatte, als sein Geist mit dem Bewußtsein der Marischal verbunden gewesen war. *Ich habe nicht darauf geachtet, meine ganze psychische und physische Energie eingesetzt, um die Verbindung zwischen D'berahan und dem Wächter zu lösen.* Es ging dabei um eine Initialisierung ... Nein, um etwas, das aktiviert wurde.

Plötzlich erinnerte er sich. *Aktiviere sekundäre Peripherintelligenz, um die temporalen Programmfunktionen wiederaufzunehmen.*

112

Spock sah zum Steinkreis hoch, und Aufregung vibrierte in ihm, neue Hoffnung. »Wächter ...«, sagte er und grüßte die Zeit-Entität. »Hier spricht Spock von Vulkan. Du hast mir schon einmal eine Reise erlaubt. Darf ich erneut deine über Zeit und Raum hinausgehenden Transfer-Möglichkeiten nutzen?«

Einige Sekunden verstrichen, und schließlich sprach der Monolith. Doch Spock hörte nicht die vertraute, freundliche Stimme, an die er sich entsann. Statt dessen ertönten fast schrille, künstlich klingende Worte. »Anfrage wird bestätigt. Ziel?«

»Der Planet Sarpeidon, ein Trabant der Sonne Beta Niobe, die vor sechzehn Komma vier terranischen Solarjahren explodierte.«

Wieder folgte eine Pause. *Die Reaktionszeit ist erheblich länger als früher,* dachte Spock besorgt. *Vielleicht unterliegt auch die temporale Transportkapazität Beschränkungen. Nun, um darüber Aufschluß zu gewinnen, müßte man einen Transfer versuchen.* Er preßte die Lippen zusammen, als er wartete.

»Lokalisierung des Bestimmungsortes unmöglich«, antwortete das Portal. »Zugriff auf primären Datenkomplex ist begrenzt. Bitte spezifizieren Sie das Ziel.«

Spock seufzte einmal mehr und bat um die Projektion einer Sternenkarte des Sagittarius-Arms. Als die Entität verstand, welchen Teil von welcher Galaxis der Vulkanier meinte — *(Bedeutet das, der Wächter könnte mich zu jedem beliebigen Ort einer anderen Galaxis transferieren? Faszinierend.)* —, entstanden dreidimensionale Bilder in der zentralen Öffnung. Langsam nahmen Sternkonstellationen Gestalt an. Spock erschauerte und bedauerte wieder, keine Jacke zu tragen. Nach einer Weile ...

»Halt.«

Die Projektionen kamen zum Stillstand.

»Eliminiere die Darstellung bis auf den Quadranten rechts oben.«

»Der entsprechende Quadrant wird vergrößert.«

»Eliminiere die Darstellung bis auf den Sektor rechts unten.«

»Vergrößerung.«

»Eliminiere die Darstellung bis auf den Bereich links oben.«

»Vergrößerung.«

»Halt. Beta Niobe ist der wolkenartige Fleck in der linken Ecke.«

Das genannte Objekt pulsierte. »Dies hier?«

»Ja. Vor sechzehn Komma vier Jahren war jener Nebel ein roter Riese mit einem System aus sieben Planeten. Bei Sarpeidon, dem vierten Trabanten von der Sonne aus gesehen, handelte es sich um die einzige Welt ohne Mond.«

»Bestätigt und lokalisiert.«

Spock holte seinen Tricorder und justierte ihn auf maximale Aufzeichnungsgeschwindigkeit. »Zeig mir die Geschichte von Sarpeidon.«

Andere Bilder wirbelten durch die Öffnung. Während der Tricorder leise summte, beobachtete Spock zum vierten Mal, wie sich riesige Gletscher über den nördlichen Kontinent schoben.

Zar lebt dort, auf der anderen Seite dieses Portals, dachte der Vulkanier und erinnerte sich an die Gespräche mit D'berahan. *Zeit ist die wahre Barriere zwischen Leben und Tod.*

Er mußte sich zwingen, den Blick abzuwenden und auf das Gerät in seinen Händen zu richten. Nach etwa einer Minute hob er noch einmal den Kopf, sah moderne Gebäude und Transportmittel. Er wußte, was nun kam, schloß die Augen. Eine Sekunde später gleißte es — ein Blitz, der den Planeten verbrannte, so hell, daß er sogar die Lider durchdrang.

»Geschichte von Sarpeidon beendet«, verkündete der Wächter. »Wünschen Sie noch etwas?«

»Nein, derzeit nicht«, erwiderte Spock. »Wenn ich mit der Analyse der aufgezeichneten Daten fertig bin, möchte ich vielleicht einen temporalen Transfer durchführen. Läßt dein Programm so etwas zu?«

»Ja. Viele solche Reisen sind möglich; laßt mich euer Tor sein.« Die Zeit-Entität wiederholte ihr Motto nun mit einer neuen, mechanischen Stimme.

»Danke«, sagte Spock. Er hörte das Surren eines Transporterstrahls, drehte sich um und sah, wie der mehr als zwei Meter große und sehr kräftig gebaute Commander Beranardi al Auriga materialisierte. Zwei Angehörige seiner Sicherheitsabteilung begleiteten ihn: das Katzenwesen Snnanagfashtalli und Lieutenant-Commander Max Arrunja, ein älterer, grauhaariger Mann, der es verstand, nicht aufzufallen — es sei denn, er wollte sich bemerkbar machen. Dann war der Glanz in Arrunjas Augen kälter als der Schnee der Alpen.

Eine beeindruckende Streitmacht, dachte Spock amüsiert. *Sie genügt völlig, um einen aufsässigen Vulkanier zur Räson zu bringen.*

»Commander al Auriga ...« Er nickte dem dunkelhäutigen Sicherheitsoffizier zu, als er sich den Riemen des Tricorders über die Schulter schlang.

»Sir ...« Al Auriga salutierte kurz, und seine scharlachroten Augen blickten ausdruckslos. »Admiral Kirk hat uns aufgefordert, Sie zur *Enterprise* zurückzubringen. Wenn Sie uns bitte begleiten würden ...«

»Natürlich, Commander.« Spock trat näher. *Daß Jim eine Sicherheitsgruppe schickt ... Bestimmt ist er sehr verärgert.*

Das Transferfeld erfaßte ihn, und die Konturen von Gateway verflüchtigten sich.

»*Verdammt, Spock!*« Kirk marschierte durchs Konferenzzimmer und starrte den am Tisch sitzenden Vulkanier zornig an. »Jetzt haben Sie schon zum *zweiten* Mal auf eigene Faust gehandelt! Zuerst Vejur, und nun der Wächter! Ich schwöre Ihnen: Wenn Sie *jemals* wieder versuchen, sich davonzuschleichen um Mentalverschmelzungen mit einer fremden Intelligenz herbeizuführen ... Dann werde ich Sie ohne Raumanzug aus der nächsten Luftschleuse werfen, um festzustellen, ob Kielholen auch im All möglich ist! *Verstanden?*«

Spock wölbte beide Brauen. »Kielholen? Dieser Begriff ist mir unbekannt.«

»Sehen Sie in einem Lexikon nach«, erwiderte Kirk scharf. »Und wechseln Sie nicht das Thema. Ich habe Ihnen ausdrücklich verboten, sich mit dem Wächter in Verbindung zu setzen.«

Spock schluckte. »Bitte entschuldigen Sie, Admiral. Ich sah eine Chance, mit der Entität zu kommunizieren — und ich beschloß, sie wahrzunehmen. Vielleicht sollte ich an dieser Stelle erwähnen, einen Erfolg erzielt zu haben«, fügte er hinzu und vernahm einen defensiven Unterton in der eigenen Stimme. *Hoffentlich hört Jim ihn nicht.*

Kirk schnitt eine Grimasse. »Das ist keine Rechtfertigung für Ihr Verhalten, Spock — wie Ihnen sehr wohl klar sein dürfte. Die ganze Crew weiß, daß Sie meine Order ignoriert haben! Wie stehe ich jetzt da?«

Der Vulkanier schwieg und wartete. Schließlich seufzte Kirk hingebungsvoll und nahm auf der anderen Seite des Tisches Platz. »Na schön. Verschieben wir das Kriegsgericht auf später. Was haben Sie herausgefunden?«

»Wir können den Wächter benutzen. Offenbar führte D'berahans Kontaktversuch dazu, daß er sich zumindest teilweise an seine Pflichten als Zeit-Tor erinnerte, denn er schuf eine sogenannte Peripherintelligenz, um die temporalen Funktionen wahrzunehmen.«

»Welche Vorteile ergeben sich dadurch für uns?«

»Nun, zwar bin ich nicht in der Lage gewesen, mein Bewußtsein mit dem des Wächters zu verschmelzen, aber wir können nun jemanden erreichen, dem das schon einmal gelungen ist.«

Kirk musterte den Vulkanier verwirrt. »Sie meinen ... *Zar?*«

»Ja. Seine telepathischen Fähigkeiten sind wesentlich stärker ausgeprägt als meine, und hinzu kommt ein großes empathisches Potential. Mit den *Vedra-prah*-Disziplinen, die ich ihn lehrte, hat er vielleicht die Möglichkeit, sich mit der Entität zu verständigen und gleichzeitig zu verhindern, daß sein Selbst von der fremden Präsenz überwältigt wird, wie es bei D'berahan geschah.«

»Um ihn zu lokalisieren, müßten wir wissen, in welcher Epoche er gelebt hat — beziehungsweise lebt.«

Spock klopfte mit dem Zeigefinger auf seinen Tricorder. »In den letzten zehn Jahren kam es zu erheblichen technologischen Fortschritten. Der Wächter zeigte mir die Geschichte Sarpeidons, und dieses Gerät hat schnell genug aufgezeichnet, um alle Einzelheiten festzuhalten. Wenn Zars Präsenz vor fünftausend Jahren einen bedeutenden historischen Einfluß ausübte, so kann ich ihn vielleicht sogar *sehen*. Anschließend müßte sich mit Berechnungen feststellen lassen, wo und wann ...«

Kirk hob die Hand. »Einen Augenblick. Ich gebe McCoy Bescheid. Er soll sich das ebenfalls anhören.«

Spock nickte und lehnte sich zurück, als Jim das Interkom einschaltete und mit dem Arzt sprach. Der Vulkanier sah aufs Anzeigefeld des Tricorders und betrachtete Bilder aus der Vergangenheit von Sarpeidon. Zar hatte die *Enterprise* gemalt, und sein Gemälde erschien an der Wand einer alten Festung im Lakreo-Tal. *Dieser Umstand läßt den Schluß zu, daß er zumindest eine gewisse historische Rolle gespielt hat. Vielleicht war er Hofmaler, Lehrer oder Berater des Fürsten, der über die Stadt namens Neu-Araen regierte ...*

Spock sah nicht auf, als McCoy hereinkam und von Kirk hörte, worum es ging. Er war viel zu sehr auf den winzigen Bildschirm des Tricorders konzentriert.

»Nun, die allgemeine Situation sieht eher übel aus, aber ich würde mich freuen, Zar wiederzusehen« sagte McCoy und strahlte. »Ich habe ihn vermißt.«

Spock versteifte sich, und sein Zeigefinger drückte

ruckartig die Pause-Taste. Die Züge des Vulkaniers verhärteten sich, als er noch einmal auf die letzte Sequenz der Aufzeichnung starrte. Eine Schlacht fand statt, und die Gestalt auf dem Hügel ... Der Krieger trug eine Rüstung, hob seine Waffe ...

Blut spritzte, und ein regloser Körper lag auf dem Boden.

»Spock?« Die Stimme klang wie aus weiter Ferne. Kirk. Und er nannte den Namen seines früheren Ersten Offiziers jetzt schon zum zweiten Mal. »Was ist los, Spock? Haben Sie ihn gefunden?« Der Vulkanier hörte Besorgnis im Tonfall des Admirals.

»Stimmt was nicht?« fragte McCoy.

Spock merkte, daß er erbleicht war; Kirk und der Arzt musterten ihn beunruhigt. Er räusperte sich. »Ja, ich habe ihn gefunden«, sagte und versuchte, ruhig zu sprechen. »Offenbar ist Zar in Sarpeidons Vergangenheit zu einem Herrscher geworden. Fast zwanzig Jahre lang regierte er mit großem Erfolg und fiel dann in einer Schlacht. Ich ...« Der Vulkanier holte tief Luft. »Ich habe gerade seinen Tod beobachtet.«

McCoy schnaufte erschüttert. »Sind Sie sicher?« Benommen schüttelte er den Kopf, und der Glanz in seinen blauen Augen trübte sich. »Dumme Frage ... Tut mir leid, Spock. Natürlich sind Sie sicher ...« Er ließ sich wie müde in einen Sessel sinken.

»Ich wußte zwar, daß er längst tot ist«, murmelte Spock. »Aber ihn sterben zu sehen ...« Er faßte sich wieder, begegnete Kirks Blick und sah das Mitgefühl in den nußbraunen Augen; diesmal lehnte er es nicht ab.

Dann blitzte es plötzlich in den Pupillen des Admirals. »Spock!« entfuhr es ihm. »Vielleicht ergibt sich daraus eine Chance für uns! Wir könnten in die Vergangenheit zurückkehren, Zar unmittelbar vor seinem Tod schnappen und ihn in unsere Gegenwart transferieren. Wenn er damals gestorben ist, so droht kein Paradoxon.

Wir nehmen ihn mit, und hier bei uns steht ihm noch ein langes Leben bevor.«

»Es wäre möglich«, räumte der Vulkanier ein und schöpfte neue Hoffnung. »Ich muß die Auswirkungen seines Todes auf den Zeitstrom untersuchen, um festzustellen, welche Konsequenzen sich durch einen Transfer ergäben. Wie dem auch sei: Wir dürfen ihn nicht einfach ›schnappen‹ und in die Gegenwart bringen, ohne ihn vorher um Erlaubnis zu fragen. Er soll selbst entscheiden.«

»Dann richten wir es so ein, daß wir ihm einige Tage *vor* der Schlacht begegnen«, sagte McCoy aufgeregt. »Wir *fragen* Zar, erklären ihm, daß er seine Pflicht der Geschichte gegenüber erfüllt hat und frei ist. Eigentlich wollte er gar nicht zurück, erinnern Sie sich, Spock?«

»Ja«, erwiderte der Vulkanier. »Aber es wäre besser, wenn ich allein in die Vergangenheit reise. Wer den Wächter in seinem derzeitigen Zustand benutzt, geht ein erhebliches Risiko ein.«

»Von wegen!« platzte es aus McCoy heraus. »Ich komme mit!«

»Und ich ebenfalls«, warf Kirk ein. »Der Hinweis auf irgendwelche Risiken erübrigt sich — allein die Tatsache, daß wir uns hier aufhalten, in unmittelbarer Nähe von Gateway, bedeutet enorme Gefahr. In Sarpeidons Vergangenheit sind wir wahrscheinlich viel sicherer.«

Spocks Brauen kletterten nach oben. »Mitten in einem Krieg?«

»Die Zeitwellen des Wächters könnten uns von einem Augenblick zum anderen ins Jenseits befördern.« McCoy schnippte mit den Fingern und betonte seinen Südstaaten-Akzent, als er hinzufügte: »Im Vergleich dazu ist ein wenig Remmidemmi auf Sarpeidon geradezu gemütlich, nicht wahr, Jimmy?«

Kirk rollte mit den Augen. »Im Ernst: Diese Mission hat zu große Bedeutung, um sie einer einzelnen Person anzuvertrauen. Außerdem: Wir drei sind schon einmal in der Vergangenheit des Planeten gewesen. Wir *kennen* Zar. Zusammen schaffen wir es hoffentlich, ihn davon zu überzeugen, daß er uns helfen muß.«

»Admiral ...«, protestierte Scott. »Auch ich kenne den Jungen. Bestimmt hört er auf mich.«

»Ich melde mich freiwillig für den Einsatz«, sagte Uhura.

»Ich ebenfalls«, meinte Sulu.

»Es ist nicht nötig, daß Sie, der Doktor und Mr. Spock Ihr Leben aufs Spiel setzen«, brummte der Chefingenieur.

Kirk seufzte. »Ich weiß Ihr Angebot zu schätzen, Scotty, aber Sie werden hier gebraucht. Wenn sich die Zeitwellen wiederholen, können nur Sie die *Enterprise* in Sicherheit bringen. Das gilt auch für Sie, Hikaru. Es war schon schwer genug, Gateway anzusteuern, erinnern Sie sich?«

Insgeheim dachte Kirk daran, daß der Chefingenieur nicht jünger wurde. Und: Sarpeidon war kalt, wies eine höhere Schwerkraft als die Erde auf. Darüber hinaus gab es dort *sehr* unfreundliche Leute.

»Aber Sie brauchen hier keinen Kommunikationsoffizier, Admiral«, wandte Uhura ein. »Ich könnte Mr. Spock begleiten, zusammen mit Lieutenant-Commander Riley.«

Warum nimmt sie Spocks Teilnahme an dieser Mission als selbstverständlich hin? überlegte Kirk und musterte Uhura. *Weiß sie Bescheid? Nein, unmöglich.* Er zögerte. Der Vorschlag übte einen gewissen Reiz aus. Andererseits ... McCoy hatte die besten Beziehungen zu Zar, und Jim brachte es nicht fertig, Pille in die Vergangenheit zu schicken, während er selbst an Bord der *Enterprise* blieb.

Und um ganz ehrlich zu sein: Dein letztes Abenteuer liegt schon viel zu lange zurück. Du brennst darauf, wieder aktiv zu werden.

»Danke, Nyota, aber die Antwort lautet nein«, sagte er laut. »Ich habe so eine Ahnung, was diese Sache betrifft.«

»Wir alle kennen Ihre Ahnungen, Sir.« Uhura nickte. »Ich wünsche Ihnen viel Glück, Admiral.«

Der Rest des ›Tages‹ verging wie im Flug, als die drei Offiziere Vorbereitungen trafen, sich mit den Daten über Sarpeidons Geschichte befaßten und anschließend passende Kleidung anprobierten: Kniehosen und Stiefel aus ›Leder‹, Jacken und Umhänge aus handgesponnener ›Wolle‹, gestrickte Mützen und ›Pelz‹-Mäntel mit Kapuzen. (»Ich kriege bereits Ausschlag«, klagte McCoy und versuchte, sich möglichst diskret zu kratzen. »Kann ich nicht wenigstens Unterwäsche aus synthetischem Material anziehen?« Kirk verzog das Gesicht. »Meinetwegen. Zum Glück bist du Arzt geworden und kein Schauspieler. Bei Kostümfilmen hättest du nicht einmal eine Nebenrolle bekommen.«)

Während der Admiral Scott letzte Anweisungen gab, beendete Spock die Berechnungen für den Sprung durch die Zeit.

Schließlich begaben sie sich in den Transporterraum — sie waren wie einfache Hirten gekleidet und nur mit ganz kleinen Messern bewaffnet. Scott bediente die Kontrollen und beamte seine Offizierskollegen nach Gateway.

Als McCoy rematerialisierte, überprüfte er sofort die am Leib festgeklebte Medo-Tasche und den Miniatur-Tricorder in der Gürteltasche. Er schauderte, als kalter Wind an ihm zerrte und unter den Mantel tastete. *Ich hasse diesen Ort. Habe ihn schon immer verabscheut. Seit damals, als ich verrückt genug war zu glauben, meine Freunde hätten es auf mich abgesehen. Ihre Gesichter veränderten sich dauernd, zerflossen wie Kerzenwachs ... schrecklich.* Leonard verdrängte jene Erinnerungsbilder. *Konzentrier dich darauf, diesmal keinen Unsinn anzustellen*, ermahnte er sich. *Von unserer Mission hängt zuviel ab.*

McCoy beobachtete, wie der Vulkanier zum Wächter ging. »Ich bin Spock«, sagte er. »Wenn wir deine über Zeit und Raum hinausgehenden Transfer-Möglichkeiten nutzen — kannst du die üblichen Überwachungsfunktionen wahrnehmen, mit der Option, die Wahl des Rückkehrzeitpunkts den Transferierten zu überlassen?«

»Alle Programmkomponenten arbeiten korrekt«, erwiderte das Portal nach einer kurzen Pause.

»Gut. Leite die temporale Transfer-Sequenz ein. Geschichte des Planeten Sarpeidon.«

»Bestätigung«, entgegnete der Wächter monoton. In der zentralen Öffnung formte sich das Bild einer neugeborenen Welt: Sie bestand aus Magma und flüssigen Metallen, die langsam zum Kern sanken. Innerhalb weniger Pseudo-Sekunden kühlte sich der Planet ab und entwickelte eine feste Kruste.

»Was ist mit der Stimme passiert?« fragte McCoy. »Früher klang die Entität wie ein freundlicher Fremdenführer, aber jetzt ...« Er warf Kirk einen besorgten Blick zu. »Bei dem Ding sitzt mehr als nur eine Schraube locker, Jim.«

Der Admiral zuckte mit den Schultern. »Uns bleibt keine Wahl, oder?«

Spock blickte auch weiterhin auf die Anzeigen seines Tricorders. »Der Wächter hat etwas aktiviert, das er als ›sekundäre Peripherintelligenz‹ bezeichnet. Damit kontrolliert er nun seine primären temporalen Funktionen, Doktor.«

»Herzlichen Dank für die Auskunft. Ich habe *alles* verstanden.«

»Halten Sie sich bereit.« Spock ignorierte den Arzt; seine Aufmerksamkeit galt ausschließlich dem Tricorder. »Es müssen nur noch einige tausend Jahre vergehen.«

»Ein Klacks«, murmelte McCoy.

Die drei Offiziere standen jetzt so dicht beisammen,

daß sich fast ihre Schultern berührten. Leonard duckte sich, um zu springen, spürte dabei, wie Adrenalin durch seine Adern floß. Er zitterte.

»Ich zähle bis drei«, erklang Spocks Stimme links von ihm. »Eins, zwei ...«

Die Zeit verharrte.

»*Drei!*«

McCoy stieß sich ab ...

(Weiße Sterne vor einem schwarzen Hintergrund, dann umgekehrt. Der Körper des Arztes dehnte sich bis in die Unendlichkeit, schrumpfte gleichzeitig auf die Größe eines einzelnen Atoms.)

... und fiel fast einen Meter tief, bevor er auf den Boden prallte. Regen rauschte um ihn herum. Mit einem lauten, von anderthalbfacher Erdschwerkraft verursachtem Platschen landete er in schwarzem Schlamm, und sein eigenes Gewicht preßte ihm die Luft aus den Lungen. Eiskaltes Wasser floß ihm über den Kopf — *was ist mit meiner Mütze passiert?* — und rann an den Wangen herab, als er schnaufte und keuchte. Jenseits seiner Nasenspitze sah er nur wenig: nasses Gras, im Matsch zertrampelt.

Nach einigen langen und recht anstrengenden Sekunden fand der Arzt genug Kraft, um wieder zu atmen. Der Sauerstoff verdrängte die Benommenheit aus ihm, und er stemmte sich auf den Armen hoch, spuckte, blinzelte und blickte auf ...

Füße.

Ein Kreis aus Füßen und Beinen umgab ihn. Die Füße steckten in hohen Lederstiefeln, wie seine eigenen, trugen außerdem eine Patina aus Schlamm.

Eine kräftige, grob zupackende Hand ergriff McCoy an der Schulter und drehte ihn auf den Rücken. Er blinzelte erneut, starrte durch den Regenschleier und beobachtete einen bleifarbenen Himmel, mit dunklen, fast purpurnen Wolken. Davor zeichneten sich die Umrisse von finsteren, bärtigen Gesichtern ab. Die Kleidung der

123

Männer bestand nicht nur aus Kniehosen, Jacken und Umhängen; hinzu kamen Helme und Kettenhemden aus dickem Leder, verstärkt mit Bronzefacetten. »Zum Teufel auch …«, brummte Leonard und versuchte, sich aufzusetzen.

Sofort hoben die Krieger Speere und bedrohten ihn damit. McCoy ließ sich wieder auf den nassen Boden sinken. »Schon gut, ich verstehe«, sagte er und rührte sich nicht.

Irgendwo rechts von ihm stöhnte jemand. »Verdammt, Pille, verärgere diese Leute bloß nicht.«

»*Jim!* Ist alles in Ordnung mit dir?«

»Bin nur ziemlich schmutzig. Und ich habe Gesellschaft. Wo steckt Spock?«

»Keine Ahnung.«

»Hier«, erklang die Stimme des Vulkaniers. Sie schien ihren Ursprung links von McCoy zu haben, doch mehrere Krieger versperrten ihm die Sicht.

»Haben wir's geschafft?« fragte Kirk. »Ist dies Sarpeidon?«

»Ich glaube schon, Admiral«, antwortete Spock. »Der Boden hat die richtige Farbe.«

»Und wer sind diese Burschen?«

»Das weiß ich nicht.«

McCoy hörte, wie zwei Soldaten einige Worte wechselten. Er rechnete damit, daß der winzige automatische Translator in seinem Arm übersetzte, aber erstaunlicherweise war das nicht der Fall. *Warum funktioniert das Ding nicht?* Dann fiel es ihm plötzlich ein. *Oh, natürlich. Das Übersetzungsmodul ist mit dem Bordcomputer der* Enterprise *verbunden. Und es trennen uns nicht nur viele Parsec von dem Schiff, sondern auch fünftausend Jahre. Verdammt!*

Einer der Krieger streckte den Arm aus und bedeutete Leonard aufzustehen. Der Arzt gehorchte, und alle Muskeln in seinem Leib protestierten. *Ich werde langsam zu alt für solche Sachen.* Jetzt sah er Kirk und Spock, die

124

noch immer ihre Mützen trugen und ebenfalls von Soldaten umringt waren.

Sie standen auf einer kleinen Ebene, die auf allen Seiten von kleinen Hügeln gesäumt war. Jenseits der bewaldeten Hänge ragte ein zerklüfteter Berg gen Himmel. *Von der Sonne ist nichts zu sehen*, stellte Leonard fest. *Wie dem auch sei: Ihr Licht wirkt irgendwie rötlich, und das wäre genau richtig für Beta Niobe.* Er nahm die ungewohnten Gerüche von brennendem Holz, Tieren und ungewaschenen Personen wahr, wünschte sich plötzlich Filter für die Nase.

Der ›Duft‹ stammte von einer Art Lager: Aus Tierhäuten bestehende Zelte sprossen wie sonderbare ockerfarbene Pilze aus dem Boden, und McCoy bemerkte festgebundene, graubraune Geschöpfe, die ihn an terranische Elche erinnerten; dünne, elegant geschwungene Hörner wuchsen aus ihren Köpfen. Sie hatten zottelige Mähnen und buschige Schwänze.

»Dies ist ein Kriegslager«, sagte Kirk. »Und wenn mich nicht alles täuscht, planen diese Leute einen Angriff. Es handelt sich um eine Invasionsstreitmacht.«

»Großartig«, kommentierte der Arzt. »Genau hier wollten wir in der Vergangenheit des Planeten erscheinen, stimmt's?«

Die Krieger schnatterten eine Zeitlang miteinander, und dann stapfte einer von ihnen fort — offenbar ein Offizier, nach dem verzierten Helm und einem fast ganz aus Bronze angefertigten Brustharnisch zu urteilen.

McCoy zeigte sein bestes Laß-uns-Freunde-sein-Lächeln, als er sich an den nächsten Soldaten wandte. »Hallo«, sagte er. »Ziemlich mieses Wetter heute, nicht wahr?«

Der Mann starrte ihn an und zischte einige Worte, die wie »Dioti-gick'nuf« klangen, blickte dann demonstrativ in eine andere Richtung.

»Tja, das war wohl nichts«, murmelte McCoy. Zwar blieb die Bemerkung des Kriegers unverständlich für

125

ihn, aber man brauchte kein Genie zu sein, um ihre Bedeutung zu erahnen. Der höhnische Tonfall bot einen deutlichen Hinweis.

Jemand rief etwas, und die Soldaten drehten sich sofort um. Erneut ertönte eine scharfe Stimme, und daraufhin zerrte man die drei Zeitreisenden aufeinander zu. Wenige Sekunden später standen McCoy, Spock und Kirk in der Mitte eines großen Kreises aus Bewaffneten.

»Wir hätten besser Phaser mitnehmen sollen«, brummte Leonard leise.

»Die Präsenz von Strahlern beim Kontakt mit einer nichttechnologischen Kultur widerspricht der Ersten Direktive, Doktor«, erwiderte der Vulkanier. »Das sollten Sie eigentlich wissen.«

»Sagen Sie das meiner Leiche«, schnappte der Arzt.

»Hör auf damit, Pille.«

Der Offizier mit dem bronzenen Brustharnisch kehrte zusammen mit einer kleineren Gestalt zurück, deren Gesicht sich im Schatten einer Kapuze verbarg. Die Soldaten wichen beiseite, um sie passieren zu lassen. Vor den Besuchern aus der Zukunft blieben sie stehen.

McCoy musterte den Begleiter des Offiziers, der ebenso groß war wie er selbst. Erst als zwei schmale Hände die Kapuze zurückschoben, erkannte er den Fremden als Frau.

Ein goldenes, mit Cabochon-Rubinen geschmücktes Diadem hielt ihr dichtes, bronzefarbenes Haar zurück, und der Arzt bemerkte eine Halskette, die ebenfalls aus Gold bestand. *Eine Herrscherin*, dachte er und verneigte sich. Kirk und Spock folgten seinem Beispiel.

Leonard sah ein markantes, aber nicht unbedingt hübsches Gesicht. Der Mund war zu groß, das Kinn zu kantig. Die Haut schien einmal recht hell gewesen zu sein, doch häufiger Aufenthalt im Freien hatte sie so dunkel werden lassen, daß die Sommersprossen an Wangen und Nase kaum mehr auffielen. Die vorderen

Zähne wirkten leicht schief. McCoy schätzte das Alter auf Mitte Zwanzig; nach den Maßstäben eines eher primitiven Volkes war sie damit kein junges Mädchen mehr. Die Falten in Mund- und Augenwinkeln stammten jedoch nicht vom Alter, gingen auf Verantwortung und Mühsal zurück.

Sie musterte die drei Gefangenen nacheinander und formulierte einige Worte in der Krieger-Sprache. Der Arzt schüttelte den Kopf und zuckte mehrmals mit den Achseln.

Kirk verbeugte sich erneut. »Ich fürchte, wir verstehen Sie nicht.«

Die Frau wandte sich an den Offizier und sprach noch einmal. Als er nickte, drehte sie sich um und sagte auf Englisch: »Ich bin Wynn, Hohepriesterin der Danreg.« McCoy hörte einen leichten Akzent in ihrer Stimme. »Wer seid ihr? Und was macht ihr hier?«

Kirk erholte sich schnell von seiner Überraschung. »Ich bin James T. Kirk, Euer Hoheit. Und das sind meine Freunde: Leonard McCoy...« — der Arzt verneigte sich einmal mehr —, »... und Mr. Spock.« Der Vulkanier senkte kurz den Kopf und sah sofort wieder auf.

»Wir kommen von einem fernen Ort«, fügte der Admiral vorsichtig hinzu.

»Kirk... Spock... McCoy... Sonderbare Namen. Und Sie sprechen die Sprache unserer Feinde.« Kälte schimmerte in Wynns Augen. »Truppenführer Madon hat mir und meinem Vater berichtet, daß ihr einfach vom Himmel gefallen seid. Stimmt das?«

»Äh...« Kirk zögerte, und McCoy wußte, daß er nun überlegte, ob er die Wahrheit sagen sollte. *Nein, Jim,* dachte Leonard. *Diese Leute würden glauben, daß du von schwarzer Magie oder dergleichen erzählst. Ich möchte nicht als Zauberer oder Hexenmeister auf dem Scheiterhaufen verbrennen. Wenn man uns als Spione erhängt, sterben wir wenigstens einen raschen Tod.* »Euer Hoheit...«, sagte Kirk schließlich. »Ich kann Ihnen nicht erklären, wie wir hierhergekommen sind, weil ich es selbst nicht genau weiß.«

Wynn maß ihn mit einem durchdringenden Blick. »Deine *Worte* entsprechen der Wahrheit, doch sie sollen über etwas hinwegtäuschen. Ich mag es nicht, bei einer Beratung mit unseren Verbündeten gestört zu werden, nur um mir Lügen anzuhören.«

McCoy übersah nicht Jims Verblüffung — ebensowenig wie Wynn. »Sie sind sehr klug, Euer Hoheit.« Kirk versuchte, sich wieder zu fassen, und er lächelte betont freundlich. »Ich wünschte, ich könnte alle Ihre Fragen beantworten, aber das ist leider nicht möglich. Ich darf Ihnen jedoch versichern, daß wir keine Feinde sind. Es liegt uns fern, Ihnen oder Ihrem Volk zu schaden.«

Die Hohepriesterin erwiderte das Lächeln kühl. »Daran zweifle ich nicht, Kirk. Von jetzt an wirst du gar keine Gelegenheit mehr haben, uns zu schaden. Morgen, bevor ich das Kampforakel verkünde, gebe ich dir noch eine Chance, mir die Wahrheit zu sagen. Wenn du dich weigerst, wirst du der Göttin Ashmara gegenübertreten, und anschließend erfahre ich alles von *Ihr*. Ich warne dich: Sie duldet keine Lügen, und auf der Anderen Seite sind weder Ausflüchte noch Halbwahrheiten möglich.«

Wynn fauchte Truppenführer Madon einen Befehl zu, und kurz darauf waren die drei Starfleet-Offiziere an Händen und Füßen gefesselt. McCoy spannte kurz die Muskeln — und begriff, daß er gefesselt bleiben würde, bis ihn jemand befreite. Oder bis Beta Niobe beschloß, zur Nova zu werden.

Man band sie an Pfosten vor dem größten Zelt fest. Die Krieger nahmen ihnen die Messer ab — ein oder zwei Minuten lang sorgten die stählernen Klingen für eine Menge Aufregung, und es kam sogar zu einer Rauferei um ihren Besitz. Bei einer flüchtigen Suche nach versteckten Waffen blieben sowohl Spocks und McCoys Tricorder unentdeckt als auch die Medo-Ausrüstung des Arztes.

128

Als die Soldaten fortgingen, sank McCoy an »seinem« Pfahl herab und trachtete danach, tiefer in den Mantel zu kriechen, um vor dem Regen geschützt zu sein. »›Du wärst besser in deinem Grabe, als daß du mit unbedecktem Leibe diesem Wüten der Lüfte die Stirn bietest‹«, knurrte er.

»*König Lear*, dritter Akt, vierte Szene«, sagte Spock automatisch, schien jedoch nicht ganz bei der Sache zu sein.

»Bestimmt ertrinken wir hier?« klagte McCoy. »Wer hatte eigentlich die tolle Idee, diesen Ort aufzusuchen?«

»Du«, erwiderte Kirk, doch es klang alles andere als amüsiert. Er rieb sich die feuchte Nase an der Schulter und nieste. »Verdammter Mist.«

Stunden verstrichen, und die drei Gefangenen versuchten, ihre Kraft zu sparen, auszuruhen, Kälte und Feuchtigkeit zu ignorieren. Ihre jeweiligen Pfosten standen so weit auseinander, daß sie sich nicht gegenseitig wärmen konnten. Zuerst sprachen sie miteinander, doch es dauerte nicht lange, bis sie immer häufiger schwiegen. Die Krieger schenkten ihnen keine Beachtung — sah man davon ab, daß einmal Truppenführer Madon mit zwei kräftig gebauten Wächtern kam, um die drei Männer aus der Zukunft nacheinander zur Latrine zu führen.

Sie bekamen weder Trinkwasser noch etwas zu essen.

»Sind wir ihnen völlig schnurz, oder will man uns mürbe machen, Jim?« fragte McCoy, als die Dunkelheit der Nacht heranglitt. Frostiger Wind kaum auf, trieb den Regen vor sich her. Das einzige Licht stammte von Fackeln und geschützten Lagerfeuern.

»Ich tippe auf die zweite Möglichkeit«, antwortete Kirk. »Wynn will die Wahrheit über uns wissen, und das kann ich ihr nicht verdenken. An ihrer Stelle wäre ich ebenfalls sehr neugierig — und mißtrauisch.« Er streckte sich, um die verkrampften Muskeln im Rücken zu entlasten.

»Was mag sie gemeint haben, als sie uns eine Begegnung mit der Göttin androhte, auf der Anderen Seite?« erkundigte sich Leonard voller Unbehagen.

»Ich vermute, die Hohepriesterin hat vor, uns hinrichten zu lassen, wahrscheinlich im Verlauf einer religiösen Zeremonie«, sagte Spock.

McCoy schluckte. »Entzückend.«

»Ich frage mich, wie weit wir von Neu-Araen entfernt sind«, überlegte Kirk laut, um ein neuerliches und recht bedrückendes Schweigen zu beenden.

»Leider können wir unter den derzeitigen Umständen nicht unsere Tricorder verwenden«, erwiderte Spock. »Andernfalls wäre es mit einer Sondierung dieser Region möglich, den nächsten größeren Ort zu lokalisieren, der mit Neu-Araen identisch sein müßte.«

»Darauf würde ich mich nicht verlassen«, brummte McCoy. »Der Wächter ist vollkommen ausgerastet. Wer weiß, wo unser Retransfer stattfand? Und *wann?*«

»Ich hoffe inständig, daß deine Befürchtungen unbegründet sind«, ließ sich Kirk vernehmen. »Spock, wurden die Danreg in den Aufzeichnungen der Atoz-Bibliothek erwähnt?« Er hob den Kopf lange genug, um diese Frage an den Vulkanier zu richten, schob die gerötete Nase dann wieder unter den warmen Mantelkragen.

»Nur einen gewissen Heldeon von Danreg-Furt. Offenbar war er einer der legendären Krieger-Herrscher.«

»Gab es Hinweise darauf, wo die Danreg ihr Lager aufschlugen, ich meine in bezug auf Neu-Araen?«

»Nein. Die Bibliothek berichtete nur davon, daß vier große Heere auf der Moortor-Ebene am Fuße eines Berges namens Großer Weißer in die Schlacht zogen. Ihre jeweiligen Anführer hießen: Heldeon von Danreg-Furt; Laol, Kriegskönigin des Kerren-Clans; Rorgan Todeshand, Oberhaupt der Asyri; und der Sovren des Lakreo-Tals. Die Überlieferungen sind natürlich vage und von Mythen geprägt; genausogut könnte man versuchen, die tatsächliche Geschichte der trojanischen Kriege zu rekonstruieren, indem man Homer liest: Nur die wichtigsten, fürs Drama gut geeigneten Einzelheiten werden erwähnt, und selbst ihre Genauigkeit muß bezweifelt werden.«

»Wenn wir dieses Lager nicht bald verlassen, spielt es gar keine Rolle, wo wir uns befinden«, sagte McCoy. »Und wenn wir noch lange mit der Flucht warten, sind wir so durchgefroren, daß wir eine entsprechende Gelegenheit gar nicht mehr nutzen können. Die Einheimischen mögen an diese Kälte gewöhnt sein, aber bei uns ist das leider nicht der Fall.«

»In der Tat, Doktor. Schon seit einer Stunde verwende ich Biofeedback-Techniken, um der Hypothermie vorzubeugen, aber das ist mir nicht auf Dauer möglich. Unsere Situation wird kritisch, wenn die Temperatur unter den Gefrierpunkt sinkt.«

McCoy brummte zustimmend. »Woraus sich die Frage ergibt: Was unternehmen wir?«

Kirk dachte einige Sekunden lang nach. »Wenn wir genug Lärm verursachen, um Wynns Aufmerksamkeit zu erregen ... Vielleicht können wir sie dazu bringen, noch einmal mit uns zu reden. Wenn uns das gelingt, erzähle ich der Hohepriesterin genug, um zumindest ihr Interesse zu wecken, sie zu veranlassen, uns eine Mahlzeit zu geben und an einem wärmeren Ort unterzubringen.«

»Was willst du ihr sagen, Jim?« McCoy lächelte. »Nein, laß mich raten ... Du deutest zum Himmel und behauptest, wir seien vom größten Stern herabgefallen. Anschließend blickst du ihr tief in die Augen, und plötzlich haben wir keine Probleme mehr, stimmt's?«

Kirk gab eine knappe Antwort.

McCoy hob die Brauen. »Das ist anatomisch unmöglich, Jim. Außerdem: Verstehst du keinen Spaß mehr?«

»Mein Humor leidet, wenn ich friere und hungrig bin«, erwiderte der Admiral, doch kurz darauf schmunzelte er zaghaft. »Entschuldige, Pille. Wenigstens gerät

mein Blut wieder in Bewegung, wenn ich mich ärgere.
Ich überlege mir eine gute Geschichte, während die
Leute in diesem Lager einschlafen. Wenn wir jetzt
schreien, läßt uns Truppenführer Madon einfach kne-
beln.«

»Zum Glück hat man uns in der Nähe des VIP-Zelts
festgebunden«, meinte McCoy. »Die Dame kann uns also kaum überhören.«

Kirk starrte in die Dunkelheit. »Die meisten Krieger
ziehen sich jetzt zur Nachtruhe zurück. Ich hoffe, wir
brauchen uns nicht mehr lange zu gedulden.«

»Ja, und *ich* hoffe, daß Wynn darauf verzichtet, uns
von Madon die Kehlen durchschneiden zu lassen, wenn
unser Gebrüll sie aus dem Schlaf reißt«, knurrte McCoy.
»In einer Kultur wie dieser ist das Leben praktisch wert-
los.«

»Wir müssen ein Risiko eingehen, Pille. Die Alternative besteht darin, hier gefesselt zu bleiben und zu erfrieren.«

»Ja«, seufzte der Arzt. »Eins steht fest: Eine Nacht im
Freien überleben wir nicht.«

Kirk nieste plötzlich. »Verdammt! Ich wünschte, nur
ein einziges Mal eine Mission zu leiten, bei der alles
glatt über die Bühne geh. *Alles.* Es gibt keine Probleme
mit dem Transporter ...«

»Amen«, kommentierte McCoy.

»Warp- und Impulstriebwerk funktionieren einwandfrei ... Die Leute aus der Sicherheitsabteilung sind nicht
nur zuverlässig, sondern auch voll einsatzfähig ...«
Kirks Stimme wurde lauter. »Der Bordcomputer hat
nicht einmal einen Schluckauf ... Wir begegnen keinen
machtgierigen Tyrannen, größenwahnsinnigen Elektro-
nengehirnen, Tribbles oder gar — Gott behüte — Harry
Mudd!« Er holte tief Luft und nieste erneut. »Nur ein
einziges Mal. Ist das zuviel verlangt?«

»Jim ...«, sagte Spock, als Stille folgte. »Wir haben an
mehreren solchen Missionen teilgenommen. Zum Bei-

spiel damals, als wir den Auftrag erhielten, einen Kontakt mit den Wellentänzern von Bellatrix V herzustellen. Oder der Zwischenfall mit der Riesenratte von Tamuras. Dann die Todestag-Feier für die Erzherzogin sa'Gliszppkk von Rumon Alpha III. Die Amtseinführung des Neo-Papstes von Ecatholos, die zum Friedensvertrag zwischen den Ecatholanern und Phlyringi führte ...«

»Na schön, Spock«, warf der Admiral ein und befürchtete offenbar einen längeren Vortrag des Vulkaniers. »Es hat einige derartige Missionen gegeben. Und ich wünschte, diese könnte dazugehören.« Er hustete und klagte leise: »Soviel zu meiner Abenteuerlust ...«

McCoy beobachtete den Regen im Licht der nächsten Lagerfeuer. »Es beginnt zu schneien«, bemerkte er.

»Das überrascht mich nicht«, entgegnete Kirk und schniefte, bevor er kummervoll hinzufügte: »Ich glaube, ich habe mich bereits erkältet.«

133

KAPITEL 6

 P ille... Hörst du mich? Pille!«
Schlaf — und Wärme. Nur diese beiden Dinge waren wichtig. Dem Flüstern fehlte jede Bedeutung. Leonard McCoy glitt tiefer in die Wärme und ignorierte alles andere.

»Verdammt, Pille. Wach *auf!* Das ist ein Befehl!«

»Doktor McCoy! Wachen Sie auf!«

Mit großem Bedauern spürte er, wie die Wärme fortwich. McCoy wollte sie festhalten, drehte sich auf die Seite und schnappte nach Luft, als kalter Schnee vom Mantelkragen rutschte und ihm ins Gesicht fiel. »Hm? Was?«

»Setz dich auf , Pille. Und zwar sofort.«

Benommen strich der Arzt tauenden Schnee von der Nase und stemmte sich hob. »Ich sitze«, murmelte er unglücklich. »Was ist denn?«

»Lieber Himmel, du wärst fast erfroren. Heb die Arme. Beweg dich.«

»Atmen Sie tief durch«, riet Spock. »Und legen Sie sich nicht wieder hin.«

Der Arzt versuchte unbeholfen, diesen Anweisungen zu gehorchen. Als sein Gehirn wieder funktionierte, erschrak er und begriff, wie nahe er dem Tod gewesen war. »Wie lange habe ich geschlafen?«

»Keine Ahnung«, erwiderte Kirk grimmig. »Ich bin ebenfalls eingenickt. Wenn Spock nicht gewesen wäre, hätte Wynn morgen früh nur noch zu Eis erstarrte Leichen gefunden. Alles in Ordnung mit dir, Pille?«

134

»Ja, jetzt geht's mir schon besser. Wie spät ist es? Oder wie früh?«

»Wir können es uns nicht leisten, noch länger zu warten. Schreit aus vollem Halse.« Kirk neigte den Kopf zurück. »Lady Wynn! Wir müssen mit Ihnen reden!«

»Hohepriesterin Wynn, bitte hören Sie uns an!«

»He, Euer Hoheit!« McCoy holte tief Luft, und ein Pfiff schrillte durch die kalte Nacht. Der Arzt grinste zufrieden — es mußte mindestens vierzig Jahre her sein, seit er zum letztenmal wegen einer Frau gepfiffen hatte. Für einige Sekunden fühlte er sich wieder wie ein unreifer junger Mann.

»*Pille!*«

»Sie weiß bestimmt nicht, was so etwas auf der Erde bedeutet, Jim.«

»Verlaß dich nicht darauf. Schrei einfach nur.«

»Wynn! Lady Wynn!«

Grimmig dreinblickende Wächter eilten herbei, gefolgt von Truppenführer Madon, der eine Fackel trug. »Du!« Er trat nach Spock. »Was ist hier los?«

»Ich möchte mit der Hohepriesterin sprechen«, stieß Kirk hervor. »Mir ist so kalt ... Ich halte es einfach nicht mehr aus! Ich sage ihr die Wahrheit. *Bitte!* Gebt uns Decken und etwas zu essen!«

Die bemalte Lederplane vor dem Zugang des größten Zelts wurde beiseite geschoben, und Wynn trat nach draußen, zog ihren Mantel enger um die Schultern. Hinter ihr stand ein großer, älterer Mann mit rotem Haar und langem Bart. *Heldeon*, vermutete Leonard.

»Was geht hier vor?« fragte die Hohepriesterin auf Englisch.

Truppenführer Madon verbeugte sich und steckte die zischende Fackel in eine Halterung. Mit dem Daumen deutete er auf die Gefangenen.

»Wir erfrieren hier!« Kirk schluchzte fast. »Und ich bin so *hungrig!* Bitte! Ich beantworte alle Ihre Fragen!«

Er spielte die Rolle des gebrochenen Mannes perfekt. McCoy unterdrückte ein anerkennendes Lächeln.

Doch Wynn blieb mißtrauisch, starrte argwöhnisch auf den Admiral hinab. »Ich soll euch also in einem Zelt unterbringen und etwas zu essen geben, nur um mir weitere Lügen anzuhören, wie?«

»Nein, nein, keine Lügen mehr! Das schwöre ich bei der Göttin! Wir geben zu, Spione zu sein. Aber bitte ...« Kirks Zähne klapperten. »Mir ist so kalt, daß ich überhaupt nicht mehr klar denken kann, Euer Hoheit ...«

Er unterbrach sich, als laute Stimmen am linken Rand des Lagers ertönten. Sie drehten sich um und beobachteten, wie zwei ferne Zelte in Flammen aufgingen. Truppenführer Madon winkte den Soldaten zu, lief mit ihnen los und riß sein Schwert aus der Scheide. Nur zwei Wächter blieben bei den Gefangenen zurück.

Wynn und Heldeon riefen etwas — wahrscheinlich »Feuer!« —, und weitere Krieger wankten aus ihren Unterkünften, griffen nach Waffen, eilten barfuß und mit bloßem Oberkörper durch die frostige Finsternis.

»Kirk!« fauchte Wynn wütend. »Bist du dafür verantwortlich?«

»Wie sollte das möglich sein?« erwiderte der Admiral empört. »Ich bin die ganze Zeit über gefesselt und festgebunden gewesen.«

Heldeon brummte etwas, und seine Tochter antwortete leise. Dann fragte die Hohepriesterin: »Für wen arbeitet ihr? Ich will die Wahrheit hören — sonst schickt euch das Schwert meines Vaters jetzt sofort zur Göttin.«

Kirk zögerte kurz und erweckte den Eindruck, mit sich selbst zu ringen, bevor er sagte: »Für Rorgan Todeshand. Aber ich weiß nicht, was jetzt geschieht ...«

»Sei still!« Wynn lauschte.

Nach einigen Sekunden hörte McCoy das Geräusch ebenfalls: ein dumpfes, rasch lauter werdendes rhythmisches Pochen.

Was ist das? dachte der Arzt. *Es klingt irgendwie vertraut.*

Dann fiel es ihm ein: *Hufe. Jemand reitet auf uns zu.*

Die Hohepriesterin und ihr Vater drehten sich um. Gehörnte Wesen galoppierten von rechts ins Lager — die brennenden Zelte auf der linken Seite stellten vermutlich ein Ablenkungsmanöver dar —, und ihre Reiter blieben stumm, als sie die Tiere abrupt zügelten, Wynn und ihrem Vater den Fluchtweg abschnitten.

Heldeon gab einen wütenden Schrei von sich und zückte sein Schwert.

Wynn fluchte und zerrte den Rothaarigen vom nächsten Reiter fort, als die beiden Wächter angriffen. McCoy sah, wie sich der rechte Arm des Mannes auf dem ›Roß‹ bewegte, hörte ein häßliches Knirschen, als sich eine Klinge in lebendes Fleisch bohrte. Der Wächter fiel zu Boden und stöhnte so schmerzerfüllt, daß Leonard erneut gegen die Fesseln ankämpfte — der Arzt in ihm wollte dem Verletzten unbedingt helfen. Aus den Augenwinkeln sah er, wie das Tier des ersten Reiters den zweiten Wächter erledigte: Es senkte den gehörnten Schädel, schleuderte den Angreifer fort. Der Mann flog einige Meter weit, prallte auf den eisbedeckten Boden und blieb reglos liegen.

Heldeon rutschte aus, sprang sofort wieder auf und rief Befehle. Die Hohepriesterin kniete und zog das Schwert unter dem Verwundeten hervor. *Woher kommen diese Burschen?* fuhr es McCoy durch den Sinn, als Wynn ihren Mantel abstreifte und ihn hastig um den linken Unterarm wickelte — offenbar wollte sie den dicken Stoff als improvisierten Schild benutzen. Sie stand wieder auf, hielt das Schwert bereit — und sie schien zu wissen, wie man mit einer solchen Waffe umging. Die Frau trug jetzt nur noch ein weißes Hemdkleid, und im flackernden Fackelschein wirkte sie wie ein Geist. Das Haar reichte ihr weit den Rücken hinab, wehte wie ein Banner, wenn sie sich bewegte.

McCoy vernahm die aufgeregten Stimmen der Krieger und schloß daraus, das sie nun um die Gefahr wußten, die ihrem Anführer drohte. Der erste Reiter blickte zur heranstürmenden Horde, und das Tier unter ihm scheute kurz, wodurch seine linke Seite für einen kritischen Augenblick ungeschützt war. Wynn holte sofort aus und schlug zu. Nur die Reaktionen des kampferprobten ›Pferds‹ bewahrten den Mann auf seinem Rükken vor dem Tod.

Die Hohepriesterin wich beiseite, doch einer der anderen Reiter warf ein Seil, und das zur Schlinge geknüpfte Ende fiel ihr über den Kopf. Wynn versuchte, sich zu befreien, aber plötzlich straffte sich der Strick, und sie verlor den Boden unter den Füßen.

Heldeon wollte ihr helfen, doch ein zweites *Seil* riß ihn von den Beinen.

Der erste Reiter stieg ab, beugte sich über Wynn und fesselte sie, warf ihren sich hin und her windenden Leib dann über den Sattel des knieenden Tiers. Er deutete auf die drei Gefangenen. »Wir nehmen auch die Spione mit!«

Es blieb McCoy gerade noch Zeit genug, verblüfft zu zwinkern, bevor ein anderer Reiter heran war und das Seil durchschnitt, das den Arzt mit dem Pfosten verband. Der Mann griff danach, zerrte Leonard zum Roß, packte ihn am Wams und zog ihn mit einer Hand auf den Widerrist. Das gehörnte Geschöpf sprang mit einem weiten Satz los, der dem unfreiwilligen Passagier die Luft aus den Lungen preßte, galoppierte durch die Dunkelheit.

Entsetzen keimte in McCoy. Er lag mit dem Bauch nach unten, und sein Gesicht schabte an der sich hebenden und senkenden Schulter des Tiers. Die Hände waren noch immer auf den Rücken gefesselt, und er fiel nur deshalb nicht zu Boden, weil ihn die linke Hand des Reiters am Gürtel festhielt. Das pferdeähnliche Wesen wich Felsen und Bäumen aus, aber die Zweige von Bü-

schen und Sträuchern trafen peitschenartig Kopf und
Beine des Arztes. Leonard erstarrte. Wenn er jetzt versuchte, sich zur Wehr zu setzen, ließ ihn der Reiter vielleicht los. Er stellte sich vor, vom bebenden Rücken zu
rutschen, mit dem Gesicht voran auf Steine zu prallen ...

Schließlich ging der alptraumhafte Galopp in langsameres Traben über. Bei jedem Schritt des Tiers spürte
der Doktor, wie ihm harte Knochen an den Unterleib
stießen. Der gequälte Magen protestierte, aber zum
Glück war er leer. McCoy würgte nur.

Der Reiter beendete sein Schweigen. »Wenn du auf
mein Bein kotzt, werfe ich dich über diese Klippe,
Spion.« Leonard wollte um Gnade flehen, brachte jedoch nur ein unartikuliertes Stöhnen hervor. Der Mann
im Sattel schien zu entscheiden, Rücksicht auf ihn zu
nehmen und brachte das schnaufende Tier in den
Schritt.

Sind Jim und Spock noch im Lager? überlegte McCoy. *Sehe ich sie jemals wieder?* Er trachtete danach, den Kopf zu
heben, um seine Umgebung zu beobachten, doch sofort
drehte sich ihm alles vor den Augen. Seine Wange sank
wieder an die schweißfeuchte Schulter des großen Geschöpfs.

Sie schienen stundenlang zu reiten, bis McCoy glaubte, daß er den Rest seines Lebens auf dem Rücken dieses
Wesens verbringen mußte. Ab und zu verlor er das Bewußtsein, doch nicht einmal die Schwärze des Ohnmachtsschlafes brachte Erleichterung.

Die meiste Zeit über ging es bergab, denn der Mann
hielt Leonard am vorderen Sattelbaum fest, um zu verhindern, daß er auf den Hals des Tiers glitt. *Lieber Gott,
bitte laß es bald vorbei sein,* betete McCoy. *Das Wie ist mir
völlig gleich. Ich möchte nur, daß es endlich vorbei ist.*

Als der Arzt einmal mehr aus seiner Benommenheit
erwachte, stellte er überrascht fest, daß sie angehalten
hatten. Er öffnete die Augen und sah trübes graues

139

Licht, einen ersten Vorboten der Morgendämmerung. Erneut bemühte er sich, den Kopf zu heben, doch die Muskeln verweigerten ihm den Gehorsam. Einige Sekunden später ließ ihn der Reiter hinab — glücklicherweise nicht mit dem Kopf zuerst. McCoy brach sofort zusammen, sank vor die Hufe des gehörnten Wesens. Ihm fehlte selbst dann die Kraft, sich zur Seite zu rollen, als ein Bein seine Schulter streifte.

»Ganz ruhig«, wandte sich der Fremde ans nervöse Reittier. Das Geschöpf tänzelte fort, und kurz darauf spürte Leonard, wie er angehoben wurde. Ein Messer zerschnitt erst die Stricke an den Händen, dann das Seil an den Beinen, die sofort nachgaben. Der Mann fluchte halblaut, schlang sich einen Arm des Arztes um die Schultern und stützte ihn.

Der halb betäubte McCoy blickte sich um und sah einen von Mauern gesäumten Hof. Jenseits davon ragte ein kleiner Turm auf, der zu einer zwei- oder dreistöckigen Festung gehörte. Der Reiter führte ihn durch ein breites Tor mit einem langen, massiven Riegel. Gelbes Licht und Dunkelheit wechselten einander ab, und nach einer Weile begriff McCoy, daß sie durch einen von Fakkeln erhellten Korridor unterwegs waren. Der Fremde verfluchte das Gewicht seines Gefangenen, verharrte an einer Treppe, warf sich Leonard über die Schulter und stapfte die Stufen hinunter.

Feuchte, muffige Luft wehte Leonard entgegen. Er würgte erneut, als er offene Aborte und schwitzende Körper roch, kämpfte gegen eine Finsternis an, die seine Gedanken zu verschlingen drohte. Er spürte, wie der Mann stehenblieb, hörte einen kurzen Wortwechsel, den er nicht verstand, vernahm dann leises Kratzen. Der Fremde setzte sich wieder in Bewegung, aber diesmal ging er nur einige Schritte weit und legte McCoy auf etwas, das unter ihm nachgab. Hände berührten ihn am Fuß. Dann hörte er ein Klicken. Etwas Schweres und Hartes schloß sich um den Fußknöchel des Arztes.

»Du solltest ihm besser eine Decke holen«, erklang die Stimme des Reiters. »Damit er nicht erfriert. Der Zweite möchte alle drei verhören, wenn sie wieder zu sich kommen.«

»In Ordnung«, antwortete jemand, und kurz darauf fühlte McCoy etwas Rauhes und Warmes.

»Jim?« hauchte er, tastete nach einem Arm. »Spock?«

»Was will er?« wandte sich der zweite Mann an den Reiter.

»Keine Ahnung. Unterwegs hat er diese beiden Worte immer wieder gemurmelt. Wahrscheinlich ein Gebet ... Nun, in seiner jetzigen Situation könnte er die Hilfe der Götter gut gebrauchen.«

»Und ob.« Schritte, die sich entfernten. *Geht nicht!* wollte Leonard rufen, aber wieder brachte er nur ein Ächzen hervor. »Ich möchte nicht in ihrer Haut stecken. Mit Spionen geht Cletas alles andere als sanft um.«

Eine Tür fiel zu, und McCoy konnte der heranwogenden Dunkelheit keinen Widerstand mehr leisten.

Als Leonard erwachte, hörte er leises Schnarchen. Sein Körper fühlte sich an, als sei er ganz langsam durch die Mangel gedreht worden; selbst das Sitzen kam Agonie gleich. Tageslicht schimmerte durch ein kleines, vergittertes Fenster dicht unter der Decke. *Eine Zelle*, dachte McCoy und sah sich um: steinerne Wände, in der dikken Holztür eine kleine, ebenfalls vergitterte Öffnung. Von seinem rechten Bein ging eine Kette aus und endete an einem in der Wand eingelassenen Ring.

Zwei andere Pritschen standen in der Nähe, und darauf lagen Gestalten. Eine von ihnen schnaufte in regelmäßigen Abständen. Erleichterung verdrängte den Schmerz aus McCoy, und er grinste breit. Das Schnarchen klang vertraut. »*Jim!*«

Es wurde still, und ein Kopf mit zerzaustem Haar kam unter der Decke zum Vorschein. »Pille ...«, krächzte Kirk. »Bist du das?«

»Du siehst so schrecklich aus, wie ich mich fühle. Ist das Spock dort drüben?«

»Bestätigung, Doktor McCoy«, erwiderte der Vulkanier und setzte sich auf. Nur er hatte seine Mütze nicht verloren.

Vorsichtig schwang Leonard die Beine über den Rand der Pritsche und stöhnte mehrmals. »Ich habe schon befürchtet, euch beide nie wiederzusehen. Alles in Ordnung?«

»Selbst die Haare tun mir weh«, antwortete Kirk und stemmte sich hoch. »Aber offenbar lebe ich noch.« Er streckte sich behutsam und schnitt eine schmerzerfüllte Grimasse. »Obwohl ich darüber im Augenblick nicht besonders glücklich bin. Wie geht's Ihnen, Spock?«

»Aufgrund des recht ungewöhnlichen Transports hierher habe ich einige Abschürfungen und Prellungen erlitten, aber dadurch wird meine körperliche und geistige Leistungsfähigkeit kaum beeinträchtigt.« Der Vulkanier begann mit einigen behutsamen Streckübungen.

Der Arzt tastete unter seinen Wams. »Ich habe noch immer die Medo-Ausrüstung. Das hier sollte helfen.« Er bot seinen Gefährten zwei Tabletten an, und die dritte schluckte er selbst.

Spock griff stumm danach, wölbte kurz eine Braue und schob sich die Pastille in den Mund.

»Wie fühlst du dich, Jim? Hast du Fieber? Brauchst du was gegen die Erkältung?«

Kirk atmete mehrmals tief durch und sah überrascht auf. »Vielleicht habe ich mich gestern nacht geirrt. Die Nase ist völlig frei. Möglicherweise hat der Schnee dafür gesorgt, daß alle Bakterien erfroren.«

Spock musterte ihn tadelnd. »Admiral, solche Spekulationen sind ganz und gar ...«

Kirk seufzte. »Ersparen Sie mir einen wissenschaftlichen Vortrag, Spock. Gibt's hier Wasser? Ich sterbe vor Durst.«

Neben der Tür stand ein Eimer mit kaltem, klarem

Wasser. Die drei Offiziere tranken und benutzten den Rest der Flüssigkeit, um sich Gesicht und Hände zu waschen. Als das schmerzstillende Mittel seine Wirkung entfaltete, bewegten sie sich fast normal.

Kirk wanderte auf und ab, zog die Kette hinter sich her. »Die Frage lautet: Wo befinden wir uns hier? Sind wir vielleicht vom Regen in die Traufe geraten?«

»Woher soll ich das wissen?« zischte McCoy gereizt und massierte einen verkrampften Wadenmuskel. »Um Himmels willen, Jim, setz dich endlich! Mit der Fußkette siehst du aus wie Marleys Geist?«

Spock wandte den Blick von seinem Tricorder ab. »Dickens. *Ein Weihnachtslied.*«

Die Riegel an der Tür knirschten in ihren Einfassungen, und ein untersetzter Mann mit ölig glänzendem Haar trat ein. Die an seinem Gürtel baumelnden Schlüssel deuteten darauf hin, daß es sich um den Kerkermeister handelte. Zwei bewaffnete Wächter begleiteten ihn, trugen ein Tablett mit Schüsseln und einen Eimer mit frischem Wasser. Einer der beiden Soldaten goß den restlichen Inhalt des ersten Eimers ins Abortloch. »Jetzt sind also alle wach«, sagte er und musterte die Gefangenen. »Ihr seht ein wenig lebendiger aus als vor einigen Stunden. Eßt nun.«

Der Mann verteilte Löffel und Schüsseln mit warmem Brei und einigen Streifen aus getrocknetem Fleisch. Spock überließ das Fleisch dem Admiral, der es zwischen sich und McCoy aufteilte. Als Gegenleistung gaben sie dem Vulkanier etwas von ihrem Brei. Der Kerkermeister und die beiden Soldaten sahen ihnen stumm zu.

Leonard probierte die braune Masse skeptisch und rechnete damit, daß sie abscheulich schmeckte, aber das Gegenteil war der Fall: Sie hatte ein leicht süßliches, nußartiges Aroma. Gierig füllte er sich den Mund, und schon nach kurzer Zeit war von seiner Mahlzeit nichts mehr übrig.

Der Gefangenenwärter sammelte die Schüsseln und Löffel ein. »Ich danke Ihnen«, sagte Spock. »Darf ich fragen, ob wir Neu-Araen erreicht haben?«

»Ich bin angewiesen, euch keine Auskunft zu geben«, erwiderte der untersetzte Mann brüsk. »Der Zweite kommt bald, um mit euch zu reden. Allerdings ...« Er grinste und winkte jovial. »Ich schätze, dann müßt ihr Fragen *beantworten,* anstatt selbst welche zu stellen.«

»Großartig«, brummte McCoy, als sich die Tür hinter den drei Männern schloß. »Unser Kerkermeister ist ein Komiker. Was hat es mit dem sogenannten ›Zweiten‹ auf sich?«

»Keine Ahnung«, sagte Kirk. »Aber wenigstens sprechen diese Leute Englisch. *Und* sie geben uns zu essen.« Er biß von einem Fleischstreifen ab.

»In der Tat«, pflichtete ihm Spock bei. »Seit unserem Erwachen sind mir einige interessante Dinge aufgefallen. Erstens: Die Anzeigen des Tricorders deuten auf eine recht hohe Anzahl von Lebensformen in unmittelbarer Nähe dieses Ortes hin, was den Schluß zuläßt, daß wir hier in einer Stadt sind. Zweitens: die Beschaffenheit der Zelle. Sie ist zwar feucht, aber bei ihrer Konstruktion hat man offenbar an ein gewisses Maß an Komfort gedacht. Das Fenster gewährleistet ausreichende Belüftung. Die Decken sind warm und sauber. Das Essen ist einfach, aber nahrhaft. Die Kanten der Fußschellen sind glattgeschliffen, um nicht die Haut des Gefangenen abzuschaben. Außerdem ...«

»Na und?« warf McCoy ein. »Von mir aus können wir diesen Knast auf die Liste unserer zehn Lieblingskerker setzen. Der Himmel weiß: Wir sind in genug Gefängnissen gewesen, um uns auszukennen. Worauf wollen Sie hinaus, Spock?«

»Das hiesige Verlies erscheint mir recht ... modern in bezug auf die aktuelle historische Epoche.« Der Vulkanier strich nachdenklich über die Kette. »Drittens: Dieses Objekt besteht aus Eisen, einem Metall, dessen Be-

144

arbeitung ein höheres technologisches Niveau erfordert als die Waffen und Rüstungen aus Bronze, die wir in Heldeons Lager gesehen haben.«

»Woraus folgt: Wir sind in Neu-Araen«, sagte Kirk. »Ich teile Ihre Ansicht.«

»Mir ist völlig gleich, ob wir hier in Neu-Araen oder der Smaragdgrünen Stadt sind«, brummte McCoy. »Wir dürfen nicht einfach die Hände in den Schoß legen und abwarten. Zars letzte Schlacht könnte heute beginnen! Wir müssen aufbrechen und ihn finden!«

»Ich habe den Zeitsprung genau berechnet, Doktor. Unser temporaler Retransfer fand einige Tage vor jenem Ereignis statt.«

»Ja, aber vergessen Sie nicht: Bei unserer letzten Zeitreise führten Ihre Berechnungen dazu, daß wir einem kleinen, spitzohrigen Bengel begegneten.«

»Zugegeben.« Spock lehnte sich zurück und zog die Decke über die Beine. »Trotzdem glaube ich nicht, daß unsere gegenwärtige Situation eine Flucht erfordert. Meiner Meinung nach sollten wir warten, bis ein hochrangiger Repräsentant der hiesigen Gesellschaft zu uns kommt, um der betreffenden Person unser Anliegen vorzutragen. Falls es notwendig wird, kann ich die internen Schaltungen des Tricorders jederzeit verändern, um mit einer Entladung die Riegel der Tür zu desintegrieren. Allerdings sind dann keine Sondierungen mehr möglich.«

»Ich stimme Ihnen zu, Spock«, sagte Kirk. »Wir haben einen sehr anstrengenden Tag hinter uns, von der Nacht ganz zu schweigen. Laßt uns ausruhen und wieder zu Kräften kommen. Ich schlage vor, wir gedulden uns noch einige Stunden.«

McCoy zuckte mit den Achseln. »Du bist der Boß.« Er holte seinen eigenen Tricorder hervor und empfing damit die Biosignale der nächsten Lebensformen. »Seltsam«, murmelte er nach einer Weile.

»Was ist?« fragte Kirk.

»Ich habe jetzt zum erstenmal Gelegenheit, Informationen über die Einheimischen von Sarpeidon zu gewinnen — Zar zählt natürlich nicht; immerhin hat er einen vulkanischen Vater. Die Daten lassen vermuten, daß dieses Volk von einer anderen Welt stammt. In evolutionärer Hinsicht gibt es praktisch keine Gemeinsamkeiten zwischen ihrer biochemischen Struktur und dem Metabolismus der Tiere.«

»Faszinierend.« Spock sah auf. »Es existiert noch eine weitere Anomalie, die mir gleich zu Beginn aufgefallen ist. Bei meinen Untersuchungen der Ökologie von Sarpeidon stellte sich heraus, daß hier Tiere fehlen, die den terranischen Primaten entsprechen. Bisher habe ich angenommen, daß alle affenartigen Geschöpfe aufgrund irgendeiner Krankheit ausstarben, aber ... Nun, wenn das intelligente Leben dieses Planeten von einer anderen Welt hierhergebracht wurde, so fand gar keine Evolution in dem Sinne statt — was den Mangel an Primaten-Äquivalenten erklärt.«

»Von einer anderen Welt? Von welcher?«

»Ich weiß es nicht, Jim.« McCoy blickte wieder auf das Anzeigefeld des Tricorders. »Nicht von der Erde. Sarpeidons Bewohner ähneln eher den Rigelianern. Und noch mehr den Vulkaniern. Kein Wunder, daß sie so stark sind.«

Kirk runzelte die Stirn. »Den Vulkaniern? Aber was ist mit ihren ...« Er hob die Hand zum Ohr.

»Hier ist es viel kälter als auf Vulkan, Jim. Wenn Dr. McCoy mit seinen Spekulationen recht hat ... Wer auch immer die Ahnen der hiesigen Bevölkerung nach Sarpeidon brachte: Er muß gewußt haben, daß vulkanische Ohren in erster Linie dazu dienen, Geräusche wahrzunehmen, die durch eine dünne Wüstenatmosphäre übertragen werden. Auf diesem Planeten sind sie für das Überleben nicht notwendig. Vielleicht wurden deshalb entsprechende Änderungen im Genmaterial vorgenommen.«

»Und *wer* nahm sie vor?«

Spock schüttelte den Kopf. »Diese Frage läßt sich kaum beantworten. Wir wissen, daß es mehrere inzwischen verschwundene Spezies gab, die intelligentes Leben auf vielen Welten der erforschten Galaxis säten. Zum Beispiel die Bewahrer und Sargons Volk, um nur zwei zu nennen.«

»Wenn Vulkanier und Sarpeiden gemeinsame Vorfahren haben ... Dann verstehe ich, warum Sie und Zarabeth in der Lage waren, Nachwuchs zu zeugen.«

Der Admiral wollte noch etwas hinzufügen, unterbrach sich jedoch, als erneut der Riegel zurückgeschoben wurde. Kirk und seine beiden Gefährten erhoben sich rasch. Die Tür schwang auf, und herein kam ein Mann in mittleren Jahren und von durchschnittlicher Größe. Er trug ein Kettenhemd, jedoch keinen Helm. Graubraunes Haar bedeckte seinen Kopf. McCoy sah gebräunte Haut und blaue Augen. Zumindest eins glänzte blau — das andere war fast ganz zugeschwollen. Mehrere Risse zeigten sich in der Unterlippe.

Abgesehen von einem Dolch führte der Fremde keine Waffen bei sich, im Gegensatz zu den beiden Wächtern, die ihn begleiteten. Sie schleppten ein ganzes Arsenal: stählerne Schwerter, Hellebarden und Messer.

Was würde Jim geben, um solche Prachtexemplare daheim an die Wand zu hängen? überlegte McCoy und schmunzelte innerlich.

»Ich bin der Zweite Kriegskommandeur Cletas«, stellte sich der Offizier vor. »Wer seid ihr?«

»Bevor wir diese Frage beantworten ...«, erwiderte Kirk. »Wo sind wir?«

»In der Stadt Neu-Araen«, entgegnete der Mann. Es klang spöttisch und amüsiert. »Wollt ihr etwa behaupten, das nicht zu wissen?«

Kirk wandte sich an seine beiden Begleiter und lächelte. »Wir haben's geschafft!«

»Was habt ihr geschafft?« Argwohn glitzerte in den

Augen des Zweiten. »Wer seid ihr?« fragte er noch einmal. »Wie ich hörte, nahmen euch die Danreg als Spione gefangen, aber ihr gehört nicht zu meinen Spähern. Für wen arbeitet ihr?«

»Dafür haben wir keine Zeit«, sagte Kirk ungeduldig. »Hören Sie: Wir sind *keine* Spione. Ich heiße Kirk.« Er streckte den Arm aus. »Spock und McCoy. Wir müssen so schnell wie möglich mit Ihrem Herrscher sprechen, mit dem Sovren. Die Schlacht hat noch nicht begonnen, oder?«

Cletas' Hand glitt zum Griff des Dolches. »Wißt ihr, wann der Angriff beginnen soll?«

»Nein, wir wissen *nichts* darüber!« Kirk vollführte eine verzweifelte Geste. »Das heißt: Uns ist klar, daß ein Angriff bevorsteht, aber den genauen Zeitpunkt kennen wir nicht. Wir sind keine Feinde, sondern Freunde. Und wir müssen *unbedingt* mit dem Sovren reden, bevor die Schlacht beginnt. Sonst ist es zu spät.«

»Unsere Absicht besteht darin, eine Warnung zu übermitteln«, fügte McCoy hinzu. »Er kennt uns. Fragen Sie ihn nur.«

Cletas musterte die drei Gefangenen nacheinander, betrachtete die Striemen in ihren Gesichtern, die zerrissene, schmutzige Kleidung. »Ach, er kennt euch also, wie? Und das soll ich euch glauben?« Er schüttelte den Kopf. »Ihr seid keine Spione, sondern Verrückte.«

»Es stimmt!« beharrte Kirk und schrie fast. »Nennen Sie ihm unsere Namen. Dann kommt er sofort hierher.«

Einer der beiden Wächter kicherte leise. Cletas warf ihm einen durchdringenden Blick zu, und der Soldat nahm sofort Haltung an. »Vielleicht kann ich euch eine Audienz bei ihm ermöglichen«, brummte der Zweite langsam. » *Wenn* ihr mir sagt, für wen ihr arbeitet.«

»Für Rorgan Todeshand.« Kirk schien zu dem Schluß zu gelangen, daß ihm keine andere Wahl blieb, als auf Cletas einzugehen. »Er beauftragte uns, die Danreg auszuspionieren, aber wir gerieten in Gefangenschaft.

Anschließend wurden wir noch einmal gefangenge-
nommen, in der vergangenen Nacht, als Ihre Leute das
Lager überfielen ...« Er kniff die Augen zusammen und
sah den Zweiten an. »Sie haben doch die Gruppe ange-
führt!«

Cletas zuckte mit den Schultern — eine stumme Bestätigung. »Na schön. Rorgan Todeshand hat euch geschickt?«

»*Ja!*« Kirk konnte sich kaum mehr beherrschen.
»Bringen Sie uns jetzt zum Sovren!«

»Sag mir zuerst, warum man ihn ›Todeshand‹ nennt.«
Cletas hakte die Daumen hinter den Gürtel und wippte
auf den Zehen.

»Äh ...« Kirk richtete einen flehenden Blick auf
Spock, doch der Vulkanier schüttelte andeutungsweise
den Kopf. »Weil er so viele Gegner getötet hat?«

In den Mundwinkeln der beiden Wächter zuckte es.
»Nein«, gab der Zweite ruhig zurück. »Weil er dort einen mit Spitzen versehenen Streitkolben aus Bronze
trägt, wo sich früher die rechte Hand befand. Ihr habt
ihn nie gesehen. Nun, vielleicht überzeugen euch einige
Tage bei Brot und Wasser davon, daß ich es ernst meine.«

Cletas drehte sich um. »*Warten Sie!*« rief McCoy und
hatte plötzlich eine Idee. Seine Kette rasselte laut, als er
zu Spock eilte und ihm die Mütze vom Kopf riß. »Glauben Sie *jetzt*, daß wir Zar kennen?«

Der Zweite Kriegskommandeur starrte den Vulkanier
einige Sekunden lang an und kniff die Augen zusammen. Dann wandte er sich an die Wächter. »Bleibt hier«,
knurrte er. »Sorgt dafür, daß ihnen nichts geschieht. Ich
kehre bald zurück.«

McCoy ließ sich erleichtert auf die Pritsche sinken.
Kommt jetzt tatsächlich alles in Ordnung? überlegte er und
wagte kaum zu hoffen.

Kirk setzte sich neben ihn. »Ausgezeichnet, Pille.
Warum habe ich nicht daran gedacht?«

149

»Es fiel mir erst im letzten Augenblick ein.« McCoy senkte die Stimme. »Er war die ganze Zeit über so still, daß ich ihn fast vergessen hätte.«

Sie sahen beide zu dem Vulkanier auf, der die übliche Haltung einnahm: Er stand gerade, die Hände auf den Rücken gelegt, wirkte ruhig und gelassen. Leonard verzog das Gesicht und raunte: »Er ist so nervös wie eine Katze mit besonders langem Schwanz in einem Zimmer voller Schaukelstühle.«

»Ja, ich weiß«, erwiderte Kirk ebenso leise. »Ich kann mir vorstellen, was er jetzt fühlt.«

McCoy bemerkte eine ihm seltsam erscheinende Melancholie in den Zügen des Admirals, verzichtete jedoch darauf, ihn nach dem Grund dafür zu fragen.

Die Zeit verstrich, und sie warteten mit wachsender Ungeduld. Die beiden Wächter schwiegen; ab und zu verlagerten sie ihr Gewicht vom einen Bein aufs andere. »Wann ist Cletas gegangen, Spock?« erkundigte sich Kirk schließlich.

»Vor siebzehn Minuten und vierzehn Sekunden, Admiral.«

Was ist los? dachte McCoy voller Unruhe. *Hat der Angriff auf Neu-Araen begonnen?* Er stellte sich vor, wie der Zweite Kriegskommandeur seine Truppen in den Kampf führte, ohne den Sovren zu benachrichtigen ...

Leonard lenkte sich ab, indem er die beiden Wächter mit dem Tricorder sondierte. Sie brachten dem Gerät weder Furcht noch Interesse entgegen.

Irgendwann lehnte sich der Arzt an die Wand zurück. »Ich halte das nicht mehr aus«, brachte er hervor, und in der Stille klang seine Stimme besonders laut. »Wie lange warten wir schon, Spock?«

»Seit sechsunddreißig Minuten und zehn Sek ...« Der Vulkanier unterbrach sich und lauschte.

Fast eine Minute später hörte auch McCoy das Geräusch von Schritten.

Wie aus weiter Ferne vernahm er Cletas' Stimme.

150

»Lady Wynn wird sich noch etwas gedulden, Herr. Du solltest erst den Gefangenen gegenübertreten.«

Die Schritte verharrten vor der Zelle, und eine andere Stimme sagte: »Du verbirgst etwas vor mir, Cletas. Was ist los?« Die beiden Wächter standen stramm, und plötzlich erkannte McCoy diese besondere Stimme. Intensive Emotionen brodelten in ihm, und er biß sich auf die Lippe.

Wieder kratzte der Riegel, und die Tür öffnete sich. Kirk und McCoy standen auf, als ein großer, breitschultriger Mann hereinhinkte. Er trug einen stählernen Helm mit roter Feder und einen scharlachroten Umhang über dem Kettenhemd.

Zar.

Er blieb auf der Schwelle stehen und sah die drei Starfleet-Offiziere an. Völlige Stille herrschte, und die Sekunden schienen sich zu dehnen.

Schließlich blinzelte Zar. Er schien die Sprache verloren zu haben, doch als erneut seine Stimme ertönte, klang sie erstaunlich ruhig. »Ich *bin* wach. Daher muß dies die Wirklichkeit sein.«

McCoys Augen brannten, und er grinste wie ein Narr. »Hallo, Zar. Es ist viel Zeit vergangen.«

Kirk stöhnte. »Wenn du nicht endlich mit den schrecklichen Wortspielen aufhörst, Pille, bleibst du hier in diesem Verlies. Freut mich, dich ... Sie wiederzusehen, Zar.« Er brachte es nicht fertig, Spocks Sohn zu duzen: Jetzt stand kein Junge mehr vor ihm, sondern ein erwachsener, gereifter Mann.

»Ich freue mich ebenfalls«, sagte der Sovren. Er richtete den Blick auf Spock und hob die Hand zum vulkanischen Gruß. »Willkommen in Neu-Araen.«

Der Hauch eines Lächelns umspielte die dünnen Lippen des Vulkaniers, als er die Geste erwiderte. »Gruß dir, Sohn. Es erfüllt mich mit Zufriedenheit, dir noch einmal zu begegnen. Es ist lange her ...«

Zars Augen glänzten, und seine Stimme vibrierte

leicht. »Offenbar länger für mich als für dich, Vater. Fast zwanzig Jahre sind verstrichen.«

»Für uns vierzehn Komma fünf.« Spocks Gesicht zeigte fast so etwas wie Sorge. »Geht es dir gut? Du hinkst, wie ich eben gesehen habe.«

»Eine alte Wunde. Bei feuchtkaltem Wetter bereitet sie mir noch immer Probleme.« Zar faßte sich wieder. »Ich habe dich vermißt, Vater.« Er sah zu Kirk und McCoy. »Und auch Sie. Ich hätte nie damit gerechnet, Sie wiederzusehen. Diese Begegnung ist eine große Überraschung für mich.«

»Hat Cletas Ihnen nicht gesagt, wer hier auf Sie wartet?« fragte Kirk amüsiert.

»Wenn Sie ihm Ihre Namen genannt haben, so hielt er es nicht für erforderlich, sie mir gegenüber zu wiederholen.« Der Sovren wandte sich an den lächelnden Offizier. »Wie ich sehe, findest du Gefallen an deinem kleinen Scherz.«

»Ja, Herr«, gestand der Zweite Kriegskommandeur ein. »Wenn ich daran denke, daß ich sie hier unten lassen wollte, bei Brot und Wasser ...« Er nickte Spock zu. »Jener Mann erschien mir irgendwie vertraut. Als McCoy ihm die Mütze vom Kopf nahm, wurde mir klar, wer er sein muß.«

Der Glanz in Zars Augen veränderte sich. Leonard sah nun etwas Hartes und Fatalistisches in ihnen, das er dort nie zuvor beobachtet hatte. »Oh, ja, mein Doppelgänger.« Er musterte Spock ernst. »Es bedeutet, daß einer von uns sterben muß.«

Cletas Lächeln verblaßte und wich Bestürzung. »Doppelgänger, Euer Gnaden?«

»Eine alte Legende aus ... einem anderen Land«, erklärte der Sovren. »Wenn man eine Person trifft, deren Erscheinungsbild dem eigenen gleicht ... Angeblich kündigt so etwas nahen Tod an.«

Er weiß, daß er in der bevorstehenden Schlacht sterben wird! dachte McCoy. *Aber wie ist das möglich? An Bord*

152

der *Enterprise* hatte Zar erklärt, daß sich seine empathischen und hellseherischen Fähigkeiten nicht auf ihn selbst bezogen, nur auf Personen, die ihm sehr nahe standen.

Leonard versuchte, die plötzliche Anspannung zu vertreiben, indem er übertrieben herzlich sagte: »Ich weiß nichts von alten Legenden, aber als ich dich eben hereinkommen sah, dachte ich für ein oder zwei Sekunden, wieder in jenem Paralleluniversum zu sein, das wir einmal besucht haben. Es handelte sich um eine Art Spiegel-Kosmos, in dem wir alle skrupellose Ebenbilder hatten. Spock trug dort einen Bart. Er gefiel mir, wirkte wie ein Pirat.«

Kirk lachte — und erlitt einen Hustenanfall.

Zar vollführte eine entschuldigende Geste. »Bitte verzeihen Sie, Captain. Verlassen wir diesen feuchten Ort, um Ihnen Gelegenheit zu geben, sich zu waschen und umzuziehen, Cletas, sorg dafür, daß unsere Gäste ein heißes Bad nehmen können. Darüber hinaus sollen sie saubere Kleidung und eine ordentliche Mahlzeit erhalten.«

»Übrigens ...« McCoys Daumen deutete auf Kirks Rücken. »Er ist jetzt Admiral.«

»Ich hätte es eigentlich wissen sollen.« Zar nickte. »Herzlichen Glückwunsch, Admiral.«

»Nennen Sie mich Jim«, sagte Kirk, als sie durch den Korridor zur Treppe gingen. »Sie haben ebenfalls Karriere gemacht, wie's scheint. Als wir beschlossen, Ihnen einen Besuch abzustatten, rechneten wir nicht damit, daß Sie hier den Laden schmeißen.«

Zars Züge verhärteten sich kurz, als er die Stufen hochhinkte. »Vielleicht ist das nicht mehr lange der Fall. Nun, wenigstens kann ich Ihnen Komfort anbieten, während Sie mir erzählen, wie Sie hierherkamen und ausgerechnet in meinem Kerker landeten.«

»Ich kümmere mich um die Gäste, Herr«, sagte Cletas. »Und ich bringe sie sofort zu dir, sobald du Zeit für sie hast.«

»Was soll das heißen? Ich bleibe natürlich bei ihnen und ...« Zar seufzte. »Oh. Lady Wynn. Ich muß mit ihr reden.«

»Ja, Euer Gnaden. Sie wartet in deinem Arbeitszimmer und wird dort bewacht. Sei vorsichtig, Herr.«

Zar lächelte schief. »Nach dem, was sie mit dir angestellt hat ... Ich werde darauf achten, daß der Tisch zwischen uns bleibt. Da fällt mit ein: McCoy ist Heiler. Er könnte bestimmt dein Auge in Ordnung bringen.«

An die Treppe schloß sich ein Flur an, dessen Wände und Boden ebenfalls aus Stein bestanden. Doch hier gab es hohe Bleiglasfenster; Tapisserien und Wandteppiche lockerten die graue Monotonie mit Farben auf. Der Sovren blieb stehen und wandte sich den Starfleet-Offizieren zu. »Ich würde Ihnen gern Gesellschaft leisten, aber leider ist mir das derzeit nicht möglich. Cletas bringt Sie zu mir, sobald ich Sie empfangen kann.«

»Er scheint nicht gerade versessen darauf zu sein, mit Lady Wynn zu sprechen«, meinte McCoy, als Zar fortging. Trotz des Hinkens glaubte Leonard, in seinen Schritten noch immer die frühere katzenhafte Eleganz zu erkennen.

»Das stimmt«, erwiderte Cletas. »Der Rat und ich haben ihn davon überzeugt, daß die Pflicht wichtiger ist als seine persönlichen Wünsche.«

»Wie soll ich das verstehen?« Leonard dachte voller Unbehagen an Geiseln und Kriegsgefangene.

»Der Sovren muß Lady Wynn dazu überreden, ihn zu heiraten — damit Heldeons Truppen nicht gegen uns in den Kampf ziehen. Oder sich sogar mit uns verbünden. Als Geisel taugt die Hohepriesterin nicht viel. Vermutlich haben die Danreg ihren Namen bereits in den Schriftrollen des Todes verzeichnet, um Rache zu üben. Wenn sich an der gegenwärtigen Situation nichts ändert, greifen sie an, sobald sie den Rotufer überqueren können. Allerdings ... Ihnen fehlt das Kampforakel, und deshalb zögern sie vielleicht.«

»Und wenn sie angreifen?« fragte McCoy. Er ahnte, daß ihm die Antwort nicht gefallen würde.

»Der Feind ist uns fast vier zu eins überlegen«, erwiderte Cletas grimmig.

Der Arzt runzelte die Stirn. »Ich wußte nicht, daß es so schlecht steht. Und Zar hat nur den heutigen Nachmittag, um Wynns Zustimmung zu gewinnen?«

»Ja«, bestätigte der Zweite Kriegskommandeur. »Und wenn die Hohepriesterin das Handbinden-Ritual ablehnt ... Dann sind wir bis morgen abend alle tot.«

KAPITEL 7

Der Korridor schien endlos zu sein, erfüllt von Schatten, die sich duckten, geduldig warteten — Jäger, die einem Opfer auflauerten. Zar biß die Zähne zusammen, als er an den Schemen vorbeiwankte. Sein Bein schmerzte. Stechende Pein ging von einst durchtrennten Muskeln aus, erfaßte den ganzen Körper.

In gewisser Weise war er dankbar für die Schmerzen, denn sie lenkten ihn von einer inneren Dunkelheit ab, die sich immer mehr verdichtete. McCoy hätte sie vielleicht als ›Depressionen‹ bezeichnet oder als ›Kampfmüdigkeit‹. Die Danreg nannten so etwas ›D'arkeh n'esth‹, was ›Todesschatten‹ bedeutete — eine viel bessere Beschreibung, fand Zar.

Jahrelang war es ihm gelungen, die Leere in seinem Innern nicht zu beachten, indem er sich allein auf die Arbeit konzentrierte. Doch als er zu befürchten begann, daß sein Werk auf Sarpeidon in Gefahr geriet, daß Neu-Araen und Lakreo-Tal nicht von den Invasoren verschont blieben ... Daraufhin wuchsen die Schatten, krochen in sein bewußtes Denken und Empfinden.

Zar verließ die lange Galerie mit den hohen Fenstern und schritt durch einen nicht beleuchteten Korridor, der ihn viel zu deutlich an die Finsternis im Kern seines Selbst erinnerte. *Nicht heute,* teilte er der Schwärze mit. *Du mußt dich noch etwas gedulden. Wenn auch nicht mehr lange.*

Aber lange genug, fügte er in Gedanken hinzu und spürte erneut Wärme, erzeugt von den Worten seines

Vaters im Verlies. Sie drängte die kalte Dunkelheit zurück, kämpfte dort gegen sie an, wo ihm Kraft und Entschlossenheit fehlten, sich ihr selbst entgegenzustemmen. *Lange genug, um zu hören, wie er mich »Sohn« nennt, um das Licht in seinen Augen zu sehen. Er ist zurückgekehrt, und der Grund spielt keine Rolle.*

Zar lächelte innerlich. *Vielleicht weiß er, daß sich keine andere Chance bietet. Die letzte Pflicht, und danach ist alles erledigt.*

Ein Gefühl des Friedens senkte sich auf ihn herab, begleitet von der Bereitschaft, sein Schicksal zu akzeptieren.

Zuerst hatte er versucht, die Verzweiflung aus sich zu verbannen, ebenso das *D'arkeh n'esth*-Empfinden, doch schließlich gab er nach. Er war tatsächlich des Kampfes müde, schon seit Jahren, doch als erfahrener Krieger, der nie Rücksicht auf sich selbst nahm, hatte er diese Emotionen einfach ignoriert. Bis vor wenigen Tagen. Wynns Prophezeiung ließ einen dunklen Moll-Akkord in ihm erklingen, und der Rest seines Ichs vibrierte nun in der gleichen Tonart.

Bald war es vorbei und überstanden. Bald konnte er endlich ruhen.

Nur aus diesem Grund hatte er sich Cletas und dem Rat gefügt. Welchen Unterschied machte es, wenn er die Hohepriesterin der Danreg zur Gemahlin nahm? Die vorgetäuschte Ehe dauerte nur ein oder höchstens zwei Tage — bis er auf dem Schlachtfeld starb. Anschließend trat Wynn seine Nachfolge an und konnte ihren Einfluß nutzen, um die Kerren und Asyri um Gnade zu bitten. Mit anderen Worten: Das Handbinden-Ritual beugte einem Massaker vor, rettete Hunderten oder Tausenden das Leben. *Mein Volk gerät in Knechtschaft, aber es wird überleben.*

Das hoffte Zar von ganzem Herzen. Alles hing vom Wesen und Charakter der Hohepriesterin ab. Glaubte sie wirklich an die Göttin Ashmara, die das Leben schützte, oder legte sie nur Lippenbekenntnisse ab? Nach dem, was er über Wynn in Erfahrung gebracht hatte, schien sie eine wahre Gläubige zu sein. Er würde Bescheid wissen, sobald er mit ihr gesprochen hatte — einen Empathen konnte man nicht täuschen.

Er erreichte die Tür seines Schlafzimmers, nickte dem salutierenden Wächter zu und trat ein. In der Kammer hinkte er zum hohen Himmelbett, vorbei an Araens Bild, trat ans Waschgestell heran. Voba wartete bereits auf ihn, füllte das Becken mit warmem Wasser aus einem Krug und legte ein sauberes Handtuch daneben. *Er weiß immer, was ich vorhabe — noch bevor es mir selbst klar wird*, dachte Zar in einem Anflug von trockenem Humor.

Er streifte das Hemd ab und wusch sich. Eine Mischung aus Schmutz und Schweiß vom Exerzierplatz bedeckte seine Arme, und unter den Fingernägeln hatten sich schwarze Krusten gebildet. Voba reichte ihm Seife, die nach Kräutern duftete.

Schließlich war er sauber. Zar wählte einen grauen Umhang mit offenem Kragen und legte einen schlichten Ledergürtel an, nur ausgestattet mit einer Scheide für Zarabeths Messer. Er schüttelte den Kopf, als ihm Voba das silberne und schwarze Staatsmedaillon reichte. »Nichts Offizielles. Ich möchte darauf verzichten, noch mehr Zorn in der Hohepriesterin zu wecken.«

Zar kämmte das Haar, glättete den Bart und wandte sich seufzend der Tür zu. »Hat sie sich beruhigt und etwas gegessen?«

»Ja, Herr«, erwiderte der kleine Mann und nickte. »Ich habe befürchtet, daß sie den Teller nach mir wirft, aber nichts dergleichen geschah.«

Also ist sie durchaus imstande, sich zu beherrschen, dachte Zar. *Wynn kann ihre Wut unter Kontrolle halten — oder sie ganz bewußt als Waffe verwenden. Eine sehr nützliche Eigenschaft, wenn man die Verantwortung für ein Volk trägt.*

»Mein Vater und zwei Freunde von ihm sind gerade

zu Besuch gekommen. Cletas führt sie zum Gästequartier. Bitte sorge dafür, daß es ihnen an nichts fehlt, Voba.«

»Dein *Vater*, Sovren?« Zum erstenmal seit Jahren sah Zar seinen Adjutanten überrascht.

»Ja. Du erkennst ihn sicher auf den ersten Blick. Er heißt Spock. Seine beiden Begleiter sind Doktor McCoy und Admiral Kirk. McCoy hat blaue Augen.«

Voba deutete eine Verbeugung an. »Ich kümmere mich persönlich um sie, Herr.«

Zar nickte geistesabwesend und betrachtete jenes Bild, das er vor zwanzig Jahren gemalt hatte: die sanften Züge eines ovalen Gesichts unter schwarzem Haar; große, ausdrucksvolle Augen. »Araen war wunderschön, nicht wahr, Voba?« murmelte er.

»Ja, Herr«, pflichtete ihm der kleine Mann bei und warf Zar einen kurzen Blick zu. *Es erstaunt ihn, daß ich nach all den Jahren ihren Namen ausspreche.*

»Verdient Lady Wynn die Bezeichnung attraktiv?«

Der Adjutant überlegte. »Nun, sie ist nicht häßlich, Euer Gnaden, aber ich glaube, sie stellt keine Schönheit in dem Sinne dar. Hochgewachsen, kräftig gebaut, durchdringend starrende Augen.«

»Und welche Farbe haben die Pupillen? Sie sind doch nicht dunkel, oder?« Zar wußte nicht, warum er diese Frage stellte; aus irgendeinem Grund erschien sie ihm wichtig.

»Nein, Herr. Grün. Lady Wynns Augen sind grün. Und sie hat kastanienbraunes Haar.«

Zar nickte und spürte, wie das Interesse aus ihm schwand. *Was spielt es für eine Rolle?* Ruckartig drehte er sich um, kehrte in den Flur zurück und verharrte vor der bewachten Tür des Arbeitszimmers. *Bitte hör mich an.*

Er holte tief Luft, schob den Riegel beiseite und trat ein.

159

Wynn saß in einem großen gepolsterten Sessel und hielt den Rücken so gerade, daß er kaum die Lehne berührte. Angst vibrierte in ihr, aber die Tochter von Heldeon durfte keine Furcht zeigen. Deshalb unterdrückte sie das innere Zittern und ließ — zum hundertsten Mal — einen kühlen, ruhigen Blick durch den Raum schweifen.

Es handelte sich um ein großes Zimmer mit dicken, komplex gemusterten Tapisserien. Nur an der Wand vor ihr hing kein Teppich, und dort sah die Hohepriesterin ein sonderbares Gemälde. Sie betrachtete seltsam bunte Sterne und versuchte, ihre Bedeutung zu enträtseln. Bestimmt *hatten* sie eine Bedeutung. Daran zweifelte Wynn nicht. Aber ... Intuitiv erahnte sie, daß die Darstellung einer anderen Zeit galt, einem anderen Ort, einem Etwas, das nicht zu ihrem Bezugssystem gehörte, das sie selbst dann nicht verstehen konnte, wenn man es ihr geduldig erklärte.

Das Bild verstärkte ihr Unbehagen.

Bisher war sie gut behandelt worden. Man hatte eine Wanne mit warmem, duftendem Wasser gefüllt, so daß sie baden konnte, und sie bekam frische Kleidung. Anschließend gab man ihr zu essen: Obst, Brot, Käse und Fleisch, dazu Wein.

Der häßliche kleine Mann, der sie bediente, trank einen Schluck und nahm jeweils einen kleinen Bissen von den einzelnen Speisen, um ihr zu zeigen, daß sie nicht vergiftet waren. Allerdings: Wynn kannte verschiedene Methoden, um Mahlzeiten und Getränken gewisse Substanzen hinzuzufügen, ohne den Vorschmecker in Gefahr zu bringen. Man verbarg sie am Rand des Kelchs oder an den Ecken einer Serviette. Als Tochter eines Stammesoberhaupts war die Hohepriesterin mit Intrigen vertraut.

Doch sie *wußte*, daß sie in dieser Hinsicht nichts zu befürchten brauchte, denn sie *fühlte* die Ehrlichkeit des Dieners. Deshalb trank und aß sie unbesorgt. Wenn man ihren Tod wollte ... Die Entführer hätten sie mit ei-

160

nem Speer durchbohren oder während des Ritts durch die Nacht von einer hohen Klippe werfen können.

Selbst Provokationen veranlaßten sie nicht dazu, ihr ein Leid zuzufügen. Die Hohepriesterin entsann sich an den Zwischenfall auf dem Hof von Neu-Araen. Der Anführer jener kleinen Kriegerschar, die sie aus Heldeons Lager verschleppt hatte, hob die Arme, um Wynn aus dem Sattel seines Vykars zu heben, und sie nutzte sofort ihre Chance. Ein Tritt ans Kinn, und der Mann taumelte zurück. Sie sprang zu Boden und versetzte dem Soldaten einen Fausthieb, bevor die Wächter heran waren und sie packten.

Der Mann lag bewußtlos auf den feuchten Steinplatten des Hofes, und Wynn lachte laut — doch die anderen Soldaten reagierten nicht, führten sie nur ins Innere der Festung. Nachdenklich rieb sie sich nun die abgeschürften Fingerknöchel. *Ich hätte nicht die Beherrschung verlieren dürfen,* ermahnte sie sich. *Aber es war herrlich, dem Zorn nachzugeben.* Seitdem begegnete man ihr mit vorsichtigem Respekt.

Ganz offensichtlich wollte man sie lebend. Aber warum?

Wynn stand auf, näherte sich dem einzigen Fenster des Zimmers und blickte auf den Marktplatz der Stadt Neu-Araen, die zwischen den Bergen am Rand des Lakreo-Tals eingebettet lag. Jenseits der Hügel, auf der anderen Seite des breiten, Hochwasser führenden Flusses, warteten die Truppen der Kerren und Asyri.

Wollte der Sovren von Neu-Araen vielleicht die Kapitulationsbedingungen mit ihr besprechen? Es hieß, er sei seltsam, anders als andere Männer, aber niemand hielt ihn für einen Narren. Wenn der Sovren kapitulieren wollte, so brauchte er nur eine Gruppe durch die Berge zu schicken, Krieger, die ihre Schwerter mit blauen Riemen des Friedens an den Scheiden festgebunden hatten — Heldeon würde sie unter dem Banner der Waffenruhe empfangen. Es war nicht nötig, mitten in der Nacht einen gefährlichen Überfall durchzuführen, um die Tochter des Stammesoberhaupts gefangenzunehmen. Das einzige Ergebnis einer solchen Aktion bestand darin, daß der Vater blutige Rache schwor.

Und wenn der Sovren beabsichtigte, um Gnade für sein Volk zu bitten? Das erschien Wynn viel wahrscheinlicher. Sie beobachtete die kleinen, hübschen Häuser mit den gepflegten Gärten. Neu-Araen gefiel ihr. Wenn es möglich war, die Stadt mit einem Minimum an Blutvergießen zu erobern, so wollte sie ihrem Vater einen entsprechenden Vorschlag unterbreiten.

In diesem Zusammenhang war sie sich des Wohlwollens der Göttin gewiß. Ashmara war eine weibliche Gottheit, und ihr ging es um das Leben, nicht um den Tod — abgesehen vom Tod durch natürliche Ursachen, der immer zum Leben gehörte.

Zwar hatte Wynn die Kunst des Krieges erlernt und die Truppen ihres Vaters aufs Schlachtfeld geführt, aber sie verabscheute das dem Kampf folgende Plündern und Töten. Weinende Kinder, die Schreie von Männern und Frauen ... Immer wenn Heldeon seine Tochter um Rat fragte, sprach sie sich gegen die Verheerung eroberter Orte aus. Viel zu deutlich spürte sie den Schmerz und das Elend der Opfer, vernahm darin ein Echo ihrer eigenen Pein, als sie vor zwei Jahren die verstümmelten Leichen von Nahral und Lelinos fand.

Die Finger der Hohepriesterin schlossen sich in einem jähem Krampf um den Fenstersims. Das Leid wohnte noch immer in ihr, wie eine eisige Faust tief in ihrer Brust. Der große, blonde, lächelnde Nahral mit seinen kräftigen und doch so sanften Händen ... Und ihr kleiner Sohn Lelinos, noch nicht einmal fünf Jahre alt: das Gesicht im Tod erstarrt; Augen, die ins Nichts blickten. Unter Nahrals Stirn hatten die Asyri nur zwei leere Höhlen zurückgelassen ...

Wynn haßte Rorgan Todeshand und verachtete die Lügen, mit denen er Heldeon zu einem Bündnis überredet hatte. Er behauptete, das Lager der Danreg sei von Geächteten überfallen worden, nicht von seinen Soldaten.

Doch Wynn *wußte*, daß sich Falschheit hinter den Worten des Asyri-Anführers verbarg. Unglücklicherweise fehlten ihr konkrete Anhaltspunkte — bis auf die kurzen Szenen aus geteiltem Gefühl, die manchmal an ihrem inneren Auge vorbeistrichen. Ihre ›Macht‹ erfüllte Heldeon mit Unsicherheit. Er bezeichnete sie als ein Geschenk der Göttin, doch er verstand sie nicht.

Außerdem: Durch das Bündnis mit den Asyri bekamen die Danreg dringend benötigte Truppen und Versorgungsgüter — deshalb schwieg Heldeons Tochter. Ashmara kannte die Wahrheit, und irgendwann würde sie den Lügner Rorgan Todeshand bestrafen — davon war Wynn überzeugt.

Sie vernahm Schritte im Flur.

Hastig kehrte sie zum Sessel zurück und setzte sich, glättete ihr Kleid und verbannte die Besorgnis aus dem Gesicht. Kurz darauf schwang die Tür auf, und ein Mann kam herein.

Er war groß, noch größer als Nahral, wenn auch nicht ganz so kräftig gebaut. Der Fremde hatte breite, muskulöse Schultern und eine schmale Taille. Ganz offensichtlich ein Krieger — aber er hinkte.

Er schloß die Tür, blieb stehen und sah Wynn an. Sie wich seinem Blick nicht aus.

Sein Gesicht war ... eigenartig. Schmal und wettergegerbt, wie das eines Kämpfers, und doch ... anders. Lang und hohlwangig, streng und kantig. Falten gruben sich in die Stirn, reichten an der Nase herab bis zu den geraden, dünnen Lippen. Dichtes, leicht lockiges schwarzes Haar fiel bis tief in den Nacken. Er trug einen Bart, so kurz geschnitten wie bei den meisten Soldaten. Nirgends zeigten sich silbergraue Strähnen, doch die Jugend dieses Mannes schien schon lange zurückzuliegen.

Seine Augen waren so grau wie ferne Gewitterwolken, und die Brauen über ihnen wölbten sich nach oben. Kühl blickende, ruhige Augen — aber irgendwo hinter ihnen spürte Wynn Verzweiflung.

Dieses Gefühl beunruhigte die Hohepriesterin, und hinzu kam der seltsame Eindruck, daß sie den Fremden schon einmal gesehen hatte — obgleich sie ganz genau wußte, ihm nie zuvor begegnet zu sein.

Er brach das Schweigen als erster. »Ich grüße dich«, sagte er und verneigte sich förmlich. Seine Stimme klang angenehm, war nicht so tief wie Nahrals Baß. Ein vager scharfer Unterton verriet Wynn: *Er ist daran gewöhnt, Befehle zu erteilen.*

Sie neigte den Kopf, wie einer fast gleichrangigen Person gegenüber. »Lord ...«

In den Mundwinkeln des Mannes zuckte es kurz. »Darf ich bitte Platz nehmen? Das Stehen strengt mich an.«

Wynn nickte. »Natürlich. Immerhin ist dies dein Zimmer. Ich bin hier nur ... zu Gast«, fügte sie mit leiser Ironie hinzu.

Der Fremde setzte sich, und als er über den Tisch blickte, empfing die Hohepriesterin erste Emotionen von ihm. Seine Nervosität vertrieb zumindest einen Teil des Unbehagens aus ihr. »Du bist der Sovren, nicht wahr?«

»Ja«, bestätigte der Mann. »Ich sollte mich dafür entschuldigen, daß man dich so ... überstürzt hierhergebracht hat.«

Wynn lächelte humorlos. »Ja, das solltest du. Höre ich eine Entschuldigung von dir?«

»Nein«, erwiderte der Sovren knapp. »Du bist meine letzte Chance, und ich gab die Anweisung, unter allen Umständen deine Sicherheit zu gewährleisten. Die Krieger waren bereit, ihr Leben für dich zu opfern. Mein Zweiter Kriegskommandeur Cletas zahlte einen ganz persönlichen Preis für seinen Gehorsam. Glaub mir:

Wenn es eine andere Möglichkeit gegeben hätte, mit dir zu reden — ich wäre sofort bereit gewesen, sie zu nutzen.«

Wynn lehnte sich zurück und gab dabei eine Gelassenheit vor, die gar nicht existierte. »Ich verstehe. Und aus welchem Grund möchtest du mit mir sprechen?«

»Du bist Ashmaras Priesterin und stehst in Ihren Diensten, nicht wahr?« Eine Braue kletterte nach oben, und Wynn nickte. »Sie ist eine Göttin, die das Leben liebt. Ich hoffe, mit deiner Hilfe viele Leben retten zu können, und damit meine ich unsere *beiden* Völker. Hat das Leben große Bedeutung für dich?«

Meine Vermutungen stimmen also, dachte Wynn und nickte. »Ja.«

»Wenn morgen oder übermorgen die Schlacht beginnt, sterben nicht nur Soldaten«, sagte der ernste Mann. »Wenn wir unterliegen, droht auch den Bürgern von Neu-Araen — selbst den Kindern — der Tod.«

Die Hohepriesterin musterte den Sovren, und dabei entstand einmal mehr das Gefühl in ihr, ihn zu kennen. Sie streifte dieses unerklärliche Empfinden ab. »Du hast recht. Unsere Streitmacht ist weit überlegen, wird euch einfach überrennen. Und offenbar kennst du das Schicksal eroberter Städte.«

Diesmal nickte der Sovren. »Ich weiß, was geschehen wird.«

»Ich will ganz offen sein«, sagte Wynn. Irgendein Aspekt dieses Mannes verlangte Ehrlichkeit von ihr. »Ich bin zornig über die Entführung, aber ... Aber ich weiß zu schätzen, daß du in erster Linie an das Wohl deines Volkes denkst.«

Der Gesichtsausdruck des Sovren änderte sich nicht, doch Wynn spürte seine Erleichterung. Rasch hob sie eine mahnende Hand. »Das hilft dir allerdings nicht viel. Ich habe einen gewissen Einfluß auf meinen Vater und verspreche dir, ihn zu bitten, die zivile Bevölkerung von Neu-Araen zu verschonen. Diese Stadt hat einen wesentlich größeren Nutzen für uns, wenn sie nicht zerstört wird.«

Sie seufzte. »Andererseits ... Vielleicht ist Heldeon aufgrund meiner Verschleppung so wütend, daß er die Stimme der Vernunft ignoriert. Und was Laol sowie Rorgan betrifft ... Sie hören nicht auf mich. Vielleicht mißtrauen sie mir sogar.«

Wynn nahm ganz deutlich die Enttäuschung des Sovren wahr. »Ich verstehe«, sagte er dumpf und preßte die Fingerspitzen aneinander. Die Hohepriesterin betrachtete seine Hände: lange Finger, wie die eines Schreibers, gleichzeitig stark und imstande, ein Schwert zu schwingen. Zwei Narben, die offenbar von einer Klinge stammten, erstreckten sich über den rechten Handrücken und verschwanden unterm Ärmel.

»Es tut mir aber sehr leid«, sagte sie voller Anteilnahme.

»Ich weiß«, erwiderte der Mann. »Ja, ich weiß. Und wenn ich dir eine Taktik vorschlage, die deinen Vater nicht nur besänftigt, sondern ihm auch einen starken Anreiz gibt, mein Volk vor dem Tod zu bewahren?«

Zwar ahnte Wynn nicht einmal, was der Sovren meinte, aber irgend etwas in seinen Worten veranlaßte ihr Herz dazu, schneller zu klopfen. In den Ohren der Hohepriesterin rauschte es plötzlich. »Welche Taktik?« fragte sie neugierig. »Was schlägst du vor?«

Ein dünnes Lächeln berührte den Mund des Mannes, und wieder wölbte sich eine Braue nach oben. »Ich dachte dabei an eine Heirat, Lady.«

Es verschlug Wynn die Sprache, und sie zögerte einige Sekunden lang, um sich von der Überraschung zu erholen. »Du sprichst von *unserer* Heirat.« Es war keine Frage, aber der Sovren nickte trotzdem. »Interessant. Heute habe ich noch kein besseres Angebot erhalten.« Sie lachte amüsiert. »Bitte erläutere deinen Vorschlag, Lord.«

Er holte tief Luft. »Nun, ich dachte dabei an folgendes, Lady: Wie ich hörte, ist Brautraub noch immer bei den Danreg gebräuchlich. Heldeons Zorn läßt bestimmt nach, wenn er den Grund für deine Entführung erfährt — und falls du bereit bist, mich zu deinem Gemahl zu nehmen. Dadurch werden die Danreg zu Ehe-Verwandten und können nicht mehr gegen uns in den Kampf ziehen.«

Der Sovren hob kurz die Schultern. »Mit ziemlicher Sicherheit muß ich nach wie vor gegen die Asyri und Kerren antreten — und sie sind uns zahlenmäßig überlegen. Aber vielleicht haben wir wenigstens eine geringe Chance. Derzeit gibt es gar keine für uns.« Seine Stimme wurde noch kälter und härter als die nahen Mauern. »Doch eins steht fest: Den Feind erwartet kein leichter Sieg, das versichere ich dir.«

»Du hast recht, Lord: Heldeon würde auf keinen Fall das Schwert gegen Ehe-Verwandte heben. Vielleicht verbündet er sich sogar mit dir. Dann wärst du dem Gegner noch immer unterlegen, wenn wir den Berichten unserer Späher und Spione vertrauen können, aber ...« Wynn zuckte mit den Achseln und lächelte schief. »Aber du hättest eine faire Chance. Nun, offenbar hast du gründlich über alles nachgedacht. Beantworte mir diese Frage: Welche Vorteile bieten sich *mir*?«

Der Sovren zögerte kurz. »Was hältst du davon, wenn ich dich zu meinem Stellvertreter und Nachfolger ernenne? Ich habe keinen Erben. Du weißt, was es bedeutet, Verantwortung zu tragen. Du bist nicht nur klug, sondern hast auch Mitgefühl. Sicher wirst du gut über das Lakreo-Tal regieren.«

»Aber dein Volk ...«, begann Wynn.

»Der Rat wird den von mir bestimmten Nachfolger anerkennen, und das gilt auch für die Truppen. Mein Volk verehrt Ashmara, und du bist Ihre Priesterin. Du kannst also damit rechnen, daß man dir freundlich gesonnen ist — erst recht dann, wenn unsere Heirat ein Blutbad verhindert. Im Lakreo-Tal gibt es weder Elend noch Armut. Ich überlasse dir ein hübsches kleines Reich.«

»Vorausgesetzt, Rorgan und Laol teilen es nicht unter sich auf.«

»Dieses Risiko mußt du eingehen«, sagte der Sovren. »Nun, selbst wenn Heldeon nicht bereit ist, *mir* zu helfen — zweifellos stellt er dir Truppen zu Verfügung. Es besteht sogar die Möglichkeit, daß sich die Asyri und Kerren mit dir verbünden, wie zuvor mit deinem Vater.«

»Ja«, räumte Wynn ein und stellte verblüfft fest, daß sie den Vorschlag des Sovren in Erwägung zog.

Neu-Araen führte sie tatsächlich in Versuchung. Sie war Heldeons Tochter, geboren, um zu herrschen. Ein Bündnis zwischen Lakreo-Tal und Danreg-Furt würde sich von großem Nutzen für ihr nomadisches Volk erweisen — es bekam dadurch einen neuen Markt für die Herdentiere. Und die geschützten Auen in den Vorbergen boten ausgezeichnete Weideflächen für den Winter.

Es wäre weitaus besser, mit diesem Volk Freundschaft zu schließen, dachte die Hohepriesterin. *Rorgan und Laol bringen uns nur den Krieg. Und wenn sich der Rauch der letzten Schlacht verzieht ... Vielleicht fallen sie dann über uns her. Sie kennen nur den Kampf, nichts anderes.*

Einmal mehr musterte Wynn den Mann auf der anderen Seite des Tisches. Sein Gesicht wirkte noch immer seltsam, aber er war keineswegs häßlich. Sie sah auf seine zernarbten Hände und fragte sich, ob sie sanft und zärtlich sein konnten. Die Hohepriesterin seufzte. Nahral war ein guter Gemahl gewesen — ein Segen der Göttin. Sie durfte nicht hoffen, zweimal in ihrem Leben soviel Glück zu haben.

Als sie dem Blick des Sovren begegnete, erkannte sie so etwas wie mühsam kontrollierte Anspannung in seinen Augen. *Hat er meine Gedanken erraten?* fragte sie sich und spürte, wie ihre Wangen glühten. »Dein Angebot ist verlockend, aber auch riskant«, sagte sie schließlich.

Er beugte sich vor, und in seinen grauen Pupillen glit-

168

zerte es. »Wenn du bereit bist, so müssen wir *sofort* handeln. Schick deinem Vater noch heute nachmittag eine Botschaft, damit wir uns am Abend treffen können, um zu verhandeln. Anschließend findet die Zeremonie statt. Und morgen geben wir unsere Heirat offiziell bekannt.«

Wynn schwieg und stellte sich vor, in der kommenden Nacht neben einem Fremden zu schlafen. Dann schmunzelte sie. *Typisch für eine Hochzeit, die zwei Völker miteinander verbünden soll. Für Liebe ist dabei kaum Platz.*

»Einen Punkt sollten wir vorher klären«, murmelte sie.

»Welchen?«

»Es heißt, du bist nicht wie andere Männer, und du scheinst wirklich einzigartig zu sein. Nun, es heißt auch ...« Wynn unterbrach sich verlegen und versuchte, nicht noch einmal zu erröten.

»Daß ich ein Dämon bin?« Das steinerne Gesicht des Sovren blieb auch diesmal unverändert, aber trotzdem spürte die Hohepriesterin Erheiterung. »Glaubst du daran?«

»Nein«, erwiderte sie scharf. »Natürlich nicht. Aber ich habe ein Recht darauf zu erfahren, was dich von anderen Männern unterscheidet. In Hinsicht auf unsere Ehe gebe ich mich keinen Illusionen hin. Ich bin längst über das Alter der Naivität hinaus und weiß, daß es Dinge gibt, die wichtiger sind als persönliches Glück. Aber ich möchte wissen, mit wem ich heute nacht das Bett teile.«

Der Sovren starrte sie sprachlos an. Es dauerte eine Weile, bis er sich räusperte und entgegnete: »Lady ... Offenbar hast du mich falsch verstanden. Es liegt mir fern, dir eine *wahre* Ehe vorzuschlagen, die auch das ... Körperliche betrifft. Es tut mir leid, wenn du einen solchen Eindruck gewonnen hast.«

»Dort liegt also der Unterschied?« fragte Wynn kühl. »Du bist impotent?«

Der Mann vor ihr schnappte nach Luft. »Nein!« stieß er hervor. »Nun, vielleicht ... Es ist lange her ...« Er unterbrach sich und atmete noch einmal tief durch. Dann verhärteten sich seine Züge. »Lady, meine Virilität ist nebensächlich. Ich bin einmal verheiratet gewesen, und meine Frau starb bei der Geburt unseres Kindes. Mir lag viel an ihr, und ich wünsche mir keine zweite Beziehung dieser Art.«

»Ich auch nicht«, sagte Wynn, dachte dabei an Nahral und Lelinos. Man hatte sie von ihren Leichen fortzerren müssen. *Ich wollte ebenfalls sterben,* erinnerte sie sich. »Ich weiß, wie man sich fühlt, wenn man einen solchen Verlust erleidet.«

»Die Unterschiede zwischen mir und anderen Männern ...«, fuhr der Sovren fort. »Sie sind nur geringfügig und interner Natur. Mit zwei Ausnahmen.« Er strich das Haar zurück, drehte den Kopf von einer Seite zur anderen, so daß die Hohepriesterin seine Ohren sehen konnte.

Wynn betrachtete sie aus zusammengekniffenen Augen und zuckte mit den Achseln. »Danke dafür, daß du meine Neugier befriedigt hast. Sind solche Ohren für Leute wie dich normal?«

»Ja«, antwortete der Sovren, erleichtert darüber, daß Wynn keinen Anstoß daran nahm. »Du kennst nun alle Hintergründe meines Vorschlags. Wie entscheidest du dich? Oder möchtest du zunächst in aller Ruhe darüber nachdenken?«

»Du hast mich fast überzeugt«, erwiderte die Hohepriesterin langsam. »Aber die Art unserer Ehe ... Ich glaube nicht, daß ich sie mit meinen Pflichten Ashmara gegenüber vereinbaren kann.«

»Warum nicht?«

»Du bietest mir eine Ehe an, die nur zum Schein existiert. Ashmara lehnt es bestimmt ab, an derartigen Heucheleien beteiligten Personen ihren Segen zu schenken.«

170

Wynn strich ihr Kleid glatt, sah dabei nicht auf. »Außerdem ... Wenn ich noch einmal heirate, würde ich die Göttin um Kinder bitten — für die Nachfolge.« Sie sprach in einem beiläufigen Tonfall, um dem Sovren keinen Hinweis darauf zu geben, wie sehr sie Lelinos vermißte und sich wieder nach einem eigenen Kind sehnte — obgleich sie sich davor fürchtete, erneut mit jener Intensität zu lieben.

»Du irrst dich, wenn du glaubst, den Rest deines Lebens als meine Gemahlin verbringen zu müssen«, sagte der Sovren. »Du hättest schon bald die Möglichkeit, einen wahren Ehemann zu wählen und Kinder von ihm zu bekommen.«

Wynn blinzelte. »Tatsächlich?«

»Ja. Du wärst nur ein oder höchstens zwei Tage lang meine Frau. Anschließend herrschst du allein über Neu-Araen.«

»Warum?«

»Hast du es vergessen? Mein *D'arkeh n'esth* wurde von dir selbst verkündet. Ich werde die bevorstehende Schlacht nicht überleben.«

Die Hohepriesterin starrte ihn schockiert an, und erneut rauschte es in ihren Ohren, diesmal noch viel lauter. Plötzlich wußte sie, weshalb der Sovren so vertraut wirkte: Erst gestern hatte sie ›gesehen‹, wie er auf dem Schlachtfeld starb, wie Blut aus seinem zerschmetterten Leib floß.

Nur selten erinnerte sich Wynn an die von Ashmara geschickten Visionen: Die anderen Priesterinnen mußten Wort für Wort wiederholen, was sie während der heiligen Trance sagte. Ein sonderbarer Kloß bildete sich in ihrem Hals. *Was ist los mit dir?* fuhr es ihr durch den Sinn. *Du kennst ihn kaum! Warum sollte dich sein Tod belasten?*

Doch die Mischung aus Kummer und Verzweiflung wich nicht aus ihr. Das geistige Bild seines blutigen Leichnams ... Es verband sich mit den Erinnerungen an

Nahral und Lelinos; für ein oder zwei Sekunden empfand Wynn noch einmal den schrecklichen, schier unerträglichen Schmerz, der sie heimgesucht hatte, als sie die Leichen in den Resten des niedergebrannten Lagers fand.

Kurz darauf verflüchtigte sich der dunstige Schleier vor ihren Augen, und Wynn merkte, wie sich ihre zitternden Hände krampfhaft fest um die Armlehnen des Sessels schlossen. Der Sovren stand nun und blickte besorgt auf sie herab. Mit einem dumpfen Ächzen hinkte er um den Tisch herum und füllte einen Kelch mit Wasser. »Ist alles in Ordnung mit dir? Du bist leichenblaß.«

Wynn nickte, als sie unbeholfen nach dem Glas tastete. Ihre Hände bebten so sehr, daß der Inhalt des Kelchs auf den Tisch spritzte. »Ganz ruhig«, sagte der Mann. Mit seiner Hilfe gelang es der Hohepriesterin, einige Schlucke zu trinken, und daraufhin entspannte sie sich wieder.

»Entschuldige bitte«, hauchte sie. »Ich *hatte* es vergessen. Wenn die Visionen kommen, spricht die Göttin mit meinem Mund, und später erinnere ich mich kaum daran.«

Der Sovren nickte. »Ich weiß, wie das ist.« Er entlastete das verletzte Bein, indem er sich an den Tisch lehnte, verschränkte die Arme und maß sie mit einem aufmerksamen Blick. »Erfüllen sich die Prophezeiungen immer?«

»In der einen oder anderen Form«, entgegnete Wynn. Sie fühlte sich ausgelaugt, was ihr rätselhaft erschien — bis ihr einfiel, daß sie in der vergangenen Nacht kaum geschlafen hatte. »Die Worte stimmen, aber was ich sehe ... Manchmal passiert es auf eine andere Weise, an einem anderen Ort.«

»Doch wenn sich dir der Tod präsentiert, so stirbt jemand.« Es klang nicht sehr besorgt. Wynn hob den Kopf, beobachtete wieder kühle Gelassenheit in den

172

grauen Augen. Genausogut hätten sie übers Wetter sprechen können.

»Ja«, gestand sie ein.

Der Sovren nickte und brachte damit eine eigentümliche Zufriedenheit zum Ausdruck. »Nun gut. Jetzt weißt du Bescheid. Bist du bereit, meine Gemahlin zu werden?«

Wynns Rücken versteifte sich, und sie konnte den Ärger nicht unterdrücken. »Ist es dir völlig *gleich?*« entfuhr es ihr ungläubig. »*Kümmert* es dich überhaupt nicht?«

Der so streng anmutende Mund deutete ein schiefes Lächeln an. »›Geh nicht sanft ins dunkle Nichts ... Tobe und rase gegen das Sterben des Lichts.‹«

»Ja«, sagte sie, ohne den Blick vom Sovren abzuwenden. »Genau das meine ich. Sind das deine Worte?«

»Nein. Jemand namens Dylan Thomas schrieb sie.« Er schüttelte den Kopf. »Eigentlich sollte ich mich nicht einfach damit abfinden, aber mir fehlt die Kraft, um gegen das Schicksal anzukämpfen. Und was hätte es für einen Sinn? Du hast es selbst betont: Deine Prophezeiungen erfüllen sich immer.«

»Aber jetzt bist du gewarnt!« platzte es aus Wynn heraus. »Ich bin noch nie zuvor in der Lage gewesen, jemanden zu warnen ... Du kannst Vorsorge treffen und dich schützen, wenn ich dir die Umstände schildere!«

Der Sovren musterte sie, und die Hohepriesterin fühlte, wie ihr noch einmal das Blut ins Gesicht schoß. »Danke«, sagte er schließlich. »Dafür, daß du Anteil nimmst. Obwohl du mich gar nicht kennst, obwohl ich für deine Entführung verantwortlich bin. In dir wohnt nichts Böses.«

»Ebensowenig wie in dir«, erwiderte Wynn. »Ich sehe, was sich in einzelnen Personen verbirgt, was sie empfinden.« Bisher hatte sie nur Heldeon und Nahral in ihr Geheimnis eingeweiht. *Warum vertraue ich diesem Mann?* fragte sie sich, ohne ihre Entscheidung zu bedauern.

»Präkognition *und* Empathie«, murmelte der Sovren. »Ich habe es vermutet.« Und etwas lauter: »Auch ich weiß, was andere Leute fühlen.«

Wynn hatte keine Ahnung, was jene beiden seltsamen Worte bedeuteten, aber jetzt runzelte sie skeptisch die Stirn. »Unmöglich. Es ist ein Geschenk der Göttin, und du bist ein Mann.«

»Ich beweise es dir«, sagte er. »Nimm meine Hand.«

Wynn zögerte, gab sich dann einen Ruck und berührte die Finger des Sovren. Seine Haut erschien ihr geradezu heiß, und ...

... und sie *spürte* nun, was in ihm steckte: Verzweiflung, schmerzende Einsamkeit, bittere Entschlossenheit. Das geteilte Empfinden ging tiefer als jemals zuvor, und kurz darauf begriff Wynn den Grund dafür: Es war keine einseitige, sondern eine zweiseitige Verbindung. Der Sovren lauschte ihren Empfindungen, nahm ihre eigene Einsamkeit wahr, den Kummer, die unerschütterliche Weigerung, einfach aufzugeben, ein beharrliches, liebevolles Festhalten am Leben, trotz der damit einhergehenden Pein. Sie schienen sich in Spiegel zu verwandeln, doch den vom Sovren ausgehenden Reflexionen fehlten Licht und Farbe; die Finsternis der Niedergeschlagenheit prägte sie.

Kämpfe! rief Wynn ihm zu. *Sei zornig!*

Die Hohepriesterin bemerkte eine zögernde, widerstrebende Reaktion — ihre leidenschaftliche Aufforderung weckte etwas Vitales in dem Mann.

Dann dehnte sich das Band des Kontaktes und zerriß, schickte beide Bewußtseinssphären in die jeweiligen Körper zurück. Nach einigen Sekunden stellte Wynn fest, daß sie noch immer die Hand des Sovren umklammerte, wie eine Rettungsleine. Ihre Finger fühlten sich steif an, als sie den Arm sinken ließ.

Er starrte sie an, die Augen verblüfft aufgerissen, und während Wynn ihn beobachtete, kehrte die kühle Ausdruckslosigkeit in sein Gesicht zurück. Doch jetzt wußte sie, daß es sich um eine Maske handelte, hinter der Gedanken rasten. *Was geht ihm nun durch den Kopf?* überlegte sie und sagte laut: »Ich glaube dir.«

»Ich lasse dich jetzt allein, damit du über alles nachdenken kannst.« Er straffte abrupt die Gestalt. »Wann soll ich zurückkehren?«

Wynn atmete tief durch und stand auf. »Eine Bedenkzeit ist gar nicht nötig, Lord. Ich habe mich bereits entschieden und nehme deinen Vorschlag an.« *Bist du übergeschnappt?* erklang die Stimme einer anderen, immer noch argwöhnischen Wynn. Sie achtete nicht darauf. »Ich schreibe eine Nachricht für meinen Vater und teile ihm mit, daß wir heute abend zu ihm reiten, in Frieden.«

Der Sovren nahm ihre Hand und verbeugte sich tief. »Lady Wynn ... Ich danke dir.« Er richtete sich wieder auf, sah sie an, und das plötzliche Licht in seinen Augen kündete von einer Hoffnung, die auch in der Hohepriesterin keimte.

»Du kennst meinen Namen«, sagte sie. »Würdest du mir deinen nennen? Ich käme mir sehr töricht vor, einen Mann zu heiraten, den ich nicht einmal mit seinem Namen ansprechen kann.«

Zum erstenmal lächelte der Sovren ganz offen. »Kennst du nicht die alten Geschichten? Angeblich ist das Wissen um einen Namen mit Macht verbunden.«

»Glaubst du daran?« erwiderte Wynn.

Das Schmunzeln verblaßte, und der Sovren hob würdevoll die Hand der Hohepriesterin, hauchte ihr einen Kuß auf die Finger. Sie spürte seinen warmen Atem auf der Haut. »Ich heiße Zar. Und es wäre mir eine Ehre, wenn du mich mit meinem Namen ansprichst.«

KAPITEL 8

Nein, danke, Voba. Ich kriege keinen Bissen mehr runter.« Kirk seufzte und winkte ab, als ihm der kleine, rothaarige Adjutant ein Tablett mit Gebäck reichte. »Lieber Himmel, ich könnte auf der Stelle einschlafen. Es fühlt sich herrlich an, saubere Kleidung zu tragen und mit vollem Magen an einem warmen, gemütlichen Ort zu sitzen.« Er gähnte, öffnete den Mund dabei so weit, daß die Kiefer knackten.

Leonard McCoy zögerte, als Voba das Tablett zu ihm trug, doch dann gab er der Versuchung nach. »Später bereue ich das sicher, aber was soll's?« Er nahm ein knuspriges Röllchen und bestrich es mit Marmelade. »Ist euch eigentlich klar, daß wir noch nicht einmal einen halben Tag hier sind? Kommt mir wie eine Woche vor.«

Spock stand auf, wandte sich vom Tisch ab und ging langsam zum Fenster. Man hatte den drei Starfleet-Offizieren verschiedene Schlafzimmer zur Verfügung gestellt, die an diesen großen Salon grenzten.

Handgewobene Läufer — ihre bunten Farben und Muster erinnerten Kirk an Zuni-Teppiche — hingen an den Wänden und lagen auf dem steinernen Boden. Zwei große Kamine erhoben sich an gegenüberliegenden Seiten des Raums. Die drei breiten, unverglasten Fenster gewährten einen weiten Blick auf die lange Ebene hinter der Festung. Allem Anschein nach diente sie als Exerzierplatz: Reiter und Fußsoldaten übten dort. Im Norden zeichneten sich die Konturen hoher Berge im Dunst ab.

176

Der Vulkanier sah zur Ebene und legte die Hände auf den Rücken. »Dies dürfte auch Sie interessieren, Jim. Zar benutzt eine Variation des altrömischen Manipel-Systems, das wiederum auf die griechische Phalanx zurückgeht. Allerdings setzt er Bogenschützen zur Flankensicherung ein — eine wirkungsvolle Maßnahme gegen Streitwagen.«

Spock sah zu einem anderen Bereich des Exerzierplatzes. »Seine Kavallerie ist gut ausgebildet und mit Speeren bewaffnet. Vielleicht soll sie als mobile Streitmacht gegen die hinteren Linien des Feindes vorrükken.«

»Cletas meinte, die Angreifer seien den Verteidigern vier zu eins überlegen«, sagte McCoy. »Spielt größere Mobilität unter diesen Umständen irgendeine Rolle?«

»Und ob, Pille.« Kirk rieb sich die Augen und begriff: *Wenn ich noch länger hier sitze, schlafe ich ein.* Widerstrebend stand er auf und trat zu Spock. »Eine gut organisierte Streitmacht aus dreitausend Soldaten kann ein Heer aus zwölftausend Kriegern, die sich wie Einzelkämpfer verhalten, in erhebliche Schwierigkeiten bringen.« Er blinzelte im Sonnenschein. »Verwenden die Reiter Steigbügel? Von hier aus kann ich's nicht sehen.«

»Ja«, bestätigte Spock sofort. »Das ist der Fall.«

»Und die Sättel von Heldeons Truppen? Sind sie ebenfalls mit Steigbügeln ausgestattet?«

»Nein, ich glaube nicht«, entgegnete Spock. »Ein weiterer Vorteil für Zar.«

»*Steigbügel?*« fragte McCoy verwirrt.

»Eine Erfindung, der in Hinsicht auf die Kriegführung mit Pferden große Bedeutung zukommt, Doktor«, sagte Spock. »Steigbügel erlauben den Reitern, Speere weiter zu werfen, da sie sich mit den Füßen abstützen können. Darüber hinaus geben sie den Kavalleristen mehr Halt im Sattel, wodurch sie in der Lage sind, besseren Gebrauch vom Schwert zu machen. Steigbügel ermöglichten es den Goten, die römischen Legionen zu besiegen.«

»Man lernt nie aus«, brummte McCoy. »Glauben Sie, Zars ›Innovationen‹ gleichen die zahlenmäßige Unterlegenheit seiner Truppen aus?«

»Sie helfen ihnen zumindest. Ob sie bei der Schlacht einen entscheidenden Einfluß ausüben werden, läßt sich erst feststellen, wenn es soweit ist.«

Kirk runzelte die Stirn. »Ich bin nicht sonderlich optimistisch, was ihre Chancen betrifft, Pille. Nun, der Sonnenschein trocknet wenigstens den Boden ...« Er unterbrach sich, als es an der Tür klopfte. Voba öffnete sie rasch.

Der Zweite Kriegskommandeur Cletas kam herein und salutierte. »Der Sovren ist nun bereit, Sie zu empfangen. Bitte begleiten Sie mich.«

Er duzt uns jetzt nicht mehr, dachte Kirk, als er einen rotbraunen Mantel überstreifte und dem Offizier folgte. Draußen schien zwar die Sonne, aber diesseits der dikken Mauern herrschte noch immer feuchte Kälte, und der kühle, durchs Fenster streichende Wind hatte eine Gänsehaut auf Jims Armen entstehen lassen.

Daran sollte ich denken, wenn ich das nächste Mal meine Waffensammlung betrachte und voller Wehmut an längst vergangene romantische Epochen denke. Er zog sich den warmen Stoff um die Schultern, schloß den Mantel vorn mit einer roten und gelben Brosche. *Hilflos den Elementen ausgesetzt sein ... Keine modernen sanitären Anlagen ...*

Der Zweite führte sie durch mehrere Korridore und schließlich zu einer bewachten Tür. Kirk trat hinter ihm ins Zimmer, dichtauf gefolgt von Spock und McCoy.

Zar saß an einem Tisch, der mit massiven Einlegearbeiten aus braunem und goldfarbenem Holz geschmückt war. Vor ihm hatte die Hohepriesterin Platz genommen: Sie trug ein kastanienbraunes Gewand, etwas heller als ihr Haar, das sie geflochten und am Hinterkopf zusammengesteckt hatte. Goldene Ohrringe funkelten im Kerzenlicht. Wynn wirkte völlig entspannt.

Kirk blickte sich in dem Raum um und gelangte zu dem Schluß, daß es sich um Zars privates Arbeitszimmer handelte. Ein Schreibtisch stand vor dem einzigen Fenster, durch das man nach Süden sehen konnte, über Neu-Araen hinweg.

An der gegenüberliegenden Wand erwartete den Admiral ein vertrauter Anblick: Zars Gemälde, das die *Enterprise* zeigte, die Farben so frisch, als seien sie gerade erst aufgetragen worden.

Als die drei Starfleet-Offiziere hereinkamen, stand Zar auf und reichte Wynn die Hand. Sie griff danach, erhob sich ebenfalls und hielt den Kopf stolz erhoben. Ihr Gesichtsausdruck blieb neutral, aber Kirk glaubte, in den grünen Augen ein kurzes, erkennendes Aufblitzen zu beobachten.

»Lady...«, sagte der Sovren förmlich. »Ich möchte dir Admiral Kirk, Dr. McCoy und Mr. Spock vorstellen. Dies ist die Hohepriesterin von Danreg-Furt, Lady Wynn.«

»Freut mich, Sie kennenzulernen, Ma'am«, sagte McCoy und verbeugte sich.

Diesmal schenkte sie ihm ein Lächeln. »Bei unserer letzten Begegnung trugen Sie Fesseln«, erwiderte Wynn und siezte ihn nun. »Sie *haben* also für Neu-Araen gearbeitet.«

»Nein«, widersprach Zar. »Es ist reiner Zufall, daß diese drei Männer im Lager deines Vaters erschienen.«

Wynns Augen weiteten sich, als sie Spock musterte. Der Vulkanier neigte kurz den Kopf.

»Ist das dein Bruder, Lord?« wandte sich die Hohepriesterin an Zar.

Kirk übersah nicht das amüsierte Blitzen in den grauen Augen. »Nein, mein Vater.«

Wynn schien gleichzeitig verblüfft und skeptisch zu sein, doch sie schwieg. Zar lächelte andeutungsweise.

»Glaub mir. Es ist eine lange Geschichte, und wenn wir genug Zeit haben, werde ich sie dir erzählen.«

»Ich bin sehr neugierig darauf, Lord«, erwiderte sie. »Doch nun muß ich mich zurückziehen, und eine Nachricht für *meinen* Vater zu schreiben.« Sie sah Spock an. »Ich freue mich, daß Sie gerade diesen Zeitpunkt gewählt haben, um Ihren Sohn zu besuchen. Die Tradition verlangt, daß Blutsverwandte beim Handbinden-Ritual zugegen sind.«

Zar nickte Cletas zu. »Das ist mein Zweiter Kriegskommandeur Cletas. Er wird dich begleiten und dafür sorgen, daß Heldeon deine Mitteilung erhält.«

Der Offizier verneigte sich tief. »Lady...«

Wynn zögerte, und ihre Wangen röteten sich. »Der Zwischenfall von heute morgen tut mir sehr leid«, sagte sie schließlich.

Der Zweite war ganz offensichtlich überrascht, aber er faßte sich schnell. »Für die grobe Behandlung, die du über dich ergehen lassen mußtest, habe ich zweifellos viel Schlimmeres verdient, Lady. Ich kann mich dafür nur in aller Form entschuldigen. Wenn du mir nun erlauben würdest, dich zu deinen Gemächern zu führen...«

»Selbstverständlich.« Wynn folgte Cletas in den Flur.

Kirk sah zu Zar, als der Sovren müde Platz nahm und auf die anderen Sessel am Tisch deutete. »Herzlichen Glückwunsch«, sagte der Admiral, als er sich setzte. »Offenbar haben Sie eine stürmische Romanze hinter sich. Wie ist es Ihnen gelungen, Wynn zu überzeugen?«

Die Stimme des Sovren verriet so etwas wie reuige Erheiterung. »Indem ich ihr versprach, sie zu meinem Stellvertreter und Nachfolger als Regent zu ernennen. Neu-Araen gefällt ihr.«

»Wann findet die Hochzeit statt?« fragte Spock.

»So bald wie möglich«, erwiderte Zar resigniert. »Heute abend. Wir beginnen sofort mit der Zeremonie, wenn die Bündnis-Verhandlungen abgeschlossen sind.«

180

Er seufzte und sah den Vulkanier an. »Nimmst du ... daran teil, Vater?«

»Es wäre mir eine Ehre«, sagte Spock würdevoll.

Dieser Wortwechsel weckte ein plötzliches Déjà-vu-Gefühl in Kirk, aber das entsprechende Erinnerungsbild blieb schemenhaft, ohne klare Formen. Zar wandte sich an ihn und McCoy. »Ich würde mich freuen, wenn auch Sie dabei zugegen sind ...«

Kirk wechselte einen kurzen Blick mit McCoy. »Gern. Aber vorher sollten wir Ihnen den Grund für unseren Besuch erklären. Leider geht es uns nicht nur darum, mit einem Freund zu plaudern.«

»Das dachte ich mir schon. Immerhin weiß ich, daß die Benutzung des Wächters der Ewigkeit gewissen Beschränkungen unterliegt. Worin besteht das Problem?«

»Sie haben es gerade erwähnt«, sagte Kirk. »Es heißt Wächter der Ewigkeit.« Er nickte Spock zu, der daraufhin das unberechenbar gewordene Verhalten der Zeit-Entität beschrieb und auch auf die Gefahren hinwies, die dadurch dem Universum fünftausend Jahre in der Zukunft drohten. Zar hörte aufmerksam zu, runzelte gelegentlich die Stirn und schrieb Notizen auf ein Blatt Pergament. Kirk behielt ihn im Auge und dachte: *Wie sehr sich sein Gesicht im Lauf der Jahre verändert hat.* Die Bürde der Verantwortung hatte mehr Spuren darin hinterlassen als verstrichene Zeit; gerade Jim wußte, wie schwer eine solche Last sein konnte.

»Es gelang mir schließlich, einen partiellen Kontakt mit dem rein mechanischen Teil des Wächters herzustellen«, sagte Spock. »Um ihn zu bitten, uns hierher zu transferieren und zu überwachen, bis wir zurückkehren möchten.« Der Vulkanier zögerte kurz und fügte dann entschlossen hinzu: »Wir hoffen, daß uns dein größeres telepathisches Potential die Möglichkeit gibt, direkt mit dem Wächter zu kommunizieren, seine Probleme in Erfahrung zu bringen und ihn zu veranlassen, die normalen Funktionen wiederherzustellen.«

Zar musterte seinen Vater mit maskenhaft starrer Miene und schüttelte langsam den Kopf. »Seit jenem Tag auf Gateway vor zwanzig Jahren habe ich keine vollständige Mentalverschmelzung mehr herbeigeführt. Wahrscheinlich bin ich gar nicht imstande, mich noch einmal mit einer so fremdartigen Entität zu verständigen.«

»Ich helfe dir. Wir ...« Spock unterbrach sich, als er kühle Ablehnung in Zars Zügen sah.

»Selbst wenn ich imstande wäre, eine Bewußtseinsverschmelzung zu bewerkstelligen — ich kann jetzt nicht fort. Tut mir leid. Eine blutige Schlacht erwartet mich.«

Kirk räusperte sich. »Ja, das wissen wir. Und uns ist noch etwas anderes bekannt, das Sie vielleicht umstimmt.« Er richtete einen sehr ernsten Blick auf Zar. »Sie werden die Schlacht nicht überleben.«

Der Sovren gab ein Geräusch von sich, das wie eine Mischung aus verächtlichem Schnaufen und leisem Lachen klang. »Ich weiß.«

Kirk zögerte verblüfft. *Ist ihm das wirklich klar? Aber wie kann er davon erfahren haben?* »Vielleicht sollte ich mich etwas deutlicher ausdrücken«, sagte der Admiral. »Spock hat die Geschichte von Sarpeidon mit seinem Tricorder aufgezeichnet und die Schlacht beobachtet. Wir alle haben gesehen, was Ihnen zustoßen wird. Zar, Sie *sterben*, wenn Sie nicht mit uns kommen.«

»Ich weiß«, wiederholte der Sovren.

»Wie ist das möglich?« erkundigte sich Spock.

»Gestern nachmittag prophezeite Lady Wynn meinen Tod in der Schlacht. Sie hat ausgeprägte PSI-Fähigkeiten: Empathie *und* Präkognition. Was sie für Botschaften der Göttin hält, sind in Wirklichkeit hellseherische Visionen. Ihre Bereitschaft, meine Gemahlin zu werden, geht vermutlich auch auf Mitleid zurück. Wie dem auch sei: Es wird geschehen. Daran läßt sich nichts mehr ändern.«

182

»Zar ...« McCoy sprach nun zum erstenmal. »Das Schicksal ist *nicht* unabänderlich. Du kannst nach wie vor frei entscheiden. Du hast deine Pflichten in dieser Epoche erfüllt, dem Volk von Sarpeidon den Weg zur Zivilisation gezeigt. Das genügt. Begleite uns in die Gegenwart — beziehungsweise in die Zukunft. Verbring den Rest deines Lebens in *unserer* Zeit.«

»Und auf welche Weise?« erwiderte Zar bitter. »Ich bezweifle, ob die Föderation etwas mit arbeitslosen Herrschern anfangen kann. Führen Sie mich nicht in Versuchung, Leonard!«

Er schob den Sessel zurück, stand auf und begann mit einer unruhigen Wanderung. »Sie ahnen nicht, wie gern ich dies alles zurücklassen würde, für immer«, sagte er scharf. »Aber dann stünde meinem Volk ein Massaker bevor! Nein, ich kann nicht fort. Wenn ich bleibe und Wynn heirate ... Dann hat Neu-Araen zumindest eine geringe Überlebenschance, nachdem die Hohepriesterin meine Nachfolge angetreten hat.«

Er drehte sich zu den Besuchern um. »Heldeon wartet darauf, über siebentausend Krieger in den Kampf zu führen. Wenn ich ihn dazu bewegen kann, sich mit mir zu verbünden — dann sind uns Laol und Rorgan nicht mehr so haushoch überlegen wie jetzt. Dann hat das Lakreo-Tal vielleicht sogar die Möglichkeit, den Sieg zu erringen!«

»Na schön«, brummte McCoy. »Angenommen, du heiratest die Dame und verschwindest, sobald die Schlacht beginnt — anstatt zu sterben. Du hast dein ganzes Leben den Sarpeiden gewidmet; niemand verlangt von dir, dieser Welt auch deinen Tod zu geben. Und was die Zukunft betrifft, Zar: Du weißt ganz genau, daß die Föderation ständig kompetente Leute braucht. Davon gibt es nie genug. Du bist jung genug, um ...«

Leonard unterbrach sich, als der Sovren den Kopf schüttelte. »Sie irren sich, Len. Bald bin ich fünfund-

183

vierzig Sommer alt, wie es hier heißt. Das sind ... Ich habe den Umrechnungsfaktor für terranische Standardjahre vergessen.«

»Neunundvierzig Komma vier Jahre«, warf Spock ein.

»Und in dieser Kultur ist man schon mit vierzig *alt*. Aufgrund der damaligen Immunisierungsbehandlung und meiner Abstammung ...« — Zar sah kurz zu seinem Vater —, »... hätte ich wahrscheinlich noch viele Jahre, wenn nicht die Schlacht wäre.« Müde nahm er wieder Platz. »Nun, ich *fühle* mich alt. Zu alt, um mich an eine ganz andere Welt zu gewöhnen, dort noch einmal von vorn zu beginnen. Es ist besser, mein Leben hier zu beschließen, im Kampf zu sterben.«

»Was für ein Unsinn!« ereiferte sich McCoy. »Du könntest zur Schule gehen, einen neuen Beruf erlernen, Zar! Dafür hättest du Zeit genug. Du könntest auch für Starfleet arbeiten. Ein Telepath, der außerdem über umfangreiche Überlebenserfahrung verfügt, wäre bei den Forschungs- und Kolonisierungsgruppen herzlich willkommen.«

»Pille ...« Kirk streckte die Hand aus und legte sie dem Arzt auf die Schulter. »Immer mit der Ruhe. Diese Entscheidung muß Zar treffen.«

Aber McCoy hörte nicht auf ihn, erhob sich abrupt und trat zum Sovren. In seinen Augen blitzte es. »Verdammt, Zar! Ich hätte nie gedacht, daß du ein Feigling bist, aber so verhältst du dich! Meiner Ansicht nach ist mehr Mut nötig, um zu leben, anstatt einfach zu resignieren und zu sterben!«

Bei den letzten Worten überschlug sich Leonards Stimme. Er legte eine kurze Pause ein, um sich wieder unter Kontrolle zu bringen. »Vor zwanzig Jahren hast du die Sterne aufgegeben, um Sarpeidon zu helfen. Ich wußte, daß ich dich vermissen würde, aber ich fand mich mit deiner Entscheidung ab. Jetzt hast du deine Pflicht erfüllt, und im Gegensatz zu vielen anderen Leuten bekommst du eine zweite Chance. Und du willst sie einfach *wegwerfen?*«

Zar blickte zu ihm hoch, und McCoys Ausführungen schienen etwas in ihm zu berühren. Der Sovren klang wehmütig, als er erwiderte: »Ich wünschte, ich könnte Sie in Ihre Zeit begleiten, Leonard. Aber Sie verstehen nicht ... Im Krieg ist die Moral ein entscheidender Faktor. Meine Truppen kennen die Prophezeiung, doch sie wissen auch, daß ich sie trotzdem in die Schlacht führen werde. Deshalb sind sie bereit, ebenfalls zu kämpfen und sich zu opfern. Eine solche Entschlossenheit *könnte* den Unterschied zwischen Sieg und Niederlage bedeuten. Ich darf meine Soldaten jetzt nicht im Stich lassen.«

»Wenn du keinen Kontakt mit dem Wächter aufnimmst, so droht *uns* der Tod«, hielt ihm McCoy entgegen. »Dann sterben früher oder später alle Lebensformen in der Galaxis, die wir Milchstraße nennen. Dann steht das Ende des Universums bevor.«

Zar stützte die Ellbogen auf den Tisch, seufzte und rieb sich die Schläfen. »Ich denke darüber nach, Len. Vielleicht finde ich irgendeine Möglichkeit ... Mehr kann ich nicht versprechen.«

McCoy drehte den Kopf und sah mit vorsichtigem Triumph zu Kirk, bevor er sich wieder an den Sovren wandte. »Kopfschmerzen?«

»Das ist eine Untertreibung.«

»Hier.« Der Arzt holte eine kleine Schachtel hervor. »Nimm diese Tabletten. Schluck sie mit Wasser, nicht mit Wein.«

Zar füllte einen Kelch, schob sich zwei Pastillen in den Mund und spülte sie hinunter. »Danke. Der Wein war für Wynn. Mein Magen mag keinen Alkohol ... Wenn ich doch welchen trinke, geht es mir anschließend ziemlich schlecht.«

»Ich erinnere mich«, entgegnete Kirk. »Zar, wie ich eben schon sagte ...« Ein warnender Blick zu McCoy. »Es ist *Ihre* Entscheidung, und wir *alle* werden sie re-

185

spektieren. Offen gestanden: Ich beneide Sie nicht. Sie befinden sich in einer sehr schwierigen Situation.«

»Nun, ganz gleich, wie ich mich entscheide — das Handbinden-Ritual findet in jedem Fall statt«, betonte Zar. »Ich muß Wynn zu meiner Nachfolgerin ernennen.« Er zog ein Tablett mit Brot und Käse heran. »Mir fällt gerade ein, daß ich heute noch gar nichts gegessen habe. Keine Wunder, daß ich an Kopfschmerzen leide. Wenn Sie ebenfalls zugreifen möchten ...«

»Nein, danke.« Kirk lächelte kurz. »Voba hat uns zu sehr vollgestopft.«

Zar füllte seinen Kelch erneut mit Wasser. »Ich fühle mich schon besser. Ihre Arznei wirkt schnell, Doktor.« Er zögerte. »Wie ich sehe, haben Sie eine Medo-Ausrüstung mitgebracht. Darf ich Sie um einen Gefallen bitten?«

»Kommt darauf an«, erwiderte McCoy. »Wenn du willst, daß ich dich nicht mehr zu überzeugen versuche, mit uns zu kommen ... Dann muß ich dich enttäuschen.«

»Nein, das meine ich nicht. Ich möchte Sie um Ihre Dienste als Arzt bitten.«

»Natürlich. Ich habe schon bemerkt, daß du hinkst. Dein Bein ...« Leonard brachte den Satz nicht zu Ende, als Zar den Kopf schüttelte. »Um was geht es?«

»Bitte immunisieren Sie Wynn — so wie mich vor zwanzig Jahren. Es ist zwar keine Garantie für ein langes Leben in dieser Gesellschaft, aber wenn die Hohepriesterin gesund bleibt und Neu-Araen viele Jahre lang regieren kann ...«

McCoy nickte. »Einverstanden. Aber hältst du es für vernünftig, ihr das Zepter in die Hand zu drücken? Wynns Volk scheint recht barbarisch zu sein.«

»Sie hat ein Gewissen und ist voller Anteilnahme«, antwortete Zar. »Im Vergleich mit Laol und Rorgan stellt sie die Seele der Zivilisation dar. Vergessen Sie nicht: Wynn ist Empathin — sie *kann* gar nicht grausam sein.

Ich bin davon überzeugt, daß sie eine gute Regentin wird.«

Der Sovren schnitt Brot und Käse, sah dann erneut zu seinen Gästen. »Bitte bedienen Sie sich. Der Krug dort enthält Wein. Falls Sie etwas Stärkeres möchten, schicke ich jemanden in den Keller.«

»Schon gut.« Der Admiral schenkte für sich und McCoy ein. »Spock?«

»Nein, danke.«

Der Sovren führte ein großes Sandwich zum Mund. »Während ich esse ... Bitte erzählen Sie mir, wie Sie die vergangenen vierzehn Komma fünf Jahre verbracht haben.«

Die drei Starfleet-Offiziere berichteten von den wichtigsten Ereignissen der letzten anderthalb Jahrzehnte. Spock begann, und nach McCoy kam Kirk an die Reihe. Als er Winonas Tod erwähnte, stellte er überrascht fest, daß er schon seit einigen Tagen nicht mehr an seine Mutter gedacht hatte. Er fühlte so etwas wie Schuld, schüttelte dieses Empfinden jedoch sofort wieder ab. Winona hätte bestimmt keine lange Trauer von ihm erwartet. *Wenn sie jetzt hier wäre ...,* dachte Jim. *Sie würde mir einen Tritt geben und mich auffordern, mein Leben wie gewohnt fortzusetzen.* Er lächelte bei diesen Überlegungen.

Als Zar zwei Sandwiches und reichlich Obst verspeist hatte, beendeten seine drei Gäste ihre jeweiligen Monologe. »Jetzt sind Sie dran«, sagte Kirk. »Wir möchten alles von Ihnen wissen.« Er vollführte eine umfassende Geste. »Wie kam es hierzu?«

»Nun, es ist eine lange Geschichte.« Der Sovren drehte seinen Kelch nachdenklich hin und her. »Als ich Sie an jenem Tag verließ, setzte mich der Wächter jenseits der Berge ab. Ich wanderte zum nächsten Paß und begegnete dort einigen Hirten.

Ihre Sprache beherrschte ich natürlich nicht, und als sie mich aus der Nähe sahen ... Nun, ich erschien ihnen wie ein Dämon, und sie wollten mich pfählen.« Zar sah

187

seinen Vater an und wölbte eine Braue. Spock wiederholte die stumme Geste, und in den dunklen Augen des
Vulkaniers zeigte sich ein amüsierter Glanz.

»Ich konzentrierte meine ganze mentale Kraft darauf,
guten Willen auszustrahlen, und die Hirten begnügten
sich damit, mich — ziemlich ungeschickt — zu fesseln.
Anschließend zogen sie sich zur Beratung zurück. Bis
zum Einbruch der Nacht saß ich dort und nutzte meine
telepathischen Fähigkeiten, um herauszufinden, wor-
über die Männer sprachen. Ihre Sorge galt einer Vitha,
die aus den Bergen gekommen war und immer wieder
Herdentiere riß. Ich begann damit, die Stricke zu lösen ...

Am nächsten Morgen waren die Hirten ziemlich
überrascht, als ich mit dem Kadaver des Raubtiers in ihrem Lager erschien. Die erhoffte Reaktion blieb nicht
aus: Sie akzeptierten mich. Eine Zeitlang lebte ich bei
ihnen, lernte ihre Sprache und begleitete sie auf die andere Seite der Berge, wo sie ihre Tiere zum Markt brachten. Neu-Araen war damals eine kleine, unbedeutende
Siedlung, nicht annähernd so groß wie heute. Die meisten ›Häuser‹ bestanden nur aus Holz und Flechtwerk.«

Zar trank einen Schluck Wasser. »Zu jener Zeit
herrschte ein Mann namens Tekolin über dieses Gebiet.
Als er vom hilfsbereiten Dämon erfuhr, ließ er nach mir
schicken. Wir unterhielten uns. Er war ein guter Mann,
intelligent und mit Weitblick. Ich blieb als Wächter bei
ihm, und nach einigen Monaten ernannte er mich zum
Hauptmann der Wache.

Daraufhin boten sich mir ausgezeichnete Möglichkeiten: Durch den Patrouillendienst lernte ich andere Teile
des Landes kennen. Junge Leute schlossen sich mir an,
hauptsächlich Männer, aber auch einige Frauen, die weder Familien noch Kinder hatten. Ich bildete sie aus,
lehrte sie meine Sprache, und Tekolin gab seinen Segen
dazu. Sie sind hier zwei meiner damaligen Gefährten
begegnet: Cletas und Voba.

Während der nächsten beiden Jahre sammelte ich mit ihrer Hilfe alle technischen Weiterentwicklungen auf diesem Kontinent. Manchmal reisten meine Kameraden viele hundert Kilometer weit, um neue Erfindungen zu holen, zum Beispiel die Vorrichtung, um Stein zu schneiden und dergleichen. Darüber hinaus begannen wir damit, Vykare zu züchten, die sich als Reittiere eigneten.«

Der Sovren unterbrach sich kurz und holte tief Luft. Als er fortfuhr, vibrierte mühsam unterdrückter Schmerz in seiner Stimme. »Araen, Tekolins Tochter — sein einziges Kind —, gehörte zu meiner Gruppe. Schon bald bat sie ihren Vater, mich heiraten zu dürfen. Tekolin gab ihr die Erlaubnis. Neun Monate später starb sie.«

Zar schwieg und starrte in seinen Kelch.

»Das tut mir leid«, sagte Kirk. Seine Worte klangen plump, und Verlegenheit erfaßte ihn. Trotzdem konnte er nicht einfach still bleiben. *Neun Monate. Vermutlich kam sie bei der Geburt ihres Kindes ums Leben.*

Er erinnerte sich an Miramanee, die starb, ohne die Bewegungen des Ungeborenen in ihrem Leib zu spüren. Dann dachte er an seinen lebenden Sohn. *Warum hat mich Carol nicht auf David hingewiesen, bevor ich mich zu der fünfjährigen Mission bereit erklärte? Ich muß unbedingt mit ihm reden. Er ist jetzt alt genug, um zu verstehen, wenn ich ihm alles erkläre. Das hoffe ich jedenfalls.*

»Auch mir tut es leid«, fügte McCoy sanft hinzu. »Und was geschah dann?«

»Tekolin ernannte mich zu seinem Nachfolger, und anderthalb Jahre später folgte er seiner Tochter in den Tod. Ich regierte als Sovren, und gleichzeitig fuhr ich damit fort, Erfindungen und neue Techniken zu sammeln, meine Gruppe auszubilden und ... Bücher zu schreiben. Während der ersten Jahre verfaßte ich ein Dutzend Texte: Fibeln, Lehrmaterial für Mathematik, Grammatik, allgemeine Wissenschaften, Physik, sogar ein Wörterbuch. Einige Schreiber verbrachten ihre ganze Zeit damit, Kopien der Manuskripte anzufertigen. Mir fehlte die Zeit, die notwendige Technologie für Druckerpressen und die Herstellung von Papier zu entwickeln. Jetzt sind wir fast soweit, aber ...« Er seufzte.

»Es handelte sich natürlich um ganz einfache Lehrbücher. Mein Volk war noch nicht bereit, etwas über Quantenmechanik zu erfahren — mit derartigen Informationen könnte es auch heute kaum etwas anfangen. Die gebildetsten Sarpeiden haben sich gerade erst an die Vorstellung gewöhnt, daß alles aus Atomen besteht. Und für die meisten von ihnen sind derartige Konzepte nur intellektuelle Spielereien.«

»Aber ganz offensichtlich hast du auch konkrete Erfolge erzielt«, sagte Spock. »Hier im Lakreo-Tal wird Eisenerz zu Stahl verarbeitet.«

»Ja, das stimmt.«

»Ich habe gesehen, daß deine Soldaten Kettenhemden und Schwerter tragen. Ist deine ganze Streitmacht auf diese Weise ausgerüstet?«

»Mehr als der Hälfte meiner Krieger stehen Kettenhemden zur Verfügung«, beantwortete Zar die Frage seines Vaters. »Aber alle sind mit stählernen Schwertern, Helmen und Brustharnischen ausgestattet. Seit vier Jahren hat die Produktion von Waffen Vorrang gegenüber allem anderen, was ich sehr bedaure. Derzeit gibt es in Neu-Araen mehr Schmiede als Lehrer.«

Spock nickte nachdenklich. »Stahl ist Bronze überlegen. Dadurch ergeben sich erhebliche Vorteile für dich.«

»Und ich hoffe, Rorgan und Laol ahnen nichts davon. Vielleicht sind sie unvorsichtig und verlassen sich allein auf ihre zahlenmäßige Überlegenheit.«

»Aber ...«, begann Kirk verwirrt. »Wie war das alles möglich? Ich meine, ganz gleich, wie intelligent und fähig jemand ist — so viel kann niemand allein leisten.«

Der Sovren nickte, und ein schattenhaftes Lächeln umspielte seine Lippen. »Sie haben recht. Es ist unmöglich. Die Erklärung lautet: Ich habe gemogelt, Jim.«

»Gemogelt?«

»Sie wissen nicht, was der Beutel enthielt, den ich damals mitnahm.« Zar stand auf, hinkte zum Schreibtisch und kehrte kurz darauf mit einem sehr vertraut wirkenden Objekt zurück.

Kirk grinste bewundernd. »Ein Tricorder! Schlau von Ihnen!«

»Und seine Betriebsenergie stammt von Solarzellen.« Spock hob eine Braue. »Ich habe mich immer gefragt, was aus meinem zweiten Gerät geworden ist. Damals nahm ich an, du hättest es dir ausgeliehen, und ich vermutete, es sei beim Kampf auf Gateway verlorengegangen.«

Zar zuckte mit den Achseln und hielt es offenbar nicht für nötig, sich für irgend etwas zu entschuldigen. »Als ich mein Gemälde in den Atoz-Aufzeichnungen sah ...« Er nickte in Richtung der einen Wand. »Da wurde mir klar, daß ich in die Vergangenheit zurückkehren mußte. In meine Gegenwart.«

Er schüttelte den Kopf. »Zeitreisen können einen ziemlich durcheinanderbringen, nicht wahr? Wie dem auch sei: Ich ›lieh‹ mir einige leere Kassetten aus der Krankenstation — bitte nehmen Sie es mir nicht übel, Doktor — und wies den Bibliothekscomputer der *Enterprise* an, sie mit bestimmten Daten zu füllen, insbesondere über Kolonisierung und das Überleben auf primitiven Welten. Als ich aufbrach, begleiteten mich zahlreiche Informationen: Ihr Spektrum reichte von Seifenherstellung bis hin zum Schmelzen von Eisen, von Kampftaktik bis zur Glasbläserei. Die Kassetten waren so klein, daß ich fast hundert im Beutel unterbringen konnte. Und beim Kopieren der Dateien wählte ich die höchstmögliche Datendichte.«

Er betätigte eine Taste des Tricorders, und die ersten Klänge von Beethovens Fünfter Symphonie erklangen. Nach einigen Sekunden schaltete Zar das Gerät wieder aus. »Ich habe auch Musik und Literatur mitgebracht.«

Und fast flüsternd: »Manchmal dachte ich, daß mich nur die Musik vor dem Überschnappen bewahrt.«

»Bist ein Fan der Klassik, wie?« fragte McCoy.

Zar nickte. »Ich fürchte, in dieser Hinsicht bin ich praktisch ein Reaktionär. Die modernsten Werke sind von T'Nira, und sie ist seit zweihundert Jahren tot.« Er seufzte. »Ich meine: In fünf Jahrtausenden wird sie seit zweihundert Jahren tot sein.«

»Fahren Sie fort«, sagte Kirk.

»Nun, eigentlich gibt es nicht mehr viel zu erzählen. Zuerst versuchte ich, eine Art Demokratie einzuführen — in der Hoffnung, die Regierung irgendwann dem Rat überlassen zu können. Aber für so etwas ist mein Volk noch nicht bereit. Es war schwer genug, das Konzept des Rates durchzusetzen. Mir blieb nichts anderes übrig, als in die Rolle eines wohlwollenden Despoten zu schlüpfen.«

Der Sovren strich Staub vom Tricorder und runzelte die Stirn. »Ich habe höchstens die Hälfte der Dinge geschafft, die ich bis heute erreichen wollte. Und was mich am meisten ärgert: Als die hiesige Kultur zu blühen begann, als sich Fortschritte abzeichneten, kamen *sie* — mit der Absicht, all das zu zerstören, wofür ich zwanzig Jahre lang gearbeitet habe. Ein einziger Tag genügt ihnen, um alle meine Bemühungen zunichte zu machen.

Inzwischen kämpfen wir schon seit einem Jahrzehnt. Zuerst griffen kleine Banden an. Sie hielten dieses Tal für leichte Beute, aber nach einigen Jahren lernten sie, uns zu respektieren. Dann entstand das Bündnis zwischen den Danreg, Kerren und Asyri ... Und wahrscheinlich bedeutet es das Ende für uns.«

»›Es war die Zeit des Lichts, und es war die Zeit der Dunkelheit‹«, zitierte McCoy.

»Es klingt vertraut, aber ich erinnere mich nicht an den Autor, Pille«, sagte Kirk. »Wer hat das geschrieben?«

McCoy lächelte und wandte sich an den Vulkanier.
»Spock?«

»*Zwei Städte*, von Charles Dickens.«

»Ich muß voller Scham eingestehen, daß ich seit meiner Zeit an der Akademie nur wenig gelesen habe«, murmelte der Admiral. Er sah Zar an und seufzte. »Aber dieses Zitat trifft den Kern der Sache. Ihre Truppen werden es gewiß nicht leicht haben, trotz der besseren Ausrüstung.«

»Ich weiß.« Die Falten an Zars Mund fraßen sich tiefer in die Haut. »Wenn ich an einem Dunghaufen vorbeikomme, bin ich immer versucht, Schießpulver zu ›erfinden‹. Drei oder vier Explosionen würden genügen, um den Feind in die Flucht zu schlagen.«

»Dunghaufen?« fragte McCoy verblüfft.

»Die chemischen Reaktion darin erzeugen Kaliumnitrat — Salpeter«, erklärte Spock. »Zusammen mit Schwefel und Kohlenstoff läßt sich daraus Schwarzpulver herstellen, Doktor.«

Der Arzt hob beide Brauen. »Und warum verzichtest du darauf, Zar? Damit wäre dir der Sieg sicher.«

»Schießpulver kommt erst in hundert Jahren zum Einsatz«, erwiderte der Sovren. »Wenn ich es jetzt verwende ... Ich würde die Integrität des Zeitstroms beeinträchtigen. Und wenn man den derzeitigen — beziehungsweise zukünftigen — Zustand des Wächters berücksichtigt: Es könnte zu Auswirkungen kommen, die nicht nur Sarpeidon betreffen.«

»Sie haben die richtige Entscheidung getroffen«, sagte Kirk. »Obwohl Ihnen das nur ein schwacher Trost sein dürfte. Es ist sicher nicht leicht für Sie gewesen.«

Der Admiral stand auf, ging ruhelos durchs Zimmer und verharrte vor einem großen Kamin. »Ist das Ihr Schwert?« Er deutete auf eine Klinge, die über dem Kaminsims in einer Scheide steckte. Zar nickte. »Darf ich?«

»Nur zu.«

Kirk griff nach dem lederumhüllten Heft und nahm

193

das Schwert von der Wand. Er achtete darauf, nicht den scharfen Stahl zu berühren, als er die Waffe behutsam aus der schwarzen Scheide zog. »Wundervoll«, murmelte er und holte versuchsweise damit aus.

Es wies zwei Schneiden und eine Spitze auf, war einen guten Meter lang. Blei füllte den runden Knauf, um das Gewicht der stählernen Klinge auszugleichen. Nirgends zeigte sich irgendeine Verzierung.

»Ihr Schmied hat ausgezeichnete Arbeit geleistet«, sagte Kirk anerkennend. »Allerdings: Von Ausschmückungen hielt er nicht viel.«

»Danke«, entgegnete Zar. »Zierde erschien mir überflüssig.«

Kirk sah überrascht auf. »*Sie* haben dieses Schwert geschmiedet?«

»Ja. Als ich zum Hauptmann der Wache wurde. Zwar hatte ich eine Kassette mit Daten über die Herstellung ›primitiver‹ Waffen, aber trotzdem waren viele Versuche notwendig, bis es schließlich klappte.« Zar lächelte dünn. »Ich schätze, Hikaru hat die entsprechende Datei den elektronischen Archiven des Bibliothekscomputers hinzugefügt.«

Kirk nahm die *En garde*-Haltung an, doch die Waffe war viel zu schwer — ihre Spitze neigte sich sofort dem Boden entgegen. »Sie fechten doch nicht damit, oder?«

»Nein«, erwiderte Zar. »Zwar ist das Schwert gut ausbalanciert, aber beim Fechten muß man auch parieren, was sich mit so langen und schweren Klingen kaum bewerkstelligen läßt. Selbst gehärteter Stahl kann brechen. Aus diesem Grund verwendet man einen Schild, um die Hiebe des Gegners abzuwehren. Nun, ich habe meinen Soldaten gezeigt, daß man Schwerter auch als Stichwaffen verwenden kann. Bis dahin nutzten sie nur die Schneide — vielen Bronzeschwertern fehlt eine Spitze.«

Der Admiral nickte. »Man bezeichnet so etwas als ›Schwert zu anderthalb Hand‹, nicht wahr? Man

schwingt es sowohl mit einer Hand als auch mit beiden.« Kirk wußte, daß man eine derartige Waffe auch
›Bastard-Schwert‹ nannte — ein seltsamer Name, wenn
man dabei an die Umstände von Zars Geburt dachte.

»Ja, das ist eine von mehreren möglichen Bezeichnun-
gen«, bestätigte Zar, lächelte hintergründig und wölbte
eine Braue.

Kirk räusperte sich und wechselte das Thema. »Da
fällt mir ein: Wie *heißt* es?«

»Wie es heißt?« Zar musterte den Admiral verwirrt —
und dann verstand er. »Oh, Sie meinen einen Namen
wie ›Excalibur‹ oder so.« Die grauen Augen blickten ins
Leere. »Nun, vielleicht sollte ich dieses Schwert ›Mör-
der‹ nennen, weil es so oft Leben ausgelöscht hat. Um
ganz ehrlich zu sein, Jim: Inzwischen kann ich sehr gut
damit umgehen, obgleich ich das Töten *hasse*. Leider
bleibt uns beiden keine Wahl.« Er deutete kurz auf die
Klinge.

Kirk fühlte sich desillusioniert — *und wieder geht eine
romantische Vorstellung über Bord —*, schob das Schwert
in die Scheide zurück und hängte es wieder an die
Wand.

»Und nun?« Er drehte sich zu den anderen um.

Zar blickte auf das Chronometer-Display des Tricorders. »Ich sollte besser feststellen, ob Heldeon auf
Wynns Mitteilung geantwortet hat. Wir müssen vor
Einbruch der Dunkelheit aufbrechen, um das Lager der
Danreg zu erreichen. Ich lasse Pferde für Sie vorbereiten.« Er stand auf, stützte sich am Rand des Tisches ab
und preßte die Lippen zusammen, als er das verletzte
Bein mit seinem Gewicht belastete. »Ich werde steif,
wenn ich zu lange sitze.«

»Ich würde dich gern untersuchen, Junge«, sagte
McCoy. »Vielleicht kann ich dir helfen. Wie kam es dazu?«

»Vor fast zehn Jahren bohrte sich mir ein Speer durch
den Oberschenkel«, entgegnete Zar. »Das Ding brachte

195

meinen Vykar um, und ich lag unter seinem Kadaver, bis Cletas mich fand. Vermutlich ist der Nerv verletzt — und dagegen können Sie nichts ausrichten, wenn ich mich recht entsinne.«

»Die Medizin hat sich inzwischen weiterentwickelt«, erwiderte Leonard. »Vor rund zehn Jahren schufen ein Arzt namens Corrigan und der vulkanische Heiler Sorel die Grundlagen für ein Verfahren, mit dem es möglich ist, Nerven zu regenerieren. In meiner Krankenstation an Bord der *Enterprise* gibt es ein entsprechendes Gerät. Ich wäre also imstande, dich zu behandeln — wenn du mit uns kommst.«

Zar musterte ihn einige Sekunden lang. »Ich verstehe. Sie sind noch immer ein meisterhafter Spieler. Und Sie wissen, wann man den Einsatz erhöhen muß, nicht wahr?«

KAPITEL 9

McCoy fand schon bald heraus, daß sich Vykare ganz anders bewegten als Pferde. Der Rücken des Wesens unter ihm hob und senkte sich, ja, aber gleichzeitig ›schlingerte‹ er auch von einer Seite zur anderen — eine Bewegung, die Leonard an Kamele erinnerte. Beim Zaumzeug der Tiere fehlten die Gebißteile; um ihnen Anweisungen zu übermitteln, benutzte der Reiter Beine und Stimme. Nun, der Arzt fand es weitaus angenehmer, auf einem Vykar zu *sitzen,* anstatt quer über dem Widerrist zu liegen.

Dunkelheit senkte sich auf die Hänge des Großen Weißen, als die kleine Gruppe über einen schmalen Pfad ritt. Die Wächter — ihre Waffen trugen blaue Friedensbänder — hielten entzündete Fackeln, doch ihr Licht reichte nicht bis zu McCoy im Zentrum der Schar.

Leonard verließ sich darauf, daß sein Roß in der Dunkelheit besser sehen konnte als er. Es war eine klare Nacht, aber es leuchtete kein Mond am Himmel, und dadurch wirkte die Finsternis undurchdringlich. Der Doktor blickte nach oben: Sterne funkelten am schwarzen Firmament, wirkten zumindest vage vertraut. Er hatte sie schon einmal beobachtet, damals, als sie Zar nach Sarpeidon gebracht hatten.

Voller Melancholie und Wehmut dachte McCoy an den jungen Mann zurück, der vor vierzehneinhalb Erden-Jahren sieben Wochen an Bord der *Enterprise* verbracht hatte. *Ich habe ihn praktisch adoptiert,* fuhr es ihm durch den Sinn. Zar schien *sein* Sohn gewesen zu sein, nicht der des Ersten Offiziers Spock. Als er schließlich in die Vergangenheit zurückkehrte, litt Leonard viele Tage lang. Er hätte kaum mehr seelischen Schmerz empfunden, wenn seiner Tochter Joanna etwas zugestoßen wäre.

Der Vykar wankte über den felsigen Weg, strauchelte und stieß einen Stein über den zwei Meter entfernten Rand der Klippe. McCoy lauschte und erwartete ein dumpfes Klacken, hörte jedoch nichts dergleichen. Offenbar war die Schlucht *sehr* tief. Er schluckte. »Vorsichtig, Kumpel«, ermahnte er den Vykar, klopfte ihm auf die warme Schulter vor dem Sattel und nahm den Moschusgeruch des Tiers wahr. »Wir wollen doch nicht in den Tod stürzen, oder?«

Das Geschöpf schnaufte unbeeindruckt und stapfte weiter. McCoy ließ seine Gedanken treiben.

Er machte sich Sorgen um Zar. Der Sovren unterschied sich von dem eifrigen und ungestümen jungen Mann, den er vor anderthalb Jahrzehnten kennengelernt hatte — er erschien wie eine völlig andere Person, sah man von einigen wenigen vertrauten Zügen ab. Der jüngere Zar war voller Leidenschaft gewesen, leicht erregbar und stolz (manchmal auch arrogant), aber auch hilflos in seiner Einsamkeit.

Den Sovren verglich Leonard mit einer leeren Hülle, erfüllt nur von der bitteren Entschlossenheit, seiner Pflicht zu genügen. Leidenschaft und Stolz existierten nicht mehr, und die Einsamkeit hatte sich ausgedehnt. *Was ist mit ihm passiert?* McCoy rief sich Zars Schilderungen ins Gedächtnis zurück, die nur geringen Aufschluß gewährten, und er trachtete danach, die profunde Wahrheit dahinter zu erkennen, altem Leid auf die Spur zu kommen.

Der Tod seiner Frau spielt sicher eine große Rolle. Allem Anschein nach hat er sie sehr geliebt. Tod bei der Geburt. Geschieht in dieser primitiven Kultur bestimmt recht häufig. Es grenzt an ein Wunder, daß überhaupt jemand überlebt ...

McCoy dachte an Wynn, entsann sich an die gespannten Muskeln in ihrem Oberarm, als er der Hohepriesterin die von Zar erbetene Immunisierungsinjektion verabreichte. Sie hatte sich vor dem Injektor gefürchtet und war jedesmal zusammengezuckt, wenn das kleine Gerät zischte. Aber offenbar vertraute sie dem Sovren genug, um ihm zu glauben, als er ihr versicherte: Der Doktor ist ein Heiler; er will dir nur helfen.

Viel Vertrauen einem Mann gegenüber, den sie erst seit einigen Stunden kennt, überlegte Leonard. *Selbst wenn es sich um den Bräutigam handelt. Eine Heirat, die allein praktischen Zwecken dient, wenn ich Zar richtig verstanden habe. Ja, eine Menge Vertrauen. Andererseits: Wynn ist Empathin. Sie fühlt die Absichten anderer Leute und weiß, wann sie es gut oder schlecht meinen.*

McCoy seufzte und rutschte im schmalen Sattel ein wenig zur Seite. Er war immer sehr schlank gewesen, und während der letzten Tag hatte er das eine oder andere Kilo verloren, wodurch es seinem Allerwertesten an einem ausreichend weichen Polster mangelte. Hinzu kamen die Anstrengungen von gestern — wahrscheinlich holte er sich jetzt einen wunden Hintern.

Verdammt! Aber diesen Preis zahle ich gern, wenn Zar mit uns zurückkehrt. Vielleicht nehme ich Urlaub. Ich könnte Jim bitten, uns für einige Wochen seine Hütte im Garrovick-Tal auf Centaurus zur Verfügung zu stellen. Dann spannen wir aus, angeln, lassen es uns gut gehen. Himmel, Zar braucht eine Gelegenheit, auf andere Gedanken zu kommen. Seit Jahren ist er unglaublichem Streß ausgesetzt, indem er versucht, Wölfe daran zu hindern, ihre Zähne in die Kehle von Neu-Araen zu bohren. Kein Wunder also, daß er so erledigt aussieht.

Ganz zu schweigen davon, daß er ständig die Verantwortung des Regenten trug. Das Schwert des Damokles und so weiter. McCoy kannte James Kirk zu gut, um nicht zu wissen, wie schwer es einem Anführer fiel, gewisse Entscheidungen zu treffen. Das Wenn-doch-nur-

Syndrom konnte einen in die Verzweiflung treiben —
und schließlich auch in den Tod.

Der Pfad — Leonard nahm zumindest an, daß sie
noch immer dem Verlauf eines Pfades folgten — schien
nun nicht mehr nach oben zu führen. Als der Arzt den
Kopf hob, sah er ein Plateau voraus, darauf den Schein
von Lagerfeuern und Fackeln. Wenige Sekunden später
bemerkte er eine schattenhafte Gestalt, die etwas Unverständliches rief — vermutlich ein Wächter, der die
Parole verlangte. Cletas ritt an der Spitze und antwortete in derselben Sprache.

Plötzlich ruckten die Fackeln hin und her, als mehrere
Reiter ihre Vykare antrieben. Das Tier unter McCoy
schnaubte und begann mit einem Handgalopp. Leonard
hielt sich würdelos am Sattelknauf fest, als sie über eine
Wiese donnerten und Heldeons Lager erreichten.

»He, verdammt!« entfuhr es ihm, und er zerrte an
den Zügeln. »Halt!«

Der Vykar blieb so abrupt stehen, daß McCoy fast auf
sein Geweih fiel.

»Alles in Ordnung, Pille?« fragte jemand. Leonard
drehte sich halb um und sah, wie Kirk sein Roß geschickt durchs allgemeine Gedränge dirigierte und es
mühelos anhielt.

McCoy schnitt eine Grimasse, als er nickte. *Ich finde es
einfach abscheulich: Jim braucht nur einmal etwas auszupro-
bieren, und schon kommt er bestens damit zurecht. Ist das etwa fair? Warum bin ich nicht mit so guten Reflexen geboren?
Ich wette zehn zu eins, daß er morgen nicht über wunde Stellen klagt.*

Der Admiral schwang sich elegant aus dem Sattel,
ohne den Vykar vorher knien zu lassen. »Braves Mädchen«, sagte er und kraulte das Tier hinterm Ohr. Die
Stute schnaufte zufrieden. »Soll ich dir beim Absteigen
helfen, Pille?«

»Nein, ich möchte auch weiterhin im Sattel sitzen
und für ein Reiterstandbild posieren«, erwiderte Leo-

nard mit beißendem Sarkasmus. »Mist! Ich habe vergessen, wie man diese Biester dazu bringt, sich niederzuknien.«

Kirk lächelte, band seinen Vykar an einen Pfosten und näherte sich McCoys Tier. »*Sitz*«, sagte er scharf.

Das Wesen gehorchte sofort, knickte Vorder- und Hinterläufe ein.

»Klugscheißer«, brummte der Arzt, sprang aus dem Sattel — und taumelte, als er hart auf dem Boden landete.

»Sachte, Pille.« Kirk griff nach Leonards Arm.

»Es ist alles in Ordnung mit mir. Das heißt: Es *könnte* alles in Ordnung mit mir sein — nach einem heißen Bad, einer Massage, einem dreifachen Bourbon und mindestens zwanzig Stunden Schlaf.« McCoy kämpfte gegen ein Gähnen an, als sie zu einem von Fackeln erhellten runden Platz gingen. Er erstreckte sich neben dem großen Zelt, vor dem sie in der vergangen Nacht fast erfroren wären. »Ich habe das Gefühl, seit Jahren nicht mehr geschlafen zu haben.«

»Nun, versuch trotzdem, lebendig auszusehen. Du willst Zar doch nicht in Verlegenheit bringen, indem du bei seiner Hochzeit einnickst, oder?«

»Wo ist er?«

»In einem der Zelte, um mit Heldeon und Wynn zu reden. Die Zeremonie beginnt, sobald eine Vereinbarung in Hinsicht auf Erbfolge, Eigentumsrechte und die Bündnisfrage erzielt wurde.«

»Und wo steckt Spock?«

»Bei Zar, als sein nächster Verwandter. Auf dem Weg hierher erzählte mir Cletas, daß die Eheleute nicht selbst sprechen — das überlassen sie ihren Repräsentanten. Zar hat seinem Vater in allen Einzelheiten erklärt, worauf es ankommt und was er verlangen soll.«

McCoy lachte leise. »Dann steht dem alten Heldeon einiges bevor. Spock hat mit vielen Leuten verhandelt, selbst mit Romulanern und ähnlich ungemütlichen Ty-

201

pen. Wenn er fertig ist, gehört seinem Sohn der ganze Planet.«

Während Wynn im Zelt ihres Vaters saß und vorgab, einen Kelch Wein zu trinken, fühlte sie sich von einer seltsamen Nervosität erfaßt. Auch vor acht Jahren war sie nervös gewesen, an jenem Abend, als sie Nahral heiratete — aber damals begann eine wahre Ehe, für eine jüngere, unerfahrene Wynn. Warum spürte sie nun, wie sich tief in ihrem Innern etwas verkrampfte? Warum zitterten ihre Hände so sehr, daß sie nicht wagte, das Glas auf den niedrigen Tisch zu stellen, aus Furcht davor, etwas zu verschütten und dabei beobachtet zu werden?

Die Hohepriesterin versuchte, die Trockenheit in ihrem Mund hinunterzuschlucken, zwang sich dann dazu, den Blick wieder auf Heldeon und Spock zu richten. Das Nicken der beiden Männer verriet ihr, daß sie sich auf einen Kompromiß bezüglich der Weiderechte geeinigt hatten. Die Verhandlungen standen kurz vor dem Abschluß. *Bald kann die Zeremonie beginnen,* dachte Wynn, und fast so etwas wie Panik regte sich in ihr.

Pergament raschelte, als die Schreiber das komplette Dokument brachten. Spock und Heldeon setzten ihre Unterschrift darunter. »Und nun zu der bevorstehenden Schlacht«, sagte Zars Vater. »Mit welcher Unterstützung können wir von dir rechnen, ehrenwerter Stammesführer?«

Der ältere Mann nieste laut — während des Zwischenfalls in der vergangenen Nacht hatte er sich erkältet. Er wischte sich die Nase am Ärmel ab und erwiderte: »Unterstützung? Meinst du Truppen? Bittest du mich etwa darum, die Ehre zu vergessen und gegen meine Bündnispartner zu kämpfen?«

»Es sind keine Bluts- oder Ehe-Verwandten«, entgegnete Spock. Wynn hörte seine ruhige, immer rationale Stimme und unterdrückte ein Lächeln. »Es wäre sicher

202

eine größere Sünde, durch Tatenlosigkeit zuzulassen, daß deine Ehe-Verwandten zu Schaden kommen.«

Heldeon blinzelte, rieb sich gerötete Augen und strich ergrauendes Haar zurück. »Hmm ...«

Zuerst hatte Wynn die Klugheit ihres zukünftigen Gemahls bezweifelt, als er entschied, die Ehe-Verhandlungen nicht vom Vorsitzenden des Rates führen zu lassen, dem alten Davon, sondern von seinem Vater. Doch nun begriff sie den Grund dafür. Spock begegnete dem Stammesoberhaupt von Danreg-Furt weder mit Unsicherheit noch mit Ehrfurcht, und an eine solche Haltung ihm gegenüber war Heldeon nicht gewöhnt. Aggressivität und Wagemut hätten den Anführer der Danreg nicht annähernd so sehr beeindrucken können wie diese Art von unerschütterlicher Gelassenheit.

»Natürlich fühle ich mich jetzt nicht mehr dem Bündnis verpflichtet«, sagte Heldeon nach einer Weile. »Das Blut der Lakreo-Brüder wird keine Danreg-Hände beflecken.« Er hustete.

Spock wölbte spöttisch eine Braue. »Verzeih mir, aber wer zurücktritt und zusieht, wie sein Bruder angegriffen wird und stirbt, ist ebenso voller Sünde wie jener, dessen Hand die tödliche Klinge führt. Ehrenwerter Stammesführer, ohne deine Hilfe droht dem Lakreo-Tal der Untergang. Soll deine Tochter über eine zerstörte Stadt herrschen, deren Bewohner von Laol und Rorgan niedergemetzelt wurden? Willst du riskieren, daß sie ihnen ebenfalls zum Opfer fällt?«

Heldeon rutschte nervös hin und her. »Ein guter Hinweis, Mann-von-fernen-Orten, aber ... Ich muß auch an den Bündnisschwur denken. Ashmara hält nichts von Leuten, die ihren Eid brechen.«

»Nun ...« Spock sah kurz zu Wynn. »Das ist zweifellos der Fall. Allerdings gilt es zu überlegen, was die Göttin mehr verabscheut: die Sünde des Eidbruchs oder die Sünde des Verwandtenmords.«

Wynn dachte konzentriert nach. *Ashmara, Große Mut-*

ter, bitte gib meiner Zunge Weisheit, damit ich Deinen Willen richtig zum Ausdruck bringen kann. Schließlich hob sie den Kopf und blickte zu ihrem Vater. »Ehre ist ein zweischneidiges Schwert«, sagte sie langsam. »Manchmal läßt es sich nicht schwingen, ohne jemanden zu verletzen. Doch mir scheint, die schmerzvollere Wunde entsteht durch Verwandtenmord und nicht den Eidbruch.« Etwas schärfer fügte sie hinzu: »Außerdem hat Rorgan bereits unser Vertrauen mißbraucht.«

»Wie meinst du das?« fragte Heldeon und sprach auf Danrei.

»Er befahl den Angriff auf unser Lager, durch den Nahral und Lelinos ums Leben kamen«, erwiderte Wynn in der gleichen Sprache. »Ich erfuhr es von der Göttin, als ich ihm zum erstenmal in die Augen sah. Er hat den Eid schon damals gebrochen.«

Heldeon schniefte erneut und wirkte sehr ernst. »Ich verstehe. Warum erzählst du mir erst jetzt davon?«

»Ich wollte dich nicht beunruhigen. Du reagierst mit Unbehagen, wenn ich dir von Visionen berichte, die mir Ashmara schickt. Darüber hinaus *brauchten* wir das Bündnis. Jetzt bin ich der Ansicht, daß wir besser darauf verzichten sollten. Ich schlage dir vor, das Angebot meines zukünftigen Gemahls anzunehmen und ihm deine volle Unterstützung zu gewähren. Ich selbst werde die Truppen in den Kampf führen, wenn du nicht selbst dazu imstande bist, weil dein Schnupfen schlimmer wird.«

Heldeon hustete einmal mehr, und es kam tief aus seiner Brust. »Ich beherzige deinen Rat«, entgegnete er. »Aber sei gewiß: Ich will auf keinen Fall die Gelegenheit versäumen, gegen den doppelzüngigen Lügner zu reiten, der meinen Enkel umbrachte. Bevor du aufbrichst, um die Nacht mit deinem Gemahl zu verbringen ... Bitte nutze dein Geschick als Heilerin, um mich von dem Fieber zu befreien und den Druck von meiner Brust zu nehmen.«

»Selbstverständlich, Vater.« Wynn nickte. »Zu den

Gästen des Regenten von Neu-Araen gehört ein mächtiger Heiler. Ich könnte ihn fragen, ob er bereit wäre, dir zu helfen. Sein Name lautet McCoy.«

Heldeon fröstelte. »Hm. Ist jener McCoy ein Zauberer?«

»Nein«, sagte Wynn. »Aber Lord Zar vergleicht seine Fähigkeiten mit Magie.«

»Na schön.« Das Stammesoberhaupt wandte sich an Spock und fuhr in der Sprache des Lakreo-Tals fort: »Meine Tochter hat mich gut beraten, wie immer. Morgen teile ich Laol mit, daß es meine Ehre nicht zuläßt, weiterhin der Verbündete des Lügners und Kindermörders Rorgan Todeshand zu sein. Nachdem die Kriegskönigin gewarnt ist und meine Absichten kennt, werden die Danreg-Truppen zusammen mit den Lakreo-Soldaten marschieren, um den Feind zu besiegen. Ich, Heldeon, Stammesführer von Danreg-Furt, werde einen Schwert-Eid darauf ablegen.«

Der alte Krieger stand auf und hob beide Hände; ihre Innenflächen zeigten nach oben. Madon legte rasch Heldeons Bronzeschwert darauf. »Möge mich meine eigene Waffe töten, wenn ich diesen Schwur mißachte.« Wynns Vater formulierte diese Worte mit heiserer, rauher Stimme, aber sie klangen trotzdem eindrucksvoll.

»Auch ich schwöre beim Schwert, daß ich mich an alle heute getroffenen Vereinbarungen halten werde«, sagte Zar. Seine Stimme erklang nun zum erstenmal seit Beginn der Verhandlungen. »Lady?« Er erhob sich ebenfalls und streckte die Hände aus.

Wynn zog die Klinge des Sovren aus der Scheide, spürte ihr Gewicht und blickte erstaunt darauf hinab. *Eine seltsame Farbe,* dachte sie. *Woraus besteht diese Waffe?*

Vorsichtig legte sie das Schwert auf die Hände des jüngeren Mannes. »Möge mich mein eigener Stahl töten, wenn ich diesen Schwur mißachte.«

Wynn hörte, wie Spock erleichtert seufzte.

»Und nun zur Zeremonie«, donnerte Heldeon. »Laß alles vorbereiten, Madon.«

Einige Ashmara-Novizinnen führten Wynn zu ihrem Schlafzelt — dort wusch und reinigte sie sich, wie vor jedem Ritual. Die anderen Frauen lösten ihr Haar, kämmten es, bis es im Lampenschein glänzte, ließen es offen über ihre Schultern und den Rücken fallen.

Anschließend brachten sie ihr ein Gewand im traditionellen Grün der Göttin: die Farbe des Blutes, die Farbe des Lebens. Wynn streifte es über und legte eine rubinrote Halskette an. Schließlich setzte sie das Diadem auf und war fertig.

Zusammen mit den Novizinnen verließ sie das Zelt und trat auf den von Fackeln erhellten runden Platz. Das Herz klopfte ihr bis zum Hals, hämmerte schneller als jemals zuvor. Ein Kloß entstand in ihrer Kehle. Sie versuchte zu schlucken, doch ihr Mund war staubtrocken.

Was ist über mich gekommen? dachte sie benommen. *Große Mutter, warum habe mein Einverständnis gegeben? Steckt ein Zauber dahinter?*

Sie erreichte die Mitte des Kreises und wartete dort. Rechts von ihr stand die Erste Novizin Lylla, links von ihr Heldeon. *Es ist Wahnsinn,* fuhr es der Hohepriesterin durch den Sinn. *Ich kenne diesen Mann nicht einmal. Warum lasse ich mich auf so etwas ein?*

Nach einigen Minuten kam Bewegung in die Menge der Zuschauer, und Zar näherte sich, rechts begleitet von Cletas, links von seinem Vater. Er trug weder Kettenhemd noch Waffen, denn in Ashmaras Riten gab es keinen Platz für den Krieg.

Seine Kleidung war nicht grün, sondern schwarz: Kniehose, Stiefel und ein ärmelloses Hemd, das die Arme der kalten Nachtluft aussetzte. Ein silbernes und schwarzes Medaillon baumelte an seiner Brust, und an den Handgelenken glänzten Spangen. Doch Wynn hielt vergeblich nach einem Stirnreif oder anderen Symbolen seines Rangs Ausschau. Cletas entfaltete einen roten Umhang und legte ihn um die Schultern des Sovren. Zar strich die langen Falten zurück, als er näher trat.

Er blieb vor der Hohenpriesterin stehen und verbeugte sich förmlich. Wynn neigte den Kopf zum Gruß-der-Ebenbürtigen, hob dann die Hand. *Ich brauche mich nicht damit abzufinden. Ein Wort von mir genügt, und es findet keine Hochzeit statt. Ein einziges Wort ...*

Der Sovren trat auf sie zu und hob ebenfalls die Hand. Er verharrte so dicht vor ihr, daß sie das Pulsieren der Adern an seinem Hals bemerkte. Ganz langsam streckte er den Arm aus, bis sich ihre Hände berührten.

Erneut spürte Wynn seine Wärme, eine Haut, die wie im Fieber zu glühen schien. Und mit dem Kontakt wiederholte sich die geistige Verbindung. Die Hohepriesterin holte tief Luft und kämpfte dagegen an. *Warum empfinde ich auf diese Weise? Warum füge ich mich? Warum bin ich bereit, seine Gemahlin zu werden?*

Wynn widersetzte sich der mentalen und emotionalen Einheit, wich dem Blick des Mannes aus und starrte statt dessen auf sein Medaillon. Sie trachtete danach, Gedanken und Gefühle für sich zu behalten, hinter einer inneren Barriere zu verbergen, und ihr wurde plötzlich klar, daß Zar mit ähnlichen Schwierigkeiten rang.

Irgendwo ertönte rhythmischer Trommelschlag, gefolgt von einem dumpfen Sprechgesang. Lylla beschwor das Wohlwollen Ashmaras, und ein Teil von Wynn sprach die formellen Worte — sie hatte solche Rituale oft genug geleitet, um sich genau an sie zu erinnern. Doch für einen anderen Aspekt ihres Ichs blieben sie ohne Sinn.

Ich kann aufhören. Ich sollte *aufhören. Es liegt ganz bei mir. Es geht viel zu schnell ...*

Lylla sang, als sie mit grün gefärbten Riemen vortrat. Die Novizinnen griffen danach, wickelten sie um Hände und Unterarme des Paars, bis Wynn und Zar von den

Fingerspitzen bis zum Ellbogen miteinander verbunden waren.

Wynns Herz pochte jetzt so schnell, daß sie zitterte. *Es ist fast zu spät. Wenn ich diesen Mann nicht heiraten will, so muß ich* jetzt *handeln ... Göttin, ist dies Dein Wille?*

Sie schnappte nach Luft und hob den Kopf, um die Silben der Ablehnung und Zurückweisung zu rufen, doch dann begegnete sie dem Blick des Mannes vor ihr, und die Worte erstarben auf ihren Lippen. Zar musterte sie, und Wynn spürte seine Besorgnis, verstand auf einmal. Eine Erkenntnis bot sich ihr dar, mit der gleichen Klarheit wie eine göttliche Vision: Sie *mußte* den Sovren heiraten. Er führte nichts Böses im Schilde; das hatte sie von Anfang an gewußt.

Sie schwieg und zitterte noch immer, aber der Furcht gesellte sich nun ein anderes Gefühl hinzu.

Lylla überprüfte die ledernen Riemen und wich zurück. »Sie sind jetzt gebunden und können nur vom Tod getrennt werden — Ashmara hat es gesehen!«

Jemand griff nach dem Unterarm der Hohepriesterin, und sie brauchte nicht den Kopf zu drehen, um festzustellen, daß Heldeon nun seiner traditionellen Pflicht genügte. Cletas gab Spock ein Zeichen, und daraufhin trat er vor, schloß die Finger um Zars Handgelenk. Beide Männer zogen, und Wynn taumelte zurück, fort von ihrem Gemahl.

Sie vernahm nun lauteren Gesang, auch den Schlag von Trommeln, als ihr Vater sie nach hinten zerrte, als sich ihre Arme streckten. Heldeon zog dreimal — *eins, zwei ... drei* —, doch Lylla hatte gute Arbeit geleistet: Die Riemen wiesen zwar keine Knoten auf, aber sie hielten, lockerten sich nicht einmal.

Damit war der Beweis erbracht, daß Ashmara dem handgebundenen Paar ihren Segen schenkte. Normalerweise hätten Heldeon und Spock nun die Arme von Tochter und Sohn loslassen sollen, doch das Stammesoberhaupt der Danreg lachte, als er Wynn einen Stoß

208

gab, der sie auf Zar zutaumeln ließ. Die Hohepriesterin wäre gefallen, wenn der Sovren sie nicht festgehalten und ihr den freien Arm um die Schultern geschlungen hätte.

Wynn errötete, verfluchte ihren Vater stumm und warf ihm einen zornigen Blick zu. Als sie sich aufrichtete und die Gestalt straffte, spürte sie Zars intensive körperliche Präsenz. Sie sah zu ihm auf und stellte fest, daß er sie beobachtete: Seine Augen verrieten Überraschung — und auch noch etwas anderes, das sie nicht zu deuten verstand.

»Küß sie, Schwiegersohn!« rief Heldeon. »Keine Angst, sie beißt nicht. Oder vielleicht doch?«

»Ist das notwendig, um die Zeremonie zu vervollständigen?« fragte Zar leise. Die Zuschauer jubelten so laut, daß Wynn ihn kaum verstand.

»Es gehört zur Tradition, wenn auch nicht zum Ritual«, erwiderte die Hohepriesterin und versuchte, von ihrem Gemahl zurückzuweichen. »Die meisten Paare, die den Kreis betreten, können sich kaum zurückhalten, aber wir sind anders.«

»Ja, wir sind anders«, bestätigte Zar, doch er neigte den Kopf nach unten und gab ihr einen sanften, zurückhaltenden Kuß — Wynn spürte seinen rauhen Bart an der Oberlippe. Dann ließ er sie los. »Traditionen sollten beachtet werden, nicht wahr?«

»Natürlich«, sagte sie automatisch. Ärger erfaßte sie, als sie ihre eigene Atemlosigkeit bemerkte. *Sei keine Närrin*, ermahnte sie sich. *Es bedeutet ihm überhaupt nichts! Er ging nur auf die Herausforderung meines Vaters ein. Jeder Mann hätte sich so verhalten.*

Dann eilten Leute herbei, um den Vermählten viel Glück zu wünschen, und es wurde Zeit, die Lederriemen zu lösen.

Zar saß im Schlafzimmer und nahm eine späte Mahlzeit ein (während des Hochzeitsbanketts war er zu nervös gewesen, um etwas zu essen), als er ein Klopfen an der Tür hörte. Er runzelte die Stirn, stand auf und wandte sich vom Kamin ab. Wenn der Wächter im Flur zugelassen hatte, daß jemand anklopfte ... Dann mußte der Besucher wichtig sein — und mit einem wichtigen Anliegen kommen.

»Herein!« rief er.

Die Tür öffnete sich, und Spock trat über die Schwelle, den blauen Mantel eng um die Schultern gezogen. »Störe ich?«

»Nein. Und ich bin zu müde, um zu schlafen.« Zar setzte sich wieder und deutete auf den anderen Sessel. »Nimm Platz. Es freut mich, daß du gekommen bist. Etwas zu essen oder zu trinken?«

Der Vulkanier schüttelte den Kopf, als er sich in den Sessel sinken ließ und die langen Beine dem Feuer entgegenstreckte. »Cletas meinte, es sei jetzt fast Sommer, aber hier im Tal sind die Nächte noch immer sehr kalt. Ich muß zugeben, daß ich für die Wärme des Feuers dankbar bin.«

»Ich spüre die Kälte gar nicht mehr«, erwiderte Zar. »Nach all den Jahren in der Tundra erscheint mir das hiesige Klima fast tropisch. Es wäre mir kaum gelungen, mich an Vulkans Hitze zu gewöhnen.«

»Es ist noch nicht zu spät, einen entsprechenden Versuch zu unternehmen.« Spock musterte seinen Sohn, und Zar sah eine unausgesprochene Bitte, obgleich das vulkanische Gesicht unverändert blieb.

Der jüngere Mann seufzte. »Das haben wir schon besprochen. Es gibt keine Möglichkeit für mich, dich in deine Gegenwart — für mich die Zukunft — zu begleiten. Mein Volk braucht mich. Außerdem ist Sarpeidon meine Heimat, so oder so. Ich bin nie auf Vulkan gewesen und kenne dort niemanden.«

»Deine Familie lebt auf jenem Planeten«, sagte Spock.

Zar hob eine Braue — eine unwillkürliche Reaktion. Er dachte überhaupt nicht daran, daß er damit vielleicht den Eindruck erweckte, seinen Vater zu verspotten. »Meinst du T'Pau?«

»Sie starb vor einigen Jahren. Nein, ich spreche von deinen Großeltern.«

»Amanda und Sarek? Sie wissen von mir?«

»Ich habe ihnen alles erzählt«, sagte Spock leise. »Als ich auf Vulkan weilte und Vorbereitungen für das Studium des Kolinahr traf, hängte ich zwei deiner Bilder in meinem Zimmer auf. Amanda sah sie und fragte, von wem sie stammten.« Er zögerte kurz. »Ich hatte ohnehin vor, meine Eltern zu informieren.«

Zars Atem stockte. Spock hatte sich damals seines *Krenath*-Sohns geschämt, hielt ihn für einen lebenden Beweis der eigenen Fehlbarkeit. *Und er hat seinem Vater von mir berichtet? Sarek, dessen Respekt er sich mehr als alles andere wünscht?* Er räusperte sich und suchte nach den richtigen Worten. »Wie haben sie darauf reagiert?«

»Sie bedauerten sehr, keine Gelegenheit zu haben, dich kennenzulernen. Aber wenn du mit uns zurückkehrst ... Dr. McCoy hat recht: Deine Pflichten dieser Welt gegenüber verlangen nicht von dir, daß du hier stirbst. Ich habe mich mit den Ereignissen nach der Schlacht befaßt und im Zeitstrom keine Konsequenzen gefunden, die sich aus deinem Tod auf dem Schlachtfeld ergeben. Woraus folgt: Es spielt keine Rolle, ob du fällst oder einfach verschwindest.«

»Was passiert mit Neu-Araen?«

»Eine lange Zeit des Friedens beginnt, und die Kultur des Lakreo-Tals blüht auch weiterhin.«

Also gelingt es Wynn, die Feinde abzuwehren, dachte Zar. »Das ist wundervoll«, entgegnete er ohne Ironie. »Danke für den Hinweis. Dadurch wird alles leichter.«

Spock preßte die Lippen zusammen, und für einen Sekundenbruchteil fühlte der Sovren eine Mischung aus Ärger und Enttäuschung in seinem Vater. »Du *mußt* nicht sterben.« Der Vulkanier maß Zar mit einem ernsten, durchdringenden Blick. »Wenn du mitkommst,

211

nehme ich mir mehrere Monate frei, um dir zu helfen, dich einzugewöhnen. Falls nötig, lasse ich mich auf unbefristete Zeit beurlauben. Wir könnten die Erde besuchen, Vulkan, andere Welten. Das erforschte Universum ist ziemlich groß, und es würde dir gehören.«

Spock atmete tief durch. »Für Amanda wäre es ...« Er schluckte. »Meine Mutter hat sich jahrelang mit den vulkanischen Mentaldisziplinen beschäftigt, auch mit der emotionalen Kontrolle. In dieser Hinsicht erzielte sie beachtliche Erfolge. Doch als ich von dir erzählte, als sie ihren Wunsch zum Ausdruck brachte, dich zu sehen ... Dabei glänzten Tränen in ihren Augen.«

Das ist ein Schlag unter die Gürtellinie, Vater. Zar starrte zu Boden, mied den Blick des Vulkaniers und versuchte, das Thema zu wechseln. »Welche Gemälde hast du aufgehängt?«

»Eins zeigt eine winterliche Landschaft mit Gletschern, darüber Beta Niobe. Bei dem anderen handelt es sich um eine Vergrößerung deines Selbstporträts aus der Höhle. Ich hatte kein anderes Bild von dir. Und ich möchte mich nicht mit Bildern begnügen ...«

Er gibt mir zu verstehen, wieviel ich ihm bedeute. Nie zuvor brachte er mir solche Offenheit entgegen, mit einer Ausnahme: damals, bei unserer Gedankenverschmelzung. Aber es laut von ihm zu hören ... Tief in Zars Innern versteifte sich etwas. *Ich darf mich davon nicht beeinflussen lassen. Ich muß standhaft bleiben, an meiner Entscheidung festhalten.*

»Du hast dich verändert«, sagte er unverblümt.

»Du ebenfalls.«

»Ja, das stimmt«, räumte der Sovren ein. »Vor zwanzig Jahren war ich etwa ein Jahrhundert jünger — so fühlt es sich jedenfalls an. Und jetzt ...« Er neigte den Kopf zur Seite und wölbte erneut eine Braue. »Durch die Paradoxa der Zeitreise bist du kaum ein Jahrzehnt älter als ich.«

»Ich weiß.« Spock sah sich im Zimmer um, betrachtete das Himmelbett, die Tapisserien an den Wänden. Abgesehen vom Bett gab es nur wenige große Möbel: einen Kleiderschrank und die Vitrine, in der Voba Rüstung und Waffen verstaute. Der Blick des Vulkaniers verharrte am Porträt. »Hast du das gemalt?« fragte er, obwohl er die Antwort kannte.

»Ja«, sagte Zar. »Das war Araen. Meine Frau.« Mit einem Hauch Bitterkeit fügte er hinzu. »Meine *erste* Frau.«

»Sie muß sehr attraktiv gewesen sein«, kommentierte Spock leise.

»In der Tat.« Zar gab sich alle Mühe, ruhig zu sprechen. »Feingliedrig und zart. Intelligent, geistreich und *sanft*. Sie nutzte ihren Verstand nie, um andere Leute zu verletzen. Wenn sie in einem Raum saß, fühlten sich die übrigen Anwesenden von ihr angezogen, wie von einem Feuer im Winter.« Der Sovren seufzte einmal mehr und verdrängte jene Erinnerungen, um Schwermütigkeit und Trauer vorzubeugen. »Darf ich dir eine persönliche Frage stellen?«

Spock überlegte. »Ja, du darfst. Aber ich verspreche dir keine Antwort.«

»Das ist nur recht und billig. Warum hast *du* nie geheiratet?«

Daraufhin hob der Vulkanier eine Braue. »Nun, es gibt keinen einzelnen Grund. Meine Familie vereinbarte einst eine Verlobung, und als sie gelöst wurde, sah ich keinen Anlaß, sofort eine neue Partnerin zu wählen — deshalb verzichtete ich darauf. Die Zeit verstrich, und meine Altersgenossinnen waren alle gebunden. Nach dem Ende der fünfjährigen Mission begann ich mit dem Studium der Kolinahr-Disziplinen. Wenn man eine solche Entscheidung trifft, muß man alle ... externen Kontakte aufgeben.« Spock preßte die Fingerspitzen aneinander. »Im Anschluß ans Kolinahr verließ ich Vulkan, und seitdem bin ich nicht heimgekehrt.«

»Du hast also noch nicht die richtige Frau getroffen«, sagte Zar mit trockenem Humor.

In Spocks Augen zeigte sich ein amüsierter Glanz. »So könnte man es ausdrücken.«

»Ich dachte, du bist der ›Familie‹ gegenüber verpflichtet, die Blutlinie fortzusetzen.«

Der Vulkanier nickte. »Man hat mich darauf hingewiesen. Angesichts der vulkanischen Lebenserwartung habe ich noch Zeit genug, selbst wenn du beschließt, nicht mit mir zu kommen. Obgleich ich mich heute nicht mehr so sehr an die Familientraditionen gebunden fühle; wenn man älter wird, sieht man die Dinge aus einer anderen Perspektive, und dann ergeben sich neue Prioritäten.«

»Die größte Untertreibung dieses Tages.«

Erneut wölbte sich Spocks Braue. »Und du? Vermutlich bedrängt dich der Rat schon seit Jahren, wieder zu heiraten. Warum hast du so lange gewartet?«

Zar zögerte eine halbe Minute lang, bevor er erwiderte: »Was heute abend zwischen mir und Wynn stattfand, wird nicht zu einer wahren Ehe führen.« Er wich der Frage ganz bewußt aus und hoffte, daß Spock keinen Verdacht schöpfte. *Gerade mit ihm möchte ich nicht darüber reden.*

»Ich verstehe«, sagte sein Vater. »Eine Übereinkunft, der allein politische Interessen zugrunde liegen.« Die dunklen Augen des Vulkaniers musterten Zar, und der Sovren begriff, daß Spock zumindest ahnte, was in ihm vor sich ging. »Warum keine echte Ehe?« fragte er. »Ich möchte nicht zu neugierig erscheinen, aber ...«

Zar schluckte. »Keine Ahnung. Ich ... Vielleicht habe auch ich nie die richtige Frau getroffen. Oder wenn das doch irgendwann der Fall war ... Dann habe ich sie einfach übersehen. Um ganz ehrlich zu sein, Vater: McCoy hat recht. Ich bin ein Feigling.«

»Das bezweifle ich. Der Doktor legt den Begriff sehr großzügig aus. Wenn du mir diese Bemerkung gestattest: Meiner Ansicht hast du dich in einer schwierigen Situation sehr gut verhalten.«

Der jüngere Mann blinzelte überrascht. »Oh ... Danke. Es bedeutet mir viel, so etwas von dir zu hören.« Er überlegte einige Sekunden lang. »Weißt du, welcher Aspekt meiner ›Situation‹ besonders schwierig ist? Ich kehrte mit der festen Entschlossenheit hierher zurück, diese Welt zu retten, doch schon bald mußte ich mich folgender Erkenntnis stellen: Nur weil etwas ›richtig‹ ist, müssen damit nicht unbedingt Freude und Glück verbunden sein. Eigentlich finde ich gar keinen Gefallen daran, hier ›den Laden zu schmeißen‹, und das Pflichtgefühl genügt nicht immer. Ich wünschte, mehr Zeit mit dir verbracht zu haben ...«

»Du lehnst die Rolle des Regenten ab?«

»Es macht mir nicht annähernd soviel Spaß, das Kommando zu führen, wie dies bei Jim Kirk der Fall zu sein scheint. Er wurde dafür geboren. Ohne Verantwortung könnte er gar nicht leben — man sieht es ihm an. Wenn er Anweisungen und Befehle erteilt ... Nun, er hat selbst dann recht, wenn er sich irrt. Er ... Es läßt sich kaum in Worte fassen.«

»Ich weiß, was du meinst«, warf Spock ein.

»Ja. Sicher weißt du darüber besser Bescheid als sonst jemand.«

»Aber deine Arbeit hier auf Sarpeidon ist bestimmt nicht ohne Lohn geblieben.«

»Ja, vor Jahren, als noch Frieden herrschte. Ich besuchte die Schulklassen und stellte mir vor, daß irgendwann alle Bewohner des Tals schreiben und lesen können. Ich beobachtete die Bauern mit ihren neuen Stahlpflügen, und damals schien mir alles die Mühe wert zu sein. Es gefiel mir nicht, Steuern zu erheben, Verbrecher zu verurteilen und mich um die übrigen Routineangelegenheiten des Regierens zu kümmern, aber es gelang mir, Erfolge zu erzielen, meine Pläne zu verwirklichen, und das erfüllte mich mit Zufriedenheit.«

Zar schüttelte den Kopf. »Obwohl ich dafür meine persönliche Freiheit aufgeben mußte. Wenn ich heute an mein früheres Leben zurückdenke — ich war so frei, wie man nur sein kann, allein mir selbst verpflichtet. Doch hier bin ich für Tausende verantwortlich ... Niemand ist so unfrei wie der Herrscher eines solchen Territoriums.« Zar starrte auf den Tisch, betrachtete das blau schimmernde Schwert — Voba hatte es gereinigt und für ihn bereitgelegt.

Er verzog die Lippen. »Und dann begannen die Kriege ...«

»Ich verstehe«, sagte Spock. »Aber warum glaubst du, daß es dir an Mut mangelt?«

Der Sovren strich geistesabwesend über eine Narbe auf dem rechten Handrücken. »Im Verlauf der Jahre habe ich so viele Freunde und Gefährten verloren: Araen und Tekolin ... Alyn, einen meiner besten Taktiker, Matric, der von Anfang an zu meiner Gruppe gehörte. Und viele andere. Natürlich auch meine Mutter. Mit jedem Tod empfing ich eine Warnung, den Hinweis darauf, daß etwas Schreckliches geschah oder geschehen würde ... So wie damals, als Commander Tal dich hinrichten lassen wollte. Ich *wußte* es. Jene ›Botschaften‹ verursachten Benommenheit, Verwirrung, Desorientierung. Und je größer die Gefahr, desto schlimmer wurde es.«

»Ich erinnere mich.«

»Es belastet einen sehr, Anteil zu nehmen, wenn man psychisch und emotional beim Tod der betreffenden Person zugegen ist.« Zars Stimme versagte, und er schwieg eine Zeitlang, um sich wieder zu fassen. »Während der letzten Jahre habe ich versucht, Distanz zu wahren. Trotzdem wiederholen sich jene Empfindungen. Vielleicht wache ich morgen früh auf und spüre, daß Cletas oder Voba sterben werden. Es ist schier unerträglich.«

Spock nickte langsam. »Doch die Alternative besteht darin, ohne Freunde zu sein, in freudloser Sterilität zu leben. Eine so leere Existenz habe ich bei der Mentalverschmelzung mit Vejur wahrgenommen.«

»Vejur?«

»Ein gigantisches Computer-Raumschiff, dem wir begegneten. Es kam zur Erde, um seinen Schöpfer zu finden, etwas, das seinem ›Leben‹ einen Sinn verlieh. Es hatte eine gewaltige Menge an Daten gesammelt und perfekte Logik entwickelt — doch ihm fehlten Mitgefühl und Freundschaft. Deshalb blieb es ... hohl. Fast hätte es den Planeten zerstört. Wir überzeugten es schließlich davon, die Suche nach seinem Existenzzweck fortzusetzen.«

Zar hörte aufmerksam zu. »Und die Moral dieser Geschichte?« fragte er, als Spock seine Schilderungen beendete. »Daß Logik nicht alles bedeutet? Ich bin *schockiert*, Vater!« fügte er mit einem dünnen Lächeln hinzu.

Spock schmunzelte ebenfalls. »Einige Dinge gehen über Logik hinaus.« Er wurde wieder ernst, preßte einmal mehr die Fingerspitzen aneinander und blickte in die Flammen des Kaminfeuers. »Nun, die inhärenten Beschränkungen der Logik sind nur ein Teil der ›Moral‹. Für viel wichtiger halte ich folgende Schlußfolgerung: Wer nicht mehr wächst, wer damit aufhört, sich neue Horizonte zu erschließen, selbst wenn er sich dabei erheblichen Gefahren stellen muß — ein solches Ich stirbt in Geist und Seele.«

Als er diese Worte des Vulkaniers vernahm, wich die Erheiterung aus Zars Zügen. Er beugte sich vor, und in seinen Augen blitzte eine seltsame Schärfe. »Meinst du, ich sollte auch weiterhin Anteil nehmen, ganz gleich, wer stirbt — und ganz gleich, wie sehr ich dadurch leide? Meinst du, ich sollte gegen den Tod kämpfen, obwohl eine präkognitiv begabte Person prophezeite, daß ich nur mehr eine wandelnde Leiche bin? Meinst du, ich ...« Er brach ab, rieb sich die Stirn und versuchte, die Selbstbeherrschung wiederzufinden.

Eine Hand berührte ihn sanft an der Schulter, wich dann wieder fort. Zar holte tief und rasselnd Luft, bevor

217

er den Kopf hob. »Bitte entschuldige. Wenn ich glaube, mich mit allem abgefunden zu haben ... Plötzlich rebelliert etwas in mir, und dann wird mir klar, daß ich nicht aufgeben will und auch weiterhin leben möchte.«

»Das erleichtert mich sehr«, kommentierte der Vulkanier, und der Blick seiner dunkler Augen ruhte auf Zar. »Als wir uns hier wiederbegegneten, gewann ich den Eindruck, daß du resignierst und nicht mehr die Kraft findest, am Leben festzuhalten. Diese Vorstellung hat mich außerordentlich ... beunruhigt.«

Der Sovren hörte eine gewisse Heiserkeit in der Stimme seines Vaters und nahm Spocks Emotionen wahr: Sie verbargen sich dicht unter der mentalen Patina aus Rationalität, und Zar spürte sie ganz deutlich, ohne einen direkten Kontakt herzustellen. Seit der Vulkanier die blutige Szene auf dem kleinen Bildschirm des Tricorders gesehen hatte, empfand er profunden Schmerz und Kummer.

»Vater ...« Mehrere Sekunden lang fehlten Zar die Worte. »Ich ... Ich habe nicht daran gedacht, wie es für dich sein mußte, meinen Tod zu beobachten. Bitte entschuldige.«

»Es ist wohl kaum logisch, wenn du dich für etwas entschuldigst, was mir der Tricorder gezeigt hat«, erwiderte Spock ruhig. »Jenes Ereignis hätte bestimmt nicht stattgefunden, wenn du in der Lage gewesen wärst, Kontrolle darauf auszuüben. Ich meine, dann würde es nicht stattfinden.« Er runzelte die Stirn angesichts der durcheinandergeratenen Zeitkontinuität.

»Ich bin viel zu sehr auf mich selbst fixiert. Andernfalls hätte mir klarwerden müssen, welche Auswirkungen dies alles auf jene Leute hat, denen etwas an mir liegt. Ich ... Ich habe mich bemüht, zornig zu werden.«

»Zornig?«

»Ein Rat, der von Wynn stammt.«

»Sie ist eine bewundernswerte Frau, wenn man ihr

Ambiente berücksichtigt«, sagte Spock nachdenklich. »Intelligent, voller Mitgefühl ... Ich mag sie.«

»Ich auch«, gestand der Sovren ein und erinnerte sich an Wynns Augen, als er sie nach dem Handbinden-Ritual geküßt hatte. *Offenbar hat sie geglaubt, daß ich sie verspotte. Aber in Wirklichkeit habe ich einem ... Impuls nachgegeben. Hoffentlich bekomme ich Gelegenheit, ihr das zu erklären. Sie hat es verdient, die Wahrheit zu kennen.*

Der Vulkanier seufzte. »Es ist schon recht spät. Und du mußt dich ausruhen.«

Du auch, dachte Zar und sah die tiefen Falten in den Mundwinkeln seines Vaters. »Das stimmt.« Er räusperte sich, als Spock aufstand. »Vater?«

»Ja?«

»Du hast mir viel Stoff zum Nachdenken gegeben: Soll ich hierbleiben oder dich begleiten? Soll ich mich isolieren oder das Risiko eingehen zu wachsen? Soll ich ... zornig werden? Ich danke dir, Vater.«

»Nichts zu danken«, erwiderte Spock und fügte in der Sprache Vulkans hinzu: »Schlafe in Frieden, Sohn. Und vergiß nicht: Auf jeder beliebigen Welt siegt der Wind schließlich über den Stein — Steine können nur zerbröckeln, doch der Wind ist imstande, sich zu verändern, aus anderen Richtungen zu wehen.«

Mit einem leisen Klicken schloß sich die Tür hinter dem Vulkanier.

Zar saß einige Minuten lang am Tisch und dachte über die letzten Worte seines Vaters nach. Schließlich griff er nach den Armlehnen des Sessels, um sich hochzustemmen, zögerte jedoch, als er ein Geräusch hinter einem der Wandteppiche hörte. Etwas raschelte, und dann ...

Der Sovren sprang auf und griff nach dem Schwert. Er hielt es bereit, als er sich dem Gobelin näherte, widerstand dabei der Versuchung, »Tot für einen Dukaten, tot!« zu rufen.

Was für ein Unsinn, tadelte er sich. *Hinter dem Teppich*

wartet bestimmt nicht Polonius auf mich. Er kannte die Identität des Fremden, noch bevor er den Gobelin beiseite strich.

»Gemahlin ...« Er deutete eine ironische Verbeugung an und streckte die freie Hand aus. »In der Nähe des Feuers hast du es gewiß bequemer.«

KAPITEL 10

*I*ch hätte wissen müssen, daß
Cletas die Hohepriesterin im Nebenzimmer unterbringt, fuhr
es Zar durch den Sinn. *Unsere Heirat dient zwar nur dazu,
die Danreg als Bündnispartner zu gewinnen, aber Wynn ist
meine Frau, die Gemahlin des Regenten, und sie hat ein Recht
auf alle Privilegien ihres Ranges. Dazu gehört auch der Aufenthalt im Schlafzimmer des Ehemannes.* Seit Araens Tod
war er nicht mehr in jenem Raum gewesen. Er hatte die
Tür verriegelt und einen Wandteppich davor aufgehängt, um die Kammer einfach zu vergessen.

Wynn zögerte, schob dann das Kinn vor — eine typische Geste, die Zar bereits vertraut erschien. »Danke,
Lord«, sagte sie. »Mir ist tatsächlich kalt.«

Ihre Finger fühlten sich an wie Eiszapfen — sie trug
nur ein Hemdkleid aus dünnem Leinen, darüber einen
Mantel. Das Haar fiel ihr auf Schultern und Rücken. Zar
führte sie zum Sessel, schürte dann das Feuer und legte
Holz nach. Die Flammen züngelten höher.

Wynn sah ihn an, als er sich umdrehte, und Trotz
glühte in ihren Augen. »Vielleicht hältst du mich für eine Lügnerin, Lord, aber es war nicht meine Absicht,
dich zu belauschen. Ich schlief und erwachte plötzlich,
als ...« Sie biß sich besorgt auf die Lippe. »Als jemand
meinen Namen rief. Diesen Eindruck hatte ich jedenfalls. Nun, ich ging zu Tür — Cletas hat sie heute nachmittag entriegelt und mir gezeigt. Sie stand einen Spalt-
breit offen, und ich vernahm deine Stimme ...«

Müde zuckte sie mit den Achseln. »Ich trat über die
Schwelle und wollte mich dir zu erkennen geben, als ich

221

deinen Vater hörte und begriff, daß du nicht allein warst.

Schon nach kurzer Zeit wurde mir die Natur eures Gesprächs klar, und ich schämte mich sehr, einer so persönlichen Unterhaltung zu lauschen. Ich drehte mich um und wollte in mein Zimmer zurückkehren, doch die Tür hatte sich hinter mir geschlossen, und ich konnte sie nicht öffnen, ohne ein Geräusch zu verursachen. Deshalb beschloß ich zu warten, bis sich mir eine Möglichkeit bot, diesen Raum unbemerkt zu verlassen. Als Spock ging, hast du eine Zeitlang völlig reglos am Kamin gesessen, und ich dachte, du seiest eingeschlafen ...«

Ihre Bestürzung war echt — Zar spürte sie, ohne eine empathische Sondierung vorzunehmen. Er nickte und stützte den einen Arm auf die hohe Rückenlehne des Sessels. »Ich verstehe. Solche Dinge passieren manchmal. Mach dir deshalb keine Sorgen. Wir *haben* von dir gesprochen; vielleicht hast du tatsächlich deinen Namen gehört.«

»Das ist noch nicht alles.« Wynn hielt den Kopf gesenkt. »Während ich dort hinter dem Wandteppich stand und versuchte, nicht zuzuhören — obwohl das natürlich unmöglich war —, hatte ich das Empfinden, eine Botschaft von der Göttin zu empfangen. Weder Worte noch eine Vision — aber die feste Überzeugung, daß du den Wünschen deines Vaters genügen solltest, Gemahl. Begleite ihn, ganz gleich, wohin er dich bringen möchte. Du *mußt* ihm helfen. Vielleicht ist das deine einzige Chance, dich selbst zu retten. Ich *fühle* es. Und ich bin sicher, es entspricht ganz dem Willen Ashmaras.«

»Du weißt nicht, was die Besucher von mir erwarten«, erwiderte Zar.

»Das stimmt — ich weiß es nicht. Sie kommen aus einer anderen Welt ...« Wynn zögerte und faltete die Hände im Schoß. »Ich meine, es sind keine Geister oder

Dämonen. Bei der Göttin, ich bin nicht sicher, *was* ich meine. Als ich Kirk zum erstenmal gegenübertrat, sagte er mir, er könne nicht erklären, auf welche Weise er und seine Freunde unser Lager erreicht hatten. Sie kommen ... von woanders. Aber das ist noch nicht alles, oder?«

»Nein. Sie stammen von Welten, die nicht nur räumlich von unserer Heimat getrennt sind, sondern auch *zeitlich*. Sie kommen aus einer Zeit, die erst noch beginnen muß.«

Wynn seufzte. »Vielleicht solltest du jetzt dein Versprechen einlösen und mir alles erklären, Lord. Es ist sehr wichtig, daß ich soviel wie möglich über dich und die Besucher verstehe. Bitte vertrau mir.«

Der Sovren hob eine Schulter. *Spielt es eine Rolle? Wahrscheinlich glaubt sie mir ohnehin nicht.* »Na schön.«

Er wählte seine Worte mit großer Sorgfalt und beschrieb die Wahrheit mit möglichst einfachen Begriffen. Die Hohepriesterin hörte zu, unterbrach ihn nicht und runzelte die Stirn, als sie sich konzentrierte.

Als Zar schließlich schwieg, sah sie zu ihm auf. »Mein Leben lang habe ich vermutet, daß es in dieser Welt — in diesem *Universum* — Dinge gibt, die ich nicht verstehen kann. Jetzt *weiß* ich es. Du behauptest, daß zahllose Welten und Sterne existieren — und daß Zeit und Raum irgendwie miteinander verbunden sind. Wie dem auch sei: Niemand unternimmt ohne Grund eine so lange und weite Reise wie die drei Besucher. Sie brauchen deine Hilfe.«

Zar runzelte die Stirn. »Nur weil es mir einmal gelang, mit dem Wächter zu kommunizieren ...«

»Ich spüre, daß sie recht haben. Nur du kannst dafür sorgen, daß jener ... Gott der Zeit wieder seine Pflichten wahrnimmt.«

»Sie *hoffen*, daß ich dazu in der Lage bin. Aber es steht keineswegs fest.«

Wynn beugte sich vor, und in ihren Augen leuchtete

sowohl Aufregung als auch Hoffnung. »Du *mußt*«, betonte sie. »Du mußt es versuchen.«

»Soll ich diese Welt verlassen und nie zurückkehren?« Zar hob eine Braue. »Offenbar bist du bestrebt, ziemlich schnell meine Nachfolge anzutreten.«

»Darum geht es mir nicht«, erwiderte die Hohepriesterin und ignorierte den Zynismus des Sovren. »Der Wächter ... Für ihn ist die Zeit etwas, das er ganz nach Belieben verändern kann?«

Zar nickte.

»Dann hat er bestimmt die Möglichkeit, dich *vor* der Schlacht zurückkehren zu lassen. Du wirst hier sein, um deine Truppen in den Kampf zu führen. Du wirst gegen den Feind antreten — und vielleicht stirbst du *nicht*. Die Vision hat einen starken Eindruck auf mich hinterlassen, aber ihr fehlte ein klares Bild, das mir Aufschluß gibt. Vielleicht ist dein Tod nicht unabwendbar. Wenn das stimmt ...«

»Ja?« fragte Zar, als Wynn den Satz nicht beendete. »Was dann?«

Sie biß sich auf die Lippe, und das Lebhafte verschwand plötzlich aus ihren Zügen, wich distanzierter Kühle. »Nichts, Lord. Ich meine nur ... Ein guter, anständiger Mann sollte vor dem Tod bewahrt werden.«

»Hältst du es tatsächlich für möglich, dem Schicksal ein Schnippchen zu schlagen?« dachte Zar laut. »Würde daraus nicht ein Paradoxon entstehen? Ich frage mich ...« Der Sovren überlegte einige Sekunden lang, zuckte dann mit den Schultern. Er war viel zu müde, um sich auf Probleme der theoretischen Physik zu konzentrieren.

Noch etwas anderes beschäftigte ihn, etwas, das in einem direkten Zusammenhang mit Wynn stand, und *dieses* Rätsel wollte er unbedingt lösen. Eine Zeitlang musterte er sie aufmerksam. »Ich frage mich auch, warum es für dich eine so große Rolle spielt.«

»Es *spielt* eine Rolle für mich«, bestätigte sie schroff

und mit offensichtlicher Nervosität. »Verschwende keine Gedanken ans Warum.«

Zars rechte Hand schloß sich krampfhaft fest um die Rückenlehne des Sessels. *Was ist hier los? Weshalb weicht sie mir aus?* »Wenn es mich betrifft, habe ich ein Recht darauf, Bescheid zu wissen, Lady«, sagte er sanft und gleichzeitig spöttisch. »Warum möchtest du meine Nachfolge erst später antreten? Was bedeutet dir dies alles? Warum nimmst du Anteil daran?« Er beugte sich vor und hob ihr Kinn, so daß sie ihn ansehen mußte. »Warum ist es so wichtig für dich, daß ich nicht sterbe?«

Wynn stand abrupt auf, und Ärger blitzte nun in ihren Pupillen. »Muß alles einen *Grund* haben? Kann man nicht allein dem *Gefühl* nachgeben und sich auf eine bestimmte Weise verhalten? Du *denkst* zuviel, Gemahl!« Sie wandte sich ab und schritt zur Tür des Nebenzimmers.

Zar hielt sie am Arm fest und zwang sie dazu, sich wieder umzudrehen. »Wenn du meine Erlebnisse geteilt hättest ...«, stieß er zwischen zusammengepreßten Zähnen hervor, und Zorn ließ ihn erbeben. *Erst McCoy, dann Spock, und jetzt auch du! Warum laßt ihr mich nicht endlich in Ruhe?* »Dann wärst du nicht mehr so sicher, daß Gefühle eine gute Idee sind, Lady. Ich habe vor langer Zeit gelernt, nicht zu fühlen, sondern nur noch zu denken. Emotionen bringen Schmerz.«

Wynn starrte ihn an. »Glaubst du etwa, den Schmerz für dich allein gepachtet zu haben? Dein Vater war zu nachsichtig mit dir. Du hast recht: Du *bist* ein Feigling!«

Zar packte nun beide Arme, und die Hohepriesterin trachtete vergeblich danach, sich aus seinem Griff zu befreien. »Glaubst du? Ich werde es dir zeigen, und anschließend kannst du darüber urteilen!«

»Na schön«, zischte Wynn. »Zeig's mir.«

Zar senkte die mentalen Schilde, und daraufhin fluteten ihr seine Erinnerungen entgegen. Die Frau widersetzte sich ihm nicht mehr und erstarrte, als eine Ge-

225

dankenverschmelzung begann. Nach einigen Sekunden berührte Zar die Nervenpunkte an ihren Schläfen.

Jahre verstrichen mit der Schnelligkeit von Herzschlägen:

Er wuchs auf, und nur Zarabeth war bei ihm. Einsamkeit, Sehnsucht nach einem Spielkameraden, einem Freund, seinem Vater ... Eine Einsamkeit, die ihm schrecklich erschien — bis er die wahre Bedeutung dieses Wortes kennenlernte, an jenem Tag, als seine Mutter starb. Erneut fühlte Zar das Gewicht ihres Leichnams, als er ihn in die Eishöhle trug. Die einzige Person, die ihm Gesellschaft geleistet hatte, existierte nicht mehr.

Und dann ... Araen schrie im Delirium, als sie versuchte, den Tod aus sich herauszupressen, den Tod in Form des Kindes. Zar wartete. Er wartete auch dann noch, als er wußte, daß es keine Hoffnung mehr gab. Er klammerte sich an dem Glauben fest, daß ein Wunder geschehen könnte. Und schließlich war es vorbei. Blut klebte an seinen Händen und der Klinge des Messers. Araen lebte nicht mehr, und seine Tochter wimmerte leise und schwach.

Das kleine Mädchen hielt nur sechs Stunden lang durch. Lange genug für Zar, um ihm den Tod der Mutter zu verzeihen, um eine emotionale Verbindung zu schaffen, die ihn zutiefst erschütterte, als er das Kind in den Armen hielt und sich bemühte, ihm einen Teil seiner inneren Kraft zu verleihen. Er hoffte erneut, aber auch diesmal erwartete ihn eine bittere Enttäuschung. Zweimal gelang es ihm, der Tochter mit seinem Atem Leben zu geben, als ihre winzigen Lungen versagten, doch beim dritten Mal hatte er keinen Erfolg.

Tod und Schmerz begleiteten ihn während der Jahre, und immer wieder erlitt er bittere Verluste. Ohne den Trost von Tränen ... Aus welchem Grund auch immer: Er konnte nicht weinen. Die Wunden in ihm weigerten sich hartnäckig zu verheilen, vereiterten statt dessen mit Kummer und Zorn ...

Als diese letzten Reminiszenzen in Wynns Bewußtsein sickerten, merkte Zar, daß sich die Mentalverschmelzung veränderte und zweiseitige Aspekte zu entwickeln begann. Er »sah« Dinge aus der Vergangenheit seiner Gemahlin: den Tod ihrer Mutter nach einer langen, qualvollen Krankheit. Wynn pflegte sie hingebungsvoll, schloß ihr die Augen, als sie schließlich Frieden fand.

Eine kurze Zeit der Freude mit Nahral, die Geburt ihres Sohnes Lelinos ... Ein Glück, das Verzweiflung und seelischer Agonie wich, als sie die verstümmelten Leichen fand ...

Zar schluckte, und etwas schnürte ihm die Kehle zu. *Wynn hat recht — ich habe den Schmerz nicht für mich allein gepachtet.* Im Gegensatz zu ihm war sie imstande, das Risiko einzugehen, auch weiterhin Anteil zu nehmen. Sie stellte sich ihrem Gram und lernte, damit zu leben, anstatt ihn zu verdrängen, ohne daß er heilen konnte.

Er stellte fest, daß Wynns Kopf an seiner Schulter ruhte, und er spürte ihr heftiges Zittern. Als die geistige Einheit an Intensität verlor, hörte er das Schluchzen der Hohenpriesterin — ein Geräusch, das direkt aus ihrem Herzen zu kommen schien.

»Pscht«, flüsterte er und umarmte sie. »Pscht ...«

Es tut mir leid, sagte Wynn wortlos. Und: *Ich leide mit dir.*

Und ich mit dir, erwiderte er. *Ich wünschte, ich hätte deine Kraft.*

Später wußte er nicht, wieviel Zeit verstrich, bis das Schluchzen verklang. Dumpfe Pein pochte im Oberschenkel, der einst von einem Speer durchbohrt worden war, doch der Schmerz in seiner Seele ließ allmählich nach. Während der Gedankenverschmelzung hatte er Wynns Kummer erlebt und dadurch Erleichterung gefunden. Er seufzte, fühlte sich erschöpfter als jemals zuvor. Aber er empfand auch eine angenehme innere Ruhe — als tropfe kein Blut mehr aus einer unsichtbaren, tödlichen Wunde, die nun endlich zu heilen begann.

Wynn bewegte sich und schniefte leise. »Hast du ein Taschentuch?«

227

Zar holte eins hervor. »Hier.«

»Danke.« Sie trat zurück, drehte sich halb um, und der Sovren ließ die Arme sinken. Er versuchte, nicht auf die Leere in seinem Innern zu achten.

Verlegen beobachtete er, wie sich Wynn Tränen aus den Augen wischte. »Ist alles in Ordnung mit dir?«

»Ja«, antwortete sie. »Ich bedaure, dich einen Feigling genannt zu haben. Eine solche Bezeichnung verdienst du gewiß nicht.«

»Und ich entschuldige mich für mein Verhalten«, sagte Zar steif. »Ich weiß nicht, was über mich gekommen ist. Du hast sicher gute Gründe, mir helfen zu wollen, aber sie gehen mich nichts an. Tut mir leid.«

Wynn seufzte und wandte sich erneut der Tür des Nebenzimmers zu, doch schon nach einem Schritt verharrte sie und schob das Kinn vor. Sie sah den Sovren an, hielt seinen Blick fest. Ihre Züge brachten eine seltsam emotionale Mischung zum Ausdruck: Zärtlichkeit, Erheiterung und auch Ärger.

Sie holte tief Luft. »Lord und Gemahl, meine Gründe *gehen* dich etwas an. Uns beide. Solche Dinge geschehen, obwohl eine derartige Erfahrung neu für mich ist. Seit Stunden versuche ich, meine eigenen Gefühle zu leugnen, doch dadurch verschwinden sie nicht. Ich hätte weder mich noch dich belügen sollen.«

Zar starrte verblüfft auf sie hinab. *Sei kein Narr. Sie kann unmöglich das meinen, was du glaubst ...* Er schluckte und suchte nach angemessenen Worten. »Das klingt fast so, als ... als ...« Er brach ab und schwieg.

Wynn errötete und trat noch einen Schritt zurück, hielt jedoch den Blick auf ihn gerichtet. »Ich weiß, wie es klingt. Möchtest du, daß ich mich noch deutlicher ausdrücke? Nun gut. Ein ereignisreicher Tag liegt hinter uns, und irgendwann habe ich gemerkt, daß ich dich liebe. Daß ich dich begehre. Zunächst wollte ich es nicht einmal mir selbst gegenüber eingestehen, aber es stimmt. Und ich bedaure es keineswegs.« Sie zögerte und senkte den Kopf. Bei den nächsten Worten war ihre Stimme kaum mehr als ein Flüstern: »Ich erwarte nicht von dir, meine Gefühle zu teilen.«

Zars Herz hämmerte nun. Er setzte sich in Bewegung, ohne daß bewußte Absicht dahintersteckte, stand plötzlich nahe genug vor Wynn, um ihr die Hände auf die Schultern zu legen. Als sie sich berührten, erwachte die geistige Verbindung zu neuer Aktivität, und er spürte ihre Gefühle — ihre Reaktion auf seine unmittelbare Präsenz. Er selbst reagierte so heftig, daß ihm der Atem stockte.

»Wynn ...«, begann er. »Ich ... Manchmal fehlen mir die Worte. Seit wir uns zum erstenmal begegnet sind .... Irgend etwas rührte sich in mir ...« Mit den Fingerkuppen strich er ihr über die Wangen, folgte den Konturen von Wangen, Brauen und Lippen. »Ich weiß nicht, was ich denken, sagen oder ... tun soll ...«

»Wenn ich dir einen guten Rat geben darf: Hör endlich auf, dauernd zu denken.«

Die mentale Brücke verhalf dem Sovren zu einer Erkenntnis: Wynn wollte ihn küssen.

Er empfand den gleichen Wunsch.

Ihr Mund war kühl und weich, und nach einigen Sekunden zog er sie an sich, schlang beide Arme um sie. Wynns Hände strichen ihm über Rücken und Nacken. Das psychisch-emotionale Band zwischen ihnen glühte mit neuer Intensität: Er nahm wahr, wie sehr es ihr gefiel, seinen Körper zu spüren, und er empfand ebenso.

Nein! Die Gefahr! ertönte eine warnende Stimme, aus Erinnerungen geboren, doch sie verklang im lauten Sturm der Emotionen. Zar küßte Wynns Wange, ihr Haar, die kleinen, runden Ohren. Leise murmelte er ihren Namen. Seine Lippen erkundeten die Wölbungen am Kinn, den Hals, fühlten einen rasenden Puls.

Die Verbindung verwandelte sich in eine neuerliche Mentalverschmelzung und erstickte jene Stimme, die *Gefahr!* schrie. Die eigene Identität — das Selbst — zerfaserte, bis nur noch Platz blieb für das Gefühl, die Frau in den Armen zu halten.

»Wynn ...«, hauchte er.

Ich liebe dich. Die Worte klangen durch den psychischen Äther, und Zar wußte nicht, wer sie zuerst »formuliert« hatte. Als er den Kopf hob und die Hohepriesterin mit einer stummen Frage in den Augen musterte, antwortete sie, indem sie ihm die Lippen darbot. Der zweite und noch längere Kuß erfüllte sie beide mit brennendem Verlangen, mit dem Bedürfnis, sich vollständig zu vereinen, geistig ebenso wie körperlich.

Die Laken des großen Himmelbetts waren kalt wie Eis, aber Zar achtete nicht darauf — es gab nur Wynn. Sie liebten sich mit einer Leidenschaft, die den Todesschatten durch das Licht des Glücks verjagte. Anschließend kamen physische Erschöpfung und der Schlaf ...

Als Wynn erwachte, wußte sie sofort, wo sie sich befand. Selbst während des Schlafs war die mentale Verbindung mit Zar nicht verschwunden, verblaßte nur, bis sie zu einem angenehmen Glühen in einer Ecke ihres Bewußtseins wurde. Sie gähnte und streckte beide Arme hoch über den Kopf — um sie sofort wieder unter die Decke zu schieben. Niemand von ihnen hatte daran gedacht, die Vorhänge des Bettes zuzuziehen; das Feuer im Kamin war erloschen, und Kälte kroch durchs Zimmer.

Doch neben dem Sovren fand die Hohepriesterin Wärme. Sie lächelte und rollte sich herum.

Zar lag mit verschränkten Armen auf der Seite, atmete ruhig und gleichmäßig. Wynn musterte ihn und dachte dabei an Nahral. Sie erinnerte sich daran, daß er im Schlaf jünger gewirkt hatte, doch bei Zar gab es keine derartigen Unterschiede: Auch jetzt runzelte er andeutungsweise die Stirn, als konzentriere er sich auf ein Problem.

Sie überlegte, wie spät es sein mochte — helles Sonnenlicht filterte durchs Fenster. Vage entsann sie sich daran, kurz vor dem Einschlafen das erste Grau des Morgens gesehen zu haben. *Es muß fast Mittag sein,* fuhr es ihr durch den Sinn, und ein leichter Schock ging mit der Erkenntnis einher, daß sie den Mann neben ihr noch nicht einmal seit einem vollen Tag kannte.

Erinnerungsbilder zogen an ihrem inneren Auge vorbei: die Entführung, der eine erste Begegnung mit dem Sovren folgte, das Handbinden-Ritual ... Benommenheit erfaßte Wynn. *Es ist so, als sei ich durch das Zeit-Tor gesprungen, von dem er mir erzählt hat — ein Schritt, der viele Jahre verstreichen läßt.*

Wynn dachte an eine Welt — an ein Universum —, deren Bewohner im Innern von großen Raum-Wagen zwischen den Sternen reisten. Das seltsame Bild im Arbeitszimmer des Sovren zeigte einen solchen Raum-Wagen, der *Enterprise* hieß. Zar hatte ihr folgendes erzählt: Die *Enterprise* konnte so schnell sein, daß sie den ganzen Planeten (ein sonderbarer Ausdruck für die Welt; und außerdem soll sie *rund* sein!) in weniger als einem Augenblick umkreiste. Nun, Zar war ihr Gemahl, und die Sprache der Gedanken kannte keine Lügen; er sagte also die Wahrheit. Doch es fiel Wynn schwer, ihm zu glauben.

Er erzitterte kurz und entspannte sich mit einem Geräusch, das nicht ganz einem Schnarchen gleichkam. Durch das zerzauste schwarze Haar sah Wynn die Spitze eines Ohrs. *Manchmal erscheint er so fremdartig und anders. Doch in der vergangenen Nacht waren wir wirklich eins, in Körper und Seele.* Die Erinnerung daran weckte neuerliches Verlangen.

Vorsichtig hob sie eine Hand, bis nur noch ein Zentimeter ihre Fingerspitzen von Zars Schulter trennte. Sie fühlte die Wärme seines Leibs, ohne ihn zu berühren, eine fiebrige Hitze, normal für ihn.

Was wird heute geschehen? überlegte sie. *Bricht er auf, um zu versuchen, den Gott der Zeit zu heilen, den Wächter? Und wenn er mich verläßt — kehrt er jemals zurück? Sollte ich mir überhaupt wünschen, ihn wiederzusehen, obgleich die Rückkehr den Tod für ihn bedeuten könnte?*

Die schreckliche Vision, von Ashmara geschickt... Wynn erschauerte und kämpfte gegen Tränen an. *Bitte beschütz ihn, Göttin. Bestimmt hast Du uns aus einem bestimmten Grund zusammengebracht. Wenn ich doch nur sicher sein könnte, daß die Eindrücke von gestern abend eine echte Vision waren! Daß Zar überlebt, wenn er Spock und die anderen begleitet!*

Ließ sich daraus der Schluß ziehen, daß dem Sovren nur dann keine Gefahr drohte, wenn er in der Zeit seines Vaters blieb? *Vielleicht sollte ich ihn dazu überreden, auf Spocks Wünsche einzugehen und nicht zurückzukehren. Doch ihn für immer aufzugeben ...*

In Wynn verkrampfte sich etwas. *Ich muß stark sein. Ashmara teilte mir mit, daß Zar sicher ist, wenn er bei seinem Vater bleibt. Meine Pflicht besteht also darin, ihm einen entsprechenden Rat zu geben.*

Zar erwachte — als sei Wynns Entscheidung ein Signal für ihn. Einige Sekunden lang starrte er sie verwirrt an, noch mit dem Schatten des Schlafs in den Augen; dann lächelte er und strich ihr sanft übers Haar. »Ich weiß nicht, was ich sagen soll. Die förmliche Begrüßung eines Gesandten scheint nicht angebracht zu sein.«

Wynn lachte. »Verzichten wir also auf Förmlichkeiten. Guten Morgen, Gemahl. Vorausgesetzt, es ist noch Morgen, was ich bezweifle.«

Zar erwiderte den Gruß und fügte hinzu: »Gut geschlafen?«

»Mir blieb gar nichts anderes übrig«, antwortete Wynn, ohne die Miene zu verziehen. »Du hast mich völlig erschöpft.«

Der Sovren stützte den Kopf auf die eine Hand, und seine Brauen verschwanden unterm Haar. »*Ich* habe *dich* erschöpft? Und ich dachte, Ashmara hält nichts von Lügnern.«

»So hat es James Kirk von mir gehört.« Wynn lächelte und streckte sich, glaubte dabei zu spüren, wie Zars Blick über ihren Leib glitt — ein angenehmes Gefühl. »Begleitest du sie heute in die Zeit, aus der sie kommen?«

»Wenn überhaupt. Ich habe mich noch nicht entschieden.«

»Du solltest mit ihnen aufbrechen. Du *mußt*.«

»Ein Telepath — so nennt man Leute wie dich und mich in der Epoche meines Vaters — ist bereits verletzt worden und ringt mit dem Tod. Wenn ich dich verlasse, kann ich vielleicht nie zurückkehren.«

Wynn atmete tief durch, und Schmerz stach in ihr. Doch sie schaffte es, sich nichts anmerken zu lassen. »Dann regiere ich allein über Neu-Araen, wozu ich durchaus in der Lage bin.« Sie sah auf ihren Bauch. »Mit etwas Glück wird unsere Tochter — oder unser Sohn — meine Nachfolge antreten.«

Zar erstarrte förmlich, und Wynn spürte sein Erschrecken durch die mentale Verbindung, obwohl sie sich nicht berührten. »*Unser* Kind? Ist das möglich?«

Sie warf ihm einen gespielt ungläubigen Blick zu. »Hast du es schon vergessen? Das betrübt mich.«

Der Sovren richtete sich ruckartig auf. Sein Gesicht wirkte nun steinern, und die Lippen formten einen dünnen Strich. »Ich meine ... Ist es die richtige Zeit für dich?«

Wynn musterte ihn besorgt. *Stimmt etwas nicht?* »Ja«, bestätigte sie. »Und ich habe keine Kräuter genommen, um die Empfängnis zu verhüten. Vielleicht beschließt Ashmara, mich mit einem Kind zu segnen.« Sie setzte sich ebenfalls auf und zog die Decke über eine Schulter. Das Haar umwogte sie wie ein dichter Schleier. »Warum bist du so entsetzt, Zar?«

Sie fühlte die in ihm brodelnde Furcht, noch bevor sie eine Hand ausstreckte und ihm auf den Arm legte. Durch den physischen Kontakt nahm sie sein Empfinden so deutlich und intensiv wahr, daß sie unwillkürlich nach Luft schnappte. »Wovor hast du Angst? Bitte sag es mir!«

Er schluckte und versuchte mühsam, sich wieder zu fassen. »Araen ...«, brachte er dumpf hervor. »Ich dachte daran, wie sie starb ...«

Wynn schüttelte den Kopf. »Gestern abend habe ich sie in deinen Erinnerungen gesehen: Sie war feingliedrig und zart, klein und nicht sehr kräftig, oder?«

Zar nickte. »Sie reichte mir kaum bis zur Brust.«

»Und es handelte sich um ihre erste Schwangerschaft?«

Ein neuerliches Nicken, während der Sovren ins Leere starrte.

»Sieh *mich* an, Liebster.« Wynns Fingerkuppen wanderten über sein Kinn. »Die Frauen meines Volkes sind größer und stabiler gebaut. *Ich* bin selbst für eine Danreg ziemlich groß und nicht kleiner als Cletas oder McCoy. Und niemand kann mich als zart bezeichnen. Ich habe bereits ein gesundes Kind zur Welt gebracht — die Wehen dauerten nicht länger als einen halben Tag. Vertrau mir als Heilerin und Hebamme: Mit solchen Dingen kenne ich mich aus. Ich verstehe den Grund für deine Furcht, doch ich teile sie nicht. Die Risiken sind völlig unbedeutend im Vergleich mit der Freude, die mir unser Kind schenken wird.«

»Aber ...«, begann Zar, unterbrach sich dann und zuckte mit den Achseln. »Vielleicht hast du recht.«

Trotzdem: Wynn war sicher, daß sie ihn nicht überzeugt hatte. Sie fragte sich, ob sie noch einen Versuch unternehmen sollte, den Sovren zu beruhigen, entschied sich aber dagegen. *Er wird selbst sehen, daß keine Probleme entstehen.*

Sie musterte ihn im matten Licht und dachte daran, wie sich sein hagerer Körper angefühlt hatte, die Narben ... Nur wenige Krieger überlebten lange genug, um so viele Narben zu sammeln.

Wynn zögerte kurz, bevor sie seine rechte Schulter berührte, mit dem Zeigefinger über die Haut strich und harte Sehnen darunter ertastete. Sie betrachtete eine ganz bestimmte Narbe. »Wie hast du diese hier bekommen?«

Zar blickte an sich herab und wölbte eine Braue. »Offenbar hat mich dort jemand gebissen«, erwiderte er mit trockenem Humor. »Vielleicht in der vergangenen Nacht?«

Wynn unterdrückte ein Schmunzeln, und in ihren Augen funkelte scheinbare Empörung. »Nein, ich meine diese *Narbe*.«

»Der Speer eines Geächteten. Er überzeugte mich davon, daß ich unbedingt Kettenhemden erfinden mußte.« Als er die Verwirrung seiner Gemahlin bemerkte, fügte er eine Erklärung hinzu: »Schutzkleidung aus kleinen Stahlteilen — das Metall, aus dem auch mein Schwert besteht. Kettenhemden sind wesentlich widerstandsfähiger als dickes Leder und werden nicht so leicht von Bronzeklingen durchdrungen.«

Wynns Gedanken rasten plötzlich. »Hast du noch mehr von jenem Metall? Es könnte unseren Truppen einen erheblichen Vorteil geben.«

»Ich bin in der Lage, etwa zweihundert Danreg-Krieger mit stählernen Schwertern auszurüsten«, sagte Zar. »Außerdem dreihundert weitere mit Speerspitzen aus Stahl. Mehr leider nicht. Schon seit Monaten arbeiten die Schmiede von Neu-Araen Tag und Nacht, um genug Rüstungen und Waffen für meine eigenen Soldaten herzustellen.«

»Auch wir haben Schmiede«, warf Wynn ein. »Vielleicht können sie den Umgang mit dem neuen Metall lernen.«

»Wenn wir die Schlacht überstehen, zeige ich es ihnen gern«, entgegnete Zar. »Wann findet der Angriff statt?«

»Sobald das Hochwasser des Rotufer weit genug zurückgegangen ist, um dem Gegner zu gestatten, mit seinen Streitwagen den Fluß zu überqueren. Morgen oder übermorgen, nicht später.«

»Das stimmt mit den Berichten meiner Spione und Späher überein«, erwiderte Zar. »Ich möchte dem Feind auf der Moortor-Ebene gegenübertreten. Um meinen Schlachtplan zu verwirklichen, brauche ich genug Platz.«

Wynn schüttelte mit gutmütigem Spott den Kopf, bevor sie sich an den Sovren schmiegte. »Taktik, Schlachtpläne ... Sind das die richtigen Themen für ein Ehepaar, das am Morgen nach dem Handbinden-Ritual im Bett liegt?«

Zar lächelte das für ihn typische schiefe Lächeln, strich seiner Frau einige Strähnen aus der Stirn und hauchte ihr einen Kuß auf den Nacken. »Gestern um diese Zeit habe ich dir den Vorschlag unterbreitet, mich zu heiraten. Warum bist du damit einverstanden gewesen?«

Wynns Wange ruhte an der Brust des Mannes. »Keine Ahnung ... Eins steht fest: An deinem Aussehen lag es bestimmt nicht.«

Sie spürte, wie er etwas schneller atmete — ein lautloses Lachen. »Um ganz ehrlich zu sein: Es läßt sich kaum in Worte fassen«, fuhr sie fort. »Als wir uns in deinem Arbeitszimmer begegneten, wußte ich sofort, daß uns etwas verbindet. Wie zwei Stücke, die aus dem gleichen Fell geschnitten sind: unterschiedlich zwar in der Form, aber aus dem gleichen Material. Zuerst sträubte ich mich gegen diese Erkenntnis, aber schließlich hatte ich keine andere Wahl, als sie zu akzeptieren.«

Zar schlang einen Arm um sie. »Ich weiß. Mir wurde es klar, als dein Vater dir den Stoß gab und uns zum ersten Kuß herausforderte.«

»Ich war wütend auf ihn.« Wynn lächelte, als sie sich erinnerte.

»Das habe ich gespürt.«

»Wirst du deinem Vater helfen, Zar?«

Er seufzte tief und drückte sie etwas fester an sich. »Ja. Ich schätze, mir bleibt nichts anderes übrig.«

»Es freut mich, daß du diese Entscheidung getroffen hast.«

Wynn schloß die Augen und dachte daran, daß sie bald — viel zu bald — aufstehen mußten, daß es nicht mehr lange dauerte, bis ihr Gemahl mit einer Reise durch die Zeit begann. *Vielleicht sehe ich ihn nie wieder.* Sie versuchte, derartige Gedanken zu verdrängen, konzentrierte sich darauf, Zars warme Haut zu fühlen, sein schwarzes Haar an ihrer Wange. Sie gab sich ganz dem Augenblick hin, und es wäre ihr fast — *fast* — gelungen, sich davon zu überzeugen, daß diese Sekunden ewig währten.

Zar saß am Schreibtisch in seinem Arbeitszimmer und blätterte in Unterlagen, als Cletas hereinkam und salutierte. »Hier sind die letzten Berichte unserer Späher, Euer Gnaden.«

»Gut. Ich habe ein Treffen aller Kommandeure angeordnet. Die Besprechung findet in zwei Stunden statt; Truppenführer Madon, Heldeon, Lady Wynn und die übrigen Danreg-Offiziere nehmen ebenfalls daran teil.« Er griff nach den Pergamentrollen und las. »Hm. Heute läßt sich der Rotufer also nicht überqueren ... Wie haben Rorgan und Laol auf die Nachricht reagiert, daß sich Heldeon mit uns verbündet hat?«

Der Zweite Kriegskommandeur lächelte. »Wie erwartet. Sie stritten sich bis spät in die Nacht.«

»Ausgezeichnet. Wenn sie mit sich selbst beschäftigt sind, können sie nicht für die Schlacht planen. Was ist mit den Katapulten?«

»Zwei sind in Stellung gebracht. Jeweils zwei weitere folgen heute nachmittag und am Abend.«

»Und das Gelände?«

»Der Boden trocknet rasch. In einigen Stunden beginnt die Reiterei mit Übungsmanövern.«

Zar atmete zischend. »Dann sind wir so gut vorbereitet, wie es möglich ist. Bitte sorge dafür, daß die restlichen Stahlwaffen an Lady Wynns Truppen verteilt werden. Sie wählt die betreffenden Soldaten selbst aus.«

»Ja, Herr.« Cletas zögerte. »Übrigens: Ich habe die Lady heute noch nicht gesehen. Heldeon hat heute morgen ihre Zofen geschickt, aber sie fanden die Hohepriesterin nicht in ihrem Quartier. Äh, weißt du, wo sie sich aufhält?«

Der Sovren hob den Kopf und erinnerte sich daran, wer die Tür des Nebenzimmers entriegelt hatte. »Sie nimmt ein Bad«, erwiderte er ruhig. »In meiner Kammer.«

»Ich ... verstehe«, sagte Cletas in einem neutralen Tonfall.

Zar wölbte eine Braue. »Du verstehst *was?*«

»Nichts, Euer Gnaden«, erwiderte der Zweite Kriegskommandeur hastig. »Es war nur eine ... Redewendung.«

Ein Klopfen an der Tür bewahrte Cletas vor noch mehr Verlegenheit. Zar warf ihm einen Du-hast-noch-einmal-Glück-gehabt-Blick zu. »Ich nehme an, das sind Zaylenz, Yarlev, Ingev, Reydel und Trebor Damas«, sagte er. »Ich habe sie gebeten, vor der Besprechung zu mir zu kommen — um euch allen etwas Wichtiges mitzuteilen.«

Doktor McCoy lächelte begeistert. »Du kommst mit! Das ist großartig! Ich wußte, daß du Vernunft annehmen würdest ... Warte nur, bis ich Jim und Spock davon erzähle.«

Zar hob die Hand. »Nicht so hastig, Leonard. Nach der Besprechung mit den Danreg-Offizieren begleite ich Sie und versuche, einen Kontakt zum Wächter herzustellen. Doch anschließend kehre ich zurück, um meine Truppen in die Schlacht zu führen.«

McCoy hatte das Gefühl, als bohre sich ihm eine

Faust in die Magengrube. Er blinzelte mehrmals, und einige Sekunden lang fehlten ihm die Worte. »Warum?« brachte er schließlich hervor. »Du weißt, was geschehen wird ...«

»Ja«, erwiderte der Sovren ernst. »Aber gerade *weil* ich es weiß, kann ich es vielleicht verhindern. Wynn hält das für möglich.«

»Soll das heißen, du verläßt dich auf den abergläubischen Hokuspokus einer Barbaren-Priesterin?« fragte McCoy scharf. »Himmel, es geht hier um dein *Leben*.«

Im Sonnenschein waren Zars graue Augen fast farblos. »Ich muß hierher zurückkehren. Und vergessen Sie nicht, daß Sie von meiner Frau sprechen, Leonard.«

»*Verdammt*, du bist genauso stur wie dein Vater!« ereiferte sich der Arzt und schlug auf den Tisch. »Was hält dich hier? Oder leidest du an einem Märtyrer-Komplex?«

Zar preßte die Lippen zusammen. »Was mich hier hält ... Deshalb wollte ich zuerst mit Ihnen reden, Doktor. Ich brauche Ihre Hilfe. *Bitte*.«

McCoy holte tief Luft und ließ den Atem langsam entweichen. »Na schön«, schnaufte er. »Um was geht's?«

»Ich möchte, daß Sie mich sterilisieren, während ich an Bord der *Enterprise* bin.«

»Ich soll dich sterilisieren?« wiederholte McCoy verblüfft. Einige Sekunden lang dachte er an Nomad, jenen sonderbaren kleinen Roboter, der das Leben eines ganzen Sonnensystems ausgelöscht hatte — weil seine Programmierung von ihm verlangte zu ›sterilisieren‹. *Fast hätte er uns alle umgebracht.* »Wie meinst du das?«

»Habe ich mich nicht klar genug ausgedrückt?« Ganz offensichtlich stand Zar dicht davor, die Beherrschung zu verlieren. »Ich bekam nie Gelegenheit, die vulkanische Bio-Kontrolle zu erlernen. Deshalb wende ich mich an Sie: Nehmen Sie mir bitte die Möglichkeit, Kinder zu zeugen. Verstehen Sie jetzt?«

»Schon gut, schon gut, ich verstehe, *was* du von mir willst. Aber *warum*?«

Der Sovren mied den Blick des Arztes. »Ich mache mir Sorgen um Wynn.«

McCoy lehnte sich auf seinem Stuhl zurück und hob beide Brauen. »Oho. Jetzt wird mir die Sache langsam klar. Soviel zu einer Ehe, die nur politischen Zwecken dient.«

»Außerdem möchte ich Sie noch bitten, Wynn mit Ihrem Tricorder zu untersuchen.« Zars Gesicht war nun völlig ausdruckslos. »Und ihr falls nötig etwas zu geben.«

»Zum Beispiel?«

»Ein empfängnisverhütendes Mittel, verdammt!« Die Stimme des Sovren vibrierte. »Das ist unbedingt notwendig!«

Der Arzt versteifte sich. »Von wegen. Du hast das Recht, über deinen Körper zu entscheiden, und das gilt auch für Wynn. Nun, vermutlich bist du aus gutem Grund besorgt, oder?«

Zar nickte wortlos.

»Wie denkt deine Frau darüber? Möchte sie ein Kind?«

»Ja. Und sie kann eins bekommen, auch mehrere — aber nicht von mir. Sie muß sich jemand anders suchen, der ... Ich meine, mit mir stimmt etwas nicht. In genetischer Hinsicht.«

»Als ich dich vor zwanzig Jahren untersucht habe, war mit dir alles in bester Ordnung.«

»Vielleicht unterlief Ihnen ein Fehler. Araen ...« Zar schluckte und rang mit sich selbst. »Araen starb bei der Geburt unserer Tochter.«

»Das dachte ich mir.«

»Und das Kind ebenfalls. Es lebte nur für einige Stunden. Wahrscheinlich ist meine gemischte Herkunft die Ursache. Es gibt einen genetischen Defekt ...«

»Nein, das bezweifle ich aus mehreren Gründen«, wi-

240

dersprach McCoy sanft. »Zunächst einmal: Hatte Araen eine normale Schwangerschaft?«

»Ich glaube schon. Soweit ich das feststellen konnte — ich hörte den Hebammen zu und las die mitgebrachten Medo-Texte ... Aber Araen war nie sehr kräftig. Ihr Vater meinte, sie sei immer zart und eher schwach gewesen. Doch sie strahlte eine solche *Lebensfreude* aus, daß man es ihr nicht anmerkte.«

»Und die Niederkunft?«

»Die Wehen dauerten zwei Tage«, antwortete Zar leise und rauh. »Als sie begannen, fühlte ich mich elend und *wußte* plötzlich ...« Er holte tief Luft und räusperte sich. »Die Hebammen versuchten alles, aber Araen weitete sich nur um einige Zentimeter. Als sie ins Koma fiel, wurde mir klar, daß sie in jedem Fall sterben würde. Daraufhin beschloß ich etwas, das Araen schon Stunden vorher von mir verlangt hatte: Ich nahm mein Messer und führte einen Kaiserschnitt durch. Es ... es war schwer, tief genug zu schneiden, wenigstens zuerst. Zwar hatte ich im Kampf viel Blut gesehen, aber ...«

»Ich verstehe«, sagte McCoy voller Mitgefühl. Er glaubte zu spüren, wie etwas sein Herz zerquetschte. »Wieso fühlst du dich schuldig? Wies das Kind Mißbildungen auf?«

Zar stützte den Kopf mit beiden Händen ab und sah ins Nichts. »Nein. Rein äußerlich war mit dem Mädchen alles in Ordnung. Aber es atmete nicht richtig.«

»Eine Frühgeburt?«

»Nein. Die Hebammen meinten, das Kind sei groß genug gewesen.«

»Nun ... Unter diesen Umständen bin ich natürlich kaum zu einer genauen Diagnose imstande, aber vielleicht war das Kind zu groß für den Geburtskanal. Mit solchen Problemen bekommen es häufig kleine und zart gebaute Frauen zu tun. Und nach den langen Wehen hatte das Neugeborene einfach nicht genug Kraft, um zu überleben.«

Zar musterte den Arzt sprachlos.

»Hörst du mir zu?« McCoy fing den Blick des Sovren ein. »Ich habe etwas herausgefunden, von dem ich bisher nichts wußte: Mit ziemlicher Sicherheit stammen die Sarpeiden von den gleichen Ahnen ab wie die Vulkanier und Rigelianer.« Mit einigen knappen Worten beschrieb er Spocks Theorie.

Zar wirkte nachdenklich. »Das erklärt viele Dinge, die mir seit unserer ersten Begegnung seltsam erschienen. Damals war es eine große Überraschung für mich, als ich feststellte, daß Menschen rotes Blut haben. Ich kannte nur grünes ...«

»Viel wichtiger ist folgendes«, sagte McCoy. »Nichts hindert dich und Wynn daran, gesunde Söhne oder Töchter zu bekommen. Was mit Araen geschehen ist, geht nicht auf irgendeinen Defekt in deinen Chromosomen zurück. Es war eine Tragödie, ja, aber es gibt keinen *Schuldigen*. Wenn du möchtest, nehme ich an Bord der *Enterprise* eine vollständige genetische Analyse vor, doch ich weiß schon jetzt, wie ihr Ergebnis aussehen wird.« Grimmig fügte er hinzu: »Ich bin auch bereit, dich zu sterilisieren, falls du dann immer noch darauf bestehst. Eine Injektion genügt.«

»Und Wynn? Vielleicht habe ich sie schon ...«

»Geschwängert? Nun, wenn das der Fall ist und sie das Kind möchte, so solltest du dich damit abfinden. Wie ich bereits sagte: Sie hat ein Recht darauf, selbst zu entscheiden. Aber meiner Ansicht nach brauchst du dir keine Sorgen zu machen. Sie ist kräftig und gesund — das habe ich vor der Immunisierungsbehandlung festgestellt.« McCoy lächelte beruhigend.

Zar nickte, obgleich noch immer Zweifel in ihm verharrten. »Danke, Leonard.«

»Nichts zu danken.« Der Arzt stand auf. »Ich teile Kirk und Spock mit, daß ein krankes Zeit-Tor auf uns wartet.«

James T. Kirk betrat den Salon, und dort sah er Spock: Der Vulkanier hatte die Hände auf den Rücken gelegt und blickte aus dem Fenster. »Ich habe gerade mit Pille gesprochen. Zar ist bereit, uns zu begleiten und zu versuchen, einen Kontakt mit dem Wächter herzustellen.«

Spock drehte sich um, und das rötliche Licht der untergehenden Sonne verlieh seinen Zügen etwas Dämonisches. »Hat Dr. McCoy auch erwähnt, ob mein Sohn bei uns bleiben wird?«

Kirk zögerte kurz. »Zar will vor der Schlacht nach Neu-Araen zurückkehren. Er hält mit unerschütterlicher Entschlossenheit an dieser Entscheidung fest.«

Spock wandte den Blick vom Admiral ab und preßte die Lippen zusammen. »Sein gutes Recht.«

Kirk nickte. »Aber vielleicht gelingt es uns trotzdem, ihn umzustimmen. Wenn wir ihn dazu überreden können, einige Tage an Bord der *Enterprise* zu verbringen ... Sie erinnern sich bestimmt daran, wie sehr ihm das Schiff gefiel.«

»Ja. Aber ich kenne auch Zars ausgeprägte Sturheit.«

Kirk räusperte sich. »Nun, wie heißt es so schön? ›Der Apfel fällt nicht weit vom Stamm.‹« Als der Vulkanier eine Braue hob, fügte er hinzu: »Vielleicht hat er diese Eigenschaft geerbt.«

»Wollen Sie damit andeuten, daß *ich* stur bin, Jim?«

»Nun, äh, ja«, räumte der Admiral ein und fuhr hastig fort: »Manchmal ist Sturheit durchaus nützlich. Mir hat sie mehr als nur einmal das Leben gerettet.«

In den Mundwinkeln des Vulkaniers zuckte es kurz. »Sie haben recht. Ich *bin* stur. Und Sie auch.«

»Wer, *ich*?« Kirk trug eine Unschuldsmiene zur Schau. Doch dann gab er nach und lachte leise. »Nun, mag sein.«

Sie standen nebeneinander und beobachteten, wie die große scharlachrote Scheibe von Beta Niobe dem Gipfel des Großen Weißen entgegensank. »Pille befürchtet, Zar könnte sich zuviel zumuten ... Er versucht, seine Heimat vor einer Katastrophe zu bewahren, und dadurch ist er erheblichem Streß ausgesetzt. Und jetzt bitten wir ihn auch noch, das Problem des Wächters für uns zu lösen. Wenn er unter diesen Belastungen ganz zusammenbricht ...«

»Ich teile Ihre Besorgnis«, erwiderte Spock. »Und ich denke dabei auch daran, was mit D'berahan geschah. Er wird sich einer nicht unerheblichen Gefahr aussetzen.«

»Ja.«

»Andererseits: Es ist unsere Pflicht, alle Möglichkeiten zu nutzen, um die korrekte Funktion des Zeit-Tors wiederherzustellen«, sagte Spock ernst. »Zar hat sich dazu bereit erklärt, einen entsprechenden Versuch zu unternehmen, und deshalb müssen wir ihm Gelegenheit dazu geben.«

»Das stimmt vermutlich«, antwortete Kirk widerstrebend. Ihm fiel etwas ein. »Spock ... Haben Sie jemals darüber nachgedacht, ob es richtig war, daß Sie Zar damals besuchten?«

Der Vulkanier wölbte überrascht eine Braue, und Jim schüttelte sofort den Kopf. »Nein, so meine ich das nicht. *Natürlich* war es richtig. Zar mußte allein in einer Eiswüste zurechtkommen, ohne die Chance, ein normales Leben zu führen. Aber nehmen wir einmal an, er *hätte* ein normales Leben geführt. Sie wissen schon: Schule, Arbeit, Freunde, Verwandte ...«

Kirk starrte aus dem Fenster und sah, wie Finger der Dunkelheit über die Berghänge tasteten. »Halten Sie es in einem solchen Fall für ... fair, daß sich ein Vater mit seinem erwachsenen Sohn in Verbindung setzt? Mit jemandem, dem er einige Male begegnet ist, ohne dabei die eigene Identität preiszugeben.«

Der Admiral spürte Spocks nachdenklichen Blick auf sich ruhen, aber er wandte sich nicht vom Fenster ab — dazu fehlte ihm plötzlich die Kraft.

»Ich weiß es nicht, Jim«, sagte der Vulkanier nach einer Weile.

»Ich ebensowenig«, flüsterte Kirk.

Kurz darauf fühlte er, wie ihn Spock an der Schulter berührte. »Jim ... Kann ich Ihnen irgendwie helfen?«

Der Admiral atmete tief durch, drehte sich um und straffte die Gestalt. »Nein, ich glaube nicht. Ich schlage vor, wir gehen jetzt zu Zar und machen uns mit ihm auf den Weg.«

Offenbar endete die Besprechung gerade, als Kirk und Spock das Arbeitszimmer des Sovren erreichten. Heldeon und Wynn schritten durch die Tür, begleitet von Truppenführer Madon. Die übrigen Danreg- und Lakreo-Offiziere folgten. Der Admiral und sein vulkanischer Gefährte nickten dem alten Stammesoberhaupt zu, bevor sie eintraten.

McCoy saß bei Zar an dem mit Einlegearbeiten geschmückten Tisch, auf dem taktische Diagramme, Karten und Listen lagen. Spock blieb neben ihm stehen und blickte auf die Schlachtpläne hinab.

»Können wir aufbrechen?« wandte sich Kirk an den Sovren.

»Sobald ich mich von Wynn verabschiedet habe.« Zar stand auf und verließ den Raum, kehrte schon nach kurzer Zeit mit der Hohenpriesterin zurück. Der Admiral beobachtete sie neugierig. Zar und Wynn sahen sich nicht einmal an, als sie hereinkamen, aber zwischen ihnen herrschte nun eine andere Atmosphäre.

Interessant, dachte Kirk. *Ich glaube, es handelt sich jetzt nicht mehr um eine Ehe, die nur auf dem Papier — beziehungsweise Pergament — existiert. Dadurch wird alles komplizierter.* Über Spocks Kopf hinweg warf Kirk dem Arzt einen fragenden Blick zu, und McCoy erriet seine Gedanken, nickte stumm.

»Beginnst du jetzt mit deiner Reise durch die Zeit?« erkundigte sich Wynn leise.

»In einigen Minuten«, sagte Zar.

»Kann ich dabei zusehen?«

Der Sovren schüttelte den Kopf. »Das halte ich für

245

keine gute Idee. Auf den Wächter ist kein Verlaß mehr. Du könntest mit uns in die Zukunft gerissen werden.«

Die Hohepriesterin schob das Kinn vor. »Na schön.« Sie zögerte und fuhr mit sorgfältig kontrollierter Stimme fort: »Ich habe gehofft, daß mir Ashmara Aufschluß darüber gibt, ob du zurückkehren oder bei deinem Vater bleiben solltest, Gemahl. Aber Sie schweigt, und daher weiß ich leider nicht, was besser für dich ist. Du mußt selbst entscheiden.«

»Sei unbesorgt«, erwiderte Zar sanft. »Wir sehen uns wieder.« Er streckte die Hand aus, um ihre Wange zu berühren. Wynn drehte den Kopf und hauchte ihm einen Kuß auf die Finger.

»Ja«, murmelte sie. Dann ging sie mit hoch erhobenem Haupt fort.

Zar sah ihr nach, bis der Wächter die Tür schloß. »Also gut«, sagte er zu Kirk. »Worauf warten wir noch?«

Der Admiral blickte zu seinem früheren Ersten Offizier, dessen Aufmerksamkeit noch immer den Schlachtplänen galt. Er räusperte sich demonstrativ, und als keine Reaktion erfolgte, stieß er die Stiefelspitze ans Stuhlbein. »Spock?«

Der Vulkanier hob den Kopf. »Ja, Jim?«

»Es wird Zeit. Wir müssen ein Universum retten.«

KAPITEL 11

Unter den Füßen spürte Zar den staubigen Boden Gateways, und gleichzeitig öffnete sich in seinem Bewußtsein eine schreckliche Leere. Er taumelte, stolperte, sank auf Hände und Knie, schnappte entsetzt nach Luft.

Wynn! Nein!

Er fühlte ihre Präsenz nicht mehr — sie war fort, als hätte sie nie existiert. Schwärze wogte heran, und der Sovren stemmte sich ihr vergeblich entgegen.

»Zar!« rief McCoy wie aus weiter Ferne. »Halt ihn fest, Jim!«

Hände schlossen sich um seine Schultern, und dann ertönte Kirks heisere Stimme. »Spock ... Was ist los mit ihm? Ergeht es ihm ebenso wie D'berahan?«

»Ich weiß es nicht.«

»Spock, Jim ... Dreht ihn um, damit ich ihn beatmen kann.«

Vulkanische Finger strichen über die eine Seite des Gesichts, und Spock sagte: »Ich hätte es mir denken sollen. Er hat den Kontakt zu Wynn verloren ... In dieser Zeit ist sie längst tot. Sie wissen ja, welchen Schock der Überlebende einer Partnerschaftsbindung dadurch erleidet.«

Die Finsternis flutete über ihn hinweg, kam in Wellen, jede höher und stärker als die andere. Zar seufzte innerlich und bemühte sich nicht mehr, dagegen anzukämpfen.

Doch als sein Selbst in der Schwärze zu zerfasern begann, leuchtete irgendwo ein Licht auf, und etwas Ver-

247

trautes füllte die Leere in seinem Innern. *Wynn lebt,* flüsterte es wortlos. *Sie ist nicht tot, befindet sich nur auf der anderen Seite des Zeit-Tors. Du hast versprochen, zu ihr zurückzukehren.*

Ja. Er erinnerte sich. *Ja, ich habe es versprochen ...*

Atme, forderte ihn Spocks Ich auf. *Ich helfe dir.*

Mühsam holte Zar Luft, dann noch einmal, und die Dunkelheit wich allmählich von ihm fort. Wynns Abwesenheit belastete ihn noch immer, aber er begriff nun, was geschehen war, und das Wissen darum versetzte ihn in die Lage, Kummer und Verzweiflung hinter eine mentale Barriere zu verbannen. Mit einem jähen psychischen *Ruck,* der Übelkeit in ihm weckte, erneuerte sich die physische Existenz: Unter ihm erstreckte sich kalter Boden, und er hörte das Klagen des Winds.

Zar schlug die Augen auf und sah Spock, der sich über ihn beugte.

»Ist jetzt alles in Ordnung mit dir?« fragte McCoy. Der Sovren drehte den Kopf und bemerkte den Arzt. Kirk hockte neben ihm.

»Ja«, wollte er antworten, doch es wurde nur ein unverständliches Krächzen daraus. Er nickte.

Nach einer Weile setzte er sich auf. Spock half ihm dabei und musterte ihn; die Blässe im Gesicht des Vulkaniers bot einen deutlichen Hinweis darauf, wie anstrengend die Mentalverschmelzung für ihn gewesen war. »Tut mir leid«, sagte Spock. »Ich habe versäumt, dich zu warnen. Weil ich nicht wußte, daß du dich mit Wynn gebunden hast.«

»Du konntest es gar nicht wissen.« Das Sprechen fiel Zar jetzt nicht mehr ganz so schwer. »Ich hatte ebenfalls keine Ahnung. Du hast mir damals von der Partnerschaftsbindung erzählt, und jetzt ist mir klar, was damit gemeint ist: die warme Präsenz eines anderen Selbst inmitten des eigenen Bewußtseins. Araen hatte keine telepathischen oder empathischen Fähigkeiten; deshalb war mein ... Kontakt mit ihr anders.«

Spock nickte. »Ja. Wenn auf Vulkan ein Bindungspartner stirbt, führen die Familienangehörigen Mentalverschmelzungen mit dem Überlebenden herbei, um ihm zu helfen, über den Verlust hinwegzukommen.«

Zar schüttelte den Kopf und trachtete danach, Benommenheit von sich abzustreifen. Plötzlich riß er die Augen auf. »Wynn!« entfuhr es ihm. »Ist es ihr ebenso ergangen wie mir? Es gibt niemanden, der ihr geistigen Beistand leisten kann!«

»Kein Problem«, entgegnete Spock. »Vorausgesetzt, du kehrst unmittelbar nach deinem temporalen Transfer in die Vergangenheit zurück. Dann spürt Wynn überhaupt nichts von dem unterbrochenen mentalen Kontakt.«

»Das ist nur dann möglich, wenn der Wächter richtig funktioniert«, murmelte Zar und sah zum Zeit-Portal hoch. Er stand auf, klopfte Staub von der Kleidung und hinkte einige Schritte, um die Taubheit aus seinen Beinen zu vertreiben. Wynns Abwesenheit formte noch immer eine schmerzende Leere, aber es gelang ihm nun, diese besondere Pein zu ignorieren und in erster Linie an die Aufgabe zu denken.

Direkt vor dem Wächter blieb er stehen, lauschte dem Stöhnen und Ächzen des Winds, der an seinem scharlachroten Mantel zerrte. Als er durch die zentrale Öffnung im Steinkreis blickte, erinnerte er sich an die Ereignisse vor zwanzig Jahren.

Rechts befand sich der Felsvorsprung, hinter dem er sich zusammen mit Spock vor den Romulanern versteckt hatte. *Stundenlang haben wir dort gelegen, und der Platz genügte gerade, um zu atmen.* Eine andere Stelle zwischen den Ruinen ... Zar entsann sich an seinen Kampf gegen den romulanischen Commander Tal. Und wo er jetzt stand ... *Hier verband Spock unsere Selbstsphären, um mir die Wahrheit über seine Begegnung mit Zarabeth mitzuteilen, um mir die besondere Beziehung zwischen ihnen zu erklären. Er hat sie geliebt, auf seine eigene Art und Weise.*

Und während jener Mentalverschmelzung gab er mir zu verstehen, er sei stolz auf mich ...

Zar drehte sich um, als er ein vertrautes Piepen hörte. »Kirk an *Enterprise*«, sagte der Admiral. Spocks Sohn fragte sich, wieso Jim plötzlich über einen Kommunikator verfügte. *Wahrscheinlich hat er ihn hier zurückgelassen, um sich mit dem Schiff in Verbindung zu setzen.*

»Hier Scott«, klang die Antwort aus dem kleinen Lautsprecher.

»Wie lange waren wir fort, Scotty?«

»Etwa fünfzehn Minuten, Admiral. Haben Sie den Jungen gefunden?«

Kirk sah zu Zar und lächelte. »Ja, das haben wir. Aber er ist jetzt kein ›Junge‹ mehr.«

»Soll ich Sie hochbeamen, Sir?«

»Nein, wir beginnen sofort mit dem Kontaktversuch. Wenn ich mich nicht spätestens in einer Stunde melde, oder wenn neue Zeitwellen emittiert werden ... Dann verlassen Sie dieses Sonnensystem und bitten Admiral Morrow um weitere Anweisungen, Scotty. Verstanden?«

»Aye, Sir. Viel Glück.«

»Danke, Scotty. Kirk Ende.«

Zar trat noch etwas näher an den Monolithen heran, bis er nur noch die Hand auszustrecken brauchte, um den Wächter zu berühren. Er hörte, wie kleine Steine unter Stiefelsohlen knirschten, und als er sich halb umwandte, fiel sein Blick auf Spock. Er wollte lächeln, fürchtete jedoch, daß nur eine Grimasse daraus wurde. »Ich gebe es nicht gern zu, aber ich habe Angst«, sagte er leise.

»Eine ... logische Reaktion, wenn man die Umstände berücksichtigt«, erwiderte Spock. »Mir erging es ebenso.«

Zar hob die Arme, bevor er Gelegenheit bekam, der Furcht zu erliegen, und preßte beide Hände an den Stein.

Keine Reaktion. Er gewann den Eindruck, etwas Lebloses zu berühren; seine mentalen Finger tasteten durch Leere.

Etwas stimmt nicht, dachte er. *Damals spürte ich Vitalität. Zwar ist der Wächter künstlichen Ursprungs, aber er hatte ein eigenes Bewußtsein.*

Er stützte die Stirn ans Portal, schloß die Augen und versuchte es erneut. Die externe Welt verlor immer mehr an Bedeutung, als Zar seinen psychischen Kosmos erweiterte. Ihre Konturen verflüchtigten sich, verschwanden ganz.

Ohne Körper stand er in einer riesigen, endlosen Höhle: Hier und dort blitzte Licht, bildete Streifen ohne erkennbare Muster, bevor es sich in der Finsternis verlor. Zars Geist kam einem winzigen weißen Funken gleich, der durch ein gewaltiges unsichtbares Labyrinth glitt.

Hier muß sich irgendwo das Ich des Wächters befinden, dachte er. *Immerhin ist sein Bewußtsein an die physische Existenz gebunden, so wie meins. Oder?*

Ab und zu gleißte es um ihn herum, doch die damit einhergehenden ›Gedanken‹ waren steril und artifiziell — *von einer Maschine erzeugt*, fuhr es Zar durch den Sinn, und er erinnerte sich an Spocks Beschreibungen in Hinsicht auf Vejur.

Wo verbirgt er sich? Der Funken schwebte schneller durch den grenzenlosen mentalen Irrgarten. *Wo?*

Zar prallte von Barrieren ab, geriet in Sackgassen, setzte die Suche fort ...

Bald war er so tief im Innern des maschinellen Teils der Entität, daß er Gefahr lief, sich zu verirren. Das Band zwischen Körper und Geist dehnte sich, drohte zu reißen. *Wenn ich ihn nicht bald finde, muß ich umkehren. Wo bist du, Wächter?*

Er wünschte sich, Spock um eine Gedankenverschmelzung bitten zu können. Der Vulkanier wäre sicher in der Lage gewesen, die Verbindung zwischen den geistigen und körperlichen Aspekten seines Selbst zu stabilisieren. Zu spät ...

Darf mich nicht ... viel weiter ... vorwagen.

Und dann ...

Was ist das?

In der Ferne ›sah‹ er etwas: pulsierende Streifen aus goldenem Licht, die bis in die Unendlichkeit reichten. Sie trübten sich, als Zar den ›Blick‹ darauf richtete. Er warf sich ihnen entgegen und hoffte inständig, daß er nicht den Kontakt zu seinem Leib verlor.

Geschafft!

Als er das goldene Schimmern berührte, wußte Zar, daß er sein Ziel erreicht hatte. Er spürte Wärme, Intelligenz und Humor eines intelligenten Wesens — der Wächter.

Konfuse Bilder fluteten ihm entgegen, verwirrten ihn mit Fremdartigkeit. Er mußte zurückweichen, sein Bewußtsein abschirmen, um in dieser uralten Ich-Aura nicht die eigene Identität zu verlieren.

Zar begann damit, Gedanken zu projizieren. *Wächter? Es gibt ein Problem. Die Zeit gerät aus den Fugen. Kehr mit mir zurück. Nimm wieder deine Pflichten wahr.*

Keine Antwort.

Die Lichtstreifen wurden dünner, verloren an Leuchtkraft. Zar begriff plötzlich, daß selbst der Wächter riskierte, sich in dieser Dimension — wenn eine solche Bezeichnung angemessen war — zu verlieren. Er wußte: Wenn er der Entität auch weiterhin folgte, forderte er seinen physischen Tod heraus.

Wächter! rief er und stieß den Gedanken so nach vorn wie ein Schwert. *Verbinde deinen Geist mit mir! Ich kenne den Rückweg!*

Irgendwo flackerte es in dem fremden Bewußtsein.

Ja! beharrte Zar. *Ich kenne den Rückweg. Ich habe dich gesucht. Kehr mit mir zurück, bevor du dich endgültig verirrst!*

IMPLEMENTIERE PRIMÄRE PROGRAMM-SUB-

ROUTINE ›UNIVERSUM/DIMENSION/URSPRUNGS-
KONTINUUM — RÜCKKEHR‹, UM TRANSFER DES
EIGENEN SELBST UND DER ERSCHAFFER ZUM
TEMPORALEN KONTROLLZENTRUM ZU ERLEICH-
TERN. ERKLÄRE BEREITSCHAFT, MICH FÜHREN ZU
LASSEN.

Zar empfing nur einzelne Gedankenfragmente, aber
er schloß daraus, daß der Wächter sein Angebot akzeptierte. Unverzüglich änderte er die ›Richtung‹, um nach
Gateway zurückzukehren.

Wenige subjektive Sekunden später wußte er, daß
sich erhebliche Schwierigkeiten anbahnten. Er hatte zuviel Kraft verwendet, um die Zeit-Entität zu erreichen,
und Erschöpfung erfaßte sein Ich. Es war, als schwimme
er gegen eine starke Strömung: Zwar kam er voran,
doch die Verbindung zum Körper zerfaserte, und er
konnte sie kaum mehr erkennen. Er bemühte sich, die
in ihm emporquellende Panik zu unterdrücken; mit den
vulkanischen Mentaldisziplinen, die Spock ihn einst gelehrt hatte, konzentrierte er sich auf den Rest seiner
psychischen Energie und erzwang geistige Ruhe.

Frieden ... Gelassenheit ...

Sternenlicht, kühles Wasser, Schatten auf Sand ...

*Anstrengung ohne Furcht. Innerer Fokus. Energie sam-
meln ... Die Gedankenregeln. Die Gedankenregeln ...*

Zar erzielte Fortschritte, aber viel zu langsam! Und
das Band zwischen Körper und Geist ... Es löste sich
langsam auf, als er danach trachtete, es zu erneuern und
zu festigen.

Plötzlich war die benötigte Kraft da — er brauchte
nur danach zu greifen. Doch sie stammte nicht von ihm,
sondern von jemand anders. Er glaubte zunächst, daß
der Wächter die Gefahr erkannt hatte und ihm half,
aber als er die neue Energie zu nutzen begann, lokali-
sierte er ihren Ursprung: Sie kam von Spock.

*Ich hätte es eigentlich wissen sollen. Er hat die ganze Zeit
über ›Ausschau‹ gehalten, um im Notfall einzugreifen.*

Zar bewegte sich wieder, viel schneller als vorher, und die Verbindung zu seinem physischen Selbst gewann eine neue Stabilität. Der Wächter folgte ihm ...

Die Dunkelheit wich erst düsterem Grau, erhellte sich allmählich ...

Und dann war er — zurück!

Zar fühlte rauhen Stein an Händen und Wange, vulkanische Finger an den Schläfen. Er hörte den Wind und spürte, wie er ihm über die Haut strich. Als er die Lider hob, sah er blaugrauen Fels und Ruinen jenseits der zentralen Öffnung.

Der Sovren schnappte erleichtert nach Luft, als die Beine unter ihm nachgaben. Er spannte die Muskeln und wandte sich vom Monolithen ab, stellte fest, daß Spock die Hände sinken ließ. Zar drehte den Kopf, begegnete dem Blick seines Vaters und bemerkte sein eingefallenes, hohlwangiges Gesicht. *Er sieht so aus, wie ich mich fühle.*

Zar schluckte, obgleich sein Gaumen völlig trocken war, öffnete dann den Mund, um Spock zu danken ...

... als das Gefüge des Universums explodierte.

Ich verliere den Verstand, dachte der Sovren, als er zurücktaumelte, die Augen schloß und beide Arme vors Gesicht hob. Blendend helle Farben wogten aus dem Zeit-Tor, begleitet von Geräuschen, Gerüchen und sensorischen Empfindungen. Alles ging ineinander über. Alles vermischte sich, wie die wasserlöslichen Pigmente einer Palette.

Zar war einige Male so schwer verletzt worden, daß er im Delirium lag, bevor er das Bewußtsein wiedererlangte. Jetzt präsentierte sich ihm eine ähnliche, aber viel schlimmere Erfahrung. Er stöhnte schmerzerfüllt, vernahm Spocks Ächzen und wagte es, kurz in seine Richtung zu sehen. Der Vulkanier torkelte und sank auf die Knie — offenbar hatte er im Farbenchaos die Orientierung verloren.

Der Sovren schirmte sich die Augen ab, setzte einen

Fuß vor den anderen, griff nach dem Arm seines Vaters und zog ihn hoch. Er stapfte zehn mühevolle Schritte weit — *hoffentlich läßt mich das verletzte Bein nicht im Stich* —, stieß Spock hinter eine halb umgestürzte Mauer und folgte ihm in den Schutz der geborstenen Steine.

Der Wall gewährte zwar Schutz vor den Farben, doch nun begann eine andere Art von Alptraum: Etwas riß an Zars Selbst, nahm dabei keine Rücksicht auf die Integrität des Ichs — ganz zu schweigen von der Privatsphäre. Er versuchte, bei Bewußtsein zu bleiben, wußte jedoch nicht, ob ihm das gelang. Grauen umhüllte ihn, ein Entsetzen, das jeden Winkel seines Denkens und Empfindens füllte.

Donner grollte, und Insektenflügel summten, lösten sich in Pfützen aus zinnoberroter und aquamarinfarbener Säure auf. Der bittere kupferne Geschmack von Blut klebte an seiner Zunge, strich ihm mit spöttischen Küssen über den Hals.

Um ihn herum entstand der Kosmos: ein mathematischer Punkt, der sich zur Unendlichkeit aufblähte, einen Strudel aus embryonischen Galaxien formte, die sich mit unglaublich hoher Geschwindigkeit voneinander entfernten.

Er wurde geboren und starb im gleichen Augenblick. Sein Geist dehnte sich aus und wurde zermalmt, zerfetzt und beiseite geworfen. All jene Faktoren, die seine Identität bestimmten — Wünsche, Hoffnungen, Ziele ... Etwas unterzog sie einer Analyse, ließ sie achtlos fallen. Ein Etwas, das aus weit überlegenen Intellekten bestand. Im Vergleich dazu war er kaum mehr als ein Wurm ... Er blieb hohl zurück, leer und beschämt ...

Hilflos und wie gebannt starrte er auf ein orangefarbenes, eindimensionales Universum, gefüllt mit jadegrünen Punkten, die schimmerten und zitterten, in einem geheimnisvollen Rhythmus pulsierten ... Dann jagte er mit Warpgeschwindigkeit durch ein schwarzes, enger werdendes Loch im Raum, einem strahlenden, ihn willkommen heißenden Licht entgegen. Ich bin tot, *dachte er mit unerschütterlicher Gewißheit.*

Doch als er das Licht erreichte, erkannte er es als einen Zu-

255

*gang zu einer anderen Welt. Plötzlich klappte das Portal zu,
schloß sich mit einem lauten Knall, der ihn zusammenzucken
ließ, und er war allein im Dunkeln, für immer allein und verlassen, ohne Hoffnung, jemals einen Weg aus der Finsternis
zu finden, allein, allein, allein ...*

Langsam kam Zar wieder zu sich. Er lag mit dem Gesicht nach unten auf dem Boden, spürte etwas Warmes
und Lebendiges unter Kopf und Brust, etwas Kaltes und
Hartes unter Bauch und Beinen. Das Seufzen des Winds
untermalte rasselndes, unregelmäßiges Atmen. Der
Sovren biß sich auf die Lippe, als er die Arme bewegte,
und er vernahm ein kurzes Stöhnen — wie eine fremde
Stimme, die aus seinem eigenen Mund kam.

Und das rasselnde, von Schmerz kündende Atmen ...
Eine Erkenntnis bildete sich in Zar: *Ich liege auf Spock.*
Rasch schob er sich zur Seite. *Ich muß auf ihn gefallen
sein, als ich dem ... mentalen Orkan zum Opfer fiel.*

Er kniete, rollte den Vulkanier vorsichtig herum und
strich ihm Staub aus dem blassen Gesicht. »Vater!« flüsterte er rauh. »Ist alles in Ordnung mit dir?«

Fast eine Minute verstrich, bevor Spock die Augen
öffnete, und noch einmal so lange dauerte es, bis sein
Ich in die Wirklichkeit zurückfand. Er hustete leise, und
Zar stützte ihn. »Jim? McCoy?« brachte er heiser hervor.

»Keine Ahnung«, sagte Zar. »Sie waren weiter vom
Wächter entfernt als wir ...« Ein oder zwei Sekunden
lang spielte er mit dem Gedanken, nach Kirk und dem
Arzt zu rufen, doch dann überlegte er es sich anders. Es
mochte ein Fehler sein, ihren Aufenthaltsort zu verraten
und darauf hinzuweisen, daß sie noch lebten. »Dein
Husten gefällt mir nicht«, fuhr er mit gedämpfter Stimme fort. »Hast du Schmerzen in der Brust?«

Spock schüttelte den Kopf. »Es liegt nur am Staub.«
Er schnaufte und keuchte. »Ich habe ihn ... eingeatmet,
als du auf mich gefallen bist. Dein Gewicht ...«

»Tut mir leid. Kannst du Arme und Beine bewegen?«
Spock versuchte es. »Ja«, erwiderte er. »Ich bin im

großen und ganzen unverletzt. Und du brauchst dich nicht zu entschuldigen. Wahrscheinlich hast du mir das Leben gerettet. Obwohl ...« Er stöhnte leise, und Zar half ihm dabei, sich aufzusetzen. »Obwohl ich keinen Wert darauf lege, eine solche Erfahrung zu wiederholen. Was ist geschehen?«

»Ich weiß es nicht. Ich wollte dir gerade dafür danken, daß du *mir* das Leben gerettet hast — ohne deine Hilfe hätte mein Bewußtsein nicht hierher zurückkehren können —, als etwas aus dem Portal kam. Ich taumelte zurück, stieß dich hinter diese Mauer ... An mehr erinnere ich mich nicht. Sieht man von einigen ziemlich beunruhigenden Halluzinationen ab.«

Spock nickte. »Ja. Ich habe sie ebenfalls erlebt.«

Zar runzelte die Stirn. »Die Frage lautet: Was unternehmen wir jetzt?«

»Wir müssen Jim und McCoy finden. Wo befindet sich mein Tricorder?«

Der Sovren spähte hinter dem Ende der Mauer hervor und blickte zum Monolithen. »Er liegt neben dem Wächter.«

»Und die Angreifer?«

»Weit und breit nichts von ihnen zu sehen. Was jedoch kaum etwas bedeutet. Ich bezweifle, ob die ... Wesenheiten einen physischen Körper haben.«

»Kannst du den Tricorder erreichen?«

»Ich glaube schon.« Zar ließ sich auf den Bauch sinken und kroch zum Zeit-Tor. Hinter dem letzten großen Steinblock stand er auf, sprintete los, griff nach dem Gerät und lief im Zickzack zur Mauer zurück. »Hab ihn.«

Der Vulkanier nahm das Instrument entgegen, betrachtete das Display und nickte erleichtert. »Die Bio-Signale deuten auf zwei lebende Menschen hin: Jim und McCoy.«

»Und die anderen? Ich meine die fremden Geschöpfe ...«

257

»Die Anzeigen verändern sich ständig. Manchmal hat es den Anschein, als fänden in der Nähe des Monolithen energetische Entladungen statt, aber es handelt sich um eine völlig unbekannte Art von Energie. Gelegentlich reagieren die Indikatoren auch auf etwas, das Materie ähnelt. Beschaffenheit und Struktur lassen sich jedoch nicht ermitteln.« Spocks Brauen kletterten nach oben. »Faszinierend. Jetzt registriert der Tricorder eine sonderbare Mischung aus Energie *und* Materie.«

»Wo sind Jim und Leonard?«

»Dort drüben.« Der Vulkanier zeigte zu einigen Ruinen. »Wir sollten ...« Er unterbrach sich und lauschte.

»Zar ...« erklang die Stimme einer Frau. »Spock? Ich bedauere sehr, was eben geschehen ist. Es steckte keine Absicht dahinter. Bitte zeigt euch.«

Ich bin tot, dachte der Sovren und spürte, wie er erbleichte. *Oder übergeschnappt.*

Er preßte die Lippen zusammen. *Es ist völlig ausgeschlossen, daß ich jene Stimme höre.* Dann bemerkte er Spocks Gesichtsausdruck und begriff, daß sein Vater sie ebenfalls vernahm. *Kollektive Halluzination? Oder sind wir beide tot?*

»Es klingt wie ...«, begann der Vulkanier. Er schüttelte den Kopf und runzelte die Stirn. »Nein, bestimmt irre ich mich.«

»Ich glaube nicht«, widersprach Zar. »Es ist mir ein Rätsel, wie so etwas möglich ist, aber ich kenne jene Stimme viel zu gut — ich habe sie während der ersten neunzehn Jahre meines Lebens gehört.«

Hoffnung und Furcht vibrierten in ihm, als er erneut zum Monolithen sah.

Zarabeth.

Sie stand etwa fünfzehn Meter vor dem Wächter der Ewigkeit, und ihr helles Haar reichte auf die Schultern der Pelzjacke herab. Sie strich sich eine Strähne aus der Stirn — eine Geste, die so vertraut wirkte, daß der Sovren inneren Schmerz fühlte. »Zar!« rief sie. »Sohn?«

Er sank an die Mauer zurück, hob den Arm vor die Augen. »Bei der Göttin«, hauchte er. »Sie *ist* es. Meine Mutter. Zarabeth steht vor dem Zeit-Tor.«

Spock duckte sich zum Ende des Walls und riskierte selbst einen Blick, lehnte sich dann neben Zar an die Mauer. Eine Zeitlang rieb er sich nur stumm die Schläfen. »Zar...«, brachte er schließlich hervor, und alte Pein erzitterte in seiner Stimme. »Du weißt ebensogut wie ich, daß es nicht Zarabeth sein kann.«

Ärger glühte in den grauen Augen des Sovren. »Warum nicht? Sie kam aus dem Wächter, oder? Vielleicht holte er sie aus der Vergangenheit, vor ihrem Tod.« Zar starrte Spock an und wies die Wahrheit zurück — obgleich sein Unterbewußtsein sie bereits akzeptiert hatte.

Spock erwiderte den Blick wortlos.

Schließlich senkte Zar den Kopf und seufzte. »Du hast natürlich recht. Aber sie wirkt absolut *real*. Genau so erinnere ich mich an sie, an ihrem letzten Tag: Sie stand im Eingang der Höhle und winkte. An jenem Morgen ließ ich sie schlafen und dachte nur an die Jagd. Ich verzichtete darauf, mich von ihr zu verabschieden... Du kannst dir bestimmt vorstellen, wie sehr ich das später bereut habe.«

Der Vulkanier nickte langsam. »Noch ein Beweis dafür, daß wir es mit einem Trugbild zu tun haben. Ich sah die Zarabeth vor deiner Geburt — sie war knapp zwanzig Jahre jünger.«

»Spock? Zar? Bitte, ich möchte mit euch reden.«

Der Sovren verzog das Gesicht und widerstand der Versuchung, sich die Ohren zuzuhalten. »Du glaubst also, daß jene Gestalt aus unseren Erinnerungen stammt. Die fremden Wesen... Sie zeigen uns etwas, das für uns beide große Bedeutung hat.«

»Ja.«

»Um uns aus dem Versteck zu locken und zu töten?«

Der Vulkanier schüttelte den Kopf. »Nein. Es wäre ihnen sicher leichtgefallen, uns umzubringen. Ihre mentale Macht ist im wahrsten Sinne des Wortes beispiellos. Nein, ich glaube, durch den Transfer der Fremden kam es zu energetisch-psychischen Begleiterscheinungen, die bei uns einen unbeabsichtigten mentalen Schock bewirkten. Vermutlich hat eins der Geschöpfe Zarabeths Gestalt angenommen, um guten Willen zu beweisen.«

»Was schlägst du vor?« fragte Zar. »Sollen wir einfach aufstehen und zum Monolithen gehen?«

»Ja, das erscheint mir angebracht«, bestätigte Spock ungerührt.

»Zar? Spock? Bitte ...«

»Und ich dachte schon, *ich* sei verrückt«, murmelte der Sovren.

»Selbst wenn wir uns weiterhin verstecken — früher oder später finden uns die Wesen«, sagte der Vulkanier. »Doch wenn wir Vertrauen zeigen ... Vielleicht verbessern wir damit die Situation.« Er erhob sich und klopfte Staub von der Hose. »Ich hoffe nur, daß Jim noch über seinen Kommunikator verfügt und mit Mr. Scott gesprochen hat. Die einstündige Frist verstrich vor neun Minuten und fünfunddreißig Sekunden; ich möchte nicht auf Gateway festsitzen.«

»Wir könnten durch den Wächter nach Sarpeidon zurückkehren.« Zar stand ebenfalls auf und musterte seinen Vater. »Ich kann gute Offiziere gebrauchen. Möchtest du einen Job? Verstehst du dich auf den Umgang mit Schwertern?«

In Spocks Mundwinkeln zuckte es. »Ja. Obwohl mir die alten vulkanischen Waffen vertrauter sind. Gehen wir.«

Sie traten hinter der Mauer hervor und näherten sich der Frau am Monolithen.

»Zar! Oh, ich habe dich so sehr vermißt!« Sie lief auf ihn zu. »Spock! Endlich sehen wir uns wieder.«

Zar wollte zunächst hinter seinem Vater zurückbleiben, aber er merkte plötzlich, wie seine Schritte länger wurden. Als ›Zarabeth‹ ihn erreichte, trat er vor, um sie zu umarmen — und sie damit als Trugbild zu entlarven, als eine von den Fremden geschaffene unbarmherzige Illusion, die eine alte Wunde in ihm aufriß.

Doch seine Hände ertasteten einen lebendigen Körper. Einen Sekundenbruchteil später drückte sich seine Mutter an ihn, schlang die Arme um ihren Sohn. »Oh, Zar!«

Der Sovren riß verblüfft die Augen auf — er war davon überzeugt gewesen, nur leere Luft zu berühren. Aus den Augenwinkeln sah er, wie Jim Kirk und Leonard McCoy zwischen den Ruinen zum Vorschein kamen, neben dem Vulkanier stehenblieben. Ihre Mienen — auch Spocks Züge — spiegelten seine eigenen Empfindungen wider.

Zarabeth war *perfekt*: die Farbe ihres Haars (silberne Strähnen im Gold, das ihr Haupt umrahmte); die Beschaffenheit ihrer Jacke (Pelz von einem *Bardok;* Zar hatte jenes Kleidungsstück selbst angefertigt, als Geschenk für seine Mutter); auch der von ihr ausgehende Duft (Rauch von Öl, die Aromen süßer Kräuter).

Er umarmte die Frau noch einmal, hauchte ihr einen Kuß auf die Wange und trat zurück. »Danke«, sagte er, und es fiel ihm alles andere als leicht, ruhig zu sprechen. »Ich habe mich damals nicht richtig von ihr verabschieden können, aber jetzt fühle ich mich besser. Und nun ... Wer sind Sie?«

Die vermeintliche Zarabeth musterte ihn, sah dann zu den anderen.

»Ich ... Nun, eigentlich bin ich kein ›Ich‹ in dem Sinne, obwohl das manchmal möglich ist ... ja ...« Die Gestalt schwieg kurz, schien Stimmen zu lauschen, die für Zar, Spock und die beiden Menschen unhörbar blieben. »Aber vielleicht sollte ich Ihnen gegenüber ein ›Ich‹ sein, einverstanden?«

Zar wechselte einen kurzen Blick mit Kirk und Spock, hob dann die Schultern. »Wie Sie wollen.«

»Ich habe diese Welt geschaffen ...«, sagte das Wesen

261

und sah sich um. Erst jetzt schien es die Ruinen zur Kenntnis zu nehmen, die tote, ewige Nacht. »Meine Güte, wirkt alles ziemlich heruntergekommen ... Äh, wo war ich — wir — stehengeblieben? O ja ... Mein — unser — Werk. Dies alles. Auch der ...« Das Geschöpf runzelte die Stirn und wandte sich dem Zeit-Tor zu. »Wie heißt du?«

»Wächter der Ewigkeit«, antwortete die Entität mit volltönender und irgendwie *zufrieden* klingender Stimme.

»*Sie* haben den Wächter konstruiert?« fragte Kirk und versuchte, die Skepsis aus seiner Stimme fernzuhalten.

»Ja. Das heißt ... Eigentlich hat er sich selbst gebaut, in gewisser Weise. Wir haben nur Parameter definiert und ihn ... initialisiert? In Ihrer Sprache gibt es keinen Ausdruck dafür. Ich glaube, ›Programmierung‹ ist ein ausreichendes Äquivalent.«

Zar wich zu seinen Gefährten zurück und flüsterte McCoy zu: »Alles in Ordnung mit Ihnen?«

»Ja«, erwiderte der Arzt ebenso leise. »Wir waren dem Monolithen nicht so nahe wie du. Als die seltsamen Farben aus dem Steinkreis loderten, gingen wir sofort in Deckung. Und nach dem zu urteilen, was uns Spock gerade erzählt hat ... Der mentale Kontakt muß für Telepathen weitaus schlimmer gewesen sein als für uns.«

»Haben Sie nicht das Bewußtsein verloren?«

»Nein. Es war nur recht unangenehm. Jim hat sich mit Scotty in Verbindung gesetzt und ihn aufgefordert, in Bereitschaft zu bleiben. Wir wollten nach euch suchen, als ihr hinter der Mauer aufgestanden seid.«

»Warum haben Sie den Wächter konstruiert?« fragte Kirk. »Und *wann?*«

»Wann?« Das Wesen mit der Gestalt von Zarabeth sah geistesabwesend in die Ferne. »Wann? Ich weiß es nicht ... Aber *ich* weiß es ... Ja, sag es ihnen ... Warum sollten wir irgendwelche Fragen beantworten!« Das Ge-

262

schöpf runzelte die Stirn. »Bitte bringt mich nicht durcheinander. Ihr stiftet dauernd Verwirrung!«

Zar hörte, wie das Wesen mit sich selbst stritt. Offenbar hatte es das *Wir* wörtlich gemeint: ›Zarabeth‹ vereinte mehrere Selbstsphären in sich, und ihre Charaktere schienen erhebliche Unterschiede aufzuweisen.

»Nun, was wollen sie?« erklang es hilflos.

Der/das/die Fremde horchte einige Sekunden lang. »Oh, ja. Nun, wir schufen den — wie hieß er noch? — Wächter, weil dieses Universum plötzlich so *klein* wurde. Keine Herausforderungen mehr. Nichts mehr zu entdecken und zu erforschen. Damals gab es mehr von uns, als noch nicht so viele Sterne und Galaxien existierten wie heute. Ich fürchte, Sie müssen sich mit diesen eher vagen Angaben über das Wann begnügen, Admiral — es ist zu lange her.«

Die Konturen der Gestalt verschwammen, als löste sie sich langsam auf. »Tja, wir mußten uns irgendwie beschäftigen. Zuerst benutzten wir den Wächter, um durch die Zeit zu reisen, doch schon bald verloren wir das Interesse daran, weil sich uns nur begrenzte Möglichkeiten boten — immerhin war dieser Kosmos damals nur einige Milliarden ›Jahre‹ alt. Einen solchen Ausdruck verwenden Sie dafür, nicht wahr? Doch dann beschlossen wir, uns andere *Dimensionen* anzusehen, jede von ihnen mit einem eigenen Universum ausgestattet. Sie überlappen sich, bilden zahllose einzelne Schichten, wie die Blätter in einem der altmodischen Bücher, die Ihnen so sehr gefallen, Admiral.«

Das Wesen war jetzt nur noch ein Fleck aus weißem Licht, aber ›Zarabeths‹ Stimme blieb unverändert. Zar fragte sich, ob er sie wirklich mit den Ohren hörte. Welche Kommunikationsform die Fremden auch benutzten: Er nahm sie als Sprache wahr.

»Und der Wächter transferierte Sie in jene anderen Dimensionen?« erkundigte sich Spock.

»Ja. Aber wir *entfernten* uns immer mehr. Schließlich

fanden wir ein Kontinuum, das uns gefiel ... Hübsche
Brücken zwischen den Sternen, durch Tachyonen miteinander verknüpft, alles so *kompakt* ... Dort blieben wir
für eine Weile. Vielleicht lange? Ja, ich glaube schon.
Lange. Recht lange.«

»Und jetzt sind Sie in dieses Universum zurückgekehrt.« Kirk warf Spock einen besorgten Blick zu. Zar
ahnte, was der Admiral empfand: Diese Wesen waren
außerordentlich mächtig — aber auch konfus. Sie er-
weckten den Eindruck von launenhafter Unberechen-
barkeit.

»Ja, und es ist wundervoll, wieder hier zu sein«, entgegnete das Wesen. »Wir wollten ... *Ich* hatte die Idee!
— Einige von uns Letzten wollten heimkehren. Der
Grund? Nun, so etwas wie Sentimentalität ... Ein in Ihrer Spezies weit verbreitetes Gefühl, nicht wahr, Admiral?«

»Äh, ja«, sagte Kirk, beobachtete den schimmernden
Lichtfleck und blinzelte geblendet. Das Geschöpf strahlte nun in gleißendem Violett, und profundes Unbehagen erfaßte Zar, als er sich vorstellte, durch das Funkeln
in einen multidimensionalen Schlund zu fallen, ohne
Anfang oder Ende.

»Sieh nur, du vernachlässigst deine Gestalt«, tadelte
sich das Wesen. »Es bereitet ihnen Schmerzen, dich anzusehen. Du bist *sehr* unhöflich.« Das Licht trübte sich.
»Ich bitte um Entschuldigung. Seit unserem letzten
Aufenthalt in diesem Universum ist zuviel Zeit verstrichen. Ich erinnere mich nicht genau an die hiesigen
physikalischen Regeln. Vielleicht wäre eine größere Er-
scheinungsform geeigneter. Ja, etwas Größeres, das
mehr Stabilität gewährleistet ...«

Plötzlich stand ein gelbes Gebäude vor dem Sovren
und seinen drei Begleitern.

Kirk schnappte nach Luft. »Das ... das Bauernhaus in
Iowa, Heim meiner Kindheit. Aber es brannte nieder ...« Benommen trat der Admiral vor und legte die

264

Hand aufs Geländer der Veranda. »*Massiv* ... Ich fasse es nicht.«

Er eilte die Treppe hoch und stürmte ins Haus. »Spock! Pille!« rief er. »Es ist alles hier! Das alte Klavier, die Läufer, von Winonas Ururgroßmutter gewebt! Die Kerbe im Treppengeländer ... Sie stammt vom Staubsauger, auf dem Sam und ich damals die Stufen hinunterritten ...«

Kurz darauf trat Kirk wieder nach draußen und sein Gesicht schien zu glühen. »Wie haben Sie das angestellt? Es ist perfekt!«

»Danke«, ertönte Zarabeths Stimme. »Aber das Lob gebührt Ihnen — Ihre Erinnerungen sind sehr detailliert.«

»Mit allem Respekt ...«, wandte sich Spock an das Wesen. »Ich möchte darauf hinweisen, daß wir im Verlauf der Jahre viele verschiedene intelligente Lebensformen kennengelernt haben. Ich schlage vor, Sie zeigen sich uns in Ihrer wahren Gestalt. Wir wären sicher nicht schockiert.«

»Eine ausgezeichnete Idee!« entfuhr es dem Geschöpf begeistert, doch dann fügte es bedauernd hinzu: »Das ist leider nicht möglich. Äonen sind vergangen ... Wir — ich — haben vergessen, wie wir einst aussahen.«

»*Ich* erinnere mich!« Eine andere Stimme, die Feindseligkeit und Wahn vermittelte. Zar und die Starfleet-Offiziere drehten sich um, sahen einen flammenfarbenen Schemen, der über einer umgestürzten Säule schwebte. »Aber niemand hört auf mich, und deshalb werde ich mein Wissen für mich behalten!«

»*Dort* bist du also gewesen«, antwortete die Stimme vom Haus. »Wir ... Ich dachte, wir hätten dich unterwegs verloren.«

»So etwas läßt meine Programmierung nicht zu«, warf der Wächter fast beleidigt ein. »Ich habe euch alle hierhergebracht.«

»Wie dem auch sei ...«, fuhr das Haus-Wesen in einem Tonfall fort, der vor weiteren Unterbrechungen warnte. »Es ist viel leichter für uns, Gestalten aus Ihren Erinnerungen zu borgen.«

»Wie viele sind Sie?« fragte Kirk. »Und wie heißen Sie?«

»Wir sind insgesamt ... acht?« erwiderte das Geschöpf unsicher. »Mehr gibt es nicht? Was unsere Namen betrifft ... Es ist unmöglich, ihnen einen für Sie verständlichen verbalen Ausdruck zu verleihen.«

»Ich bezeichne sie als Erschaffer«, ließ sich der Wächter vernehmen. »Wenn man mir einen Kommentar gestattet ...«

»Meinetwegen«, sagte das Haus-Wesen gleichgültig und herablassend.

»Admiral ...«, begann das Zeit-Tor. »Ich bedauere sehr, meine Pflichten in diesem Kontinuum vernachlässigt zu haben. Jetzt funktioniere ich wieder völlig normal.«

»Freut mich, das zu hören«, entgegnete Kirk.

»Mir blieb keine Wahl«, betonte der Wächter der Ewigkeit. »Ich mußte der primären Programmierung gehorchen, als mich die Erschaffer anwiesen, sie zu lokalisieren und in dieses Universum zu transferieren. Es war keine leichte Aufgabe, in zahllosen Dimensionen zu suchen; sie beanspruchte fast meine ganze Kapazität.«

»Ich verstehe«, sagte Kirk und versuchte, sich nichts anmerken zu lassen. Zar wußte, daß er an die vielen Opfer der vom Wächter verursachten Zeitwellen dachte. »Natürlich. Nun, äh, Erschaffer ... Warum haben Sie beschlossen, ausgerechnet in diesen Kosmos zurückzukehren, obgleich Sie zwischen vielen anderen wählen konnten?«

Die Wände des Hauses erschimmerten und verloren an Substanz. Das Wesen zögerte, bevor es antwortete: »Es gibt für alles einen Grund, James — so steht es in einem Buch geschrieben, das eine der menschlichen Religionen für heilig hält. Ich erwähnte vorhin Sentimentalität: Wir acht verspüren den Wunsch, unsere Existenz in dem Universum zu beenden, in dem sie begann.«

Das Haus metamorphierte zu einer Säule aus buntem Licht. »Mit anderen Worten, Admiral: Wir sind gekommen, um zu sterben.«

KAPITEL 12

James Kirk beobachtete, wie das Bauernhaus, in dem er seine Kindheit verbracht hatte, einfach verschwand; ein Teil seines Selbst schien das Gebäude ins Nichts zu begleiten. Der sechste Sinn — er hatte längst gelernt, ihm ebenso zu vertrauen wie dem bewußten und rationalen Teil seines Ichs — teilte ihm mit: Die fremden Wesen stellten eine erhebliche Gefahr dar. *Reg dich ab, Jim,* ermahnte er sich stumm. *Bisher haben sie uns nicht bedroht, sieht man einmal von den psychisch-emotionalen Auswirkungen ihres Transfers durch das Zeit-Tor ab. Und ich glaube ihnen, wenn sie sagen, daß keine Absichten damit verbunden waren.*

Doch auch weiterhin flüsterte die warnende Stimme des Instinkts in ihm. »Ich verstehe«, sagte er noch einmal und wandte sich an die in allen Regenbogenfarben schillernde Säule. »Sprechen Sie von einem Ereignis, das unmittelbar bevorsteht? Sie, äh, scheinen nicht ... krank zu sein, aber ...« Er breitete die Arme aus.

»Er beleidigt uns!« zischte der Flammen-Schemen empört. »Krankheit! Als bestünden wir aus Materie!«

»Was früher einmal der Fall gewesen sein mag«, erwiderte das Säulen-Wesen. »Wir erinnern uns nicht mehr daran, oder?«

Offenbar hatte sich niemand derartige Reminiszenzen bewahrt, denn eine Zeitlang herrschte Stille.

»Nein, Admiral«, ertönte erneut jene ernste Stimme, die vom vernünftigsten Erschaffer stammte. »Wir sind nicht krank. Aber irgendwann holt die Entropie selbst

Geschöpfe wie uns ein. Wir sind ... müde. Verlieren das Interesse ...«

»Du achtest schon wieder nicht auf deine Gestalt«, spottete Flammen-Schatten.

»Mag sein ...« Das Schimmern dehnte sich, wurde zu einem langgestreckten Oval ... Und plötzlich stand ein Mann vor dem Admiral, etwas größer als er, mit breiten Schultern und dunkelblondem Haar, die Augen ebenfalls nußbraun. Er grinste, zeigte das Zum-Teufel-auch-Lächeln, an das sich Kirk so gut erinnerte.

»Sam ...«, flüsterte er, und eine imaginäre Schlinge schnürte ihm den Hals zu. Als er seinen Bruder zum letztenmal gesehen hatte, war sein Gesicht eine schmerzverzerrte Fratze gewesen. George Samuel Kirk jr., vor zehn Jahren auf Deneva gestorben, als Opfer von Parasiten, die den Verstand im Wahnsinn erstickten.

Spocks Hand schloß sich um Kirks Schulter. »Alles in Ordnung, Jim?« Der Vulkanier sah zum Erschaffer. »Ihre neue Gestalt ist sehr schmerzlich für den Admiral«, sagte er.

»Es handelt sich um ein wahres Bild aus seinem Gedächtnis«, höhnte Flammen-Schemen. »Wie kann Wahrheit schmerzlich sein?«

Kirk straffte die Schultern. »Schon gut, Spock. Danke.« Er zwang sich dazu, ›Sams‹ Blick zu begegnen. »Ich schätze, Sie wollen den Rest Ihres Lebens auf dieser Welt verbringen, nicht wahr?«

»Nein«, widersprach das Wesen. Seine Umrisse zitterten kurz, waberten auf eine subtile Weise, und dann stand ein jüngerer Mann neben Kirks Pseudo-Bruder. *Gary!* Jim erkannte seinen besten Freund aus der Akademie-Zeit.

Commander Gary Mitchell war gestorben, nachdem Kirk das Kommando über die *Enterprise* erhalten hatte. Er erlag einem fatalen Gott-Syndrom: Es begann, als sie das Schiff durch die Energiebarriere am Rand der Galaxis zu steuern versuchten. Die gespenstische Verände-

269

rung verlieh Gary immer mehr Macht, zerfraß jedoch sein menschliches Wesen. Schließlich wurde er zu einer so großen Gefahr, daß seinem besten Freund nichts anderes übrigblieb, als ihn zur Strecke zu bringen.

Seltsamerweise entfaltete Garys Erscheinen eine beruhigende Wirkung auf Kirk. *Wir haben es mit fremden Wesen zu tun, erinnerte er sich. Sie zeigen sich nur in der Gestalt von Sam und Gary. Ganz gleich, wie perfekt die aus materialisierter Energie bestehenden Körper wirken — genausogut könnte ich entsprechende Holo-Bilder betrachten.*

›Mitchell‹ sprach nun mit der nörglerischen, unsicheren Stimme, die sie bereits von einem Erschaffer gehört hatten. »Wir wollen unseren Ursprungsplaneten finden. Das ist zumindest *mein* Wunsch. Eine wunderschöne Welt ... Glaube ich.«

»Soll das heißen, dies ist nicht Ihre Heimat?« McCoy deutete zu den Ruinen.

»Narren!« fauchte Flammen-Schemen. »Warum reden wir überhaupt mit ihnen?«

»Dummer Greis«, ertönte eine andere Stimme. Kirk hörte kalte Verachtung in ihr und spürte, wie sich ihm die Nackenhaare aufrichteten. Eine weitere Energiewolke verdichtete sich zu der Gestalt einer alten Vulkanierin mit asketischem, steinernem Gesicht. Zwei weiße Strähnen durchzogen ihr schwarzes Haar. Der Admiral erkannte das vulkanische Staatsoberhaupt T'Pau. »Du erinnerst dich ebensowenig wie ich an unsere Ursprungswelt«, sagte sie zum Gary-Wesen. »Aber wir werden sie finden, selbst wenn wir tausend Jahre nach ihr suchen müssen.«

»Nein, Dr. McCoy«, beantwortete der ›Vernünftige‹ die Frage des Arztes. »Dies ist nicht unsere Heimat. Wir haben diesen Planeten nur als Operationsbasis für unseren Diener gewählt, den Wächter der Ewigkeit.«

»Hier sieht alles so *schäbig* aus«, klagte jemand. Von einer Sekunde zur anderen stand eine schlanke Frau vor dem Monolithen: Sie hatte schütteres Haar und ein intelligentes, arrogantes Gesicht. *Jocelyn.* Kirk identifizierte sie sofort, obwohl die letzte Begegnung mit McCoys Ex-Frau fast zwanzig Jahre zurücklag. »An *diesem* Ort können wir natürlich nicht bleiben«, fügte sie hinzu und rümpfte die Nase.

McCoy erblaßte und preßte die Lippen zusammen. In seinen Augen blitzte es, als alter Zorn in ihm erwachte — die Scheidung war sehr bitter für ihn gewesen. »Pille ...«, sagte Kirk langsam. »Denk daran: das ist *nicht* Jocelyn.«

Der Arzt nickte und entspannte sich. »Wären Sie wirklich bereit, tausend Jahre lang zu suchen?« fragte er den Vernünftigen.

Der falsche Sam Kirk lächelte schief. »Falls es notwendig ist.«

»Aber Sie wiesen doch darauf hin, daß Ihnen der Tod bevorsteht. Offenbar bleibt Ihnen noch viel Zeit.«

»Die Zeit gehört zu den relativsten Dingen im Universum, Doktor«, erwiderte der Vernünftige. »Wußten Sie das nicht? Der Tod scheint tatsächlich nahe zu sein, wenn man ein Jahrtausend mit Jahrmilliarden vergleicht. Da stimmen Sie mir sicher zu, oder?«

»Warum hältst du dich damit auf, ihnen so elementare Dinge zu erklären?« knurrte Flammen-Schemen. »Da wir gerade bei Zeit sind ... Weshalb verschwendest du sie, indem du mit so niederen Lebensformen sprichst?«

»Nun, äh, vielleicht hat das durchaus einen Sinn«, meinte ›Gary Mitchell‹ und stotterte: »Es, äh, wäre einfacher und, äh, ethischer — ja, genau, äh, ethischer und moralischer —, wenn sie freiwillig dazu, äh, bereit wären, uns zu helfen ...«

»Wobei sollen wir Ihnen helfen?« fragte Kirk.

»Ja, wobei?« Zarabeth manifestierte sich. *Das sind sechs von acht,* dachte Jim. »Sind die Kurzlebigen noch hier?« Sie drehte sich zu den vier Männern um. »Oh. Ich dachte, sie wären fort. Oder habe ich wieder etwas vergessen?«

»Wir brauchen sie nicht«, sagte T'Pau fest. »Allerdings, wenn man die besonderen Naturgesetze in diesem Kontinuum berücksichtigt ...« Sie zögerte unsicher.

»Doch, wir brauchen sie«, beharrte der Vernünftige mit dem Erscheinungsbild von Sam. »Es würde uns zuviel Energie kosten, von Stern zu Stern zu reisen. Dann hätten wir noch weniger Zeit.«

»Aber die Demütigung!« protestierte Jocelyn. »Die Dienste von Kurzlebigen und Dummen in Anspruch zu nehmen ... Nein, das lehne ich ab.«

»Vielleicht könnte uns der, äh ...« Mitchell winkte in Richtung des Wächters. »Vielleicht wäre er imstande, uns ...«

»Die Konstellationen haben sich zu sehr verändert, um dem Wächter präzise Koordinaten zu geben«, sagte der Vernünftige.

»Doch mit dem *Ding* im Orbit zu reisen ...« T'Pau klang skeptisch. »Wie primitiv. Nun, vielleicht sind die Kurzlebigen nicht bereit, uns mitzunehmen ...«

»Und wenn schon«, erwiderte Flammen-Schemen. »Sie können uns wohl kaum daran hindern, ihr ›Schiff‹ zu verwenden.«

Die Enterprise, dachte Kirk. *Sie erwägen die Möglichkeit, mein Schiff für ihre verrückte Suche nach einer Welt zu benutzen, die vielleicht gar nicht mehr existiert!* Furcht und Besorgnis formten einen kalten Klumpen in seiner Magengrube. »Einen Augenblick. Ich verstehe durchaus, daß Sie zu Ihrem Heimatplaneten zurückkehren möchten, und vielleicht entscheidet die Föderation, Ihnen dabei zu helfen. Aber die *Enterprise* ist mit einer Mission beauftragt ...«

»Möglicherweise bleibt Ihnen keine Wahl, Admiral«, warnte die Sam-Entität leise. »Meine ... Gefährten können manchmal recht ... launisch sein.«

Daran zweifle ich nicht, fuhr es Kirk durch den Sinn. *Lieber Himmel, Jim, laß dir was einfallen ...*

»Wenn Sie uns bitte entschuldigen würden ...«, sagte

der Admiral. »Wir, äh, müssen darüber reden, welche Art von Hilfe wir Ihnen anbieten können.«

»Warum hältst du dich überhaupt mit diesen Primitivlingen auf?« wandte sich Flammen-Schemen an Sam. »Laß uns mit der Suche beginnen!«

Kirk spürte, wie *etwas* an der Peripherie seines Bewußtseins entlangstrich. Was auch immer es sein mochte: Flammen-Schemen wich plötzlich zurück und schwieg. »Natürlich, Admiral«, ließ sich der Vernünftige vernehmen. »Diskutieren Sie darüber.«

Als sie die andere Seite der Lichtung erreichten, nahm Zar auf einem Felsen Platz, verzog das Gesicht und massierte sich den linken Oberschenkel. »Erörtern wir die Situation«, meinte er.

»Aber *sie* hören uns.« McCoy hob die Hand zum Kopf, tippte mit dem Zeigefinger an die Schläfe. Dann setzte er sich neben den jüngeren Mann und seufzte.

»Daran läßt sich nichts ändern«, entgegnete Zar. »Außerdem: Wahrscheinlich machen sie sich gar nicht die Mühe, uns zu belauschen. Den Erschaffern mangelt es gewiß nicht an Selbstsicherheit.«

»Das stimmt«, pflichtete Kirk dem Sovren bei. »Nun, worum geht's?«

»Ich habe die mentalen und emotionalen Emanationen der beiden körperlosen Entitäten wahrgenommen, die bisher unsichtbar geblieben sind.« Zars Stimme war ein schmerzerfülltes Flüstern. »Einige der Wesen, die eine physische Gestalt wählten, um sich uns zu präsentieren, erscheinen irrational oder senil, wenn man menschliche Maßstäbe anlegt. Aber die beiden anderen sind vollkommen wahnsinnig — und damit weitaus gefährlicher als die übrigen sechs. Wir dürfen ihnen nicht erlauben, in diesem Universum zu bleiben.«

»Was schlägst du vor?« fragte McCoy in einem sarkastischen Tonfall. »Sollen wir sie höflich bitten, dieses Kontinuum zu verlassen? Verdammt, sie könnten einfach einer Laune nachgeben und uns umbringen! Für die Wesen ist es ein Kinderspiel, Materie zu manipulieren, sie in Energie oder was weiß ich zu verwandeln.«

»Zar hat recht«, sagte Kirk. »Ich bin nicht bereit, den Erschaffern einfach so die *Enterprise* zu überlassen. Wenn ich mir vorstelle, daß sie damit durch eine völlig ahnungslose Galaxis fliegen ...«

»Vielleicht gelingt es uns, sie davon zu überzeugen, daß ihre Heimatwelt heute Klinzhai heißt«, brummte McCoy. »Wäre eine nette Überraschung für die Klingonen. Dann hätten sie vorerst keine Gelegenheit mehr, neue Probleme für uns zu schaffen.«

Kirk ignorierte den Arzt. »Wir können ihnen nicht drohen, und es hat auch keinen Sinn zu versuchen, die Erschaffer zu irgend etwas zu zwingen. Sind wir imstande, sie zu beeinflussen? Indem wir an ihre Moral appellieren?«

»An ihre *Moral?*« wiederholte McCoy. »Wieso glaubst du, daß sie irgendwelche moralischen Grundsätze haben, Jim?«

»Andernfalls hätten sie gar nicht mit uns gesprochen, sondern einfach ihren Willen durchgesetzt.«

»Logisch«, kommentierte Spock. »Einige von ihnen legen offenbar Wert darauf, daß wir ihnen freiwillig helfen.«

»Der Meinung bin ich auch«, sagte Zar. »Übrigens: Was hat es mit den einzelnen Gestalten auf sich?«

Kirk identifizierte die vier Erschaffer.

»Sam ist der Vernünftigste und scheint erheblichen Einfluß auf die anderen zu haben«, fügte Spock hinzu.

»Das gilt auch für Gary«, murmelte Zar.

»Sie sollten Ihren ›Appell‹ zunächst an diese beiden Wesen richten, Jim«, riet der Vulkanier.

»Ich soll also die Verhandlungen führen, wie?« Kirk lächelte humorlos. »Wann habe ich mich freiwillig dazu gemeldet?«

»Du bist der Boß«, sagte McCoy schlicht. »Und außerdem kennst du dich mit solchen Dingen aus.«

»Na schön.« Kirk stand auf und fröstelte, zog sich den Mantel enger um die Schultern. »Ich hoffe nur, daß ich deinen Erwartungen gerecht werde, Pille.«

Als sie zu den Erschaffern zurückkehrten, gab ein Stein unter Zars Stiefel nach, und er mußte das verletzte Bein mit seinem ganzen Gewicht belasten. Er stöhnte, fluchte dann leise. McCoy stützte ihn kurz. »Alles in Ordnung mit dir?«

»Die Bewußtseinsverschmelzung war sehr anstrengend«, erwiderte der Sovren. »Und selbst der periphere Kontakt mit den Selbstsphären der beiden Erschaffer ...« Er schauderte bei dem Gedanken daran.

»Du siehst schrecklich aus.«

»Ja, ich weiß. Meine Güte, ich fühle mich so, als hätte ich mehrere Tage auf dem Schlachtfeld verbracht.«

Als Kirk, Spock und McCoy dem Vernünftigen entgegentraten, humpelte Zar zum Zeit-Tor. Er war sowohl geistig als auch körperlich der Erschöpfung nahe, und heftiger Schmerz brannte im linken Oberschenkel.

Du scheinst seit mindestens zwei Tagen wach zu sein, nicht erst seit fünf oder sechs Stunden, dachte er und erinnerte sich an den Morgen. Neben Wynn zu erwachen ... *Werde ich sie jemals wiedersehen?*

Wenn ich zurückkehren und den Kampf überleben könnte ... Himmel, jetzt *möchte ich leben.*

Um das verletzte Bein zu entlasten, lehnte er sich mit der Schulter ans Zeit-Portal.

»Haben Sie entschieden, ob Sie uns helfen wollen, Admiral?« fragte das Sam-Wesen.

Kirk kniff die Augen zusammen. »Ich glaube, Sie wissen gar nicht, um was Sie bitten«, sagte er ruhig. »Ebensowenig kennen Sie die Konsequenzen Ihrer Rückkehr in dieses Universum.«

Das Geschöpf in der Gestalt von Sam Kirk runzelte die Stirn. »Konsequenzen?«

»Ihre Rückkehr blieb nicht ohne Folgen. Mehr als tausend Individuen sind gestorben, weil der Wächter nach Ihnen suchte. Sie sind mächtig und neigen dazu, viel zu schnell zornig zu werden — dadurch stellen Sie eine große Gefahr für dieses Kontinuum dar. Wenn Sie mit meinem Schiff aufbrechen, um nach Ihrer Heimatwelt zu suchen, wird alles noch schlimmer. Dann droht vielen anderen Personen der Tod. Entspricht das Ihrem Wunsch?«

»Tausend Individuen sind gestorben?« Der Vernünftige zeigte deutliche Betroffenheit. »Und wir sind dafür verantwortlich? Wie ist das möglich?«

»Vierhundertdreißig Besatzungsmitglieder der *Constellation*, von einem schwarzen Loch verschlungen. Vierhundertdreißig weitere an Bord der *El Nath*, in einem Sekundenbruchteil gealtert und zu Staub zerfallen. Hundertvierundachtzig Bewohner eines Planeten namens Kent verbrannten, als die Sonne zu einem roten Riesen anschwoll. Von den Pflanzen und Tieren auf jener Welt ganz zu schweigen. Zwölf Wissenschaftler, die dort drüben arbeiteten...« Kirk drehte sich um und streckte den Arm aus. »Sie leben nicht mehr, weil der Wächter sein ganzes Potential nutzen mußte, um nach *Ihnen* zu suchen — anstatt seine Pflichten in unserem Universum wahrzunehmen.«

Sam und Gary wechselten einen bestürzten Blick. »Wir... wir wußten nicht, daß unser Ruf ein solches Chaos auslöste«, brachte die Mitchell-Entität hervor.

»Oh, ich bin noch nicht fertig«, sagte Kirk unerbittlich. »Was ist mit den evakuierten Bewohnern von Kent? Sie möchten Ihren Ursprungsplaneten finden. Und die Heimat jener Leute? Ausgelöscht! Die nächsten Monate oder Jahre verbringen sie in Flüchtlingslagern. Verdammt, sie haben alles verloren, was sie hatten — auch die Welt, auf der sie lebten! An jenem Morgen, als wir zu dieser Mission aufbrachen, gab es bereits über vierzig Fälle von Selbstmord.«

»Das sind noch nicht alle Opfer, Jim«, warf McCoy

ein. »An Bord der *Cochise* . . . Vielleicht hast du ebenfalls die Schreie einer Frau gehört. Sie war schwanger, doch während der Evakuierung blieb sie im Dienst. Nun, die Wehen setzten zu früh ein, und sie brachte einen Jungen zur Welt, mitten im Korridor — weil in der Krankenstation zu viele Patienten mit Schlaganfällen, Herzinfarkten und so weiter behandelt werden mußten. Die Ärzte und Schwestern gaben sich alle Mühe, aber das Baby starb unmittelbar nach der Geburt.« Leonard zuckte mit den Achseln. »Ein weiterer Tod, der auf Ihr Konto geht, Erschaffer.«

Zar stellte sich die Szene vor und schluckte.

»In diesem Zusammenhang muß auch D'berahan berücksichtigt werden«, sagte Spock. »Sie riskierte ihr Leben, als sie versuchte, einen Kontakt mit dem Wächter herzustellen. Und jetzt liegt sie im Koma, mit drei Neugeborenen. Wenn sie stirbt, haben ihre Kinder keine Überlebenschance.«

Zar spürte die Reaktion des Wächters auf die Hinweise von Kirk, Spock und McCoy. Kummer flutete ihm entgegen, und eine mentale Stimme raunte: *Stimmt das alles?*

Ja, antwortete der Sovren niedergeschlagen.

Es tut mir leid. Das Bedauern des Zeit-Portals war aufrichtig. *Ich wollte nie jemandem ein Leid zufügen.*

Zar projizierte Verständnis. *Du mußtest gehorchen, als dich die Erschaffer riefen. Die Programmierung zwang dich dazu.*

Das Sam-Wesen dachte einige Sekunden lang nach. »Wir sind nicht zurückgekehrt, um Tod zu bringen«, sagte es schließlich. »Dafür bitten wir um Entschuldigung. Wie dem auch sei: Was geschehen ist, läßt sich nicht mehr ändern. Warum glauben Sie, daß durch unsere fortgesetzte Präsenz weiteres Unheil entstehen könnte?«

»Weil Sie zu mächtig sind«, antwortete Kirk, ohne den Blick von den Augen abzuwenden, die seinen so sehr ähnelten. »Eine Redensart meines Volkes lautet: ›Macht korrumpiert.‹« Jims Aufmerksamkeit galt nun auch der Gary-Entität. »Sie haben die Körper von zwei ehrlichen, anständigen Männern gewählt, und ich bitte Sie, mir die Wahrheit zu sagen: Können Sie Ihre Gefährten gut genug kontrollieren, um zu verhindern, daß ihre Launen eine Tragödie verursachen? Sind Sie dazu in der Lage?«

»Warum hörst du ihm zu?« zischte Flammen-Schemen. »Ein so niedriges Niveau der Intelligenz haben wir längst weit hinter uns gelassen. Willst du dich etwa den Wünschen eines Primitivlings fügen?«

Die Sam-Entität wandte sich an seine Gefährten. »Geistig sind wir diesen Wesen weit überlegen, aber das bedeutet nicht, daß sie — und andere ihrer Art — kein Recht darauf haben, ihr kurzes Leben in soviel Frieden zu verbringen, wie es das banale Gezänk unter ihnen zuläßt.«

»Du sprichst von Rechten?« erwiderte T'Pau voller Verachtung. »Vielleicht verdanken sie uns ihr Leben! Auf Tausenden von leeren, öden Planeten haben wir Moleküle ausgesät, die sich später zu ersten Lebensformen entwickelten. Ist es nicht die *Pflicht* der Primitiven, uns jetzt zu helfen?«

Zarabeth erwachte aus ihrem Grübeln. »Ich erinnere mich ans Ausstreuen der Lebenskeime«, sagte sie. »Vor langer, langer Zeit ... Es war eine Art Spiel für uns zu beobachten, welchen Verlauf die Evolution nahm ...«

»Was soll das heißen?« Jocelyn war entsetzt. »Glaubst du etwa, daß wir für die Kurzlebigen *verantwortlich* sind? Was für eine abscheuliche Vorstellung!« Sie starrte zu McCoy. »Dieses ... Gewürm ist nicht zivilisiert. Ihr solltet hören, welche Worte jener Mann dort an seine Frau richtete, als er ihr zum letztenmal begegnete!«

»Zum Teufel auch ...« In Leonards Augen blitzte es, als er einen Schritt vortrat. Spock hielt ihn am Arm fest. »Doktor ...«

»Pille ...«

McCoy schnaufte, rieb sich den Arm und blickte zum Vulkanier. »Schon gut, schon gut ...« Und zu den Erschaffern: »Wenn Sie *uns* für unzivilisiert halten — hören Sie einmal *sich selbst* zu. Sie klingen wie kleine verzogene Kinder!«

»Das brauchen wir uns nicht bieten zu lassen«, fauchte Flammen-Schemen. »Vergessen wir diese vier Belanglosigkeiten. Ich schlage den unverzüglichen Transfer zur *Enterprise* vor. Wir können das Schiff auch allein steuern, ohne die Besatzung.«

»Und wie verfahren wir mit der Crew?« fragte Sam Kirk. »Sollen wir sie einfach über Bord werfen, ins All? Und diese vier Personen? Ohne Nahrung sterben sie. Wir würden unser Gewissen mit dem Tod von weiteren vierhundertfünfunddreißig Individuen belasten. Ich glaube allmählich, daß der Admiral recht hat. Wir sind tatsächlich eine Gefahr für dieses Kontinuum und die darin enthaltenen Lebensformen.«

»Nein, Unsinn!« Wut ließ Jocelyns Gestalt anschwellen. »Denk daran, wie lange wir gewartet haben, um hierher zurückzukehren!«

»Kirk lügt!« heulte Flammen-Schemen. »Niemand fand durch unsere Schuld den Tod.«

»Nein, er lügt nicht«, widersprach Gary. »Ich habe die Wahrheit in seinen Gedanken gesehen. Unsere Präsenz *hat* Leben vernichtet.«

»Na und?« spottete T'Pau. »Die Verantwortung liegt nicht direkt bei uns, sondern beim Wächter.«

Das Zeit-Portal vernahm diese Worte, und Zar fühlte seine Trauer. *Du konntest es nicht wissen*, tröstete er das artifizielle Bewußtsein. *Uns allen sind aufgrund von Unwissenheit Fehler unterlaufen, die wir anschließend bereuten ...*

»Mir ist nun klar, daß unsere Präsenz auch weiterhin Leid in diesem Universum zur Folge hätte«, sagte der Vernünftige. »James Kirk hat recht. Seht in seinen Geist, um die Wahrheit zu erkennen«, forderte er die anderen Entitäten auf. »Dann zweifelt ihr nicht mehr.«

»Ja.« Garys Stimme klang nun fester als vorher. »Ihr wißt, daß sein Ich nichts vor uns verbergen kann. Seht in seine Gedanken und Erinnerungen. Überzeugt euch selbst.«

Daraufhin schwiegen die Erschaffer.

Zar spürte, wie mehrere Selbstsphären sein Bewußtsein berührten. Die fremden Wesen ›sprachen‹ miteinander, doch ihre Kommunikation fand auf einer mentalen Ebene statt, die für den Sovren unerreichbar blieb. Irgend etwas wies ihn auf eine erbitterte Auseinandersetzung hin.

Nach einer Weile wandte sich der Vernünftige an Kirk. »Wir versuchen, unsere Gefährten von der Notwendigkeit zu überzeugen, dieses Universum zu verlassen.«

»Niemals!« Jocelyn stampfte mit dem Fuß auf. »Ich will zu unserer Heimatwelt!«

»Die Suche danach könnte dem hiesigen Kontinuum myriadenfachen Tod bringen«, entgegnete Gary. »Bist du wirklich bereit, ein solches Risiko einzugehen? In gewisser Weise sind die hier existierenden Lebensformen unsere Kinder.«

»Ich glaube ebenfalls, daß wir uns in eine andere Dimension begeben sollten«, sagte T'Pau hochmütig. »Wenn auch nur deshalb, um diesen dummen Zank zu beenden.«

»Warum sind wir überhaupt noch hier?« fragte Zarabeth verwirrt. »Wenn wir nicht erwünscht sind — es gibt genug andere Universen. Dieser Ort ist so *langweilig*.«

»Wieso stellst *du* dich auf die Seite des ... des Ungeziefers?« ereiferte sich Flammen-Schemen. Er wogte Kirk und seinen Begleitern entgegen, doch Gary versperrte ihm rasch den Weg. Mitchells Gestalt *waberte*, verlor an Konsistenz und verwandelte sich in eine Energiewolke, die zu der anderen Entität schwebte.

280

Von einem Augenblick zum anderen gaben auch die übrigen Erschaffer ihre Körper auf. Einmal mehr gleißten Farben, und Zar schloß die Augen, als er ein wirres Durcheinander aus Geräuschen, Aromen und Emotionen wahrnahm.

Kurz darauf hob er die Lider wieder und beobachtete, wie drei der amorphen Gebilde — *Gary, Sam und wer sonst noch?* — die restlichen Erschaffer umringten. Die flirrenden ›Wolken‹ verschmolzen miteinander, wurden zu einer Entität.

Das neue Multi-Wesen pulsierte heftig, und Zar fühlte eine Kommunikation: Der Vernünftige gab dem Zeit-Tor Anweisungen, und der Wächter reagierte sofort — das Portal erglühte in einem blauweißen Schein.

Ein Bild entstand im großen Steinkreis und ließ den Sovren innerlich erbeben. Rasch wandte er den Blick davon ab. Das vom Wächter gezeigte Universum war nicht in dem Sinne *häßlich*, doch die Formen und Farben erwiesen sich als so *fremdartig*, daß sie in Zar einen profunden Schock bewirkten.

Selbst die Naturgesetze in jenem Kosmos mußten anders beschaffen sein. Spocks Sohn versuchte, sich ein Kontinuum vorzustellen, in dem Objekte nicht nach *unten* fielen, in dem sich parallele Linien kreuzten, dessen Bewohner Bauwerke in vier Dimensionen errichteten. Er schüttelte den Kopf und schnitt eine Grimasse. *Es ist schon schwer genug, in diesem Universum zurechtzukommen.*

»Wir überlassen euch eurem eigenen Schicksal«, erklang die mentale Stimme des Vernünftigen. »Lebt wohl, Kinder.«

Die Erschaffer verschwanden in einem Wirbel aus prismatischen Farben und glitten zum Wächter. Eine Art *gesplitterter* Regenbogen erschimmerte im Steinkreis des Zeit-Portals.

Kirk sah den Entitäten nach — bis die Öffnung des Wächters wieder den normalen Anblick bot: geborstene Säulen und die Ruinen uralter Gebäude. »Sie sind fort«, sagte er, als müßte er sich selbst davon überzeugen. »Zum Glück. Es hätte wirklich *schlimm* werden können ...« Er griff in die Tasche am Gürtel und holte seinen Kommunikator hervor. »Kirk an *Enterprise*.«

»Uhura«, tönte es aus dem kleinen Lautsprecher.

Der Admiral blickte auf das Gerät hinab und lächelte. »Habe ich Ihnen jemals gesagt, daß Ihre Stimme herrlich klingt, Commander?«

»Sir?« erwiderte Uhura verwirrt. »Äh, nein, Sir.«

»Nun, dann hole ich das hiermit nach. Während der vergangenen Stunde habe ich mehrmals daran gezweifelt, sie noch einmal zu hören.«

»Ist alles in Ordnung mit Ihnen, Admiral?«

»Ja, Uhura. Beamen Sie uns jetzt an Bord ...«

»Nein, Jim!« rief Zar plötzlich. Er sah sich rasch um und hoffte, *sehen* zu können, was er gerade gespürt hatte. *Bin ich übergeschnappt? Habe ich es mir nur eingebildet?*

Kirk zögerte. »Bleiben Sie in Bereitschaft, Commander«, sagte er und klappte den Kommunikator zu. »Was ist los, Zar?«

»Ich weiß es nicht ...« Der Sovren runzelte die Stirn. »Bitte gedulden Sie sich ein wenig.« Er schloß die Augen, dehnte sein Ich und streckte mentale Hände aus, berührte ... Irrationalität, ein verzerrtes Etwas, das nur aus psychotischer Paranoia zu bestehen schien.

Zar fluchte auf Danrei, und Spock wölbte eine Braue, als der Translator übersetzte. »Sie sind nicht alle weg«, sagte sein Sohn. »Eben habe ich sie gefühlt. Zwei von ihnen blieben hier. Und ich brauche Sie wohl nicht darauf hinzuweisen, um welche Erschaffer es sich handelt.«

Unbehagen regte sich in Kirk, als er seinen Blick über die Ruinen schweifen ließ. »Sind Sie sicher?«

»Ja.«

»Vom Regen in die Traufe«, flüsterte McCoy und erschauerte. »Was machen wir jetzt?«

»Wir fordern die Entitäten auf, sich zu manifestieren

282

— um sie zu fragen, was sie von uns wollen.« Spock fügte etwas lauter hinzu: »Wir nehmen Ihre Präsenz wahr, Erschaffer. Bitte materialisieren Sie, damit wir miteinander sprechen können. Warum haben Sie Ihre Gefährten nicht durchs Zeit-Tor begleitet?«

Stille.

Kirk räusperte sich. »Zar, sind Sie *ganz* sicher?«

Der Sovren nickte. »Jetzt spüre ich nichts mehr, aber eben ... Ja, ich bin sicher. Aber vielleicht befinden sie sich nicht mehr hier auf Gateway. Sie könnten schon in der *Enterprise* sein ...«

Der Admiral preßte die Lippen zusammen. »In welcher Gestalt? Eigentlich sollte ich Alarmstufe Rot anordnen, doch welchen Sinn hätte das?«

Vor Kirk wogte etwas und gewann Substanz. »Überhaupt keinen, Admiral.«

Jim starrte das Wesen an, stöhnte und schloß die Augen. Dieser Erschaffer erschien als junge Frau mit schwarzem Haar, dunklen, lebhaft blickenden Augen und hohen Wangenknochen — sie stellte keine klassische Schönheit dar, zeichnete sich jedoch durch eine dynamisch wirkende Attraktivität aus. Zar hörte das unausgesprochene Wort ›Mutter‹ in den Gedanken des Admirals und begriff, daß diese Entität Winona Kirks Erscheinungsbild gewählt hatte.

Der Pseudo-Körper veränderte sich, schrumpfte innerhalb weniger Sekunden und metamorphierte zum verwelkten Leib einer viel älteren Frau. Sie streckte Kirk eine von blauen Adern durchzogene klauenartige Hand entgegen und krächzte: »Bitte, Jim ... Laß mich heimkehren, Sohn. Bring mich nach Hause.«

Kirk erbleichte.

»Schluß damit!« Spock trat zwischen die Entität und den Kommandanten der *Enterprise*. So etwas wie Ärger leuchtete in seinen Pupillen. »Ich bestehe darauf, daß Sie eine andere Gestalt annehmen. Diese ist grausam und verursacht Schmerzen. Was sollte Ihnen daran ge-

283

legen sein, den Admiral zu quälen? Er hat keine Schuld auf sich geladen, was Sie betrifft.«

»Doch, das hat er«, widersprach das Wesen und wurde erneut zur jungen Winona. »Mit seinen Lügen vertrieb er unsere Gefährten. Er lehnte es ab, uns bei der Suche nach dem Heimatplaneten zu helfen — so wie er sich weigerte, seine Mutter nach Hause zu bringen.«

Falten durchfurchten eine bis dahin glatte Haut. »Jim?« Die schwache Stimme einer Greisin. »Heute bringst du mich heim, nicht wahr?« Das höhnische Lachen der Entität folgte. »Wissen Sie, Admiral ... Wenn Sie das Haus wieder aufgebaut und Ihre Mutter dorthin zurückgebracht hätten — dann wäre sie heute noch am Leben ...«

»Seien Sie endlich *still!*« entfuhr es McCoy. »Haben Sie denn überhaupt kein Mitgefühl?«

Kirk holte tief Luft und rang um seine Fassung. »Schon gut, Pille. Danke. Es ... es geht schon wieder. Ich habe alles für meine Mutter getan, und wo auch immer jetzt ihre Seele ist — sie weiß es. Dieses ... *Ding* hat überhaupt keine Ahnung.« Er blickte in die Augen des Winona-Wesens. »Warum versuchen Sie, uns zu verletzen?«

»Weil ...« Die Entität zuckte mit den Achseln. »Warum nicht?«

»Bitte sagen Sie uns, wie wir Ihnen helfen können«, fuhr Kirk fort. »Möchten Sie, daß wir versuchen, Ihren Ursprungsplaneten zu finden?«

»Vielleicht«, lautete die gleichgültige Antwort. »Vielleicht auch nicht ...« Das Wesen zögerte, und neuerliche Boshaftigkeit erklang in seiner Stimme, als es betonte: »Sie haben Ihre Mutter in den Tod getrieben.«

»Nein, das stimmt nicht«, erwiderte Kirk fest, obwohl noch immer Schmerz in ihm stach.

»Lassen Sie ihn in Ruhe!« rief Zar. »Er hat Ihnen Hilfe angeboten — was wollen Sie sonst noch?«

Die Winona-Entität drehte sich langsam zu ihm um,

und Zar erzitterte, als er die seelenlose Tiefe in ihren Augen sah.

»Vielleicht sollten wir nicht mit dem ach so tapferen Admiral sprechen, sondern mit Ihnen. *Sie* können bestimmt nicht leugnen, eine bestimmte Person umgebracht zu haben ...«

Ein dunstiger Schleier kondensierte in der Luft vor Zar, und Araen trat daraus hervor.

Es ist nur der zweite Erschaffer, ein Bild, weiter nichts, dachte der Sovren. Er biß sich auf die Lippe, als Erinnerungspein in ihm entflammte. Jene Frau ... Sie sah genauso aus wie damals: brünettes, welliges Haar, vom Wind zerzaust; der Blick ein wenig melancholisch und sehnsüchtig ... Sie trug nur ein hellblaues Hemdkleid, das die Arme unbedeckt ließ. Unter dem dünnen Stoff wölbten sich ihre kleinen Brüste.

»Sparen Sie sich die Mühe«, sagte Zar so ruhig wie möglich. »Ich weiß, daß es nicht die wirkliche Araen sein kann.«

»Möchten Sie die Wirklichkeit sehen?« fragte das Wesen. »Soll ich Ihnen zeigen, wie diese Frau aussah, als sie durch *Ihre Schuld* starb? Der Leib angeschwollen, blutig und schmerzerfüllt ... Sie keuchte nur noch, weil sie nicht mehr die Kraft hatte, um laut zu schreien.«

Zar schüttelte den Kopf und schloß die Augen. »Nein!«

Das fremde Ich berührte ihn, projizierte den entsetzlichen Anblick direkt ins Bewußtsein des Sovren. Er schreckte davor zurück, verstärkte die mentale Abschirmung und versuchte, den Kontakt mit der anderen Selbstsphäre zu unterbrechen. Die beiden zurückgebliebenen Erschaffer waren vollkommen verrückt, der Vernunft überhaupt nicht mehr zugänglich. Übelkeit quoll in Zar empor, als er die ausgeprägte Irrationalität des Wesens spürte, das ihm Araen zeigte — er hatte das Gefühl, in eine geistige Kloake zu fallen.

Schwindel erfaßte ihn, und er würgte, biß die Zähne

zusammen, um sich nicht zu erbrechen. *Sie werden uns töten*, dachte er und begriff plötzlich seine Reaktion. *Auf diese Weise empfinde ich, wenn Personen, an denen mir etwas liegt, vom Tod bedroht sind. Spock, Jim ... Leonard ... Die Erschaffer bringen uns um. Anschließend übernehmen sie die* Enterprise, *fliegen mit ihr durch die Galaxis und tragen das Verderben zu Dutzenden, Hunderten von Welten ...*

Zar sah zu den drei anderen Männern und stellte fest, daß sie ebenfalls Bescheid wußten. *Wenn wir doch nur die Möglichkeit hätten, uns wirkungsvoll zur Wehr zu setzen!*

Aber wie sollte man einen Gegner bezwingen, der nicht mehr physische Realität hatte als eine Seifenblase, der ganz nach Belieben als Materie oder Energie existieren konnte?

»Lassen Sie uns darüber reden«, schlug Kirk in einem versöhnlichen Tonfall vor.

»Es gibt nichts mehr zu besprechen«, erwiderte eine Stimme, obgleich Winonas und Araens Lippen reglos blieben. »Sie haben uns verraten.«

»Warum sagen Sie das?« fragte McCoy.

»Weil es die Wahrheit ist. Sie beneiden uns um unsere Macht. Sie gaben sich der Hoffnung hin, uns zu überlisten. Viel zu lange haben wir Ihnen zugehört. Jetzt ist unsere Geduld erschöpft!«

Zar schauderte, als neue Übelkeit in ihm entstand und dumpfer Schmerz hinter der Stirn pochte. Vor seinen Augen verschwamm alles, und die Finsternis der Bewußtlosigkeit kroch ihm entgegen. Benommen stützte er sich mit einer Hand an der Steinmasse des Wächters ab und wußte das Ende nahe. Jähe Furcht schnürte ihm die Kehle zu, und er taumelte.

Furcht ...

Der Sovren blickte über Gateways Ruinen hinweg, und ein Erinnerungsbild formte sich vor seinem inneren Auge: Er hockte neben Spock und beobachtete zwei romulanische Wächter, die langsam auf und ab schritten. Damals hatte er seine eigene Furcht vor dem Tod ins

Selbst jener Soldaten projiziert. Die emotionale Anstrengung brachte ihn fast um, aber ...

Klappt es auch bei diesen Entitäten? fragte er sich und richtete den Blick auf die reglosen Gestalten der beiden Erschaffer. *Sie stecken bereits voller Paranoia. Wenn ich ihrem Wahnsinn Furcht hinzufüge, besteht das Ergebnis vielleicht aus Katatonie. Oder sie sterben sogar ...*

Allerdings mußte er damit rechnen, daß ihn die geistig reflektierte Angst umbrachte — ebenso wie Spock, Kirk und McCoy.

Die Körper der Entitäten begannen zu glühen.

Es ist soweit, erkannte Zar instinktiv. *Entweder entscheidest du dich jetzt, oder ...*

Er wünschte sich, Kirk um Rat fragen zu können, doch dazu reichte die Zeit nicht aus. *Wenn es eine Möglichkeit gibt, die Pläne der Entitäten zu durchkreuzen, so ist es meine Pflicht, sie zu nutzen. Ich darf nicht zulassen, daß sie die Besatzungsmitglieder der* Enterprise *umbringen, überall Tod und Vernichtung säen.*

Der Sovren bat die drei Starfleet-Offiziere stumm um Verzeihung, atmete schneller und stimulierte ganz bewußt seinen Kampf-oder-Flucht-Reflex. Einige Sekunden später schien das Blut in seinen Adern zu brodeln, und Adrenalin verdrängte die Übelkeit.

Die menschlichen Gestalten der Erschaffer verloren sich in einem hellen Glühen, das rot, gelb und blauweiß pulsierte.

Zar schloß die Augen und beschwor Bilder des Todes.

Das ist nicht nötig, raunte es inmitten seiner Gedanken. *Ich helfe dir gegen die Wesen.*

Überrascht fokussierte Zar seine Aufmerksamkeit auf das Gestein unter der Hand. Deutlich fühlte er Wärme, trotz der Hitze, die von den nun formlosen Entitäten ausging. *Wächter?* dachte er verblüfft.

Ja, erwiderte das Zeit-Tor. *Sie haben mich erschaffen, aber ich kann nicht erlauben, daß sie zu einer Kraft willkürlicher Zerstörung werden — in diesem Univer-*

sum, das ich seit so langer Zeit schütze. Um einen Er-
folg zu erzielen, brauche ich deine ganze geistige Ener-
gie.

Du hast sie, antwortete Zar lautlos. »Spock!« rief er
und bemühte sich, das eigene Selbst mit dem seines Vaters zu verbinden.

Die beiden Wesen hatten sich inzwischen zu einer
Masse aus Licht und Hitze vereint — sie erstrahlte wie
das Herz einer Nova.

Spock kann mich unmöglich erreichen, fuhr es Zar verzweifelt durch den Sinn, als er sich auf sein mentales
Potential und die Bewußtseinsverschmelzung mit dem
Wächter konzentrierte. *Niemand ist imstande, an jenem In-
ferno vorbeizugelangen ...*

Eine Hand preßte sich auf die des Sovren.

Vater und Sohn wurden zu einer geistigen Einheit, als
ihnen die Erschaffer entgegenwuchsen, um sie in ihrer
Glut zu verbrennen. Zar schleuderte sein Ich in Rich-
tung Zeit-Tor, kanalisierte die gemeinsame psychische
Energie und stellte sie dem Wächter der Ewigkeit zur
Verfügung.

Ihre Selbstsphären verschmolzen mit ihm, und es
formte sich ein mentaler Strudel, der aus dem Steinkreis
nach den beiden Entitäten tastete. Ein oder zwei Sekunden lang hatte es den Anschein, als seien die Wesen
dem Zerren hilflos ausgeliefert, doch dann begannen
sie, Widerstand zu leisten.

Der Wächter verwendete immer mehr Kraft und erweiterte den Mahlstrom. Zar ›zog‹ geistig, nutzte dabei
nicht nur seine eigene Energie, sondern auch Spocks: Es
war, als bohrten sie Stiefelabsätze in den Boden, um einen Berg zu sich heranzuziehen.

Für Denken und Fühlen blieb in dieser Auseinandersetzung kein Platz mehr. Sie konnten nicht die geringste
Ablenkung riskieren, besannen sich einzig und allein
darauf, die Entitäten ins Zentrum des Strudels zu zwingen.

Die Verbindung mit dem Wächter vermittelte Zar einen vagen Eindruck von der Größe und Macht jenes Bewußtseins — das Zeit-Portal setzte jetzt seine ganze Kapazität ein, ohne irgendwelche Reserven zu bewahren.

Trotzdem: Die Kraft ... reichte ... nicht ... aus ...

Plötzlich erweiterte sich die Ich-Gemeinschaft, und etwas mehr Energie tropfte in sie hinein. Nicht viel — aber sie gab den Ausschlag. Zar konnte keine Einzelheiten erkennen, doch er spürte, wie die beiden Wesen tiefer ins wirbelnde Nichts gerissen wurden ... Und dann waren sie verschwunden.

Das Selbst des Wächters wich zurück, und Zar folgte seinem Beispiel, beendete den Kontakt. Unmittelbar darauf hörte er die Stimme des Zeit-Tors.

»Die Erschaffer befinden sich nun bei ihren Gefährten, so viele Kontinuen entfernt, daß sie nie hierher zurückfinden werden. Ich möchte mich bei Ihnen bedanken, Admiral Kirk, Dr. McCoy, Mr. Spock ... Und insbesondere bei dir, Zar: Du hast mir meine wahre Pflicht gezeigt. Von jetzt an nehme ich wieder das ganze Ausmaß meiner Verantwortung in diesem Universum wahr. Noch einmal vielen Dank.«

KAPITEL 13

Als die Stimme des Wächters verklang, hob Zar die Lider und merkte, daß er vor dem Zeit-Portal zu Boden gesunken war. Spock, Kirk und McCoy hockten neben ihm, die Gesichter schmutzig und zerkratzt. In Kirks Mantel sah der Sovren einen langen Riß, der sich auch im Wams darunter fortsetzte, Arm und Schulter entblößte. Etwas hatte Spocks Ärmel zerfetzt und verkohlt; grünes Blut quoll aus einer Wunde in der rechten Wange. McCoys Knie ragten aus seiner Hose.

»Alles in Ordnung?« Die Frage des Arztes galt nicht nur Zar.

Drei Köpfe nickten.

»Sie haben sich der Bewußtseinsverschmelzung angeschlossen«, sagte Zar zu McCoy. Er fühlte sich noch immer benommen. »Sie und Jim. Erst mit Ihrer zusätzlichen mentalen Kraft gelang es uns, die Erschaffer zu vertreiben.«

»Steck mir deshalb keine Medaille an die Brust«, brummte Leonard. »Ich war vor Entsetzen vollkommen erstarrt. Ich stünde noch immer dort drüben, wenn Jim mich nicht zu dir geschleift hätte.«

»Von wegen«, erwiderte Kirk. »*Ich* konnte mich kaum von der Stelle rühren. Pille schüttelte mich so heftig, daß mir die Zähne klapperten. ›Beweg dich endlich!‹ rief er. ›Wir müssen ihnen helfen. Nimm Spocks Hand!‹«

Kirk, Spock und McCoy erhoben sich langsam, taumelten erschöpft.

Zar zögerte und fragte sich, ob er aufstehen konnte.

Er lag auf dem linken Bein, das sich völlig taub anfühlte. Spock streckte wortlos die Hand aus, und sein Sohn griff danach, zog sich mühsam hoch und spürte ein sehr schmerzhaftes Stechen.

Unterdessen öffnete Kirk einen Kom-Kanal zur *Enterprise* und beruhigte den ziemlich besorgten Commander Scott. »Diesmal haben wir's *tatsächlich* überstanden, Scotty. Und der Wächter funktioniert wieder.«

»Dem Himmel sei Dank, Sir! Sollen wir Sie jetzt an Bord beamen? Vier Personen, nicht wahr?«

»Ja. Ener...« Kirk unterbrach sich, als Zar den Kopf schüttelte. »In Bereitschaft bleiben, Scotty.« Er klappte den Kommunikator zu. »Sie kommen mit uns, Zar.«

»Nein, ich muß nach Neu-Araen zurück.« Der Sovren wandte sich an McCoy. »Ich brauche nur die Injektion.«

»Dazu mußt du mich in die Krankenstation begleiten«, erwiderte der Arzt. Er sah das Mißtrauen in Zars Zügen und fügte hinzu: »Na schön! Ich habe mich damit abgefunden, daß du nicht bei uns bleibst — zum Teufel mit deiner verdammten Sturheit! Ich möchte nur dein Bein untersuchen und feststellen, ob ich dir helfen kann. Mit dem Wächter ist jetzt alles in bester Ordnung: Wenn du in die Vergangenheit zurückkehrst, sind dort seit deinem Transfer nur ein oder zwei Sekunden verstrichen. Es spielt keine Rolle, ob du jetzt sofort aufbrichst oder erst in einem Jahr!«

Zar schüttelte erneut den Kopf und fühlte erneut Benommenheit. »Ich weiß das sehr zu schätzen, Leonard, aber...«

McCoys Geduldsfaden riß. »Sei *still!* In deinem gegenwärtigen Zustand kannst du unmöglich zurück. Du bist kaum in der Lage, dich auf den Beinen zu halten. Auf dem Schlachtfeld hättest du nicht die geringste Chance!« Er tastete nach der Schläfe des jüngeren Mannes und strich vorsichtig das Haar beiseite. »Nur eine Hautwunde«, brummte er. »Aber sie muß trotzdem be-

291

handelt werden.« Grünes Blut klebte an seinen Fingern, und Zar starrte erstaunt darauf hinab. Erst jetzt wurde ihm klar, daß sich die eine Gesichtshälfte feucht und kalt anfühlte. Vielleicht fiel es ihm deshalb schwer, das Gleichgewicht zu wahren ...

»Hast es nicht einmal gemerkt, oder?« fragte der Arzt. »Du bist völlig erledigt, Zar. Du kommst mit uns zur *Enterprise,* damit ich dich dort zusammenflicken kann. Und wenn du uns keine andere Wahl läßt, wendet dein Vater den Nervengriff an. Stimmt's, Spock?«

Der Vulkanier nickte. »So außergewöhnlich das auch sein mag — diesmal sind der Doktor und ich einer Meinung.« In seinem Mundwinkel zuckte es kurz. »Es wäre mir allerdings lieber, dich nicht tragen zu müssen, Sohn. Auch mir ist es schon besser gegangen.«

Zar rang sich ein schiefes Lächeln ab. »Also gut. Spock und Leonard McCoy, die den gleichen Standpunkt vertreten — da bleibt mir gar nichts anderes übrig, als mich zu fügen.«

Kirk schaltete seinen Kommunikator ein. »Mr. Scott?« Er zögerte einmal mehr, als Zar die Hand ausstreckte.

»Darf ich?«

Der Admiral reichte dem Sovren das kleine Gerät. »Ich habe mir immer gewünscht, eine solche Anweisung geben zu können«, sagte Spocks Sohn leise. Und etwas lauter: »Hier ist Zar, Mr. Scott.«

»Hallo, Junge. Freut mich, Ihre Stimme zu hören. Statten Sie uns einen Besuch ab?«

»Mir bleibt nichts anderes übrig«, entgegnete Zar, und aus seinem Lächeln wurde ein Grinsen. »Bitte beamen Sie uns jetzt an Bord, Scotty.«

Als Zar am nächsten Morgen das leise Summen des Interkoms hörte, war er zunächst versucht, sich die Decke über den Kopf zu ziehen und wieder einzuschlafen. *Ich habe ganz vergessen, wie bequem diese Niederschwerkraft-*

Matratzen sind. Nach einigen Sekunden setzte er sich auf und blinzelte — seine Augen brannten.

Dumpfer Schmerz erfaßte ihn, rann über seinen ganzen Leib, wie Schweiß unter einer Rüstung. *Bei der Göttin! Ich bin so müde ...*

Das Interkom summte erneut. Zar fluchte halblaut und schwang die Beine über den Rand des Bettes.

Es dauerte eine Weile, bis er sich daran erinnerte, welche Tasten man drücken mußte. »Ja?« murmelte er und beschränkte sich auf eine akustische Verbindung.

»Entschuldige bitte, daß ich dich geweckt habe«, erklang McCoys Stimme. »Wir sollten so bald wie möglich mit den Untersuchungen beginnen. Wann kannst du hier sein?«

»Äh ...« Zar versuchte, seine Gedanken zu ordnen. Dichter Nebel wogte hinter der Stirn des Sovren, erinnerte ihn an die Wolkenschleier am Gipfel des Großen Weißen. »Wie wär's zuerst mit dem Frühstück? Und mit *Kaffee?* Seit zwanzig Jahren habe ich keinen Kaffee getrunken.«

»Ich kümmere mich gleich darum. Milch und Zukker?«

»Schwarz.«

Zar ließ sich auf die Kante der Liege sinken und sah sich um. Man hatte ihn in der luxuriösen Kabine eines Senior-Offiziers untergebracht. Die lederne Kniehose und das Wollhemd hingen noch immer an der Rückenlehne des Stuhls, doch auf der Kommode lag ein schlichter schwarzer Overall, den er jetzt zum erstenmal sah. *Spock war hier*, überlegte er. *Außer ihm ist niemand imstande, dieses Zimmer zu betreten, ohne mich zu wecken.* Er dachte an den vergangenen Abend: Kirk hatte ihm mitgeteilt, daß sich dieses Quartier direkt neben dem des Vulkaniers befand.

Der Sovren streckte sich — alle Muskeln in seinem Körper protestierten —, ging zur Hygienezelle und machte sich dort einige Minuten lang mit den Kontrollen vertraut. *Eine Ultraschalldusche oder Wasser?* Er entschied sich für beides.

Bin wieder im Paradies, fuhr es ihm durch den Sinn, als er an der matt glänzenden Wand lehnte und warmes Wasser auf ihn herabprasselte. *Sauberkeit. Und alles riecht so gut.*

Erinnerungsbilder formten sich in ihm: Er stand barfuß auf einem steinernen Boden, zerschlug das Eis im Becken, um sich zu waschen. Und Aborte im Freien, ihr Geruch im Hochsommer ... Er blickte zur Wanne und freute sich auf ein langes Bad.

Doch das alles gäbe ich gern auf, um Wynn wiederzusehen ... Zar konzentrierte sich auf die Leere in seinem Innern, tastete so vorsichtig nach ihr wie die Zunge nach einer Zahnlücke. In dieser Epoche war die Hohepriesterin tot — und damit auch ein Teil von ihm selbst.

Zar suchte die Krankenstation auf und ließ dort McCoys endlose Medo-Analysen über sich ergehen. Anschließend traf Kirk ein, um den Besucher durch die *Enterprise* zu führen.

Zuerst begaben sie sich zur Brücke, und Zar ließ einen überraschten Blick durch den Kontrollraum schweifen. »Sie haben nicht übertrieben, als Sie meinten, hier hätte sich alles verändert«, stellte er fest.

»Vor einigen Jahren wurde das Schiff vollkommen umgerüstet«, erklärte Kirk. »Es bietet jetzt ein ganz anderes Erscheinungsbild.«

»Neue Bildschirme, neue Uniformen, neue Konsolen ...« Zar sah zu den beiden Turboliften. »Selbst die Türen sind nicht mehr so, wie ich sie in Erinnerung habe.«

»Die neue Struktur ist wesentlich besser als die alte«, sagte Spock. Er stand an der wissenschaftlichen Station, zusammen mit Lieutenant Commander Maybri und Naraht — die Präsenz eines lebenden, denkenden *Felsens,* der außerdem einen Sinn für Humor hatte, verblüffte Zar noch immer.

294

»Aye, das stimmt«, bestätigte Scotty. »Warten Sie nur, bis Sie meinen Maschinenraum sehen. Zwei Stockwerke hoch, mit einem Aufzug in der Mitte.«

»Alles wirkt stromlinienförmig und elegant«, kommentierte Zar. »Aber um ganz ehrlich zu sein: Ich vermisse die roten Türen.«

Kirk schmunzelte. »Da Sie es schon erwähnen — ich auch. Wie dem auch sei: Der Fortschritt ist ein notwendiges Übel.« Er deutete zu Scott. »Wir sehen uns später, beim Abendessen. Ich veranstalte eine Party für Sie und die Senior-Offiziere, Zar. Doch zunächst brennt Mr. Scott darauf, Ihnen seinen Maschinenraum zeigen.«

»Ich möchte einen Toast ausbringen.« Dr. McCoy hob sein Glas. »Auf den Wächter der Ewigkeit. Wenn er uns nicht gegen die Erschaffer geholfen hätte, wären wir jetzt kaum hier.«

Die übrigen Anwesenden nickten ernst und tranken. Zar nippte an dem von Spock vorgeschlagenen Fruchtsaft. Er war zunächst skeptisch gewesen, als er die orangefarbene Tönung der Flüssigkeit sah, doch sie schmeckte recht gut.

Danke für die Anerkennung, erklang eine vertraute Stimme inmitten seiner Gedanken. *Ich weiß sie sehr zu schätzen.*

Zar schluckte und versuchte, nicht laut zu keuchen. *Wächter?* fragte er stumm. *Aber wir sind hier in der Umlaufbahn von Gateway, mehrere hundert Kilometer entfernt. Wie ist es dir gelungen, trotzdem einen mentalen Kontakt herzustellen?*

Ich habe gewisse Möglichkeiten, erwiderte das Zeit-Portal mehrdeutig. *Wenn du möchtest, ziehe ich mich aus deinem Bewußtsein zurück.*

Schon gut. Ich finde großen Gefallen an Gesprächen mit dir.

Tatsächlich? Die mentalen Muster der uralten Zeit-Entität vermittelten Zufriedenheit. *Nun, in dem Fall ...*

Ja?

Bist du bereit, gelegentlich mit mir zu ›sprechen‹? Es gibt zahllose Welten und Epochen, die es mir ermöglichen, Neues zu lernen, aber gestern wurde mir klar, daß die Kommunikation mit einem anderen intelligenten Wesen sehr ... anregend sein kann. Durch die Suche nach meinen Schöpfern habe ich begriffen, wie lange ich einsam gewesen bin.

Zar stellte sich vor, viele Jahrtausende in der Isolation zu verbringen, und er projizierte Mitgefühl. *Es wäre mir eine große Freude, mit dir zu ›sprechen‹*, antwortete er. *Ich fürchte jedoch, daß du nicht auf Dauer in der Lage bist, meine Gedanken zu berühren. Bald kehre ich in die Vergangenheit zurück, in meine Heimat.*

Ich kann dich auch dort erreichen, erwiderte der Wächter zuversichtlich. **Und ich danke dir für deine Anteilnahme.**

Die fremde Selbstsphäre wich fort.

Zar fand sich im Hier und Jetzt wieder, stellte fest, daß Uhura gerade seinen Namen wiederholt hatte. Er blinzelte. »Bitte entschuldigen Sie, aber ich habe Ihre letzten Worte nicht verstanden.«

Die dunkelhäutige Frau lächelte. »Kein Wunder. Sie waren Lichtjahre weit weg.«

»Nein, nur etwa vierhundert Kilometer.«

Uhura musterte den Sovren ganz verwirrt. »Wie bitte?«

Zar schüttelte den Kopf und lächelte reumütig. »Tut mir leid, Nyota. Ich habe eine Menge hinter mir, aber das ist keine Entschuldigung für flegelhaftes Verhalten. Bitte verzeihen Sie.«

Uhura lachte kehlig. »Ich habe gerade gesagt, daß Sie anders sind als damals. Bei unserer ersten Begegnung ... Sie waren ein ruhiger, netter Junge. Ernst und auch ... naiv.«

»Erinnern Sie mich nicht daran.« Zar schüttelte erneut den Kopf. »In Ihrer Gegenwart brachte ich keinen

Ton hervor. Ein ›Hallo‹ von Ihnen genügte, um mich völlig durcheinanderzubringen.«

»Bleiben Sie diesmal hier?«

Der Sovren seufzte. »Ich fürchte, das ist unmöglich.«

Uhura maß ihn mit einem wissenden Blick. »Jemand wartet auf Sie.«

»Ja. Meine Frau Wynn.«

»Und Sie vermissen sie sehr.«

Es war eine Feststellung, keine Frage, aber Zar antwortete trotzdem. »Mehr als ich es für möglich gehalten hätte.«

Später nahmen sie in den Sesseln im anderen Bereich der Offiziersmesse Platz. Zar unterhielt sich mit Sulu über Taktiken beim Fechten, als er Uhuras Gesichtsausdruck bemerkte: Sie stand neben der Tür und sprach mit Spock. Er konzentrierte sich, nahm Besorgnis und tiefen Kummer wahr.

Kurz darauf ging Spock. Uhura hob den Saum ihres langen weißen Gewands und wollte die Messe ebenfalls verlassen.

»Bitte entschuldigen Sie mich, Hikaru«, sagte Zar hastig. »Ich muß mit Nyota reden, bevor sie sich in ihr Quartier zurückzieht.«

Sulu nickte. »In Ordnung. Kommen Sie morgen früh um neun in die Sporthalle. Dann zeige ich Ihnen den Ausfall, über den wir eben gesprochen haben.«

»Einverstanden.«

Uhura eilte mit langen Schritten durch den Korridor und überlegte, ob sie die Kleidung wechseln sollte, bevor sie den Weg zur Krankenstation fortsetzte. »Blöde Schuhe«, murmelte sie und verharrte, um die schimmernden Sandalen von den Füßen zu ziehen.

»Nyota!«

Sie drehte sich um und sah Zar, der ihr entgegenhinkte. »Was ist los?« fragte er. »Ich habe Ihre Besorgnis gespürt.«

»Es geht um D'berahan«, erwiderte Uhura. »Spock hat mich eben darauf hingewiesen, daß sich die telepathischen Fähigkeiten ihrer Kinder nicht weiterentwickeln. Weil ihnen die Kommunikation mit der Mutter fehlt. Dadurch könnten sie bei ihrem Volk zu Ausgestoßenen werden — falls sie überleben.«

»Was haben Sie vor?«

»Ich kann nur mehr Zeit bei ihnen verbringen, damit sie meine Gedanken empfangen. Doch ich fürchte, das genügt nicht.« Die Tür des Turbolifts öffnete sich. »Möchten Sie mich begleiten?«

»Ja, gern.«

»Es ist eine Tragödie«, fuhr Uhura fort, als sie die Transportkapsel betraten. »Ich habe versucht, eine Art mentaler ›Anker‹ für die Kinder zu sein, aber sie benötigen in erster Linie ihre Mutter.«

Sie erreichten die Krankenstation und gingen leise durchs stille Halbdunkel.

D'berahan lag zusammengekrümmt auf der Diagnoseliege, in einer anderen Position als bei Uhuras letztem Besuch. Doch das bedeutete nichts: Nyota wußte inzwischen, daß die Krankenschwestern D'berahan in regelmäßigen Abständen von einer Seite auf die andere drehten. Sie lächelte, als die drei kleinen Kinder auf ihre Präsenz reagierten und aus dem Bauchbeutel der Mutter krochen. »Hallo«, flüsterte sie ihnen zu.

Kleine Gesichter sahen zu ihr auf, und die großen Augen darin blinzelten. »Spüren Sie ihre Gedanken?« wandte sich Uhura an Zar.

»Sie sind noch zu jung für deutlich ausgeprägte Gedankenstrukturen, aber ich fühle ihre Emotionen: Sie sehnen sich nach Wärme, nach Nahrung und Gesellschaft.«

Uhura beugte sich vor, berührte die kleinen, gewölbten Köpfe und summte. »Was ist mit D'berahan?«

»Nichts. Mentale Leere.«

»Wenn ihr doch nur jemand helfen könnte«, murmelte Nyota und strich über den Pelz der Bewußtlosen. Dann fiel ihr etwas ein, und sie wandte sich an den Sovren. »Sind *Sie* dazu in der Lage? Spock meinte, Ihr PSI-Potential sei weitaus größer als seins.«

Zar zögerte, und sofort bedauerte Uhura ihre impulsive Frage. *Er wirkt so müde,* dachte sie und betrachtete die Erschöpfungsfalten in seinem Gesicht, die dunklen Ringe unter den Augen. »Tut mir leid«, sagte sie. »Das hätte ich nicht fragen sollen. Ich weiß, daß eine Bewußtseinsverschmelzung sehr schwierig ist, erst recht dann, wenn sie eine völlig fremde Person betrifft. In einen unbekannten geistigen Kosmos vorzudringen, ohne vom entsprechenden Ich dazu aufgefordert zu sein ...«

Zars Blick galt dem pelzigen Wesen und den drei Kindern. Seine dünnen Lippen formten den Schatten eines Lächelns. »Ich würde D'berahan gern helfen ...«, entgegnete er langsam.

»Halten Sie es für möglich?«

»Ich weiß es nicht. Es könnte gefährlich sein, das Bewußtsein eines Nonhumanoiden zu sondieren — für die Marischal ebenso wie für mich.«

Uhura beobachtete, wie sich D'berahans Brust fast unmerklich hob und senkte. »Und wenn Ihnen jemand den ›mentalen Weg‹ zeigt? Eine Person, die schon einmal einen psychischen Kontakt hergestellt hat?«

»Das wäre eine beträchtliche Hilfe. Ich könnte jenem Ich die tiefsten Bereiche von D'berahans Selbst überlassen. Befindet sich eine andere Marischal an Bord?«

»Nein ...«, sagte Uhura gedehnt, richtete sich auf und trat zum Interkom. »Aber wenn Sie es wirklich versuchen wollen ...«

Zar nickte. »Ja.«

Uhura gab einen ID-Code ein, und der Sovren musterte sie neugierig. »Mit wem setzen Sie sich in Verbindung.«

»Mit Ihrem Vater«, antwortete Nyota und betätigte eine letzte Taste. »Hoffentlich ist er in seinem Quartier und nicht auf der Brücke.« Sie lächelte schelmisch. »Ich bin ihm noch einen nächtlichen Anruf schuldig.«

Zar runzelte verwirrt die Stirn, doch bevor er etwas sagen konnte, erklang eine vertraute Stimme: »Hier Spock.«

»Uhura, Sir. Könnten Sie in die Krankenstation kommen? Ich möchte Sie um etwas bitten.«

»Selbstverständlich. Ich bin gleich bei Ihnen.«

Uhura desaktivierte das Interkom, und Zar musterte sie erstaunt. »Woher wissen Sie, daß Spock mein Vater ist?«

»Ich hab's erraten«, lautete die Antwort. »Und er hat es bestätigt, als ich ihn danach fragte.«

»Oh.« Zar wollte noch etwas hinzufügen, als das nahe Schott mit einem leisen Zischen aufglitt.

Das kann unmöglich Spock sein, dachte Uhura. *Er hatte noch nicht einmal Zeit genug, um zum Turbolift zu gehen.*

Leonard McCoy kam herein und blinzelte. Er trug nach wie vor die Hose der Galauniform, doch anstelle der Jacke hatte er einen Medo-Kittel übergestreift. »Hallo«, brummte er schließlich. »Was machen Sie hier? Die Party ist noch nicht zu Ende.«

»Wir wollten D'berahan besuchen.« Nyota fühlte sich wie ein Kind, das man gerade dabei ertappt hatte, Süßigkeiten zu stibitzen.

»Und was führt *Sie* hierher?« erkundigte sich Zar. »Haben Sie sich gelangweilt?«

»Nein, aber ich bin der Bordarzt dieses Schiffes und muß über den Zustand meiner Patienten auf dem laufenden bleiben. Zum Beispiel Fähnrich Weinberger... Hat sich heute nachmittag die Schulter gebrochen, als ihn eine Gravitationsfluktuation im Maschinenraum an die Wand schleuderte.« Argwohn leuchtete in McCoys Augen. »Nyota, die Schuld steht Ihnen ins Gesicht geschrieben. Und Zar... Laß die vulkanische Maske fallen. Was geht hier vor? Heraus damit!«

Uhura sah zum Sovren, der eine Braue wölbte. Sie

300

zuckte mit den Achseln. »Ich habe Zar gebeten, einen mentalen Kontakt zu D'berahan herzustellen. Er hält das für möglich — wenn Spock die geistige Sondierung leitet.«

»Ich verstehe.« McCoy holte tief Luft, blähte die Wangen auf und ließ den Atem langsam entweichen. »Als Spock einen solchen Versuch unternahm ... Er und die Marischal wären fast gestorben.«

»Ich weiß, daß es gefährlich ist«, betonte Zar.

»Und du bist trotzdem bereit, ein derartiges Risiko einzugehen?«

Der Sovren zögerte kurz. »Ja«, bestätigte er. »Das Leben ist voller Risiken — man kann sie nicht immer meiden, nur weil man fürchtet, sich zu verletzen.«

McCoy kniff die Augen zusammen. »Offenbar hast du mit Jim gesprochen. Das klingt ganz nach ihm.«

»Die Worte stammen nicht vom Admiral«, sagte Zar.

»Von dem dann?«

»Sie würden es mir nie glauben.«

Der Arzt runzelte die Stirn. »Kannst du die Auswirkungen der Mentalverschmelzung auf D'berahan überwachen — um den Kontakt zu unterbrechen, wenn ihr Gefahr droht?«

»Ich glaube schon.«

»Nun gut. Ich bestehe darauf, daß du dich sofort zurückziehst, wenn's brenzlig wird, klar? Lieber Himmel, du bist nicht der einzige Telepath in dieser Galaxis. Auf dem Rückweg gelangen wir in die Nähe von Vulkan Vielleicht sollten wir warten, bis ...«

McCoy unterbrach sich, als Zar zur Tür blickte. »Spock ist da.«

Einige Sekunden später öffnete sich das Schott, und der Vulkanier trat an die Diagnoseliege heran. Uhura erklärte, warum sie ihn gebeten hatte, die Krankenstation aufzusuchen.

Spock hörte stumm zu und nickte. »Trotz ihrer Furcht hat D'berahan alles versucht, um einen Erfolg unserer

Mission zu ermöglichen. Wenn es eine Chance gibt, ihr zu helfen, so bin ich verpflichtet, sie zu nutzen.« Und zu Zar: »Aber für dich ist sie eine Fremde ...«

»Ich unterstütze nur deine Bemühungen und kontrolliere D'berahans Zustand«, erwiderte Zar. »Wenn du bereit bist, so bin ich es ebenfalls.«

Spock zögerte. »Du solltest die Gefahr nicht unterschätzen«, warnte er seinen Sohn. »Vielleicht hat sich das Selbst der Marischal so weit zurückgezogen, daß wir es nicht mehr erreichen können. Und ich weiß aus Erfahrung, daß die Suche den größten Teil unserer Kraft erfordert.«

Zar hielt dem durchdringenden Blick des Vulkaniers stand. »Wenn ich im Koma läge — würde D'berahan versuchen, mein Ich zu retten?«

»Ja, bestimmt«, entgegnete Spock.

Zar hob kurz die Schulter — eine Geste, die soviel bedeutete wie »Na bitte«.

»Beginnen wir«, sagte er.

McCoy entfernte einen Teil der Abschirmung vor der Diagnose-Einheit. Als D'berahans Kinder die anderen Personen sahen, wollten sie in den Bauchbeutel ihrer Mutter zurückkriechen, doch Uhura hinderte sie sanft daran. »Und die drei kleinen Marischal, Mr. Spock?«

Der Vulkanier überlegte. »Sie dürfen keinen physischen Kontakt mit D'berahan haben, während wir versuchen, eine Bewußtseinsverschmelzung herbeizuführen. Doktor, können Sie die Kinder vorübergehend von der Mutter trennen?«

McCoy traf sofort die notwendigen Vorbereitungen. »Und nun?« fragte er.

Zar beobachtete die drei winzigen Wesen. »Ihre Selbstsphären sind so fremdartig, daß sich nicht feststellen läßt, ob sie mit D'berahans Ich in Verbindung stehen. Nyota, wären Sie bereit, Ihr Denken mit meinem Bewußtsein zu vereinen und am Rand der geistigen Einheit zu bleiben — um uns zu warnen, falls die

Kinder Anzeichen von Kummer oder Leid offenbaren?«

Uhura antwortete nicht sofort und bemühte sich, ihre erste Reaktion auf diese Frage zu verbergen. Sie hatte noch nie zuvor an einer Mentalverschmelzung teilgenommen und schauderte bei der Vorstellung, daß jemand ihre Gedanken berührte. *Aber mir bleibt keine Wahl*, dachte sie. *Die Kinder brauchen ihre Mutter.*

»Ja«, erwiderte sie fest.

»Gut. Vermutlich nehmen Sie gewisse Dinge wahr, aber Sie verharren in Ihrer eigenen Identität und sollten in der Lage sein, alles zu beobachten. Und noch etwas ...« Zar warf ihr einen kurzen Blick zu. »Ich werde versuchen, mich aus den tiefen Schichten Ihres Selbst fernzuhalten.«

Uhura lächelte unsicher. »Ich vertraue Ihnen.«

»Beginnen wir.« Spock beugte sich vor und tastete nach dem gewölbten Kopf der Marischal. Die rechte Hand bot er Zar an, der sie mit seiner linken ergriff. Nyota betrachtete die beiden Hände. Wie sehr sie sich ähnelten — trotz der Narben des Sovren.

Beide Männer schlossen die Augen, und ihre Gesichter wurden zu leeren, ausdruckslosen Masken. Uhura glaubte zu spüren, wie sie sich aus dem Hier zurückzogen. Einige Sekunden später hob Zar die rechte Hand.

Uhura holte tief Luft und berührte Finger, die sich sanft um ihre eigenen schlossen. Dennoch erahnte sie eine Kraft, die ausgereicht hätte, um ihre Knochen zu zermalmen. Noch stärker war das zwischen ihnen entstehende mentale Band.

Ganz plötzlich schien sie Teil von Zars Körper zu sein, in seiner Haut zu stecken — sie sah mit den Augen des Sovren, atmete mit seinen Lungen. Ihr Herz *erbebte* und trachtete danach, viel schneller als sonst zu schlagen. Nyota fühlte, wie es nicht in ihrer linken Brusthälfte klopfte, sondern tiefer, auf der rechten Seite.

Der psychisch-emotionalen Einheit mangelte es an

direkten sexuellen Aspekten, aber für kurze Zeit war sich Uhura der Präsenz eines männlichen Körpers deutlicher bewußt als jemals zuvor. Dann veränderte sich die Art des Kontakts, und eine stabile geistige Brücke entstand. Nyota konnte noch immer sehen, doch die Bilder überlagerten sich: Mit ihren eigenen Augen beobachtete sie die drei Marischal-Kinder, und mit den anderen starrte sie in dunkle Leere — in eine Finsternis, die hier und dort fremdartige Szenen zeigte.

Ist alles in Ordnung mit Ihnen? Die Worte ›entflammten‹ in Uhuras Ich, ohne Hitze zu entfalten, ohne zu verbrennen.

Ja, dachte sie, und es fiel ihr nicht leicht, die Antwort allein in Gedanken zu formulieren. *Sagen Sie Spock, er kann fortfahren.*

Zars Bewußtsein wich zurück, aber das Band zwischen ihnen zerriß nicht, dehnte sich nur und pulsierte wie ein lebendiges Etwas. Es übermittelte ihr fragmentarische Eindrücke von der Suche nach D'berahans Ich. Erinnerungsfetzen, die nicht aus ihrem eigenen Gedächtnis stammten, flogen vorbei, viel zu schnell, um Details zu erfassen: Bilder von Sarpeidon — *von jener Welt kommt Zar also! Ich würde gern wissen, wie das möglich ist, was damals geschah! —*, Vulkan und Marisch.

Uhura behielt die drei Kinder im Fokus ihrer Aufmerksamkeit, hielt nach Veränderungen in ihrem Verhalten Ausschau. Ab und zu warf sie Spock und Zar einen raschen Blick zu. Die Gesichter von Vater und Sohn blieben ausdruckslos, aber es gab dennoch Zeichen von Anstrengung: Fingerknöchel, die weiß hervortraten, Schweiß auf der Stirn.

Ich habe Spock noch nie schwitzen gesehen, dachte Nyota. *Himmel, ich wußte gar nicht, daß er überhaupt schwitzen kann.*

Schließlich betrafen die memorialen Fragmente fast nur noch Marisch, und Uhura schloß daraus, daß sie sich dem Ziel näherten.

Jähes Entsetzen, dann heftige Ablehnung.

[Nein! Muß fliehen, mich verstecken!]

Aufregung prickelte in Uhura, als sie begriff, daß Spock die Marischal gefunden hatte.

D'berahan, hier ist Spock. Sie sind jetzt in Sicherheit. Kehren Sie mit uns zurück. Der wortlosen Botschaft folgten Symbole des Trostes und der Freundschaft.

[Ablehnung. Furcht.]

Es droht keine Gefahr mehr, D'berahan. Kommen Sie mit uns. Wir sind Ihre Freunde ...

[Nein, nein. Verstecken ...]

Uhura traf keine bewußte Entscheidung, gab nur einem inneren Drängen nach, als sie Worte und ein Bild projizierte. *Ihre Kinder, D'berahan ... Sehen Sie Ihre Kinder mit meinen Augen. Drei winzige Wesen, die ihre Mutter brauchen ... Ohne Sie steht ihnen vielleicht der Tod bevor. Sie müssen zurückkehren und sich um sie kümmern. Sehen Sie nur ...*

Die Worte und das Bild wurden verstärkt. Zwei in der Mentalverschmelzung geübte Selbstsphären verliehen Uhuras Mitteilung weitaus mehr Nachdruck.

[*Meine* Kinder?]

Ja!

[Meine Kinder ...]

Plötzlich ›hörte‹ Uhura eine vierte »Stimme«, und sie spürte eine enorm starke telepathische Präsenz.

[Freunde ...], ›sagte‹ jenes Ich, [ihr habt viel für Diese riskiert. Diese dankt euch dafür, und das gilt insbesondere für die Neu-Freundin Nyota Uhura. Sie liebte die Kinder, als Diese ihnen keine Liebe schenken konnte ...]

Die Marischal ›sendete‹ soviel Dank und Zuneigung, daß Tränen über Uhuras Wangen rollten, als sich ihr Selbst aus der Mentalverschmelzung löste. Sie unterdrückte ein Schluchzen und sah, wie sich D'berahan bewegte.

McCoy nahm den kleinen Trennschirm fort, und die

drei Marischal-Kinder krochen sofort zu ihrer Mutter. D'berahan hob den Kopf und berührte sie.

»Wir haben es geschafft!« brachte Nyota hervor, und ihre Stimme war kaum mehr als ein Flüstern. Sie trat zurück, fühlte ein Zittern in den Knien und lächelte überglücklich. »Wir haben es *geschafft!*« Sie schlang die Arme um Zar und juchzte laut.

»Nein, *Sie* haben es geschafft, Nyota«, sagte der Sovren und hob sie hoch. »Wenn Sie nicht die Bilder von den Kindern projiziert hätten ...«

»Zar hat recht«, pflichtete Spock seinem Sohn bei, und Uhura gewann den Eindruck, daß er sie kurz an der Schulter berührte.

»Ihr habt es *gemeinsam* geschafft«, brummte McCoy. Er räusperte sich. »Herzlichen Dank auch von mir.«

»Aber ...«

Leonard McCoy beugte sich über den Schreibtisch und richtete einen mahnenden Zeigefinger auf seinen Patienten. »Ruhe! Du hast versprochen, mich ausreden zu lassen.«

»*Fünf* Wochen?« entfuhr es Zar. »Das ist völlig ausgeschlossen. Soviel Zeit habe ich nicht.«

»Du undankbarer ...«, begann McCoy. Er holte tief Luft und versuchte ganz offensichtlich, sich zu beherrschen. »Sperr die Ohren auf, Zar. Du hast Glück, daß ich überhaupt in der Lage bin, dein Bein zu behandeln — bei so alten Verletzungen ist das normalerweise nicht möglich. Ich bin Arzt, kein Zauberer. Eine Woche Hibernationstherapie, dann drei oder vier Wochen Rehabilitation ... Anschließend kannst du wieder fast normal gehen. Ohne Schmerzen. Lieber Himmel, ist das nicht ein wenig Geduld wert?«

Zar lehnte sich zurück und verschränkte die Arme. »Sie haben recht. Ich bin tatsächlich undankbar. Nun, ich weiß Ihre Bemühungen sehr zu schätzen ...«

Er rieb sich die Stirn und seufzte. »Es ist nur ... Ich

habe dauernd das Gefühl, daß auf Sarpeidon ebensoviel Zeit verstreicht wie hier. Ich *weiß* natürlich, daß es eigentlich gar keine Rolle spielt, wie lange ich an Bord der *Enterprise* bleibe, doch ich finde keine Ruhe. Eine innere Stimme fordert mich dauernd auf, so schnell wie möglich zurückzukehren.«

Zar zögerte. »Und dann die Leere dort, wo Wynns Präsenz gewesen ist ...«, hauchte er. »Als hätte ich einen Arm verloren. Oder als wäre ich plötzlich blind geworden. Ich werde damit fertig, irgendwie, aber trotzdem muß ich dauernd daran denken.«

»Ich verstehe, wie du empfindest — unter den gegebenen Umständen ist das völlig normal«, erwiderte McCoy. »Andererseits: Nur ein Idiot würde darauf verzichten, diese Chance zu nutzen. Und das weißt du.«

»Ich soll mich mehr als einen *Monat* lang ausruhen?«

»Warum denn nicht, zum Teufel?« McCoy durchbohrte den Sovren mit einem verärgerten Blick. »Möchtest du hören, was sich bei den Untersuchungen sonst noch herausgestellt hat? Ich meine, abgesehen vom Zustand des Beins ...«

Zar nickte.

»Du bist ein Mann, der kurz vor dem physischen und emotionalen Zusammenbruch steht. Ein Mann, der viel zu lange starkem Streß ausgesetzt war. Wenn sich Jim in einem solchen Zustand befände, würde ich ihn sofort für dienstuntauglich erklären. Der Muskeltonus läßt nach. Deine Reaktionszeit ist miserabel, ebenso Ausdauer und Widerstandskraft. Du bist nicht einmal in der Verfassung, einen langen Marsch zu überstehen — von einer Schlacht ganz zu schweigen.«

McCoys Finger trommelten auf den Schreibtisch. »Du weißt, daß ich recht habe — und wenn du ehrlich bist, gibst du es auch zu. Meine Diagnose lautet: tiefe Erschöpfung. So etwas kann Stoffwechselstörungen nach sich ziehen, die auch das Urteilsvermögen beeinträchtigen.«

Zar seufzte. »Müdigkeit führt zu Fehlern. Jeder Kommandeur lernt das schon nach kurzer Zeit.«

»Seit wann hast du Bauchschmerzen?«

Der Sovren musterte den Arzt erstaunt. »Woher wissen Sie ...« Er unterbrach sich und zuckte mit den Achseln. »Ich hatte schon immer einen empfindlichen Magen.«

»Ja, aber wenn du nicht endlich aufhörst, dir soviel abzuverlangen, und wenn du auch weiterhin Mahlzeiten ausläßt ... Dann bekommst du früher oder später die vulkanische Version eines ausgewachsenen Magengeschwürs. Was dir *bestimmt* nicht gefallen wird.«

»Können Sie das in Ordnung bringen?«

»Ja. Doch es nützt überhaupt nichts, wenn du dich nach deiner Rückkehr dem gleichen Streß aussetzt. Du mußt besser auf dich achtgeben. Ich schlage tägliche Meditationen vor. Wann hast du zum letztenmal gemalt?«

»Vor etwa zehn Jahren.«

»Fang wieder damit an. Oder reite im Wald. Damit sich Körper und Geist entspannen.«

»Na schön. Aber ich kann auf keinen Fall fünf Wochen lang ...«

»Wann hattest du deinen letzten Urlaub?«

Zar senkte den Kopf. »Vor zwei Jahren, als ich hier verletzt wurde.« Er deutete auf die entsprechende Stelle. »War für sieben Tage ans Bett gefesselt. Der Speer durchdrang zwar nicht das Kettenhemd, brach mir jedoch eine Rippe.«

»Nicht eine, sondern zwei«, sagte McCoy. »Und eine dritte wurde angeknackst. Es grenzt an ein Wunder, daß du dir keine perforierte Lunge geholt hast, weil du zu früh aufgestanden bist. In diesem Zusammenhang kann von ›Urlaub‹ wohl kaum die Rede sein. Du *brauchst* einen Monat Ruhe. Du benötigst nahrhafte Mahlzeiten und ausreichend Gelegenheit, versäumten Schlaf nachzuholen. Gymnastik kann ebenfalls nicht schaden.«

»Mag sein. Aber Wynn ...«

»Hör mir zu, Zar. Wynn *wollte,* daß du uns begleitest, nicht wahr? Sie bestand sogar darauf, stimmt's?«

»Ja.«

»Und warum? Weil sie eine ›Vision‹ hatte, die ihr mitteilte, daß es für dich — für dein Leben — sehr wichtig war, uns zu begleiten.«

»Ja.«

»Nun ...« McCoy lächelte triumphierend. »Vielleicht hat dich Wynn *deshalb* so gedrängt, mit uns zu kommen. Damit ich dein Bein behandle. Damit du ausspannst, dich erholst. Um anschließend für den Kampf bereit zu sein.«

Zar richtete einen verwunderten Blick auf den Arzt. *In Topform und mit zwei gesunden Beinen könnte ich vielleicht einem Schlag ausweichen, der mich sonst treffen würde,* dachte er und nickte langsam. »Das ergibt einen gewissen Sinn.«

»Und ob.«

»Aber was ist mit der *Enterprise?* Bleibt Jim einfach im Orbit von Gateway, während ich mich Therapie und Rehabilitation unterziehe? Hat Starfleet Command keine neuen Einsatzorder für Kirk und seine Crew?«

Leonard grinste vom einen Ohr bis zum anderen. »Admiral Morrow freute sich so sehr über unseren Erfolg, daß er uns mit einer Mission im nächsten Quadranten beauftragte: Wir sollen dort Daten über einen im letzten Jahr entdeckten Ionensturm sammeln. Zufälligerweise brauchen wir dazu etwa vier Wochen, Flugzeit mitgerechnet.«

»Soll das heißen ... Admiral Morrow *weiß* von mir?«

»Na klar. Spock hat ihm alles erklärt. Er war vollkommen baff.«

Zar hob eine Braue, als er sich Morrows Reaktion vorstellte. »Und er gab Ihnen die Erlaubnis, vier Wochen lang einen Zivilisten durchs All zu kutschieren?«

McCoy grinste noch immer. »Von wegen Zivilist. Du bist ein Staatsoberhaupt.«

»Bei der Göttin ...« In den grauen Augen des Sovren blitzte es amüsiert, und dann wurde er wieder ernst. »Offenbar haben Sie an alles gedacht.«

»Natürlich. Nun, was sagst du dazu?«

Zar breitete die Arme aus. »Ich schätze, mir steht ein Urlaub bevor.«

»Immer mit der Ruhe, Zar. Bleib still liegen. So, das hätten wir. Wie fühlst du dich?«

Der Sovren schüttelte den Kopf und versuchte, sich zu orientieren. Vor seinen Augen zitterte alles. »Nicht besonders gut. Mir ist schwindelig.« Er blinzelte, und nach einer Weile erkannte er die Konturen des Rekonvalszenzzimmers in der Krankenstation. McCoys Gesicht schwebte über ihm. Der riesenhafte coridianische Pfleger und Spock standen neben der Liege. »Hat es geklappt? Bin ich wirklich eine Woche lang bewußtlos gewesen?«

»Die Antwort auf beide Fragen lautet: ja. Wie viele Finger erkennst du?«

Zar starrte ins blendende Licht. »Nur einen ... Ich würde Ihnen nicht raten, diese Geste in einer Kaserne zu wiederholen.«

McCoy lachte leise. »In Ordnung. Möchtest du sitzen?«

»Ja.« Acht Hände — vier davon gehörten dem Coridianer — halfen Zar auf. Für ein oder zwei Sekunden schwankte alles um ihn herum, und dann ließ der Schwindelanfall nach. »Warum bin ich so schwach?«

»Weil du dich seit sieben Tagen nicht bewegt hast. Bestimmt geht es dir bald besser. Etwas zu essen?«

»Ich bin halb verhungert.«

Nach der Mahlzeit bestand Zar auf einem ersten Gehversuch. »Na schön«, brummte McCoy. »Wahrscheinlich ist es die beste Möglichkeit, dir zu zeigen, daß du nichts übereilen darfst. Halten Sie ihn gut fest, Urgh'kesht.«

310

»Ja, Doktor«, erwiderte der Krankenpfleger und schloß drei große Hände um Zars linken Arm.

Der Sovren schob sich zum Rand der Liege, fühlte den Boden unter seinen nackten Fußsohlen und stand vorsichtig auf. »Ich spüre keine Schmerzen mehr!« stellte er erfreut fest.

»Das habe ich dir ja versprochen«, sagte McCoy ruhig. »Und jetzt ein erster Schritt.«

Zar hob das linke Bein, trat vor ...

Nur Urgh'keshts fester Griff verhinderte, daß er zusammenbrach. Der Pfleger stützte den wie betrunken ̍umelnden Zar.

»Ich kann nicht gehen!« stieß der Sovren hervor.

»Warum nicht?«

McCoy verschränkte die Arme und musterte den Patienten ungerührt. »Fünfzehn Jahre lang hast du gehumpelt, um das verletzte Bein zu entlasten. Jetzt mußt du lernen, dich wieder normal zu bewegen.«

Zar erinnerte sich daran, wie lange es nach der Verwundung gedauert hatte, ohne Krücken auszukommen. »Dazu brauche ich *Monate!*«

Leonard schüttelte den Kopf. »Wenn du den ärztlichen Anweisungen gehorchst, geht's viel schneller. Von jetzt an wirst du jeden Tag zwei oder drei Stunden lang ein Regenerationsmodul am Bein tragen, und dann folgt die physische Therapie. Urgh'kesht wird dir dabei helfen. Im Anschluß daran kannst du mit gymnastischen Übungen beginnen. Ich empfehle dir zu schwimmen. Mit jedem verstreichenden Tag kannst du das linke Bein etwas besser benutzen — bis du alle Folgen der alten Verletzung überwunden hast.« Dünne Furchen bildeten sich in Leonards Stirn. »Allerdings ... Es bleibt immer ein wenig zu kurz. Aber der Unterschied ist so gering, daß ihn nur ein sehr aufmerksamer Beobachter bemerkt.«

Zar biß die Zähne zusammen und versuchte einen neuerlichen Schritt. Diesmal gelang es ihm, das Gleichgewicht zu wahren — obwohl es sich anfühlte, als verkrampften sich alle Muskeln im linken Oberschenkel. Er holte tief Luft, wagte einen dritten Schritt, dann einen vierten ...

Während der nächsten Tage machte er rasche Fortschritte. Zweiundsiebzig Stunden nach seinem Erwachen schaffte er es, allein zur Sporthalle zu gehen und mit den dortigen Geräten zu arbeiten, wobei er darauf achtete, das Bein nicht zu sehr zu belasten. Anschließend ließ er sich behutsam am flachen Ende des Schwimmbeckens nieder und begann mit den Bewegungsübungen, die Urgh'kesht ihm gezeigt hatte.

Nach zwei weiteren Tagen bat er Spock, ihm das Schwimmen beizubringen — aufgrund des Eiszeit-Klimas auf Sarpeidon hatte er es nie für nötig gehalten, sich diese Fähigkeit anzueignen. Innerhalb einer Woche war er imstande, mehrmals durchs ganze Becken zu schwimmen, und daraufhin erholte er sich noch schneller.

Zar nahm den ›Zwangsurlaub‹ so ernst wie eine wichtige Arbeit. Beim Sport trieb er sich bis an die Grenze seiner körperlichen Leistungsfähigkeit, achtete jedoch darauf, es nicht zu übertreiben. Tagsüber galt seine ganze Aufmerksamkeit dem Bein und seinem allgemeinen physischen Zustand. Er bereitete den eigenen Körper so sorgfältig vor wie eine Waffe, und dieser Vergleich war keineswegs unangemessen: Nur mit Kraft, Agilität und möglichst kurzer Reaktionszeit konnte er hoffen, im Kampf gegen den Feind zu überleben, der ihn in Sarpeidons Vergangenheit erwartete.

Abends befaßte er sich mit Schlachtplänen und den Karten, die er aus dem Gedächtnis gezeichnet hatte. Er analysierte Strategie und Truppenstruktur, bemühte sich, auf alles vorbereitet zu sein. Als Spock und Kirk herausfanden, womit Zar seine ›freie Zeit‹ verbrachte, leisteten sie ihm Gesellschaft und sprachen stundenlang über geeignete Taktiken ...

»Dieses Katapult hier.« Kirk deutete auf einen Pokerchip an der entsprechenden Position. »Wenn die Karte stimmt, befindet sich *dort* eine kleine Anhöhe, etwa fünfzig Meter entfernt, nicht wahr?«

Zar nickte. »Die Moortor-Ebene neigt sich in einem leichten Gefälle dem Rotufer entgegen. Nun, ich verstehe, was Sie meinen. Auf der Anhöhe hätte das Katapult eine größere Reichweite.« Er schob den Chip etwas näher an die blaue Linie des Flusses heran. »Aber die Hänge des Hügels sind recht steil. Ich brauche zusätzliche Vykare und Soldaten, um das Ding dort hinaufzubringen. Wäre es die Mühe wert?«

Spock betrachtete das Truppenmuster. »Eine gute Frage. Wie ist das Gelände?«

»Uneben und recht felsig.«

»Dann würde ich an deiner Stelle darauf verzichten, die Anhöhe als neuen Standort für das Katapult zu wählen. Die größere Reichweite steht in keinem Verhältnis zum Aufwand des Stellungswechsels.«

Zar seufzte. »Du hast recht.« Er zwinkerte Kirk zu. »Mir ist gerade etwas eingefallen, Jim. Uns steht nun wieder das ganze Funktionspotential des Wächters zur Verfügung — wir könnten also durch die Zeit reisen und uns kompetente Berater besorgen.«

Der Admiral hob den Kopf, und seine nußbraunen Augen glänzten. »Tolle Idee! Zum Beispiel ... Alexander. Oder Artus. Oder den guten alten Julis Cäsar.«

Zar nickte. »Geronimo nicht zu vergessen. Und Dschingis-Khan. Vielleicht auch Patton?«

»Mit dieser Art von Kriegsführung kennt er sich nicht aus. Obgleich er behauptete, in einem früheren Leben bei Marathon gekämpft zu haben ... Wen schlagen Sie vor, Spock? Wie hieß der berühmteste vulkanische General vor der Reformation? Voltan?«

»Voltag«, antwortete Spock und starrte die beiden Männer so an, als seien sie gerade übergeschnappt. Zar und Kirk erwiderten seinen Blick ernst, und der Vulka-

313

nier hob eine Braue. »Derartige Maßnahmen hätten ka-
tastrophale Folgen für die Integrität des Zeitstroms ...«
Er unterbrach sich, als er ein verräterisches Zucken in
Kirks Mundwinkeln entdeckte. »Ich verstehe«, fügte er
hinzu. »Sie haben sich einen Scherz erlaubt.«

Der Admiral lachte leise. »Sie hätten Ihr Gesicht sehen sollen.« Und zu Zar: »Heute läßt sich Ihr Vater nicht
mehr so leicht foppen wie damals. Während der ersten
Monate haben Pille und ich ihn *aufgezogen*, aber er lernte
schnell. Bald steckte er nicht mehr nur ein, sondern teilte auch aus.«

»In der Tat«, bestätigte der Vulkanier. »Wenn ich Ihnen einige Beispiel dafür nennen soll ...«

Kirk winkte hastig ab. »Ich glaube, wir sollten uns
jetzt wieder ganz auf den Schlachtplan konzentrieren,
Zar.«

Während die *Enterprise* Daten über den Ionensturm
sammelte, setzte sich der Wächter ab und zu mit Zar in
Verbindung. Entfernungen schienen für die Zeit-Entität
keine Bedeutung zu haben. Die ›Gespräche‹ waren eher
einseitig: Zar ermutigte das vor Äonen erschaffene
Selbst, von seinen Beobachtungen zu erzählen, und der
Wächter kam dieser Aufforderung gern nach. Der Sovren ›hörte‹ zu und staunte.

»Morgen fliegen wir nach Gateway«, brummte McCoy.
»Das weiß ich von Jim.« Er überprüfte die Justierung
des Regenerationsmoduls am Bein seines Patienten.

Zar nickte. »Spock wies mich darauf hin. Was ist mit
den Ergebnissen der Untersuchungen von heute morgen?«

»Das Bein hat sich prächtig entwickelt — ganz offensichtlich hast du dir bei den Übungen große Mühe gegeben. Ich bin sehr zufrieden — solange du die Muskeln
schonst und darauf verzichtest, dich von irgend jemand
in Stücke schlagen zu lassen.«

McCoy schritt durchs Therapiezimmer, verschwand

in seinem Büro und kehrte mit einem Becher Kaffee zurück. »Möchtest du auch einen?«

Zar schüttelte den Kopf. »Ich habe schon eine Tasse getrunken, danke. Wissen Sie, ich kann es mir nicht leisten, zu sehr von Koffein abhängig zu werden. Auf Sarpeidon gibt es keinen Kaffee.« Er betrachtete die Innenflächen seiner Hände und stellte fest, daß die Schwielen weich geworden waren. »Wie beurteilen Sie Reaktionszeit, Muskeltonus und Ausdauer?«

Leonard lächelte. »Ich möchte es folgendermaßen ausdrücken: Wenn ich meine Herde von einer wilden *Vitha* bedroht sähe, so würde ich dich bitten, das Biest zu fangen.«

Zar schmunzelte ebenfalls und entspannte sich. »Mit anderen Worten: Ich bin wieder in Form.«

»Kein Zweifel.« McCoy zögerte. »Vielleicht hast du es vergessen, und wenn das der Fall ist, sollte ich dich besser nicht daran erinnern, aber ... Wie denkst du jetzt über die ›Injektion‹? Du kennst die Resultate der genetischen Analysen — mit dir ist alles in bester Ordnung.«

»Nein, ich habe es nicht vergessen.« Zar starrte auf die Anzeigen des Regenerationsmoduls, als sähe er sie jetzt zum erstenmal. »In der vergangenen Nacht hatte ich einen Traum, Leonard. Er zeigte mir erneut Araens Tod ...«

McCoy setzte sich und trank einen Schluck Kaffee. »Nach der Sache mit den Erschaffern überrascht mich das nicht. Jim sagte mir, daß er mehrmals vom Tod seiner Mutter geträumt hat, seit er auf Gateway ihrem Duplikat begegnete.« Das Gesicht des Arztes verfinsterte sich. »Mir erging es ebenso, was Jocelyn betrifft, und glaub mir: Es ist *viele* Jahre her, seit sie mir zum letztenmal im Traum erschien. Ich weiß, wie du dich fühlst.«

Zar runzelte die Stirn. »Ich kann mich einfach nicht zu einer Entscheidung durchringen, Len. Ich fürchte mich noch immer — der Traum beweist das —, aber

315

wenn ich Sie jetzt um die Injektion bitte ... Dann habe ich den Eindruck, Wynns Vertrauen zu verletzen, ihre Aufrichtigkeit mit einer Lüge zu beantworten. Ganz zu schweigen davon, daß ich ihre religiösen Überzeugungen verspotten würde. Ich bin innerlich hin und her gerissen.«

»Wynn möchte Kinder, nicht wahr? Und du?«

Zar hob verwirrt den Kopf. »Ich habe Ihnen doch erklärt, warum ich so besorgt bin ...«

McCoy schüttelte den Kopf. »Nein, das meine ich nicht. Laß es mich anders ausdrücken. Angenommen, deine Frau hätte eine normale Schwangerschaft und brächte ein gesundes Baby zur Welt. Würdest du dich darüber freuen?«

»Natürlich! Habe ich nicht deutlich darauf hingewiesen?«

»Nein«, erwiderte der Arzt schlicht.

Zar lehnte sich auf der Couch zurück und dachte nach. »Hm«, sagte er schließlich. »Sie geben mir auf Ihre unnachahmliche Weise zu verstehen, daß ich paranoid bin.«

»Ja.« McCoy wartete einige Sekunden lang und wölbte dann eine Braue. »Nun, es besteht natürlich ein gewisses Risiko. Das läßt sich nicht leugnen. Aber die Gefahr für Wynn ist nicht größer als in Hinsicht auf alle anderen Frauen in Sarpeidons Vergangenheit. Und deine Gene sind *einwandfrei*.« Er trank den Becher aus. »Manchmal geht es nicht darum, selbst etwas zu riskieren. Manchmal muß man bereit sein, das Risiko Personen zu überlassen, die einem sehr am Herzen liegen. Man kann sie nicht in einem Steri-Feld isolieren.«

»Ich verstehe.«

»Im Ernst? Verstehst du wirklich?«

»Ich ... versuche es, Leonard. Ich habe so lange mit den Schuldgefühlen gelebt, daß es mir sehr schwer fällt, mich jetzt von ihnen zu befreien. Als ich mir selbst die Verantwortung gab, glaubte ich wenigstens, eine Art von ... Kontrolle darüber zu haben, was damals geschah.« Zar verzog das Gesicht. »Es klingt irre.«

»Nein, es klingt menschlich. Und das ist *keine* Beleidigung, obgleich dein Vater etwas anderes behauptet.«

Der Sovren lächelte dünn. »Ihr beide ... Nach all den Jahren führt ihr noch immer verbale Gefechte. Sie werden mir fehlen.«

Vorsichtig streckte er das linke Bein im Innern des Reg-Moduls. »Ebenso wie die Sterne. Es war wundervoll, sie noch einmal in ihrer ganzen Farbenpracht zu sehen. Bevor ich abends zu Bett ging, habe ich das Beobachtungsdeck aufgesucht und ihren Anblick genossen. Die Sterne ... Sie sind herrlich.«

»Warum bleibst du nicht hier?« McCoy hob die Hand, um Zars Protest zuvorzukommen. »Ich weiß, ich weiß. Nun, du könntest zurückkehren und Wynn mit Hilfe des Wächters in unsere Gegenwart holen. Du würdest ihr einen Gefallen tun.«

»Glauben Sie?« Zar schüttelte den Kopf. »Nein, Leonard. In dieser Epoche wäre Wynn ein hoffnungsloser Anachronismus — eine Priesterin, die ihr Leben einer Göttin widmet, deren Name längst in Vergessenheit geriet. Alles bliebe ihr fremd. Sie glaubt ebenso fest an Dämonen wie Ihre Gesellschaft an die Wissenschaft.«

»Du könntest ihr dabei helfen, sich anzupassen. Wynn ist sehr intelligent. Ich bin sicher, es gelänge ihr, einen Platz in unserer Zeit zu finden.«

»Und was ist mit ihren Gefühlen? Halten Sie es auch für möglich, daß meine Frau hier *glücklich* wird? Sie käme sich völlig nutzlos vor.«

»Ähnliche Einwände haben wir damals von dir gehört, als wir dich zum erstenmal davon zu überzeugen versuchten, bei uns zu bleiben.«

»Ja, aber ... Für Wynn wäre alles viel schlimmer. Es *gefällt* ihr, die Geschicke eines Staates oder Volkes zu bestimmen. Himmel, wenn ich einen Weg fände, als Sovren abzudanken und mich ganz auf die Tätigkeit des

Lehrers zu konzentrieren ... Eine solche Chance nähme ich sofort wahr. Meine Mutter war Lehrerin. Und das gilt auch für meine Großmutter Amanda.«

McCoy lächelte. »Und auch für Ihren Vater, wenn man genauer darüber nachdenkt ... Er ist einer der besten Ausbilder an der Starfleet-Akademie.«

Auch Zar schmunzelte nun. »Es liegt in der Familie. Vielleicht kann ich die Regierungsgeschäfte nach und nach Wynn überlassen — falls ich überlebe.«

Eine Zeitlang schwiegen sie, und dann sagte Spocks Sohn: »Ich werde insbesondere *Sie* vermissen, Leonard. Ist Ihnen eigentlich klar, daß wir noch keine Zeit für eine Partie Poker hatten? Wie soll ich die Arztrechnung bezahlen?«

McCoy grinste. »Uns bleiben noch sechs Tage, um ...«

»Nein, Len. Ich kehre zurück, sobald wir in die Umlaufbahn von Gateway schwenken. Übermorgen.«

»Viel zu früh!« protestierte Leonard. »Der Zustand des Beins ist noch nicht perfekt. Ich wollte dich dazu überreden, noch zehn Tage oder zwei Wochen zu warten ...«

»An dem Bein gibt es jetzt nichts mehr auszusetzen. Ich habe gute Fortschritte erzielt, wie Sie selbst bestätigten.«

»In zehn Tagen wäre ich *sicher*, daß du dich vollkommen darauf verlassen kannst! Bei übermäßigen Anstrengungen sind Muskelzerrungen noch immer nicht auszuschließen.«

»Dieses Risiko ist unvermeidlich. Leonard, des Nachts liege ich wach, denke an die Schlacht, plane ... Sie wissen schon. Wenn ich noch länger warte, schnappe ich über. Ich *muß* es hinter mich bringen, so oder so.«

Spock beendete seinen Dienst und trat in den Turbolift. »Deck E, Ebene Fünf«, sagte er geistesabwesend und dachte an Narahts Bericht über den Ionensturm. Der Horta-Offizier leitete die wissenschaftliche Abteilung mit bewundernswerter Kompetenz und Logik. *Er hat eine offizielle Belobigung verdient*, entschied Spock. *Ich wende mich an Starfleet Command, sobald wir wieder auf der Erde sind.*

Als er einige Minuten später sein Quartier erreichte, sah er dort Zar, der vor dem Computerterminal saß und auf den leeren Schirm starrte.

Es überraschte den Vulkanier keineswegs, seinen Sohn hier anzutreffen — während der dienstfreien Stunden hatte Zar ihn häufig besucht. Doch jetzt wußte er sofort, daß etwas nicht stimmte. Stumm schritt er näher und betrachtete die Datenkassette auf dem Schreibtisch.

Ihr Etikett trug eine vulkanische Aufschrift:

SARPEIDON — GESCHICHTE (WE)

Spocks Atem stockte kurz, bevor er leise fragte: »Hast du dir alles angesehen?«

Zar zuckte nicht zusammen, als er die Stimme hörte — vermutlich hatte er die Präsenz des Vulkaniers schon vorher gespürt. »Nein«, antwortete er schließlich. »Mir fehlte der Mut dazu.«

Der Vulkanier griff nach der Kassette. »Die Logik verlangt nicht von dir, dich mit den hier gespeicherten Daten zu befassen. Es war von Anfang an meine Absicht, dir alle notwendigen Informationen zu geben, um ... dies zu vermeiden.«

Zar nickte, ohne seinen Vater anzusehen. »Danke.«

Spock ließ sich auf die Kante des Meditationssteins sinken: Es handelte sich um eine lange Platte aus vulkanischem Granit — praktisch der einzige ›Luxus‹, den er sich in seiner Kabine erlaubte. Blicklos starrte er auf das große UMUK-Mosaik an der Wand. »Ich konnte kaum Einzelheiten erkennen, aber ... Nun, es geschah — be-

319

ziehungsweise geschieht — auf einem kleinen Hügel. Ein Gegner trifft dich am Kopf. Das Gesicht des Mannes blieb mir verborgen, doch er schien keine Rüstung in dem Sinne zu tragen. Zum Beispiel waren seine Arme ungeschützt.«

»Asyri«, sagte Zar. »Viele von ihnen benutzen nur einen Bronzehelm, einen knappen Brustharnisch ohne Ärmel und Beinschienen, wenn sie in den Kampf ziehen. Zwar riskieren sie, schon durch den ersten Hieb verletzt zu werden, aber durch das geringe Gewicht sind sie ausgesprochen flink.« Er rieb sich nachdenklich das Kinn, als er den Blick auf Spock richtete. Der Vulkanier stellte fest, daß sich Zar rasiert hatte; außerdem war sein Haar jetzt nicht mehr so lang wie vorher.

»*Was* trifft mich?«

»Eine Schlagwaffe. Sie wirkte wie eine kurze Axt, aber ich bin nicht ganz sicher. Eins steht fest: Es war — ist — kein Schwert.«

Zar nickte fast gleichgültig und sah seinen Vater an. »Gestatte mir noch eine Frage. Und verzeih mir bitte, wenn ich makaber klinge, aber ...« Er zuckte mit den Achseln. »Es gibt Schlimmeres als den Tod. Zum Beispiel geistige Verkrüppelung ... Bringt mich der Schlag *sofort* um?«

»Die Menge des aus der Wunde strömenden Bluts deutet darauf hin, daß niemand eine derartige Verletzung überleben kann«, erwiderte Spock.

»Das beruhigt mich — in gewisser Weise«, murmelte Zar. »Es fällt dir bestimmt nicht leicht, darüber zu reden, und es ... es tut mir leid, daß ich dich danach gefragt habe. Danke für die Auskunft.«

Spock nickte wortlos und mied den Blick seines Sohns. Erneut spürte er jenen Kummer, den er empfunden hatte, als er zum erstenmal die Bilder der Schlacht sah. *Bleib hier,* wollte er sagen. *Hier bist du sicher.* Aber er durfte diese Worte nicht laut aussprechen. *Zar hat sich entschieden, und ich muß mich damit abfinden.*

Der Vulkanier spürte Hilflosigkeit.

Als er wieder aufsah, begegnete er Zars besorgtem Blick. »Ist alles in Ordnung mit dir?«

»Ja.« Und um das Thema zu wechseln: »Du hast keinen Bart mehr.«

Die rechte Hand des Sovren tastete nach dem Kinn. »Es fühlt sich seltsam an, nach all den Jahren. Ich wollte ihn ganz kurz schneiden, wie vor jeder Schlacht. Ein langer Bart kann im Kampf gefährlich sein: Wenn der Gegner danach greift ... Nun, als ich keine Schere fand, habe ich ein Bartentfernungsmittel benutzt. Und den Haarschnitt verdanke ich Leonard McCoy.«

»Wann kehrst du zurück?«

»Morgen, sofort nach dem Frühstück.«

»Ich verstehe.« Spock gab sich alle Mühe, seine Ruhe zu bewahren. *So bald?* dachte er. *Ich dachte, uns bliebe noch mindestens eine Woche.* »Hat Dr. McCoy die vollständige Rekonvaleszenz des Beins bestätigt?«

»Nein. Ihm wäre es lieber, wenn ich noch zehn weitere Tage in der *Enterprise* verbrächte. Heute morgen, während ich das Reg-Modul trug, betonte er immer wieder, ich hätte es zu eilig. Wie dem auch sei: Meiner Ansicht nach steht mit dem Bein alles zum besten. Übrigens ... Sulu und ich haben einige interessante Fechtduelle hinter uns.«

Spock wölbte eine Braue. »Man erzählt sich überall an Bord davon. Jene Kämpfe wecken großes Interesse bei der Besatzung. Offenbar giltst du als ebenbürtiger Gegner des Steuermanns.«

Zar schüttelte reumütig den Kopf. »Das bezweifle ich. Hikaru ist *schnell,* und er geht mit dem Florett ebenso gut um wie mit dem Degen.«

Er stand auf und schritt zur Wand, an der das uralte vulkanische S'harien-Schwert und einige andere Waffen hingen. »Ich komme mit dem Säbel besser zurecht, weil er eine Schneide hat. Unglücklicherweise ist er eine von Sulus Stärken — auch damit gewinnt er immer.

321

Aber . . .« Ein Lächeln umspielte Zars Lippen. »Gestern hat uns Scotty zugesehen, und heute gab er uns zwei schottische Breitschwerter, sogenannte Zweihänder. Er forderte uns auf, *damit* gegeneinander anzutreten.«

»Und?«

»Du hättest Hikarus Gesicht sehen sollen, als er seine Waffe hob. Die Zweihänder sind sogar noch länger und schwerer als mein Bastard-Schwert.« (Spock wölbte *beide* Brauen, als er diesen Ausdruck hörte.) »Auch die Haltung ist anders. Man steht sich praktisch von Angesicht zu Angesicht gegenüber und schwingt die Klinge mit beiden Händen. Natürlich habe ich jedes Duell gewonnen — zur großen Freude von Scotty, der Wetten abschloß und auf meinen Sieg setzte. Er bot mir die Ehrenmitgliedschaft im schottischen Clan an.«

Erneut kletterten Spocks Brauen nach oben. »Und wie reagierte Commander Sulu auf die Niederlage?«

»Er meinte, seit Jahren hätte er nicht mehr soviel Spaß gehabt. Er bat mich, ihm den Umgang mit dem Breitschwert zu zeigen, aber ich mußte ablehnen — immerhin breche ich morgen früh auf. Daraufhin erklärte sich Scott bereit, ihm den einen oder anderen Trick beizubringen.«

Der Vulkanier nickte geistesabwesend. *Morgen früh . . .*, dachte er. *Und wahrscheinlich sehe ich dich nie wieder. Es gibt so viele Dinge, die ich dir sagen möchte und die nun unausgesprochen bleiben müssen . . .*

Spock stand abrupt auf, legte die Hände auf den Rükken und wanderte ziellos umher. »Du scheinst bemerkenswert unbeschwert zu sein, obgleich dich ein zumindest ungewisses Schicksal erwartet.«

»Ich schätze, die Konfrontation mit den beiden wahnsinnigen Entitäten hat meinen Vorrat an Furcht erschöpft«, entgegnete Zar, und ganz offen begegnete er dem Blick des Vulkaniers. »Es ist seltsam. Vielleicht empfinden zum Tode Verurteile ähnlich — das Wissen, wie, wann und wo man sterben wird, bringt sonderbare

Ruhe. Man weiß, daß einem bis dahin nichts zustoßen kann.«

Bis dahin, wiederholte Spock in Gedanken. *Aber wenn es soweit ist ... Jemand wird dich umbringen! Wenn ich dich doch nur dazu überreden könnte, in dieser Zeit zu bleiben, in Sicherheit ...* Spock begriff, daß diese persönlichen Erwägungen seine Logik und Rationalität einschränkten, aber er konnte nichts dagegen unternehmen. *Bleib hier, Zar ...*

»Vater.« Der Vulkanier sah auf. »Ich möchte dich noch auf etwas hinweisen. Wynn glaubt, es gäbe vielleicht eine Möglichkeit, meinen Tod auf dem Schlachtfeld zu vermeiden. Deshalb hat sie darauf bestanden, daß ich euch hierher begleite. Deine Warnung und das geheilte Bein ... Vielleicht bin ich dadurch imstande, dem fatalen Hieb auszuweichen.«

Hoffnung erwachte in Spock.

Zar starrte auf seine Hände hinab. »Jetzt *möchte* ich schnell genug sein. Das Gespräch mit dir, am Abend nach dem Handbinden-Ritual ... Mir wurde klar, daß mein Fatalismus zum größten Teil auf Selbstmitleid basierte. Du hast mir zu einer wichtigen Erkenntnis verholfen, und dafür danke ich dir.«

Der Vulkanier deutete ein Lächeln an. »Und was sich im Anschluß daran zwischen dir und Wynn abspielte — ich nehme an, dafür waren nicht etwa meine Worte verantwortlich, sondern deine neuerwachte Lebensfreude.«

Zar blinzelte verwirrt. Einige Sekunden später schoß ihm das Blut ins Gesicht, als er den Bedeutungsinhalt dieser Bemerkung erfaßte. »Verdammt«, brummte er zerknirscht. »Sieh nur, was du angerichtet hast. Seit Jahren bin ich nicht mehr errötet.«

»Durch den fehlenden Bart fällt es besonders auf«, kommentierte Spock freundlich.

Zar hob eine Braue und lächelte widerstrebend. »Dafür revanchiere ich mich.«

»Ich hoffe, du bekommst Gelegenheit dazu«, sagte Spock ernst.

Sie wechselten einen langen, forschenden Blick, und dann reichte Zar seinem Vater eine andere Kassette. »Bevor ich's vergesse ... Ich möchte dir das hier geben. Eine Aufzeichnung für Amanda und Sarek. Zeig sie ihnen, wenn du glaubst, daß sie Gefallen daran finden.«

Der Vulkanier nahm die Speichereinheit entgegen. »Danke. Damit bereitest du ihnen sicher eine große Freude.« Er atmete tief durch und rang mit sich selbst. »Es ist schwierig für mich, zum Ausdruck zu bringen, was unser Wiedersehen für mich bedeutete ...« Er zögerte und vollführte eine verärgerte Geste. »Damit meine ich nicht nur Freundschaft ...«

»Vater ...«, sagte Zar sanft. »Ich weiß. Und ich verstehe.«

Wenn ich dich doch nur daran hindern könnte, in Sarpeidons Vergangenheit zurückzukehren — aber dazu bin ich nicht imstande. Wenn ich doch nur in der Lage wäre, dir zu helfen ... Doch das ist unmöglich. Unmöglich? Spock kniff die Augen zusammen und erinnerte sich an jene Worte, die er so oft an Akademie-Kadetten gerichtet hatte: *Es gibt immer Möglichkeiten — man muß sie nur finden. Es gibt immer Möglichkeiten ...*

»Hast du schon gegessen?« fragte er plötzlich, während er in Gedanken damit begann, das Problem gründlich zu analysieren. *Möglichkeiten ...*

Der jähe Themawechsel verblüffte Zar. Verwundert schüttelte er den Kopf. »Nein.«

»Leistest du mir Gesellschaft?« erkundigte sich Spock. »Ich habe auf einmal großen Appetit.«

»Nichts vergessen?« rief Kirk schon von weitem, als er und McCoy dem Sovren im Korridor entgegenschritten.

Zar hob eine große Tasche. »Neue Musik- und Literatur-Kassetten. Außerdem eine von Leonard zusammengestellte Medo-Ausrüstung. Es ist alles hier drin.«

»Es fehlt noch etwas.« Kirk holte ein Paket hinter dem Rücken hervor. »Pille hat mir gesagt, du hättest das hier sehr vermißt. Kaffee.«

Der Sovren nahm das Paket entgegen und schnupperte daran. »Herzlichen Dank!«

Der Admiral lächelte. »Zumindest das bin ich dem Mann schuldig, der Scotty dazu brachte, die Türen auf der Brücke mit einem roten Anstrich zu versehen.«

Zar erwiderte das Lächeln. »Jetzt sehen sie so aus wie in der guten alten Zeit, nicht wahr?«

Kirk nickte und senkte die Stimme. »Natürlich müssen sie die alte Farbe zurückbekommen, bevor wir das Raumdock erreichen — selbst ein Admiral ist verpflichtet, sich an die Vorschriften zu halten. Aber bis dahin können wir der Nostalgie frönen. Nun, selbst wenn man die Umstände berücksichtigt, die uns nach Gateway brachten: Es war eine große Erleichterung für mich, nicht mehr dauernd an einem Schreibtisch arbeiten zu müssen.«

»Sie gehören hierher, Jim«, erwiderte Zar. »Ins All. Und das wissen Sie auch.«

Kirk zögerte und wandte den Blick ab. *Natürlich weiß ich es, verdammt. Aber bald bin ich wieder auf der Erde und sitze mir im Starfleet-Hauptquartier den Hintern wund.* »Wo ist Spock? Inzwischen müßte er eigentlich hier sein. Er hat nicht mit uns gefrühstückt, und ich war sicher, ihm vor dem Transporterraum zu begegnen. Vielleicht sollte ich ihn per Interkom ausrufen lassen.«

»Nein.« Jim sah die Enttäuschung in den grauen Augen, obgleich Zar versuchte, sich nichts anmerken zu lassen. »Nein, das ist nicht nötig. Wir haben uns gestern abend voneinander verabschiedet.«

»Na schön.« Widerstrebend führte Kirk seine Begleiter in den Transporterraum, justierte die Kontrollen und ließ sich Zeit dabei — in der Hoffnung, daß Spock doch noch eintraf. *Ich fasse es nicht. Will er wirklich darauf verzichten, seinen Sohn noch ein letztes Mal zu sehen?*

»Gib gut auf dich acht«, sagte McCoy, und seine Stimme vibrierte. »Verlang dem Bein nicht zuviel ab. Regelmäßige Übungen sind auch weiterhin sehr wichtig. Denk an die Meditationen, und vergiß nicht ...« Er unterbrach sich. »Himmel, es ist einfach zuviel für mich.« Er umarmte Zar kurz und eilte fort.

Kirk wandte sich von der Konsole ab und streckte die Hand aus. »Ich werde Sie vermissen, Zar. Sehr sogar. Wie Leonard schon sagte: Geben Sie gut auf sich acht.«

Zar ergriff die dargebotene Hand. »Sie ebenfalls, Jim. Sie fehlen mir schon jetzt — Sie alle. Auch das Schiff.« Seine Geste bezog sich auf die *Enterprise*. »Lassen Sie es nicht im Stich.«

»Käme mir nie in den Sinn.«

Zar trat mit Tasche und Kaffee-Paket auf die Transferplattform, lächelte schief und winkte.

»Leben Sie wohl, Jim.«

Der Transporter summte, und dann war Kirk allein.

Als der Admiral den Raum verließ, stellte er fest, daß McCoy im Korridor wartete. Die Augen des Arztes hatten sich gerötet, doch ansonsten wirkte er gefaßt. »Alles in Ordnung, Pille?«

»Ja.« Leonards Brummen bedeutete soviel wie: »Ich schlage vor, wir reden über etwas anderes.«

»Hast du Spock heute morgen gesehen?«

»Nein, aber wenn er mir über den Weg läuft, ziehe ich ihm die langen Ohren noch länger. Gefühlloser Mistkerl! Nicht einmal vom eigenen Sohn Abschied zu nehmen ...« McCoys Kummer wich Zorn und Empörung. »Wo steckt er, zum Teufel?«

»Keine Ahnung. Er ist nicht im Dienst. Vielleicht befindet er sich in seinem Quartier.« Der Admiral runzelte die Stirn und spürte wachsendes Unbehagen. »Wir sollten besser nach ihm sehen.«

Kurze Zeit später blieben sie vor der Kabine des Vulkaniers stehen. Kirk identifizierte sich, doch es erfolgte keine Reaktion. »Er ist nicht da.«

326

»Gib Uhura die Anweisung, ihn ausrufen zu lassen«, meinte Leonard.

Statt dessen betätigte Jim die Taste neben dem Türmelder, und das Schott glitt beiseite — Vulkanier schlossen nie ab.

Kirk sah sich in dem Raum um und fühlte eine höhere Temperatur. Trotzdem fröstelte er. »Hier stimmt was nicht, Pille«, sagte er. »Irgend etwas fehlt ...«

Dünne Falten bildeten sich in McCoys Stirn. »Ich weiß nicht ... Nun, du besuchst Spock häufiger als ich, und deshalb fallen dir Veränderungen eher auf.« Er wandte sich dem Interkom zu. »Soll ich Uhura verständigen?«

»Warte.« Der Blick des Admirals schweifte durchs Zimmer: Die Koje, das Laken darauf glatt und faltenlos; der Meditationsstein; die Feuernische; das UMUK-Mosaik; der Schreibtisch mit dem Computerterminal. Alles vollkommen normal ...

Plötzlich versteifte sich Kirk. »O nein! Lieber Himmel ...«

McCoy griff nach seinem Arm. »Was ist los, Jim?«

Wortlos deutete Kirk auf die Sammlung alter vulkanischer Waffen. Zwei von ihnen, an die sich der Admiral gut erinnerte, fehlten.

»Verdammt, Jim, *was ist los?*« wiederholte der Arzt.

»Die *Lirpa* und das *Ahn-woon* ...«, brachte Kirk hervor. »Verschwunden. Er hat sie mitgenommen, Pille.«

»Mitgenommen? Wohin?«

»Nach Sarpeidon.« Die Stimme des Admirals klang hohl. »Spock ist seinem Sohn in die Vergangenheit gefolgt, um ihm das Leben zu retten.«

327

KAPITEL 14

Zar ging langsam auf und ab, während kühler Wind an seinem Haar zupfte. Der Mantel spendete ihm genug Wärme, aber trotzdem war ihm kalt. Tief in ihm krampfte sich etwas zusammen, und er spürte Übelkeit. *Inzwischen solltest du eigentlich daran gewöhnt sein,* dachte er grimmig und biß die Zähne zusammen.

Er reagierte immer auf diese Weise: Vor jeder Schlacht mußte er einen inneren Kampf ausfechten, der nichts mit dem drohenden Tod ihm nahestehender Personen zu tun hatte. Es lag schlicht und einfach an den Nerven. Der interne Konflikt verschwand, sobald die Waffen klirrten.

Du verhältst dich wie ein unerfahrener Rekrut, dachte Zar voller Abscheu. *Aber du bist der Erste Kriegskommandeur. Es dürfte dir sehr schwerfallen, die ›Bis zum letzten Blutstropfen‹-Rede zu halten, ohne dich dabei zu blamieren.*

Andererseits ..., erinnerte er sich verdrießlich. *Wahrscheinlich ist dies deine letzte Schlacht. Woraus folgt: Wenn du diese Rede hinter dich gebracht hast, brauchst du keine Gedanken mehr an irgendwelche Ansprachen zu vergeuden ...*

Um sich von derartigen Überlegungen abzulenken, verbannte er die Dunkelheit mit Hilfe seiner Vorstellungskraft und ›sah‹ das Gelände, auf dem bald die Schlacht begann.

Er stand auf der Moortor-Ebene, und der noch immer feuchte Boden neigte sich in einem sanften Gefälle dem etwa einen halben Kilometer entfernten Rotufer entgegen. Zu beiden Seiten erhoben sich kleinere und größe-

328

re Hügel bis hin zu den Vorbergen im Norden und Süden. Zwei Kilometer hinter dem Sovren lag Neu-Araen.

Zur Stadt hin wurde das Lakreo-Tal schmaler, und Zar hoffte, daß die Zivilbevölkerung genug Zeit hatte, in die Berge zu fliehen — falls dem Gegner ein Durchbruch gelang. Seine Truppen konnten den Zugang zum Tal lange Zeit halten.

Doch Zars Strategie erforderte Bewegungsspielraum, und deshalb mußte die erste Begegnung mit dem Feind hier auf der Moortor-Ebene stattfinden.

»Herr?« Cletas' Stimme erklang aus der Finsternis.

Zar konnte kaum die Silhouette seines Stellvertreters erkennen. Der Himmel war bedeckt, die Nacht so schwarz wie der Boden eines tiefen Brunnens. Die Fakkeln des Lagers brannten weit hinten.

»Ich bin hier, Cletas. Ist alles bereit?«

»Die Truppen sind in Stellung gegangen, und wir haben auch die Positionen der Katapulte und Bogenschützen deinen Anweisungen gemäß verändert. Yarlev und die Kavallerie verbergen sich in den Hügeln und warten auf unser Signal.«

»Gut.« Zar wollte noch etwas hinzufügen, preßte jedoch die Lippen zusammen, als er sich von neuerlicher Übelkeit heimgesucht fühlte. Mühsam unterdrückte er sie und schritt neben dem Zweiten Kriegskommandeur durch die Nacht. Beide Männer achteten darauf, den getarnten Gruben auszuweichen, die während der Nacht ausgehoben worden waren und eine Falle für die feindlichen Streitwagen darstellten.

»Das Warten ist schlimm, nicht wahr?« fragte Cletas.

»Ja.« Zar blickte über den Rotufer und sah die Fackeln im Lager des Gegners. *So viele ... Wir sind zahlenmäßig noch immer weit unterlegen.* Er schauderte und senkte die Stimme. »Hast du jemals vor einer Schlacht gezittert, Cletas?«

»Noch jedesmal«, erwiderte der Zweite offen. »Und

manchmal verliere ich auch das Frühstück. Erinnerst du dich an unseren ersten gemeinsamen Kampf? Gegen die Räuberhorde? Der Anführer hatte nur ein Auge und trug eine Halskette aus den Knochen seiner Opfer.«

»Ja, ich erinnere mich.«

»Bevor wir gegen jene Burschen antraten, habe ich mich übergeben. Und anschließend kehrte ich mit einem feuchten Sattel heim.« Der Sovren hörte das Lächeln in Cletas' Worten. »Ich hab's niemandem verraten — bis jetzt.«

Zar legte ihm die Hand auf die Schulter und spürte das Kettenhemd unter dem Mantel. »Danke, mein Freund. Es hilft, darüber zu reden, nicht wahr? Ich erkenne deine Absicht — und glaub mir, ich weiß deine Bemühungen zu schätzen. Möge dich Ashmara heute schützen.«

»Darf ich darauf hoffen? Überlebe ich die Schlacht?«

Zar holte tief Luft. »Du weißt davon?«

»Schon seit Jahren. Seit dem Tod der Lady Araen.«

»Ich verstehe. Nun, ich habe noch keine Warnung erhalten. Vielleicht bedeutet es, daß du nichts zu befürchten hast.«

»Und du, Herr? Droht dir Gefahr?«

»Ich weiß es nicht. Die Todeswarnungen betreffen immer nur andere, nie mich selbst.«

Sie blieben stehen und schwiegen eine Zeitlang, lauschten den unverkennbaren Geräuschen des Heeres hinter ihnen — leise Flüche, über Stahl kratzende Schleifsteine, das Schnaufen der Vykare, ab und zu eine traurige, melancholische Melodie. Weiter vorn gurgelten und plätscherten die Wellen des Rotufer.

Zar hütete sich davor, die mentalen Schilde zu senken: Er horchte nur mit den Ohren, nicht mit seinem Bewußtsein. Wenn er die geistige Abschirmung aufgab, mochte er damit eine Katastrophe heraufbeschwören. Vor der Schlacht erfüllte Furcht den emotionalen Äther, und während des Kampfes gesellten sich Schmerz und

330

Verzweiflung hinzu. Davon durfte sich der Sovren auf keinen Fall ablenken lassen. Die psychische ›Taubheit‹ war längst zu einer instinktiven Reaktion geworden, doch sie erforderte einen Teil seiner physischen und mentalen Kraft.

Cletas schnupperte in der von den Bergen wehenden Brise. »Spätestens bis zum Mittag müssen wir mit einem Unwetter rechnen.«

»Die Wolkendecke wird immer dichter«, sagte Zar und nickte. »Ein spätes und dunkles Morgengrauen erwartet uns. Wie dem auch sei: In einer Stunde wird's hell. Ich sollte mich jetzt besser vorbereiten.«

Langsam stapfte der Sovren durch die Dunkelheit und kehrte zum Zelt des Oberbefehlshabers zurück. Lampen brannten darin, und dadurch schien es goldgelb zu glühen. Zar erwiderte den Gruß des Wächters, duckte sich durch den Zugang und trat ein.

Wynn stand in der Mitte des Zelts und überprüfte die Riemen und Verschlüsse ihrer Rüstung. Voba kniete neben der Hohenpriesterin und schnürte ihr Kettenhemd zu. Nur der Helm fehlte noch. An Beinen, Oberschenkeln, Knien und Armen sah Zar gekochtes, mit Bronzefacetten verstärktes Leder — die Zeit hatte nicht ausgereicht, passende Stahlpanzerungen herzustellen.

»Wie gefällt dir dein Hochzeitsgeschenk?« fragte der Sovren.

Wynn zog das neue Schwert aus der Scheide an ihrer linken Hüfte, und der Lampenschein spiegelte sich bernsteinfarben auf bläulich glänzendem Stahl wider. »Ich bin davon begeistert. Es hat genau die richtige Länge und ist perfekt ausbalanciert. Allerdings ...« Voba trat zurück, und Wynn lächelte, holte versuchsweise mit der Waffe aus. »Es fiel mir alles andere als leicht, nicht schallend zu lachen, als du die Klingen Vater und mir überreicht hast, während die Offiziere zugegen waren. Du mußt zugeben, daß ein Schwert *symbolische* Bedeutung gewinnt, wenn es eine Ehefrau von ihrem Mann

331

zum Geschenk erhält.« Sie sah Zar an und hob beide Brauen.

Zar schüttelte den Kopf. »Daran habe ich überhaupt nicht gedacht.« Ein zögerndes Schmunzeln dehnte sich auf seinen Lippen aus. »Es kam mir erst in den Sinn, als ich Cletas' Gesichtsausdruck bemerkte. Er schien fast zu ersticken.«

»Du hast eben keine schmutzige Phantasie, Gemahl. Im Gegensatz zu Cletas und mir.« Mit einem Ruck schob Wynn das Schwert in die Scheide zurück. »Zum Glück hattest du einen Helm auf. Ich glaube, abgesehen von mir hat niemand bemerkt, daß du rot geworden bist.«

»Zum zweiten Mal in nur zwei Tagen«, murmelte Zar. Ihre Blicke trafen sich, und aus einem Reflex heraus trat er einen Schritt auf Wynn zu, wünschte sich dabei, mit ihr allein zu sein — nur für einige Minuten. Seit der ersten glücklichen Umarmung unmittelbar nach seiner Rückkehr waren sie immer in Gesellschaft von anderen Personen und viel zu beschäftigt gewesen, um mehr als nur einige geflüsterte Worte auszutauschen.

Voba hüstelte, und Zar drehte sich zu seinem Adjutanten um, der Kettenhemden und Rüstungsteile in den Armen hielt. »Du hast recht. Es wird Zeit.«

Der Sovren betrachtete die verschiedenen Objekte und traf seine Wahl. In den vergangenen Jahren hatte er den Verlauf einer Schlacht vom Rücken eines Vykars aus beobachtet und die Truppenbewegungen koordiniert, ohne selbst zu kämpfen. Dabei trug er nur die leichte Rüstung eines Kavalleristen, um sich schneller bewegen zu können. Doch in bezug auf die heutige Konfrontation gab er sich keinen Illusionen hin: Ihnen allen stand in blutiger Nahkampf bevor.

Man mußte einen Kompromiß schließen zwischen dem Gewicht der Rüstung einerseits und dem von ihr gewährten Schutz andererseits. Die Ritter des terranischen Mittelalters hatten Eisen und Stahl getragen, oft auch noch Kettenhemden darunter. Dadurch brauchten sie keine Hiebe oder Stöße zu fürchten, doch die schwere Panzerung blieb nicht ohne einen Nachteil: Solche Krieger konnten nur jeweils fünfzehn oder höchstens zwanzig Minuten lang kämpfen, bevor sich ihre Kraft erschöpfte.

Zar entschied sich nun für Ketten-Beinlinge, von einem Gürtel gehalten, und fügte ihnen seine an vielen Stellen geflickte Brünne hinzu. Sie war ärmellos, reichte bis zu den Oberschenkeln hinab und damit über den oberen Rand der Beinlinge hinweg.

Anschließend runzelte er die Stirn und griff nach einer Kettenhemd-Kapuze, die auch Hals und Nacken schützte. Normalerweise trug der Sovren nur einen aus Stahl geschmiedeten Helm mit einer scharlachroten Feder, die es seinen Soldaten ermöglichte, ihn sofort zu erkennen, doch aufgrund von Spocks Hinweisen hielt er zusätzlichen Kopfschutz für angebracht. *Mit dieser Aufmachung koche ich in meinem eigenen Schweiß,* fuhr es ihm durch den Sinn.

Zar fügte die Kapuze dem Stapel hinzu.

»Eine gute Wahl, Herr«, lobte Voba und nickte anerkennend. Er hatte oft darauf hingewiesen, daß der Kommandeur eine bessere und vollständigere Rüstung benötigte. »Was ist mit Arm- und Beinschienen?«

Der Sovren seufzte und griff nach den entsprechenden Gegenständen. »Bist du jetzt zufrieden, Voba?«

»Ja, Herr.«

Zar zog eine sehr knapp sitzende Strumpfhose an, die Hautabschürfungen verhindern sollte, streifte dann die Beinlinge über. Die Rüstung konnte nur von unten nach oben her angelegt werden — das hatte er festgestellt, als er es einmal anders herum versuchte. Voba holte hoffnungsvoll ein Paar gewölbte Schienen hervor, die das Bein von den Fußknöcheln bis hin zum Knie bedeckten. Als Zar nickte, schnallte Voba sie fest. Der Erste Kriegskommandeur zog das gefütterte Lederhemd an, und Wynn schnürte die Brünne zu. Er setzte die Kapuze auf, rückte sie zurecht, trat vor den Spiegel und betrachtete sich, während der Adjutant die Armschienen befestigte.

Schließlich schnallte Zar das Schwert an den Gürtel, griff nach Helm und Schild. Der Schild — er wies nicht nur Riemen auf, sondern auch einen Griff — war sehr wichtig, um die Hiebe eines Gegners zu parieren.

Der Sovren sah zu Wynn. »Bist du soweit, Gemahlin?«

»Ja, Lord.«

Gemeinsam verließen sie das Zelt. Zar blickte zum Himmel hoch und bemerkte erstes Licht im Osten. Überall griffen Soldaten nach ihren Waffen, und Vykare schnaubten nervös. Auf der anderen Seite des Lagers traten zwei Krieger gegeneinander an, um sich aufzuwärmen. Einmal mehr fühlte Zar, wie sich in seiner Magengrube etwas zusammenkrampfte.

»Ich hasse das Warten.« Er merkte kaum, daß er die Worte laut aussprach.

»Vielleicht fällt es dir leichter, wenn wir ein wenig üben.« Wynn zog ihr Schwert. »Nun?«

Zar nickte, legte Helm und Mantel ab. Die rechte Hand schloß sich ums Heft des Schwertes, das zu einer Verlängerung des Arms wurde.

Sie kreuzten die Klingen zum Gruß und begannen mit dem Duell, ohne Hast — es ging nur darum, die Muskeln zu lockern, das Reaktionsvermögen zu stimulieren.

Vorhand, Rückhand, parieren, zustoßen ... Wynn war nicht daran gewöhnt, auch die Spitze des Schwerts zu verwenden, und deshalb verharrte sie überrascht, als Zar sie dicht über der linken Brust traf. »Wie hast du das angestellt?«

»Paß jetzt gut auf.« Er zeigte es ihr einige Minuten lang.

»Jetzt du«, sagte Zar. Er gab sich ganz bewußt eine

334

Blöße, bereit dazu, den Hieb abzuwehren, falls Wynn ihre Klinge zu stark nach vorn stieß.

Sie kam seiner Aufforderung nach, verfehlte jedoch das Ziel. »Du weißt jetzt, worauf es ankommt«, stellte Zar fest. »Du brauchst nur noch Übung.«

Die Hohepriesterin konzentrierte sich, und einige Sekunden später traf sie den Sovren an der Schulter. »Na also!«

Sie wich zurück. »Hören wir auf, bevor wir uns gegenseitig verletzen.«

Zar schob seine Klinge in die Scheide und verbeugte sich andeutungsweise. »Das hat mir gefallen. Du kannst gut mit einem Schwert umgehen.«

»Aber ich bin nicht annähernd so gut wie *du*.« Wynn näherte sich ihm. »Du bist ein wahrer Meister, was den Schwertkampf betrifft. Erst recht jetzt, mit dem geheilten Bein.«

Zar spannte vorsichtig die Muskeln im linken Oberschenkel und nickte. »Ich versuche, es zu schonen. Wie dem auch sei: Es fühlt sich wundervoll an, nicht mehr zu hinken.«

Eine Schar aus Zuschauern hatte sich eingefunden, und Wynn deutete zu ihnen. »Die Wirkung auf deine Soldaten ist noch weitaus besser«, flüsterte sie. »Du gibst ihnen Zuversicht. Immerhin hat sich schon die eine Hälfte der Prophezeiung erfüllt.«

Der Sovren hatte ihren Wortlaut ganz vergessen und erinnerte sich jetzt wieder daran: *Nur wenn der Hinkende als Geheilter schreitet, nur wenn jener, der beim Kampf tödlich verletzt wurde, aufsteht und lebt — nur dann kann uns der Sieg genommen werden. Nur dann wendet die Göttin ihr Antlitz von uns ab.* Er sah Voba, der aus dem Zelt kam — endlich eine Gelegenheit, mit Wynn allein zu sein. »Ich möchte dir nicht hier draußen viel Glück wünschen.«

Sie begleitete ihn ins Zelt des Oberbefehlshabers, und dort löschte Zar die Lampen, zog seine Frau zu sich heran und blickte auf sie hinab. In der grauen Morgendämmerung bildete ihr Gesicht ein blasses Oval. »Uns bleiben nur einige Minuten«, hauchte er.

Wynn berührte ihn an der Wange. »So glatt ... Wie ist das möglich?«

»Nicht mit einem Messer«, erwiderte der Sovren. »Noch mehr ›Magie‹ aus der Zukunft. Gefällt es dir?«

»Nun ... Vermutlich brauche ich Zeit, um mich daran zu gewöhnen.«

»Zeit ...« Er gab ihr einen Kuß. »Wenn wir doch mehr Zeit hätten ... Wenn ich nur nicht ...«

»Pscht!« Wynn schlang die Arme um Zar, schmiegte sich an ihn. »*Sag* es nicht einmal. Du wirst die Schlacht überleben.«

»Wie du meinst.« Er küßte sie erneut, diesmal mit mehr Leidenschaft. Wynn drückte sich noch etwas fester an ihn und schnurrte wie eine Katze.

Als sich ihre Lippen voneinander lösten, sah sie mit gerunzelter Stirn zu ihm auf. »Das Küssen verliert seinen Reiz, wenn man dabei eine Rüstung trägt«, klagte sie.

»Tatsächlich? Und warum atmest du so schwer?«

Wynn lachte leise. »Du kennst mich schon zu gut.«

Zar strich ihr mit den Fingerkuppen übers Kinn. »Wir müssen jetzt los.«

»Ja, ich weiß.«

Blut tropfte aus dem verletzten Arm des Meldereiters, und er hob den anderen zum Gruß. »Herr! Kommandeur Zaylenz bittet um Verstärkung. Rorgans Bogenschützen haben ihn zum Rückzug gezwungen, und es droht ein Durchbruch des Feindes.«

Zar nickte. »Kannst du reiten?«

»Ja, Herr.«

»Dann bring Zaylenz die Nachricht, daß wir direkt hinter dir sind.«

Der Vykar preschte davon.

Der Sovren winkte einem der anderen Meldereiter zu,

die am Hang des Hügels warteten. »Der Zweite Kriegskommandeur Cletas soll drei Kompanien der Reserveinfanterie schicken, um Zaylenz' Verteidigungslinien zu verstärken. Gib Yarlev den Auftrag, mit seiner Kavallerie die Flanke der Asyri anzugreifen. Sag ihnen beiden, daß ich jetzt sofort mit einer Gruppe aufbreche.«

»Ja, Herr!« Der frische, unruhige Vykar *stob* regelrecht davon, trug den Kurier zu den Streitkräften der Reserve.

Zar drehte sich zu Voba um, der die Zügel eines schnaufenden Vykar hielt. »Verständige die Wache. Wir dürfen nicht zulassen, daß Rorgans Bogenschützen durchbrechen.«

Er nahm die Zügel und schwang sich in den Sattel — jetzt brauchte er das pferdeartige Tier nicht mehr knien zu lassen, um aufzusteigen.

Er ritt über den Hang, Schild und Schwert einsatzbereit, und zwanzig Soldaten folgten ihm.

Rorgans und Laols Truppen hatten ihren Angriff etwa eine halbe Stunde nach dem Morgengrauen begonnen. In scheinbar endloser Zahl rollten die Streitwagen durch den Fluß, doch viele von ihnen wurden Opfer der Katapulte und Gruben. Trotzdem blieben genug übrig, um der ihnen nachrückenden Infanterie Schutz zu gewähren.

Während Zar zu Zaylenz ritt, blickte er über die Moortor-Ebene, um sich einen Eindruck von der allgemeinen Lage zu verschaffen. Laols Krieger kämpften mit großer Entschlossenheit auf der linken Seite, doch die Verteidiger hielten ihrem Ansturm stand, trieben sie sogar in Richtung Rotufer. Die Bogenschützen der Asyri hatten mehr Erfolg: Sie rückten gegen die rechte Flanke der Lakreo-Soldaten vor, die langsam zurückweichen mußten. Eine rund fünfhundert Meter breite Fläche zwischen dem Fluß und den Kriegern war leer — abgesehen von Toten und Verwundeten. Zaylenz' Streitmacht zeichnete sich durch Organisation und Disziplin aus, im Gegensatz zu den wild vorstürmenden Angreifern, doch das änderte kaum etwas an ihrer Unterlegenheit.

Zar trieb seinen Vykar an, als er sah, wie die Verteidigungslinie immer dünner wurde. Dann schrie ein Mann und fiel — wodurch eine Lücke für die Asyri entstand.

Eine Sekunde später war der Sovren mitten unter ihnen, schlug nach Schultern und Kehlen; sein Reittier leistete einen eigenen Beitrag, indem es immer wieder mit dem langen Horn zustieß. Ein Speer traf Zar an der Seite, durchdrang aber nicht das Kettenhemd. Einen zweiten wehrte er mit dem Schild ab. Unmittelbar darauf stieß etwas an sein Bein. Rasch drehte er sich um und rammte das Schwert in den offenen Mund eines Asyri, bevor der Mann zu einem neuerlichen Hieb ausholen konnte. Zähne klapperten, als er die Klinge aus der klaffenden Wunde riß.

Mit dem Bein scheint alles in Ordnung zu sein, dachte Zar erleichtert, als er den Schlag eines anderen Asyri parierte und dann nach ihm trat — sein Stiefel traf ihn an der Kehle. Der Krieger taumelte, fiel und geriet unter die Hufe des Vykar.

Die zwanzig Lakreo-Soldaten stürzten sich ebenfalls ins Getümmel, und einige Minuten lang erforderte der Kampf die ganze Aufmerksamkeit des Sovren. Trotz ihrer Bemühungen gewann der Feind Terrain.

Plötzlich stolperte Zars Roß auf dem unebenen Boden, fiel und riß einen nahen Asyri von den Beinen. Der Sovren zog den rechten Fuß aus dem Steigbügel und wich fort, als der Vykar herumrollte, den Krieger unter sich zermalmte und aufstand. Das Tier lahmte, und Zar gab ihm mit der flachen Seite des Schwerts einen Klaps. Erschrocken trabte es davon, und er achtete nicht mehr darauf, als er einen Hieb parierte, der seiner Kniesehne galt. Er holte aus, und die stählerne Klinge bohrte sich unter der Achselhöhle in den Brustkorb des Angreifers — ein Gegner weniger.

Zustoßen, parieren, Vorhand, parieren, Rückhand,

338

parieren, noch einmal zustoßen, zurücktreten, nicht im Schlamm oder in Blutlachen ausrutschen ...

Zurück. Die Verteidiger mußten ständig zurückweichen, über den steilen Hang auf der rechten Seite des Schlachtfelds ...

Zustoßen, parieren ... ein Schritt zurück ... und noch einer ...

Zar keuchte, aber der rechte Arm führte das Schwert nach wie vor mit sicherem Geschick. Ein Teil von ihm erinnerte sich voller Dankbarkeit an die Wochen in der *Enterprise,* an die vielen mit Fitneßübungen verbrachten Stunden. Ohne sie und das gesunde Bein wäre er längst verwundet oder gar getötet worden.

»Überlaßt ihn mir! Habt ihr meine Befehle vergessen? *Ich* kümmere mich um den Dämon!«

Die Asyri-Stimme erreichte Zar wie aus weiter Ferne, verlor sich fast im Lärm der Schlacht. Selbst das Rauschen des Blutes in den Ohren war lauter, und hinzu kam sein Keuchen. Der Sovren blickte sich um und stellte verwirrt fest, daß die Asyri-Krieger zurückwichen und einen Kreis formten, mit ihm in der Mitte.

Er schnappte nach Luft und sah einen großen Mann, so kräftig gebaut wie ein Pflug-Vykar, der sich ihm langsam näherte. *Wer ist das?* überlegte er und trachtete danach, ruhiger zu atmen. Dann fiel ihm auf, daß der Mann das Schwert in der linken Hand hielt; wo sich die rechte befinden sollte, bemerkte er eine Kugel mit langen Spitzen.

Rorgan Todeshand, dachte Zar. *Er hat Wynns Ehemann und ihren Sohn umgebracht.*

Aus den Augenwinkeln beobachtete er, wie Voba und jene Soldaten, die ihn hierher begleitet hatten, über den Hang eilten, um ihm zu helfen. Hastig schüttelte er den Kopf. *Nein. Was auch immer Rorgan von mir will — vielleicht gewinnen wir dadurch ein wenig Zeit. Es kann nicht mehr lange dauern, bis Cletas und Yarlev mit Verstärkung eintreffen.*

Als Voba und die Lakreo-Kämpfer verharrten, fragte sich Zar, wie es um den Rest der Schlacht stand. Nur in einem Punkt war er sicher: Wynn lebte noch. Er spürte nach wie vor ihre Präsenz in seinem Bewußtsein — wie ein Talisman, der vor Furcht und Einsamkeit schützte.

»Erkennst du mich, Dämon?« stieß der Asyri-Anführer heiser hervor. »Selbst ein Dämon hat das Recht zu wissen, wer ihn tötet.«

Zar nickte stumm, musterte den Hochgewachsenen und hielt an seiner Bronzerüstung nach ungeschützten Stellen Ausschau. Rorgan trug Helm, Küraß, einen mit Metallfacetten besetzten Kilt, Beinschienen sowie eine lange Bronzespange am Schwertarm.

Todeshand wandte sich an seine Krieger. »Das Vergnügen, diesen Gegner umzubringen, beanspruche ich für mich selbst. Es ist ein Ehrenduell — wer sich einmischt, fordert den Tod heraus, klar?«

Die Asyri salutierten. *Idiot*, dachte Zar, ging in Kampfstellung und wandte den Blick nicht von Rorgan ab. *Er hätte mich einfach von hinten erledigen und seine Truppen dann nach Neu-Araen führen können. Dieser »Er gehört mir«-Unsinn beweist wohl kaum besonders hohe Intelligenz.*

Das Bronzeschwert des Asyri-Anführers zischte durch die Luft. Der Sovren wich zurück, parierte den Hieb mit seinem Schild, sprang dann vor und zielte nach dem Arm. Rorgan drehte sich, und die Stahlklinge verfehlte ihn nur um wenige Zentimeter. Einen Sekundenbruchteil später schlug er mit dem Streitkolben zu. Zar duckte sich und spürte, wie lange Spitzen durch die Feder auf seinem Helm strichen.

Er mag ein Narr sein, aber er ist sehr schnell, trotz seiner Größe.

Sie rangen miteinander, Streitkolben an Schild, Schwert an Schwert, und Zar war dem Mann nun nahe genug, um in die blauen Augen unter dem Helm zu sehen, in ein glattes Gesicht. Sofort verlor er einen Teil seiner Zuversicht. *Und er ist jung*, dachte er. *Verdammt! Ich bin mindestens fünfundzwanzig Jahre älter.*

Die Muskeln in Rorgans Armen traten deutlich hervor, als er Zars Schild langsam nach unten drückte ...

Bei der Göttin: An Kraft mangelt es ihm gewiß nicht.

Der Sovren brüllte, trat seinem Gegner auf die Zehen und brachte eine sichere Distanz zwischen sich und den schreienden Asyri.

»Du bist völlig ohne Ehre, Dämon! Stell dich mir zum Kampf, Feigling!«

Zar kam nicht näher, hielt Schwert und Schild bereit, während er Rorgan aufmerksam beobachtete. Es war Jahre her, seit er zum letztenmal gegen einen Linkshänder gekämpft hatte, und er mußte seine Haltung entsprechend verändern. Außerdem galt es, den Streitkolben zu berücksichtigen. Er stellte nicht nur eine sehr gefährliche Waffe dar — der Asyri konnte damit auch parieren.

»Wie ich hörte, hast du eine Schlampe geheiratet, die sich als Priesterin bezeichnet«, knurrte Rorgan und grinste höhnisch. »Nun, deine Mutter fand Gefallen daran, mit Dämonen ins Bett zu steigen. Du bist also an Schlampen gewöhnt, nicht wahr?«

Zar gab keine Antwort. Rorgan Todeshand wollte Zorn in ihm wecken, in der Hoffnung, daß er sich allein von Wut leiten ließ. Doch der Sovren schenkte den beleidigenden Worten überhaupt keine Beachtung. *Ich bin zu alt, um auf einen solchen Trick hereinzufallen. Und das wüßtest du auch, wenn du etwas mehr Grips hättest. Spar deinen Atem für den Kampf.*

Der Mann heulte, griff an, und sein Streitkolben traf Zars Schild mit solcher Wucht, daß er taumelte. Dem Sovren blieb keine andere Wahl, als einen Schwerthieb abzublocken. Die beiden Klingen klirrten; Stahl glitt über Bronze, und die beiden Hefte stießen gegeneinander. Gleichzeitig hakte Zar den Fuß hinter Rorgans Wade und zog mit einem plötzlichen Ruck.

Der Asyri verlor das Gleichgewicht, fiel nach hinten. Doch bevor der Sovren zuschlagen konnte, rollte er herum, war mit einem Satz auf den Beinen und holte aus. Das Bronzeschwert *flog* heran, und Zar duckte sich, um eine tödliche Verletzung am Hals zu vermeiden. Die Klinge prallte an seine rechte Schulter, schleuderte ihn fast zu Boden.

Als er taumelte, rammte ihm Rorgan den Streitkolben in die Seite. Der Sovren sank auf die Knie, und heiße Pein durchzuckte ihn. Ein oder zwei schreckliche Sekunden lang konnte er nicht mehr atmen. Aus den Augenwinkeln sah er eine Bewegung, duckte sich erneut und hob aus einem Reflex heraus das Schwert.

Reines Glück half ihm: Die Klinge bohrte sich in Rorgans Oberschenkel, tief genug, um dem Asyri einen schmerzerfüllten Schrei zu entlocken.

Zar keuchte, und als sich seine Lungen endlich wieder mit Luft füllten, glaubte er einen Dolch in der vom Streitkolben getroffenen Seite zu spüren. Er stemmte sich hoch und wankte zurück, spannte dabei die Muskeln im Schwertarm.

»Du wirst sterben«, knurrte Rorgan und kam wieder näher. Er hinkte jetzt. »Mit meinen bloßen Händen reiße ich dir die Eingeweide aus dem Leib und hänge dich daran am Turm deiner Festung auf!«

Zar schnaufte leise und sah sich kurz um. *Wo bleibt Cletas, zum Teufel?* Erst jetzt bemerkte er, daß sich der Boden zu seinen Füßen auf allen Seiten nach unten neigte, der Moortor-Ebene entgegen, wo noch immer die Schlacht tobte.

Ich bin hier auf einem kleinen Hügel, dachte er und erinnerte sich an Spocks Beschreibungen. *Hier hat er mich gesehen. Jetzt ist es soweit ...* Er starrte zu Rorgans Streitkolben. *Die Schlagwaffe, deren Hieb mich tötet.*

Erneut griff der Asyri an, schwang den Streitkolben und zielte mit dem Schwert nach den Beinen des Sovren. Zar sprang vor, parierte mit dem Schild und stieß es

Rorgan in den Bauch. Der Krieger schnappte nach Luft und krümmte sich jäh zusammen, riß seinen Gegner mit sich zu Boden und blieb unter Zar liegen. Die beiden Männer rollten sich von einer Seite zur anderen, keuchten, traten, stießen mit den Schwertheften nach Kopf und Schultern.

Plötzlich ließ Rorgan seine Waffe los und schlug mit der Faust nach Zars Gesicht. Heftiger Schmerz explodierte in Auge und Nase des Sovren, und die Klinge glitt ihm aus der erschlaffenden Hand. Aber er bewahrte sich genug Geistesgegenwart, um sein Gewicht auf den anderen Arm zu verlagern und den Streitkolben mit dem Schild zu blockieren.

Er biß die Zähne zusammen, drehte den Kopf und rammte seinen Helm mehrmals in die Grimasse des Asyri. Der Nasenbügel schützte Rorgan, doch er versuchte instinktiv, dem Sovren auszuweichen. Dadurch bekam Zar Gelegenheit, das eine Bein anzuziehen — sein Knie traf den Krieger im Schritt, und Rorgan stöhnte.

Spocks Sohn versuchte, seinen Vorteil zu nutzen, aber er kam nicht dazu, den Dolch zu ziehen. Rorgans Leib wölbte sich abrupt, und Zar fiel zurück, landete auf dem Rücken. Sofort versuchte er, sich zu erheben, doch dazu fehlte ihm die Kraft. Auf allen vieren kroch er umher und bemühte sich, den stechenden Schmerz in der Seite zu ignorieren, nach dem Schwert zu greifen, das einen Meter entfernt im Schlamm lag.

Als er es berührte, traf ihn der Streitkolben an der linken Schulter, so heftig, daß er den Schild verlor. Er packte das Schwert und rollte fort, aber der Asyri holte nicht zu einem zweiten Schlag aus, hockte auf dem Boden und ächzte leise. Zar stemmte sich mühsam hoch, blinzelte und blickte sich nach dem Schild um.

Mit dem Auge stimmt was nicht, dachte er benommen, berührte das Gesicht mit der freien Hand und spürte Blut. Erneut suchte der Sovren nach dem Schild, doch er schien sich in Luft aufgelöst zu haben.

Ohne ihn kann ich nicht parieren, fuhr es ihm verzweifelt durch den Sinn. *Ein Hieb mit dem verdammten Streitkolben genügt, um mein stählernes Schwert zu zerbrechen.*

Der Asyri war jetzt wieder auf den Beinen, aber er humpelte, und sein Gesicht zeigte Zorn und Schmerz. »Während du an deinen eigenen Gedärmen vom Turm der Festung herabhängst«, schnaufte er, »kannst du zusehen, wie ich mir deine Schlampe vorknöpfe. Und wenn du lange genug flehst ... Vielleicht bringe ich sie dann um, wenn ich mit ihr fertig bin.«

Rorgan wankte dem Sovren entgegen, das Schwert in der einen Hand, den Streitkolben zum Schlag bereit.

Zars Gedanken rasten. *Ich habe nur eine Chance. Und ich riskiere dadurch, am Kopf getroffen zu werden. Wenn ich keinen Erfolg erziele, geschieht genau das, was Spock in den Aufzeichnungen gesehen hat ...*

Er wich langsam zurück, als sich der Asyri näherte, schloß die Finger fester ums Heft des Schwertes und wandte Rorgan die rechte Körperseite zu. Dann spreizte er die Beine, dazu bereit, sich mit dem linken Fuß abzustoßen — *vorher wäre mir das überhaupt nicht möglich gewesen.* Er hoffte inständig, daß ihn die schmerzende Schulter nicht im Stich ließ, als er nach vorn sprang und den ganzen Leib zu einem Ausfall streckte, den er von Sulu gelernt hatte.

Die Spitze des Stahlschwerts durchdrang den Lederkilt, schnitt in weiches Fleisch. Rorgan ließ seine Waffe fallen und starrte entsetzt an sich herab, als Zar die Klinge zurückzog. Dann gaben die Knie des Asyri nach, und er fiel. Der Sovren hob den Kopf, sah die verblüfften Mienen der anderen Krieger, hinter ihnen Cletas und seine Truppen, die über den Hang vorrückten.

»Feigling ... hast Angst davor, mich zu töten ...«, brachte Rorgan hervor. Zar senkte den Blick. Der Asyri-Anführer preßte die Hände an den Bauch, hatte die Beine angezogen und zitterte. Er starb, langsam und qualvoll.

Zar senkte seine mentalen Schilde ein wenig und spürte die Agonie des Mannes, eine Flutwelle aus Pein, die ihn zutiefst erschütterte. Er schirmte sein Bewußtsein sofort wieder ab, davon überzeugt, daß Rorgan nicht überleben würde. Allerdings: Es mochte Stunden dauern, bis ihn der Tod erlöste.

»Entspricht das deinem Wunsch?« fragte Zar auf Asyri und stellte sich Wynns Reaktion vor, wenn sie erfuhr, daß er ausgerechnet diesem Mann gegenüber Erbarmen gezeigt hatte. Aber der kurze empathische Kontakt ... Er konnte ihm unmöglich einem solchen Leid überlassen.

Es flackerte in den blauen Augen, und ein schweißnasses, schmutziges Gesicht sah zum Sovren auf. »Du ... hast nicht genug Mut, um mir ... einen ehrenvollen Tod zu gewähren, Dämon.«

Zar seufzte, als er Zarabeths Messer zog. »Ich erwarte keinen Dank von dir«, murmelte er in seiner eigenen Sprache. »Eigentlich hast du diese Gnade überhaupt nicht verdient, und sicher steht mir deshalb eine Auseinandersetzung mit Wynn bevor.« Er drückte das Kinn des Asyri nach oben und schnitt ihm die Kehle durch. Blut strömte aus den beiden Halsschlagadern.

Rorgan war tot, als Zar seinen Schild auf der anderen Seite des von den Kriegern gebildeten Kreises fand. Der Sovren hielt das Schwert bereit und versuchte erneut, dem Stechen in seiner Seite keine Beachtung zu schenken, als er den Blick über die Asyri schweifen ließ. Langsam drehte er sich um die eigene Achse. »Wer ist der nächste?« rief er.

Niemand trat vor, und Zar atmete erleichtert auf, was ihm neuerliche Schmerzen bereitete. *Ich kann es kaum glauben, dachte er. Ich lebe noch, habe den Kampf gewonnen. Vielleicht hatte Wynn recht. Vielleicht ...*

Irgend etwas traf ihn am Kopf, und gierige Finsternis nahm sein Ich auf.

KAPITEL 15

Spock materialisierte auf einem steinigen, hier und dort von Büschen und Sträuchern bewachsenen Hang. Rechts und links ragten große Felsen auf. Der Vulkanier sah sich um und nickte zufrieden: Die Zeit-Entität hatte seiner Bitte entsprochen und ihn in die Vorberge am Rand der Moortor-Ebene gebracht — er wollte vermeiden, mitten auf dem Schlachtfeld zu erscheinen und unmittelbar nach seinem Retransfer in einen Kampf verwickelt zu werden. Außerdem ging es zunächst darum, Zar zu finden, und höheres Gelände eignete sich gut, um einen allgemeinen Eindruck von der Situation zu gewinnen. Spock wußte natürlich, wo der Sovren sein *sollte*, aber es gab keine Garantie dafür, daß er sich tatsächlich an jenem Ort befand. Zar hatte beabsichtigt, die ersten Truppen der Reserve selbst in den Kampf zu führen, woraus folgte: Er konnte sich an jeder beliebigen Stelle der Front aufhalten.

Es fiel Spock nicht schwer, die Schlacht zu lokalisieren, obwohl er sie nicht sah.

Er *hörte* sie: das Klirren der Waffen, die Schreie der Verwundeten, das Schnauben der Vykare, entsetztes oder triumphierendes Heulen — ein gräßliches akustisches Chaos. Als die Entfernung schrumpfte, wurde der Lärm schier ohrenbetäubend.

Doch die Geräusche waren nicht annähernd so schlimm wie der Geruch: Blut, Exkremente, Erbrochenes und ... Tod. Der Vulkanier würgte, als er an ei-

346

nem Felsen vorbeitrat und fast über den zerfetzten Leichnam eines Soldaten stolperte: Käfer krabbelten über das blutige Fleisch, und hungrige Fliegen bildeten eine dichte Wolke darüber.

Spock schluckte und preßte die Lippen zusammen. Mit eiserner Selbstbeherrschung wandte er sich von dem Toten ab und setzte den Weg fort, hielt dabei die Lirpa bereit.

Schließlich blieben die Vorberge hinter ihm zurück, und er gelangte in die Nähe des Rotufer. Dort verharrte er und blickte übers Schlachtfeld. Die Moortor-Ebene war wie ein aufgewühlter Ozean aus Schlamm, zerschmetterten Streitwagen, Kadavern und Leichen.

Spock kannte den Krieg und die von ihm angerichteten Verheerungen. Er hatte von Klingonen und Romulanern verwüstete Kolonialwelten gesehen; er erinnerte sich an Flüchtlinge, die aus trüben Augen ins Leere starrten, mehr tot als lebendig wirkten. Doch der Krieg in seiner Epoche war ›sauberer‹. Phaser und Intervaller töteten sofort, desintegrierten ihre Opfer.

Die heftigsten Kämpfe fanden weit voraus statt, in der Nähe des Passes, der nach Neu-Araen führte. Dunkle Gewitterwolken schoben sich über den Gipfel des Großen Weißen, als Spock im Dauerlauf übers Schlachtfeld eilte, dabei am Horizont nach einem ganz bestimmten Hügel Ausschau hielt, einer Anhöhe, die sich ihm fest ins Gedächtnis eingeprägt hatte.

Manchmal mußte er langsamer gehen, um einen Weg durch das Labyrinth aus Fallgruben, Toten und Waffen zu finden, die noch immer in den Händen von abgetrennten Armen ruhten.

Oft gelang es ihm, den Leichen auszuweichen, doch an einigen Stellen stapelten sie sich hüft- oder gar schulterhoch. Dann benutzte Spock das stumpfe Ende der Lirpa, um einige Körper beiseite zu rollen, so daß er über die anderen hinwegsteigen konnte.

Gelegentlich stieß er auf Krieger und Soldaten, die ihren Verletzungen noch nicht erlegen waren.

»Es tut mir leid«, murmelte er, als eine zitternde Hand nach seinem Stiefel tastete, als eine Stimme um Wasser bat. Er sah auf den Mann hinab. Blut, überall Blut ... »Es tut mir leid. Ich habe kein Wasser.«

Er eilte weiter und bemühte sich, dem Stöhnen um ihn herum keine Beachtung zu schenken. »*Wasser*«, ertönte es immer wieder, oder auch: »*Hilf mir*« und »*Töte mich.*« Der Vulkanier hörte Worte in Sprachen, die er nicht kannte — er verstand sie trotzdem.

Ein Verwundeter, vom Schmerz in den Wahnsinn getrieben, schlug mit einer Hellebarde nach ihm, und Spock mußte die Lirpa benutzen, um ihn fortzustoßen.

Er näherte sich nun der Schlacht. Das Klirren der Waffen wurde lauter, vermischte sich mit Donnergrollen. Wo war der Hügel, auf dem Zar jenen Kampf führte, der über Leben und Tod entschied?

Vielleicht ist er schon gestorben, dachte der Vulkanier. *Oder er stirbt jetzt, in diesem Augenblick.*

Er versuchte, schneller zu gehen, rutschte immer wieder in der glitschigen Masse zu seinen Füßen aus: Schlamm und Blut. Grünes Blut ... *Wie mein eigenes. Wie das von Zar.*

Einige Hügel mußte er aus verschiedenen Blickwinkeln beobachten, was ihn noch mehr Zeit kostete. *Ich komme zu spät.*

Er erreichte den Rand des Kampfgebiets und war mehrmals gezwungen, sich zu verteidigen. Glücklicherweise schenkten ihm die meisten Krieger kaum Beachtung, da er keine Rüstung trug und niemanden angriff.

Welcher Hügel? Es gibt hier so viele. Ich bin jetzt auf der Seite des Schlachtfelds, wo Zar mit den Lakreo-Truppen kämpfen sollte, aber wenn er zur anderen Flanke geritten ist ... Komme ich wirklich zu spät?

Spock stellte fest, daß die Verteidiger zurückwichen, aber es handelte sich um einen geordneten Rückzug. *Die Lakreo- und Danreg-Soldaten fügen dem Feind schwere Verluste zu. Wenn sie lange genug durchhalten, haben sie die Möglichkeit, den Sieg zu erringen.*

Wieder rutschte er aus und stützte sich mit der Lirpa ab. *Welcher Hügel? Sie sehen alle gleich aus!*

Eine Stimme erklang hinter Spocks Stirn. **Geradeaus. Schnell.** Der Vulkanier spürte eine solche Autorität, daß er gehorchte, noch bevor er die Identität des fremden Selbst erkannte.

Der Wächter! Aber wieso weiß er, was ich suche?

Er hatte keine andere Orientierungshilfe und zögerte nicht, sie zu nutzen. Spock lief nun.

Zeig mir den Weg, Wächter, dachte er, als er einen weiteren Hügel passierte und stehenblieb, um nach Luft zu schnappen.

Weiter links. Schneller. Schneller.

Spock wandte sich in die entsprechende Richtung und stürmte los. Er sah nun überall Soldaten und Krieger, aber seltsamerweise kämpften sie nicht, bildeten statt dessen kleine Gruppen und starrten zu einem Hügel. Der Vulkanier hastete im Zickzack an ihnen vorbei, beobachtete das Gelände auf der linken Seite. *Nichts. Nichts ... Komm ich zu spät?*

Dort! Der Hügel, zu dem alle blicken.

Spock ließ die Lirpa fallen, nahm das Ahn-woon von der Taille und lief so schnell zum Hügel, daß sein rasend klopfendes Herz den Brustkasten zu zerreißen schien. Er hörte Anfeuerungsrufe und die Geräusche eines Kampfes, doch als er den Fuß der Anhöhe erreichte und mit dem Aufstieg begann, herrschte plötzlich Stille.

Der Vulkanier keuchte, legte die letzten Meter zurück und fand sich am Rand eines aus Kriegern geformten Kreises wieder, in dessen Mitte eine Gestalt stand: In der einen Hand hielt sie ein Schwert, in der anderen einen zerbeulten Schild. Das Gesicht des Mannes konnte Spock nicht erkennen, aber Haltung und Kettenhemd deuteten auf Zar hin. Vor ihm lag eine blutüberströmte Leiche. Der Sovren rief einige Worte, drehte sich dann langsam um die eigene Achse.

Als ihm Zar den Rücken zuwandte, bemerkte Spock eine Bewegung: Ein Asyri sprang vor, hob die Axt ... Der Vulkanier kannte diesen Krieger, hatte ihn auf dem kleinen Bildschirm seines Tricorders gesehen.

»*Nein!*« rief er, stieß mehrere verblüffte Soldaten beiseite und folgte dem Asyri. Er konzentrierte sein ganzes Geschick auf einen Wurf, als er das Ahnwoon einsetzte, nach der gehobenen Waffe des Kriegers zielte ...

... und sie *verfehlte!*

Statt dessen schlang sich das Ahn-woon um den Hals des Mannes, und als Spock zog, stieß die flache Seite der Axt an Zars Helm. Das dumpfe Pochen hallte im Bewußtsein des Vulkaniers wider, und er sah, wie sein Sohn taumelte, sich halb umdrehte, ihm ein blutiges Gesicht zuwandte und leise stöhnte.

Zars Knie gaben nach, und er fiel nach vorn, blieb reglos auf dem Boden liegen.

Eine schreckliche Ruhe senkte sich auf Spock herab. *Ich habe versagt. So nahe am Ziel und doch zu versagen ...*

Geistesabwesend blickte er auf den Asyri hinab — tot. Der Körper zuckte noch, aber ganz offensichtlich war das Genick des Kriegers gebrochen.

Ich wollte ihn nicht umbringen, dachte Spock benommen, ohne Reue zu empfinden.

Der Griff des Ahn-woon rutschte ihm aus erschlaffenden Fingern, und er ließ die vulkanische Waffe achtlos liegen. Wie blind schob er sich an den Lakreo-Soldaten vorbei, die nun ihren Oberbefehlshaber umringten.

Vor seinem Sohn blieb er stehen und sah die Beule im stählernen Helm. Nach einigen Sekunden kniete er nieder, drehte Zar vorsichtig und ohne große Hoffnung auf den Rücken. Das Gesicht war eine grünliche Fratze: ein Auge fast ganz zugeschwollen, die Lippen aufgeplatzt, die Nase gebrochen und zur Seite geneigt. Blut tröpfelte aus ihr hervor...

Blut tröpfelte...

Blut *tröpfelte*...

Spock blinzelte ungläubig und beobachtete, wie die grüne Flüssigkeit aus einem Nasenloch rann.

Wenn er blutet... Es bedeutet, daß er noch lebt!

Er tastete unter Zars Helm und berührte die Schläfe, fühlte nicht nur einen schwachen Puls, sondern auch die stark reduzierte mentale Aktivität eines Bewußtlosen. Er wölbte die rechte Hand über Mund und Nase seines Sohns — der kaum spürbare Hauch eines Atems strich darüber hinweg.

Jemand packte den Vulkanier am Arm und riß ihn zurück. »Was machst du da?« erklang eine scharfe Stimme.

Spock sah auf und begegnete dem Blick des Zweiten Kriegskommandeurs. Cletas riß die Augen auf und ließ ihn los. »Entschuldigen Sie bitte«, sagte er und siezte den Vater des Sovren. »Ich habe Sie nicht erkannt.«

»Er lebt.« Spock holte seinen Tricorder hervor.

»Ja.« Cletas nickte und ging neben dem Vulkanier in die Hocke. »Tote bluten nicht.«

»Wir müssen ihn zu einem sicheren Ort bringen.« Spock hob kurz den Kopf, als Voba ihm gegenüber auf die Knie sank, betrachtete dann wieder die Anzeigen des Tricorders. »Vermutlich hat er eine schwere Gehirnerschütterung erlitten. Es könnte zu einem Schock kommen, wenn er auch weiterhin auf diesem kalten und feuchten Boden liegt. Wir benötigen eine Bahre.«

351

Voba richtete einige Worte an eine Lakreo-Gardi-
stin, und die Frau eilte fort.

*Ich sollte ihn von der Rüstung befreien, damit er atmen
kann*, dachte Spock und zog behutsam an den Riemen
des Helms. Der rothaarige Adjutant drückte seine
Hand mit sanftem Nachdruck beiseite. »Überlassen
Sie das mir, Herr. Ich bin daran gewöhnt.«

»Soviel zur Prophezeiung«, brummte Cletas. Er sah
zu den Kriegern und Soldaten. »Verdammt! Vielleicht
wäre es uns gelungen, die Angreifer zum Fluß zu-
rückzutreiben ...« Er fluchte hingebungsvoll in einer
Sprache, die Spock nicht verstand.

»Was für eine Prophezeiung?« fragte der Vulkanier.

Cletas half Voba dabei, Zars Wams aufzuschnüren.
»Wynns Orakel«, murmelte er. »Am Nachmittag vor
der Entführung verkündete sie es den feindlichen
Truppen: ›Nur wenn der Hinkende als Geheilter
schreitet, nur wenn jener, der beim Kampf tödlich
verletzt wurde, aufsteht und lebt — nur dann wendet
die Göttin ihr Antlitz von uns ab.‹ Mit anderen Worten: Wenn der Sovren nicht aufsteht und sich den
Kriegern zeigt, sind wir erledigt. Wir haben keine
Chance mehr, wenn unsere Leute den Oberbefehlshaber für tot halten. Schon jetzt spricht sich herum, daß
er gefallen ist, und dadurch verlieren die Soldaten
den Mut. Wenn sie nicht mit der gleichen Entschlossenheit kämpfen wie zuvor, so überrennt uns der
Feind einfach.«

»›Nur wenn der Hinkende als Geheilter schreitet ...‹«, wiederholte Spock langsam. »Die Hälfte der
Prophezeiung hat sich bereits erfüllt. Zar hinkt nicht
mehr.«

»Ja, das stimmt«, sagte Voba. »Aber jetzt muß er
aufstehen und sich den Truppen zeigen. Und das ist
völlig unmöglich. Selbst wenn er überlebt — er wird
viele Tage lang ans Bett gefesselt sein.«

Der Vulkanier überlegte fieberhaft, dachte an die

stumm starrenden Angreifer und Verteidiger. Eine Idee gewann Konturen in ihm, und er wandte sich an Cletas. »Angenommen, der Sovren steht doch auf ...«

»Aber er ...« Der Zweite Kriegskommandeur unterbrach sich, als er plötzlich verstand. »*Ja!* Bei Ashmara, es könnte klappen!« Er drehte den Kopf und rief: »Wächter! Gardisten! Kommt näher! Steht Schulter an Schulter! Beeilt euch! Formt einen Kreis!«

Die Lakreo-Soldaten kamen der Aufforderung sofort nach und bildeten eine lebende Mauer. Cletas griff nach dem blutverschmierten Helm. »Hier, setzen Sie ihn auf. Nein, warten Sie. Zuerst das Kettenhemd. Auf die Hose achtet niemand, aber das Kettenhemd ...«

Hastig schnürte er sein eigenes Wams auf. »Wo ist der rote Umhang, Voba?«

»Hier«, erwiderte der Adjutant ruhig.

Der Zweite zerrte sich das Wams vom Leib und fröstelte, als dicke Regentropfen auf seine nackten Arme fielen. »Ziehen Sie das an. Halten Sie sich nicht damit auf, das Ding zuzuschnüren — der Umhang bedeckt es.« Er reichte dem Vulkanier auch das Kettenhemd und die gefütterte Lederjacke.

Spock streifte die Sachen über, stand auf und fühlte ein ungewohntes Gewicht, als ihm der Adjutant die Rüstung anlegte. »Wie soll ich mich verhalten?«

»Sie brauchen einfach nur am Hang zu stehen, wo man Sie deutlich sehen kann«, antwortete Cletas und hob den Helm. »Dann nehmen Sie diesen Helm ab und zeigen Ihr Gesicht. — Jetzt der Umhang.«

Voba schwang den roten Stoff um Spocks Schultern. »Sie sind dünner«, brummte Cletas, als er das Kettenhemd zurechtrückte.

»Von weitem gesehen wird niemand den Unterschied bemerken«, entgegnete der Adjutant zuversichtlich. »Hier ist das Schwert, Herr.«

Spock setzte den mit einer Feder geschmückten

353

Helm auf, und Voba schlang ihm Zars Schwertgürtel um die Taille.

Cletas gab den Lakreo-Soldaten mit leiser Stimme Anweisungen, und daraufhin nahmen sie Haltung an. Zwei von ihnen wichen beiseite, und Spock trat durch die Lücke in der aus Körpern bestehenden Barriere.

Einige gefangene Asyri schnappten nach Luft, als sie ihn sahen.

Der Vulkanier versuchte, Zars Gangart nachzuahmen, als er über den Hügelhang schritt. Schließlich verharrte er, und seine Silhouette zeichnete sich vor dem dunkler gewordenen Himmel ab. Böiger Wind ließ den roten Umhang wie ein Banner wehen; Donner grollte.

Schon nach kurzer Zeit bemerkte ihn jemand, wies in seine Richtung — und die Lakreo-Truppen jubelten. Spock wartete noch etwas, bevor er den Helm abnahm, ihn unter den linken Arm klemmte.

Der Jubel wurde lauter, als sich immer mehr Soldaten umdrehten und ihrer Freude Ausdruck verliehen. Der Vulkanier beobachtete, wie die Asyri und Kerren erst zögerten, dann furchtsam zu ihm deuteten. *Es fehlt nicht viel, um sie in Panik geraten zu lassen,* dachte er. *Was gäbe den Ausschlag? Jim hat ein Talent fürs Dramatische — was unternähme er jetzt?*

Die Antwort fiel ihm sofort ein. Spock zog das Schwert aus der Scheide und hielt die blutige Klinge hoch empor.

»*Sieg!*« brüllte er aus vollem Hals.

Ein Blitz zuckte aus den Gewitterwolken, und nur einen Sekundenbruchteil später donnerte es ohrenbetäubend laut.

Die feindlichen Truppen wandten sich zur Flucht.

»Langsam«, mahnte Voba. »Nicht hochheben, nur zur Seite schieben.«

Spock und die Gardisten legten den bewußtlosen Zar vorsichtig aufs Bett, und anschließend schickte der Adjutant die beiden Soldaten fort.

»Und nun ...«, murmelte der kleine, rothaarige Mann. »Sehen wir uns an, wie es um ihn steht.« Er schnitt das gefütterte Leder mit dem Messer auf und zog es beiseite.

»Sie nehmen diese Aufgabe nicht zum erstenmal wahr«, stellte Spock fest.

»Ich weiß, woher die meisten Narben stammen«, erwiderte Voba ernst. »Hm ... Keine Schnittwunden ... Was die Schultern und Rippen betrifft ... Oh, ich schätze, eine Zeitlang kann er mit seiner neuen Frau nicht viel anfangen, oder?« Der Adjutant sprach mit sich selbst.

»Er hat ziemlich viel einstecken müssen.« Spock betrachtete die großen smaragdgrünen Blutergüsse und überlegte, wo sich die Medo-Ausrüstung befand, die sein Sohn erwähnt hatte.

Voba schnaubte empört. »Er hat noch viel mehr ausgeteilt. Rorgan böte einen wesentlich schlimmeren Anblick, wenn er nicht tot wäre. Für *seine* Frauen hätte er gewiß keinen Nutzen mehr.«

In Spocks Mundwinkeln zuckte es, und er räusperte sich. »Hatten Sie Gelegenheit, den Kampf zu beobachten?«

»Fast von Anfang an«, bestätigte Voba und lächelte, als er sich erinnerte. »Habe nie einen besseren gesehen.«

Die Tür öffnete sich, und Wynn humpelte herein. Sie trug noch immer ihre Rüstung. Blut war ihr ins Gesicht gespritzt, schien dort dunkelgrüne Sommersprossen zu bilden, und vorn am Kettenhemd zeigte sich ein großer dunkler Fleck. Aber offenbar hatte sie keine nennenswerten Verletzungen erlitten, sah man vom einen Knie ab: Dort zeigte sich ein improvisierter Verband.

»Wie geht es ihm?« fragte die Hohepriesterin und trat ans Bett heran.

»Ich habe gerade damit begonnen, ihn gründlich zu untersuchen«, sagte Voba. »Seit ihn die Axt am Kopf traf, vor etwa einer Stunde, ist er völlig hinüber.«

Behutsam teilte Wynn Zars Haar, bis sie die angeschwollene Stelle auf der rechten Seite fand. »Hm.« Sie fühlte den Puls am Hals, hob die Lider, sah in die Pupillen, warf auch einen Blick auf das Zahnfleisch des Bewußtlosen. »Hmm.« Ihr forsches, kompetentes Gebaren erinnerte Spock an den Bordarzt der *Enterprise*.

»Die geistige Verbindung zwischen uns existiert nach wie vor und ist stabil«, sagte Wynn schließlich. »Ich wünschte, McCoy wäre hier. Können auch Sie mit dem summenden Kasten umgehen? Mit dem Ding, das in den Körper hineinschaut?«

»Ich habe bereits Gebrauch davon gemacht«, entgegnete Spock. »Und ich glaube, dem Sovren droht keine unmittelbare Gefahr.«

Wynn nickte zufrieden. »Wie dem auch sei: Die Schwellung gefällt mir nicht. Voba, schick jemanden zu den hohen Weiden des Großen Weißen, um Eis und Schnee für uns zu holen. Bis dahin verwenden wir kaltes Wasser für die Umschläge und Kompressen.«

Der Adjutant wandte sich an Spock. »Sind die Heiler in Ihrer Heimat ebenso herrisch?« fragte er leise und in einem verschwörerischen Tonfall.

Der Vulkanier nickte. »Es scheint eine für sie typische Eigenschaft zu sein.«

Voba brummte vor sich hin und ging.

Wynn legte ihre Rüstung ab und verzog das Gesicht, als sie sich bückte, um die Beinschienen zu lösen. »Ist alles Ordnung mit Ihnen?« fragte Spock.

»Ich denke schon«, erwiderte sie und zog die Brünne über den Kopf, ohne sie vorher aufzuschnüren.

»Nur eine Fleischwunde. Hat stark geblutet. Aber das Glück blieb auf meiner Seite. Etwas tiefer, und es hätte die Kniesehne erwischt.«

Wynn ließ ihr Kettenhemd fallen und verschwand im Nebenzimmer. Spock hörte, wie sie dort jemandem Anweisungen erteilte. Dann kehrte sie ohne den Kilt zurück, trug jetzt einen schlichten grauen Rock und eine Bluse aus dünnem Leinen. Sie rollte die Ärmel hoch, griff nach dem Krug, schüttete Wasser ins Becken und begann damit, sich Hände und Gesicht zu waschen.

Spock beobachtete sie, und offenbar spürte Wynn seine Überraschung. »Meine Lehrerin Clarys war die beste Heilerin der Danreg. Sie wies immer darauf hin, daß Krankheitsdämonen von Schmutz angelockt werden.«

Der Vulkanier wölbte eine Braue. »So kann man es auch ausdrücken. Hat sie entdeckt, daß sich Schwellungen unter dem Einfluß niedriger Temperaturen zurückbilden?«

»Nein, die Wirkung von kalten Umschlägen kennen wir schon seit vielen Generationen.« Wynn trocknete sich die Hände ab und ging wieder zum Bett. »Ich wasche ihm besser das Gesicht, bevor er aufwacht. Um ihm Schmerzen zu ersparen.«

Sie blickte auf den Sovren hinab, und für ein oder zwei Sekunden ließ sie die Maske kühler Distanziertheit fallen. »Ashmara sei Dank, daß er noch lebt«, flüsterte sie und strich Zar das Haar aus der Stirn. Dann richtete sie sich auf, und aus dem Ehemann wurde ein Patient. »Geben Sie mir bitte die Seife.«

»Ich kenne ein noch besseres Mittel, um Krankheitsdämonen zu vertreiben«, sagte Spock. »Es befindet sich in einer schwarzen Tasche, die Zar von der *Enterprise* mitbrachte.« Erneut kletterte eine Braue nach oben. »Hat er Ihnen von dem Schiff erzählt?«

»Meinen Sie den Raum-Wagen, der zwischen den

Sternen fliegt?« Wynn nickte. »Ich weiß, was Sie meinen. Die Tasche liegt dort im Waffenschrank.« Sie streckte den Arm aus.

Spock fand die Medo-Ausrüstung, entnahm ihr den medizinischen Tricorder und eine antiseptische Lösung. Er öffnete das Fläschchen und reichte es Wynn. »Verwenden Sie das hier.«

Die Frau schnupperte skeptisch daran und rümpfte die Nase. »Riecht ziemlich stark.«

»Krankheitsdämonen können den Geruch nicht ausstehen«, sagte Spock, ohne die Miene zu verziehen.

»Kein Wunder.« Sie nahm einen Lappen und träufelte etwas von der Lösung darauf. »Seien Sie bitte bereit, mir zu helfen. Dieses Zeug weckt ihn vielleicht, und er darf *nicht* aufstehen. Er würde nur wieder in Ohnmacht fallen und sich durch einen Sturz weitere Verletzungen zuziehen.«

»Ich verstehe.« Spock sah zu, als Wynn Blut und Schmutz von Zars Gesicht wischte. Ihre Hände bewegten sich mit geübtem Geschick. »Wieso rechnen Sie damit, daß er aufzustehen versucht?«

Die Hohepriesterin warf ihm einen kurzen Blick zu. »Bei männlichen Patienten gibt es zwei verschiedene Verhaltensmuster. Erstens: Sie sind wie kleine Kinder, die man am liebsten aus dem Bett jagen würde, weil sie dauernd klagen und jammern. Oder zweitens: Man muß sie dauernd im Auge behalten, damit sie nicht aufstehen, weil sie glauben, sich unbedingt um irgendwelche wichtigen Dinge kümmern zu müssen. Ich vermute, Zar gehört zur zweiten Kategorie, aber vielleicht irre ich mich.«

Spock wölbte erneut eine Braue. »Ich bin sicher, auch weibliche Patienten lassen es manchmal an Vernunft mangeln.«

»Sie sind nicht ganz so erpicht darauf, ihre Dummheit zu beweisen, indem sie sofort aufstehen wollen«, erwiderte Wynn. »Doch es ist schwer, sie lange genug im Bett zu halten. Kaum fühlen sie sich besser, beginnen sie wieder mit der Arbeit und überanstrengen sich, wodurch es zu einem Rückfall kommt.«

Inzwischen war Zars Gesicht so sauber, daß Spock den tiefen Schnitt überm Auge erkennen konnte. *Daher das viele Blut*, dachte er. *Sicher bleibt eine Narbe zurück.* Die Haut an beiden Augen gewann allmählich eine grünschwarze Tönung, und der Vulkanier bemerkte aufgeplatzte Lippen.

Er musterte seinen Sohn. »Die Nase ist gebrochen.«

»Ja. Wenn die Schwellung zurückgegangen ist, kann ich versuchen, sie auszurichten. Ich fürchte jedoch, sie wird nie wieder ganz gerade.« Der Sovren bewegte sich und stöhnte leise. »Er erwacht. Passen Sie gut auf.« Wynn eilte durchs Zimmer zum Waschbecken, füllte einen Becher mit Wasser aus dem Krug und kehrte rasch zurück.

Zar drehte den Kopf von einer Seite zur anderen, hob dann das nicht ganz so stark angeschwollene Lid und sah zu seinem Vater auf. Als er schließlich sprach, klang seine Stimme schwach und dünn. »Jetzt ist es soweit ... Ich bin in der Hölle, nicht wahr?«

Der Vulkanier täuschte mit einem übertriebenen Seufzen über seine profunde Erleichterung hinweg. »Sehr witzig. Wie fühlst du dich?«

»Schrecklich. Kann kaum was sehen. Kann kaum atmen. Alles tut weh ...«

»Die Gründe dafür sind: zugeschwollene Augen, eine gebrochene Nase, eine gebrochene Rippe, diverse Quetschungen sowie eine mittelschwere Gehirnerschütterung. Es hat jedoch den Anschein, daß du dich erholen wirst.«

Das graue Auge blinzelte, und plötzlich blitzte es darin. »Die Schlacht! Ich muß zu meinen Truppen ...« Zar keuchte, stemmte sich hoch und wollte die Beine über den Rand des Bettes schwingen.

»*Nein*«, sagte Spock scharf, suchte nach zwei einigermaßen unverletzten Körperstellen und drückte den Patienten auf die Matratze zurück. »Die Schlacht ist vorbei. Deine Soldaten haben den Sieg errungen. Und du bleibst hier.«

»Aber ...«

»Lieg still, wenn du nicht möchtest, daß dir übel wird.« Wynn warf dem Vulkanier einen Ich-hab's-Ihnen-ja-gesagt-Blick zu.

»Wynn?« flüsterte Zar und streckte die Hand aus. Sie griff danach. »Möchtest du etwas, Gemahl?«

Der Sovren schluckte mühsam. »Wasser ... Ich bin so durstig. Haben wir wirklich *gesiegt?*« Er wirkte ungläubig, als die Priesterin und sein Vater nickten. »Und die Verluste?«

»Sie sind erstaunlich gering«, antwortete Spock. »Cletas kümmert sich um alles. Er meinte, du sollst dir keine Sorgen machen.«

»Ich erinnere mich an den ... Kampf. Wir ritten zu Zaylenz, um zu verhindern, daß der Feind durchbricht ...« Zar runzelte die Stirn. »Mein Vykar war lahm. Ist alles in Ordnung mit ihm?«

Wynn schüttelte den Kopf. »Ich weiß es nicht. Aber ich verspreche dir, Cletas zu fragen«, fügte sie hinzu. »Hier. Trink nicht zu hastig.«

Zar schluckte gierig und schnitt eine Grimasse, als Wynn den Becher abstellte. »Rorgan und Laol?«

»Heldeon nahm Laol gefangen«, sagte die Frau des Sovren. »Und du hast Rorgan getötet. Bei einem Ehrenduell, wie ich hörte.«

»Tatsächlich? Habe ich mir dabei die Nase gebrochen?« Er hob die Hand, um das Gesicht zu berühren, doch Wynn hinderte ihn daran.

Spock nickte.

»Schade ...«, murmelte Zar. »Bin immer stolz auf diese Nase gewesen.« Die geplatzten Lippen deuteten ein schiefes Lächeln an. »Hab sie von meinem Vater geerbt ...«

Er verlor erneut das Bewußtsein.

Spock suchte in der Medo-Tasche, bis er eine Ampulle Tri-Ox fand. »Das hilft ihm, leichter zu atmen«, erklärte er und hielt den Injektor an Zars Schulter.

Der Patient kam fast sofort wieder zu sich.

»Die Schlacht ...«, brachte er hervor, und nun zeigte sich ein wacher Glanz im grauen Auge. »Wer hat gewonnen?«

»Wir.« Wynn lächelte. »Ein totaler Sieg.«

Zar entspannte sich. »Gut.«

»Erinnerst du dich an den Kampf gegen Rorgan?« fragte seine Frau.

»An den Kampf gegen Rorgan?« wiederholte der Sovren. »Oh, ja ...« Er nickte — und verzog schmerzerfüllt das Gesicht. »Ich entsinne mich nicht an alle Einzelheiten, nur ...« Er richtete einen zerknirschten Blick auf Wynn. »Eine Bauchverletzung ... Er bat mich um einen raschen Tod, und ich habe ihm diesen Wunsch erfüllt.«

Die Priesterin zuckte mit den Achseln. »Uns allen unterlaufen Fehler.« Spock wußte nicht, ob sie es sarkastisch meinte.

Zar schnitt eine neuerliche Grimasse. »Jetzt fällt mir auch der Rest ein.« Zu Spock: »Sag Hikaru, daß mir die Fechtübungen zugute kamen. Der Ausfall, den er mir zeigte ... Darauf war Rorgan nicht vorbereitet.« Er seufzte. »Und McCoy ... Sag ihm, mit dem Bein ist alles in Ordnung.« Das Lid sank herab. »Mein Schwert?«

»Ich habe es mitgebracht«, erwiderte Spock. »Voba hat es zu den anderen Waffen gelegt.«

»Gut ...« Zar schwieg so lange, daß der Vulkanier glaubte, er sei eingeschlafen. Doch dann bewegte er sich und murmelte: »Die Schlacht ... Wer hat den Sieg errungen?«

»Du«, sagte Spock. Als Zar nicht reagierte, sah er besorgt zu Wynn.

Sie beantwortete seine unausgesprochene **Frage.** »So was passiert dauernd bei Kopfverletzungen. Zuerst sind die Patienten verwirrt, ihre Erinnerungen lückenhaft.«

Der Vulkanier nahm den medizinischen Tricorder und betrachtete die Anzeigen. Sie beruhigten ihn ein wenig: keine inneren Blutungen, keine Schädelfraktur ... Dennoch blieb ein Rest von Sorge in Spock.

Wynn beugte sich vor und legte eine kalte Kompresse auf Zars Kopf. Die Anzeigen des kleinen Instruments veränderten sich abrupt, als es den Metabolismus der Frau erfaßte. Spocks Pupillen weiteten sich, und er nahm eine genaue Sondierung vor. Nach einer Weile hob er beide Brauen, und ein dünnes Lächeln berührte seine Lippen.

Der kalte Lappen weckte den Sovren. »Au ...« Zars Blick wanderte zu seinem Vater. »Warum grinst du so?«

»Vulkanier grinsen *nie*«, betonte Spock würdevoll. »Übrigens: herzlichen Glückwunsch. Ich gratuliere euch beiden.«

Wynn musterte ihn verwundert. »Zu unserem Sieg?«

»Unter anderem«, entgegnete Spock geheimnisvoll, desaktivierte den Medo-Tricorder und legte ihn in die Tasche.

Zar schien eine Frage stellen zu wollen, doch plötzlich kam ihm etwas anderes in den Sinn. Erneut versuchte er, sich aufzurichten. »Die Verwundeten! Ich muß nach ihnen sehen und feststellen, ob sie ...«

»*Nein*«, sagten Spock und Wynn gleichzeitig. Sie hielten den Sovren fest, bis er schnaufend aufgab.

»Lieg still, du Narr«, schimpfte die Priesterin.

Schweiß perlte auf Zars Stirn, als er nickte, erbleichte und würgte. Er hob die Hand zum Mund. »Ich glaube, ich muß mich übergeben ...«

»Ich habe dich gewarnt.« Wynn lächelte grimmig und hielt eine nahe Schüssel bereit.

Als Spock am nächsten Morgen erwachte, legte Voba gerade Holz ins Feuer. Steif setzte er sich auf und merkte, daß er im Sessel neben dem Kamin eingeschlafen war. Es schien noch immer recht früh zu sein.

Auf der anderen Seite des Zimmers schlief Zar und atmete nun wieder normal. Wynn saß im Schneidersitz am Fußende des Bettes, den Rücken an einen Pfosten gelehnt, das Kinn auf der Brust. Während der Nacht hatten sie sich darin abgewechselt, den Patienten in mehr oder weniger regelmäßigen Abständen zu wecken — um sicher zu sein, daß er geweckt werden *konnte* —, doch schließlich gaben sie beide der Erschöpfung nach.

Spocks Rücken schmerzte, als er aufstand, und Voba wandte sich ihm zu. »Möchten Sie frühstücken, Herr?«

Der Vulkanier spürte großen Appetit. *Gestern habe ich überhaupt nichts gegessen.* »Ja, danke. Bitte kein Fleisch. Getreideflocken, Brot, Käse ... Und Obst jeder Art wäre mir willkommen. Ich bin sehr hungrig.«

»Ich hole Ihnen etwas.«

Als Voba ging, hob Wynn den Kopf, rieb sich die Augen, murmelte einen Gruß und verschwand im Nebenzimmer. Der Vulkanier nutzte die Gelegenheit zu einigen Streckübungen, ging dann zum Becken und wusch sich.

Das kalte Wasser vertrieb die Reste der Müdigkeit aus ihm. Spock trat ans Bett heran und sah auf Zar hinab. Die mit Eis und Schnee gefüllten Kompressen hatten ihm sehr geholfen: Zwar war der Sovren noch immer blaß, aber die Schwellungen hatten sich zurückgebildet. Er wirkte nun nicht mehr wie ein Schatten seiner selbst.

Spock berührte ihn sanft am Arm. »Zar?«

Beide Lider klappten nach oben, und Überraschung zeigte sich in den grauen Augen. »*Vater?* Was machst *du* denn hier?«

»Guten Morgen«, sagte der Vulkanier. »Hast du Hunger?«

Zar nickte verdutzt, fühlte eine überraschende Leere im Magen. »Du bist auch gestern hiergewesen, nicht wahr? Ich erinnere mich daran, daß jemand — du? — den Sieg meiner Truppen erwähnte.« Er blinzelte. »Außerdem hast du mich daran gehindert, das Bett zu verlassen.«

»In der Tat. Offenbar geht es dir heute morgen besser.«

»Ja. Drückst du mich erneut auf die Matratze, wenn ich mich aufzurichten versuche?«

Der Vulkanier zögerte. »Nein, ich glaube, auf eine solche Maßnahme können wir verzichten. Solange du vorsichtig bist und nichts überstürzt.«

Sein Sohn stemmte sich langsam hoch und stöhnte leise. Spock schob ihm rasch ein zusätzliches Kissen unter den Rücken. »Gestern war alles so ... seltsam.« Zar runzelte die Stirn. »Ich schätze, die meiste Zeit bin ich überhaupt nicht richtig bei mir gewesen. Ich entsinne mich daran, dir Fragen gestellt zu haben, aber die Antworten blieben mir unverständlich.«

»Erinnerst du dich jetzt an die Schlacht? An den Kampf gegen Rorgan?«

»Nur vage. Aber was dich betrifft ...« Zar musterte seinen Vater verblüfft. »Du solltest gar nicht hier sein! Warum bist du zurückgekehrt?«

»Um dir das Leben zu retten, Gemahl«, sagte Wynn. Sie kam durch die Verbindungstür und durchquerte das Zimmer mit langen, energischen Schritten. An diesem Morgen trug sie Stiefel, eine Kniehose und ein ärmelloses Wams aus hellbraunem Leder. »Ohne ihn wärst du jetzt tot.«

Zar starrte sie an, drehte dann den Kopf und blickte zu Spock. Unterdessen beugte sich Wynn über ihren Patienten, legte ihm kurz die Hand auf die Stirn, um festzustellen, ob er Fieber hatte. Sie sah ihm in die Augen, fühlte den Puls. Als sie sich wieder aufrichten wollte, griff der Sovren nach ihrem Arm und zog sie auf die Bettkante herab. »Geh nicht. Bitte bleib hier und erzähl mir, was geschehen ist.«

Wynn berichtete von der Schlacht und den Ereignissen, die dem Zweikampf mit Rorgan Todeshand folgten.

Als sie schließlich schwieg, verweilte Zars stummer Blick für einige lange Sekunden auf den Zügen des Vulkaniers. »Wenn es einen logischen Grund für dein gestriges Verhalten gibt ...«, sagte er langsam. »Ich würde ihn gern erfahren.«

Spock senkte den Kopf. »Ich habe dich schon einmal darauf hingewiesen, daß gewisse Dinge über Logik hinausgehen. Dies gehört dazu.«

»Aber der Zeitstrom! Hast du nicht seine Integrität gefährdet, wenn ich auf dem Schlachtfeld sterben sollte?«

»Nein«, widersprach der Vulkanier. »Nein, das bezweifle ich. Veränderungen in der fernen Vergangenheit — und fünf Jahrtausende *sind* eine große temporale Distanz — verlieren im Lauf der Zeit an Bedeutung. Aus den Mordreaux-Gleichungen geht folgendes hervor: Die Möglichkeit, Einfluß auf Geschehnisse in der Vergangenheit auszuüben, ist umgekehrt proportional zum Quadrat der im Zeitstrom zurückgelegten Entfernung.«

Zar schloß die Augen und stellte sich die entsprechenden Gleichungen vor. Schließlich nickte er. »Ja, das stimmt.«

Spock fuhr fort. »Darüber hinaus habe ich bei meinen Analysen von Sarpeidons Geschichte festgestellt, daß jetzt eine Phase des Friedens für das Lakreo-Tal beginnt. Deine weitere Präsenz wird dieses Schicksal nicht ändern.« Der Vulkanier hob eine ironische Braue. »Vorausgesetzt natürlich, der ›von den Toten Wiederauferstandene‹ führt keine Kriege gegen seine Nachbarn.«

365

Zar schüttelte den Kopf. »Das käme mir nie in den Sinn.«

Spock nickte. »Ich weiß. Aber der Hauptgrund für meinen Beschluß, hierher zurückzukehren... Ich brachte es einfach nicht fertig, an Bord der *Enterprise* zu bleiben. Ich fühlte mich *verpflichtet*, dir zu helfen. Um ganz ehrlich zu sein...« Er zuckte kurz mit den Achseln. »Mein Ahn-woon verfehlte das Ziel. Vielleicht traf dich die Axt nicht ganz so wuchtig am Kopf, wie es sonst der Fall gewesen wäre, doch ich vermute, du verdankst dein Überleben in erster Linie dem Umstand, daß du eine Kettenhemd-Kapuze getragen hast.«

»Ich habe sie nur aufgesetzt, weil ich gewarnt worden bin — von dir und Wynn«, erwiderte Zar.

Voba kehrte mit einem Tablett zurück, und sie frühstückten schweigend. Als der Adjutant die leeren Teller forträumte, fragte ihn Zar nach den verwundeten Lakreo-Soldaten und hörte, daß Cletas und Heldeon alles unter Kontrolle hatten. Dann dankte er dem rothaarigen Mann. »Ich weiß gar nicht, wie ich ohne dich zurechtkommen sollte, Voba.«

Der Adjutant errötete, brummte etwas und *floh* aus dem Zimmer. »Typisch für ihn«, kommentierte Zar und schmunzelte. »Vor einigen Jahren wollte ich ihn zum Dritten Kriegskommandeur ernennen, aber er lehnte ab und meinte: ›Wenn sich niemand um dich kümmert, überstehst du nicht einmal den nächsten Winter.‹ Er wird verlegen, wenn man ihm dankt.«

Zar wandte sich an Spock. »Darf ich mich bei *dir* bedanken? Ich schulde dir mehr als nur mein Leben.« Er drückte Wynns Hand. »Nach dem Zweikampf mit Rorgan, als ich besinnungslos auf dem Boden lag... Du bist in die Rolle des Sovren geschlüpft und hast dadurch mein Volk gerettet.«

Der Vulkanier gestattete sich den Hauch eines Lächelns. »Ohne Cletas' Hilfe hätte ich es nicht geschafft. Er gab mir seine Rüstung; mein Beitrag bestand nur aus dem ... Gesicht, aus der Gestalt des ... Doppelgängers.«

Zar lachte leise. »Schade, daß ich es nicht gesehen habe. Einige Asyri sind vermutlich *noch immer* auf der Flucht. Mein Ruf als unsterblicher Sohn eines Dämons ist jetzt so gefestigt, daß in der nahen Zukunft bestimmt keine Probleme mit kriegerischen Stämmen oder Clanen entstehen.«

Der Vulkanier nickte. »Was dir die Möglichkeit gibt, deinen eigentlichen Interessen nachzugehen. Du brauchst jetzt nicht mehr zu kämpfen, kannst statt dessen lehren, die Druckerpresse und das dafür notwendige Papier ›erfinden‹.«

»Wahrscheinlich muß ich auch weiterhin mehr kämpfen, als mir lieb ist, aber im Grunde genommen hast du recht. Nun ...« Ein kurzer Seitenblick zu Wynn. »Ich spiele mit dem Gedanken, zugunsten meiner Gemahlin abzudanken. Vielleicht überlasse ich es ihr, Befehle zu erteilen. In dieser Hinsicht hat sie erstaunliches Talent bewiesen.«

Die Hohepriesterin lachte und schüttelte den Kopf. »Ich weigere mich, die ganze Arbeit allein zu erledigen. Außerdem: Schon nach zwei Tagen wärst du ganz versessen darauf, die Zügel wieder selbst in die Hand zu nehmen.«

Spock erhob sich. »Ich würde gern noch länger bleiben, aber das ist leider nicht möglich. Sicher merkt Admiral Kirk bald, daß ich nicht mehr an Bord bin, und es dürfte ihm nicht sehr schwerfallen, meinen Aufenthaltsort zu erraten. Als ich das letzte Mal ohne seinen ausdrücklichen Befehl das Schiff verließ, drohte er mir damit, mich ohne Raumanzug aus der nächsten Luftschleuse zu stoßen, falls sich so etwas wiederholt.«

Auch Wynn stand auf, trat ums Bett herum und blieb vor dem Vulkanier stehen. »Leb wohl, Vater meines Gemahls«, sagte sie leise, und ihre grünen Augen glänzten. »Ich werde Sie... dich vermissen. Möge Ashmara dich schützen, immer und überall. Und... Danke.«

Spock hob die Hand zum vulkanischen Gruß. »Friede und langes Leben, Lady Wynn.«

Sie nickte und sprach zu Zar, ohne ihn anzusehen. »Und du, mein Lord... Du bleibst liegen, *verstanden?*« Sie ging und schloß die Verbindungstür hinter sich.

Der Vulkanier sah ihr nach, und in seinen Mundwinkeln zuckte es. »Manchmal erscheint sie mir wie eine Mischung aus Leonard McCoy und James T. Kirk.«

Sein Sohn lächelte reumütig. »Erschreckend, nicht wahr? Lieber Himmel... Selbst ein wilder Vykar könnte mich nicht aus diesem Bett ziehen, bevor sie mir die Erlaubnis gibt, unter der Decke hervorzukriechen. Mir graut bei der Vorstellung, zu was sie fähig wäre, um meinen Gehorsam zu erzwingen.«

»Hast du das mit dem Abdanken ernst gemeint?«

»Ich weiß es nicht genau«, erwiderte der Sovren. »Ich würde die Regierungsgeschäfte gern Wynn überlassen, jetzt sofort, aber das wäre ihr gegenüber nicht fair. Nein, ich fürchte, ich muß auch weiterhin Pflichten wahrnehmen, die mir nicht gefallen — für den Rest meines Lebens.

Aber bevor ich die *Enterprise* verließ, traf ich folgende Entscheidung: Zar, sagte ich mir, wenn du die Schlacht überlebst, wird in Neu-Araen alles anders. Wynn kann zumindest einen Teil meiner Verantwortung tragen, und ich werde darauf bestehen, daß der Rat zusätzliche Aufgaben übernimmt.« Zar unterbrach sich. »Entschuldige bitte. Ich rede nur, damit du noch etwas länger bleibst — obwohl ich weiß, daß du nicht noch mehr Zeit erübrigen kannst.«

»Ich habe dir eine Frage gestellt, und du hast sie beantwortet«, meinte der Vulkanier schlicht. Er atmete tief durch. »Ich muß jetzt los.«

Zar seufzte. »Ich vermisse dich bereits. Wir ... sehen uns nie wieder, oder?«

»Nein«, sagte Spock und hörte den heiseren Klang seiner Stimme. »Nein, das ist extrem unwahrscheinlich, wenn man bedenkt, daß die Benutzung des Wächters starken Beschränkungen unterliegt. Ich ... bedauere es sehr.«

»Ich ebenfalls.« Zar holte zischend Luft. »Ich ... Verdammt, es ist schwer, nicht wahr?«

»Ja.«

Spock schluckte und streckte stumm die Hand aus. Zar ergriff sie. Zwischen Vater und Sohn entstand eine mentale Brücke, und in ihrem psychischen Kosmos flüsterten jene Worte, die sie nicht laut aussprechen konnten.

Dann zog der Vulkanier die Hand zurück und spürte, wie sich Zars schwielige Finger von ihr lösten. Zum letzten Mal begegnete er dem Blick der grauen Augen. »Lebe wohl, Sohn. Friede und langes Leben.«

»Lebe wohl, Vater.« Zar zögerte kurz. »Friede und langes Leben.«

Spock wagte es nicht, noch einmal zurückzusehen, als er vom Bett forttrat und fühlte, wie ihn das temporale Transferfeld des Wächters erfaßte. Einen Sekundenbruchteil später stand er auf Gateways sterilem Boden, hörte das immerwährende Stöhnen des kalten Winds.

Eine Zeitlang verharrte er in völliger Reglosigkeit. Dann holte er den Tricorder hervor und richtete ihn auf den Steinkreis. »Danke, Wächter«, sagte er. »Mit deiner Hilfe habe ich meinen Sohn retten können.«

»Er ist mein Freund«, antwortete die Zeit-Entität, und ein mattes Glühen ging von ihr aus. »Hast du ein Anliegen, Spock von Vulkan?«

»Ja. Bitte zeig mir die Geschichte des Planeten Sarpeidon.«

Bilder formten sich, folgten so schnell aufeinander,

daß kaum Einzelheiten zu erkennen waren. Trotzdem hielt Spock den Kopf gesenkt, während der Tricorder alles aufzeichnete — bis zum Gleißen der Nova.

»Danke, Wächter.«

»Gern geschehen.«

Er desaktivierte den Tricorder und klappte seinen Kommunikator auf. »Spock an *Enterprise*. Beamen Sie mich an Bord.«

Kirks überraschend sanfte Stimme drang aus dem kleinen Lautsprecher. »Spock? Sie klingen ... Ist alles in Ordnung mit Ihnen?«

Der Vulkanier schluckte. »Ja, Jim.« Er drehte den Kopf, blickte durch den Steinkreis des Wächters und stellte sich Zar vor, mit Wynn an seiner Seite. *Von jetzt an ist er nicht mehr allein.*

Lebe wohl, Sohn ...

Der Transporterstrahl glitzerte, verwandelte ihn in eine Matrix aus subatomaren Partikeln und Wellen. Zurück blieb eine tote Welt — und der Wächter, über eine Kluft aus Raum und Zeit hinweg mit Zar verbunden.

EPILOG

J ames T. Kirk hob das mit saurianischem Brandy gefüllte Glas. »Ein Toast«, sagte er. »Auf abwesende Freunde.« *Und Söhne,* fügte er in Gedanken hin, als ihm die bernsteinfarbene Flüssigkeit auf der Zunge brannte.

Spock und McCoy tranken ebenfalls.

Die drei Offiziere saßen im Wohnbereich von Kirks Kabine, am ›Abend‹ nach Spocks Rückkehr von Sarpeidon. Der Admiral hörte das leise Summen des Warptriebwerks: Die *Enterprise* brachte ihn heim zur Erde — und zu den Aufgaben, die ihn dort erwarteten.

Kirk seufzte, lehnte sich im Sessel zurück und ließ den Blick durch sein Quartier schweifen. Die Mission hatte so schnell begonnen, daß er keine persönlichen Gegenstände mitbringen konnte. Im Gegensatz zu Spock war er nicht oft genug an Bord, um diese Kabine allein für sich zu reservieren. Sie wirkte nach wie vor leer, aber trotzdem fühlte er sich hier mehr zu Hause als an irgendeinem anderen Ort.

Bald, dachte er. *Bald bin ich wieder im Dschungel der Bürokratie. Mir graut bei der Vorstellung.* Wie dem auch sei: Es war seine Pflicht, und Kirk hatte es nie abgelehnt, der Pflicht zu genügen. Ein Leben außerhalb von Starfleet kam für ihn nicht in Frage.

Doch ohne Starfleet und die Enterprise *wären Carol und ich vielleicht noch zusammen. Dann hätte sich David nicht in einen Fremden für mich verwandelt.*

Er leerte sein Glas, schenkte sich in einem Anflug von

Trotz Brandy nach und trank noch einen Schluck. Die Wärme im Bauch dehnte sich aus, erfaßte auch den Rest des Körpers.

Kirk erinnerte sich an das Gesicht seines Sohns, als er ihn vor einer halben Ewigkeit zum letztenmal gesehen hatte. *Er hat kaum Ähnlichkeit mit mir und kommt ganz nach Carol. Wahrscheinlich fand er mich nicht sonderlich sympathisch. Kein Wunder. Kinder sind sehr sensibel, und bestimmt hat er mein Unbehagen gespürt.*

Wieviel Zeit war seit jener letzten Begegnung verstrichen? Zehn Jahre? Mindestens. Wie alt mochte David jetzt sein? Kirk stellte beschämt fest, daß er diese Frage nicht beantworten konnte.

Ich habe damals die falsche Entscheidung getroffen. Ich hätte nicht zulassen dürfen, daß Carol den Jungen aufzieht, ohne ihm von mir zu erzählen. Heute ist mir das klar. Vermutlich der größte Fehler meines Lebens. Aber wäre es David gegenüber fair, jetzt einfach in sein Leben einzudringen? Nur weil ich das Bedürfnis nach Absolution verspüre? Würde es ihm nützen, wenn ich mich als sein Vater zu erkennen gäbe — oder denke ich dabei nur an mein eigenes Seelenwohl?

Kirk seufzte erneut. *Früher konnte ich problemlos zwischen Richtig und Falsch unterscheiden. Zumindest die meiste Zeit über. Besser gesagt: Ich glaubte es wenigstens. Doch je älter ich werde, desto mehr stelle ich alles in Frage. Und das Gefühl der Reue gesellt sich der Unsicherheit hinzu.*

Er starrte ins Leere und runzelte die Stirn. *Sei ehrlich, Jim. Wenn du dich jetzt mit David in Verbindung setzt ... Es könnte ihm nur schaden.* Er schloß die Hand fester ums Glas, setzte es an die Lippen und trank. *Verdammt!*

Als Kirk aufsah, begegnete er dem besorgten Blick des Vulkaniers. Er rief sich innerlich zur Ordnung und versuchte, seinem Gesicht einen normalen Ausdruck zu verleihen. *Spock hat eine Menge hinter sich. Belaste ihn nicht mit weiteren Sorgen. Reiß dich zusammen, Jim.*

»Noch etwas Brandy?« fragte er.

»Nein, danke«, erwiderte Spock. »Ich muß noch einmal zur Brücke, bevor ich mich in mein Quartier zurückziehe.«

»Ich hätte Sie gern mit Rüstung und Schwert gesehen«, sagte Kirk zum vierten Mal, stellte sich die Szene vor und schüttelte den Kopf. »Ein Abenteuer wie aus den Büchern von Tennyson oder Scott. Unglaublich romantisch, mit einer gehörigen Portion Verwegenheit ...«

»Du klingst wie Miniver Cheevy, Jim«, warf McCoy ein und hob eine Braue. »Hast du Kälte, Schmutz und Gestank vergessen?«

Auch Spocks Braue kletterte nach oben. »Miniver Cheevy?«

Der Arzt musterte den Vulkanier erstaunt. »Kaum zu fassen. Habe ich wirklich etwas gelesen, das Sie *nicht* kennen?«

»Das scheint tatsächlich der Fall zu sein«, entgegnete Spock ungerührt. »Worauf beziehen Sie sich?«

»Auf ein Gedicht von Edwin Arlington Robinson«, sagte McCoy. »Es geht dabei um einen Mann, der sein ganzes Leben damit verbringt, sich nach vergangener Ritterlichkeit zu sehnen.«

»Ich erinnere mich an die letzten Verse.« Kirk zitierte:

»Miniver Cheevy, zu spät geboren,
    Kratzte sich am Kopf, und in Träume er sank.
Er hustete, hielt sich für verloren,
    Und auch weiterhin er trank.«

»Auf die ›gute alte Zeit‹.« Kirk hob sein Glas und trank einen großen Schluck.

»Ich ... verstehe.« Erneut fiel ein Schatten von Besorgnis auf die Züge des Vulkaniers.

Kirk schüttelte den Kopf. »Sparen Sie sich das, Spock. Sie sollten mich besser kennen.«

»Ja. Aber diese Mission war sehr schwierig — für uns alle.«

»Und ob«, pflichtete ihm McCoy bei. »Wenn wir wieder daheim sind, ist das Semester fast vorbei. Bestimmt hat man jemanden gefunden, der mich ersetzt. Würde mich nicht wundern, wenn ich meinen Job verloren habe.«

Der Admiral lächelte. »Dann hast du vielleicht Gelegenheit, für eine Weile auf der Erde zu bleiben. Du könntest an der Akademie unterrichten, zusammen mit Spock.«

Leonard schnaufte. »Und was? Erste Hilfe für junge Offiziere?«

»Sie hätten durchaus einen gewissen Nutzen, Doktor«, sagte Spock nachdenklich. »Es gelingt mir nicht immer, die emotionalen Reaktionen der menschlichen Kadetten richtig einzuschätzen — insbesondere in von Streß geprägten Situationen. Ich wüßte Ihren Rat zu schätzen.«

McCoy riß die Augen auf und wandte sich an Kirk. »Mit meinen Ohren scheint irgend etwas nicht zu stimmen. Oder hast du das ebenfalls gehört?«

Der Admiral lachte leise. »Komm schon, Pille. Du weißt, daß Spock deine Meinung respektiert.«

»Bisher gelang es ihm gut, dies zu verbergen«, brummte Leonard. »Nun ... Ich ziehe diese Möglichkeit in Erwägung.«

»Ich bin fest entschlossen, häufiger als bisher in der Akademie zu sein«, meinte Kirk. »Ich teile Morrow mit, daß ich die Hälfte meiner Arbeitszeit damit verbringen möchte, Kadetten auszubilden.« Er klopfte mit der Faust auf die Armlehne, um seinen nächsten Worten Nachdruck zu verleihen. »Diesmal *bestehe* ich darauf.«

McCoy beugte sich ruckartig vor und betrachtete ein Objekt in Spocks Händen. »Was ist das?«

Der Vulkanier hob eine Datenkassette. »Bevor ich Gateway verließ, habe ich noch einmal die Geschichte Sarpeidons aufgezeichnet — um die Auswirkungen unserer Mission auf den Zeitstrom zu analysieren. Um festzustellen, ob Zar tatsächlich überlebte.«

»Zweifeln Sie daran?« fragte Leonard verwundert. »Sie wiesen doch darauf hin, daß er nicht besonders schwer verletzt war.«

Spock nickte. »Aber ich weiß nicht, in welchem Ausmaß die Vergangenheit beeinflußt werden kann. Es ist möglich, daß ich ... daß wir zu wenig verändert haben. Daß sich die Integrität des Zeitstroms selbst ›repariert‹. Oder um eine Ihnen geläufige Ausdrucksweise zu benutzten: Vielleicht läßt sich das Schicksal nicht überlisten.«

McCoy schnaubte. »Unsinn. Ich stehe auf folgendem Standpunkt: Was geschehen ist — ist *geschehen*. Und wenn wir bei den betreffenden Ereignissen eine gewisse Rolle spielten, so entsprach das der Vorsehung. Wie der Zwischenfall von Gary Sieben. Als wir anschließend die historischen Dateien überprüften, stellte sich heraus, daß alles genau auf jene Weise geschehen *sollte*.«

Die ernste Miene des Vulkaniers erhellte sich ein wenig. »Das hatte ich ganz vergessen«, murmelte er. »Vielleicht haben Sie recht.« Er griff nach dem Tricorder auf dem Tisch, schob die Datenkassette hinein, zögerte kurz ... und betätigte die mit ›Löschen‹ gekennzeichnete Taste.

Kirk warf McCoy einen überraschten Blick zu, und beide sahen den Vulkanier an. »Aber wenn der Doktor *unrecht hat* ...«, fügte Spock so leise hinzu, daß Jim und Leonard Mühe hatten, ihn zu verstehen. »In dem Fall ziehe ich es vor, nicht Bescheid zu wissen.«

»Seien Sie unbesorgt«, sagte McCoy. »Zar und Wynn bekommen mindestens sechs Kinder und erreichen ein hohes Alter.«

Die Andeutung eines melancholischen Lächelns umspielte die Lippen des Vulkaniers, und er blickte auf den Tricorder hinab. »Mag sein, Doktor ...«

»Da wir gerade von hohem Alter sprechen ...« In McCoys Augen funkelte es schelmisch. »Im nächsten Monat hast du Geburtstag, Jim.«

Der Admiral schnitt eine Grimasse. »Erinnere mich nicht daran. Ich habe schon versucht, ihn einfach zu vergessen.«

»Was wünschst du dir?« fragte der Arzt. »Noch eine Antiquität für deine Sammlung an der Wand?« Er grinste. »Sie hätten Zars Schwert stibitzen sollen, Spock.«

Kirk schmunzelte. »Ein tolles Ding. Aber er braucht es dringender als ich.« Kurzes Zögern. »Was ich mir zum Geburtstag wünsche ... Keine Ahnung. Oder vielleicht doch.« Er nickte plötzlich. »Ich möchte jenen Tag im All verbringen. Nicht mit einer Mission oder dergleichen. Ich gebe mich damit zufrieden, einfach nur an Bord der *Enterprise* zu sein.«

»Für den nächsten Monat ist ein Ausbildungs- und Inspektionsflug geplant«, ließ sich Spock vernehmen. »Vielleicht können Sie es irgendwie arrangieren, daran teilzunehmen, Jim.«

»Morrow wird gar nichts anderes übrigbleiben, als mir die Erlaubnis zu geben«, erwiderte Kirk fröhlich. Dann fiel ihm etwas ein. »Wir kennen uns seit vielen Jahren, Spock, aber ich weiß noch immer nicht, wann *Sie* Geburtstag haben.«

»Vulkanier feiern nur Namenstage«, erklärte Spock. »Doch wenn Sie am Datum meiner Geburt interessiert sind ...« Er überlegte kurz. »Jener Tag hat sich in der vergangenen Woche wiederholt.«

»Dann bin ich Ihnen ein Abendessen schuldig.« Der Admiral hob das Glas und prostete Spock zu. »Bestimmen Sie das Restaurant. Und ich gratuliere Ihnen nachträglich: herzlichen Glückwunsch!«

Der Vulkanier wölbte eine Braue. »Herzlichen Glückwunsch‹?« wiederholte er verwirrt.

»Zum Geburtstag«, sagte McCoy. »Eine Redensart, die Ihnen alles Gute für das nächste Lebensjahr wünscht. Wie der vulkanische Gruß *langes Leben*.«

»Oh. Ich danke Ihnen beiden.« Spock stand auf. »Ich werde ein geeignetes Restaurant auswählen. Aber jetzt muß ich zur Brücke.« Er nahm die kastanienbraune Uniformjacke von der Rückenlehne des Sessels, streifte sie über und strich sie glatt.

Kirk lächelte, lehnte sich noch weiter zurück und streckte die Beine. »Ich überlasse sie Ihnen gern. Meine Absicht besteht darin, schamlos zu faulenzen, bis wir die Erde erreichen. *Sie* sind der Captain — ich bin nur ein Admiral.«

»Genießen Sie die Muße, Jim«, entgegnete Spock, und in seinen dunklen Augen zeigte sich ein amüsierter Glanz. »Und denken Sie daran: Bevor der Ausbildungsflug beginnt, müssen die Kommando-Kadetten den Kobayashi-Maru-Test bestehen.«

Das Schott glitt vor dem Vulkanier beiseite, und er verließ die Kabine. Kirk stöhnte leise. »Den Test hatte ich völlig vergessen. Und ich *verabscheue* Inspektionen.«

McCoy hob eine Braue. »Ist dir die Schreibarbeit lieber?«

Der Admiral grinste. »Himmel, nein. Sie bereitet mir Kopfschmerzen. Im wahrsten Sinne des Wortes, Pille.«

»Tatsächlich? Vielleicht sollte ich deine Augen untersuchen, Jim.«

James T. Kirk gähnte. »Morgen. Dafür bleibt uns noch viel Zeit ...«

Die beiden Freunde tranken Brandy und unterhielten sich, während die *Enterprise* gelassen der Erde entgegenglitt, in buntes Schimmern gehüllt und von endloser Nacht umgeben.

☆TAR TREK™

in der Reihe
HEYNE SCIENCE FICTION & FANTASY

Vonda N. McIntyre, Star Trek II: Der Zorn des Khan · 06/3971
Vonda N. McIntyre, Der Entropie-Effekt · 06/3988
Robert E. Vardeman, Das Klingonen-Gambit · 06/4035
Lee Correy, Hort des Lebens · 06/4083
Vonda N. McIntyre, Star Trek III: Auf der Suche nach Mr. Spock · 06/4181
S. M. Murdock, Das Netz der Romulaner · 06/4209
Sonni Cooper, Schwarzes Feuer · 06/4270
Robert E. Vardeman, Meuterei auf der Enterprise · 06/4285
Howard Weinstein, Die Macht der Krone · 06/4342
Sondra Marshak & Myrna Culbreath, Das Prometheus-Projekt · 06/4379
Sondra Marshak & Myrna Culbreath, Tödliches Dreieck · 06/4411
A. C. Crispin, Sohn der Vergangenheit · 06/4431
Diane Duane, Der verwundete Himmel · 06/4458
David Dvorkin, Die Trellisane-Konfrontation · 06/4474
Vonda N. McIntyre, Star Trek IV: Zurück in die Gegenwart · 06/4486
Greg Bear, Corona · 06/4499
John M. Ford, Der letzte Schachzug · 06/4528
Diane Duane, Der Feind — mein Verbündeter · 06/4535
Melinda Snodgrass, Die Tränen der Sänger · 06/4551
Jean Lorrah, Mord an der Vulkan Akademie · 06/4568
Janet Kagan, Uhuras Lied · 06/4605
Laurence Yep, Herr der Schatten · 06/4627
Barbara Hambly, Ishmael · 06/4662
J. M. Dillard, Star Trek V: Am Rande des Universums · 06/4682
Della van Hise, Zeit zu töten · 06/4698
Margaret Wander Bonanno, Geiseln für den Frieden · 06/4724
Majliss Larson, Das Faustpfand der Klingonen · 06/4741
J. M. Dillard, Bewußtseinsschatten · 06/4762
Brad Ferguson, Krise auf Centaurus · 06/4776
Diane Carey, Das Schlachtschiff · 06/4804
J. M. Dillard, Dämonen · 06/4819
Diane Duane, Spocks Welt · 06/4830
Diane Carey, Der Verräter · 06/4848
Gene DeWeese, Zwischen den Fronten · 06/4862
J. M. Dillard, Die verlorenen Jahre · 06/4869
Howard Weinstein, Akkalla · 06/4879
Carmen Carter, McCoys Träume · 06/4898
Diane Duane & Peter Norwood, Die Romulaner · 06/4907
John M. Ford, Was kostet dieser Planet? · 06/4922
J. M. Dillard, Blutdurst · 06/4929
Gene Roddenberry, Star Trek (I): Der Film · 06/4942
J. M. Dillard, Star Trek VI: Das unentdeckte Land · 06/4943
Jean Lorrah, Die UMUK-Seuche · 06/4949
A. C. Crispin, Zeit für gestern · 06/4969
David Dvorkin, Die Zeitfalle · 06/4996

STAR TREK™

Barbara Paul, Das Drei-Minuten-Universum · 06/5005
Judith & Garfield Reeves-Stevens, Das Zentralgehirn · 06/5015
Gene DeWeese, Nexus · 06/5019
Mel Gilden, Baldwins Entdeckungen · 06/5024
D. C. Fontana, Vulkans Ruhm · 06/5043
Judith & Garfield Reeves-Stevens, Die erste Direktive · 06/5051
Michael Jan Friedman, Die beiden Doppelgänger · 06/5067 (in Vorb.)
Judy Klass, Der Boacozwischenfall · 06/5086 (in Vorb.)
Julia Ecklar, Kobayashi Maru · 06/5103 (in Vorb.)

STAR TREK: DIE NÄCHSTE GENERATION:

David Gerrold, Mission Farpoint · 06/4589
Gene DeWeese, Die Friedenswächter · 06/4646
Carmen Carter, Die Kinder von Hamlin · 06/4685
Jean Lorrah, Überlebende · 06/4705
Peter David, Planet der Waffen · 06/4733
Diane Carey, Gespensterschiff · 06/4757
Howard Weinstein, Macht Hunger · 06/4771
John Vornholt, Masken · 06/4787
David & Daniel Dvorkin, Die Ehre des Captain · 06/4793
Michael Jan Friedman, Ein Ruf in die Dunkelheit · 06/4814
Peter David, Eine Hölle namens Paradies · 06/4837
Jean Lorrah, Metamorphose · 06/4856
Keith Sharee, Gullivers Flüchtlinge · 06/4889
Carmen Carter u. a., Planet des Untergangs · 06/4899
A. C. Crispin, Die Augen der Betrachter · 06/4914
Howard Weinstein, Im Exil · 06/4937
Michael Jan Friedman, Das verschwundene Juwel · 06/4958
John Vornholt, Kontamination · 06/4986
Peter David, Vendetta · 06/5057
Peter David, Eine Lektion in Liebe · 06/5077 (in Vorb.)
Howard Weinstein, Die Macht des Formers · 06/5096 (in Vorb.)

STAR TREK: DIE ANFÄNGE:

Vonda N. McIntyre, Die erste Mission · 06/4619
Margaret Wander Bonanno, Fremde vom Himmel · 06/4669
Diane Carey, Die letzte Grenze · 06/4714

STAR TREK: DEEP SPACE NINE:

J. M. Dillard, Botschafter · 06/5115 (in Vorb.)

DAS STAR TREK-HANDBUCH:

überarbeitete und aktualisierte Neuausgabe!
von *Ralph Sander* · 06/4900

Diese Liste ist eine Bibliographie erschienener Titel
KEIN VERZEICHNIS LIEFERBARER BÜCHER!

HEYNE SCIENCE FICTION

Seit einem Vierteljahrhundert ist STAR TREK ein fester Bestandteil der internationalen SF-Szene und wuchs von einer Fernsehserie unter vielen zu einem einzigartigen Phänomen quer durch alle Medien.

STAR TREK™
(RAUMSCHIFF ENTERPRISE)

Das STAR TREK-Universum

bietet erstmals in deutscher Sprache einen Überblick über die Medien, in denen STAR TREK vertreten ist.

Dieses Nachschlagewerk wurde auf den neuesten Stand gebracht und enthält neben den Inhalten zu über 200 TV-Episoden, einer ausführlichen Besprechung der Kinofilme und einer umfassenden Filmographie erstmalig ein Verzeichnis der nie verfilmten Episoden sowie Kurzbewertungen aller zum Thema STAR TREK erschienenen Bücher.

Ob unter dem Kommando von Captain Kirk oder Captain Picard – der Flug der Enterprise ist nicht aufzuhalten.

Deutsche Erstausgabe
06/4900

Wilhelm Heyne Verlag München

HEYNE SCIENCE FICTION UND FANTASY

STAR TREK™

Die erfolgreichste Filmserie der Welt

06/3988

06/4035

06/4762

06/4776

06/4804

06/4819

Wilhelm Heyne Verlag
München

Perry Rhodan

**Die größte Science Fiction-Serie der Welt.
Über eine Milliarde verkaufte Exemplare in
Deutschland.**

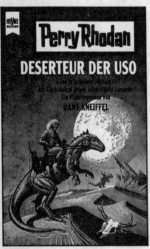

16/373

Außerdem erschienen:

Robert Feldhoff
Terra in Trance
16/368

Peter Terrid
Das Aralon-Komplott
16/369

Susan Schwartz
Welt der Prospektoren
16/370

Horst Hoffmann
Luminia ruft
16/371

Kurt Mahr
Das Gremium der Vier
16/372

Wilhelm Heyne Verlag
München

Top Hits der Science Fiction

Man kann nicht alles lesen – deshalb ein paar heiße Tips

Ursula K. Le Guin
Die Geißel des Himmels
06/3373

Poul Anderson
Korridore der Zeit
06/3115

Wolfgang Jeschke
Der letzte Tag der Schöpfung
06/4200

John Brunner
Die Opfer der Nova
06/4341

Harry Harrison
New York 1999
06/4351

Wilhelm Heyne Verlag
München

Ein genialer Geheimplan

Die USA hatten einen genialen Geheimplan: mit Zeitmaschinen Spezialisten 5 Millionen Jahre in die Vergangenheit zu schicken, um den Arabern vor ihrer Zeit das Öl abzupumpen und mit Pipelines in andere Lagerstätten zu verfrachten. Das Fatale war nur: Niemand konnte wirklich die Folgen eines solchen Eingriffs kalkulieren. Wie würde unsere Gegenwart aussehen, wenn der Coup gelänge? Hätte es dann die Welt, wie wir sie kennen, überhaupt je gegeben?

Wolfgang Jeschke
Der letzte Tag der Schöpfung
06/4200

Wilhelm Heyne Verlag
München